LOVE
IS
PERFECT
FOR
YOU

因为有你，爱很美

江雪落 著

作家出版社

图书在版编目（CIP）数据

因为有你，爱很美 / 江雪落 著.—北京：作家出版社，2015.10

ISBN 978-7-5063-8406-3

Ⅰ．①因… Ⅱ．①江… Ⅲ．①长篇小说-中国-当代 Ⅳ．①I247.5

中国版本图书馆CIP数据核字（2015）第246826号

因为有你，爱很美

作　　者：江雪落
责任编辑：丁文梅
装帧设计：小　贾
出 品 方：北京中作华文数字传媒股份有限公司
出版发行：作家出版社
社　　址：北京农展馆南里10号　　　邮　　编：100125
电话传真：86-10-65930756　（出版发行部）
　　　　　86-10-65004079　（总编室）
　　　　　86-10-65015116　（邮购部）
E-mail:zuojia@zuojia.net.cn
http://www.haozuojia.com　（作家在线）
印　　刷：三河市北燕印装有限公司
成品尺寸：145×210
字　　数：210千
印　　张：10
版　　次：2016年1月第1版
印　　次：2016年1月第1次印刷
ISBN　978-7-5063-8406-3
定　　价：33.00元

目录

C O N T E N T S

楔｜子

"让开！"一道清脆爽利的女声传来，让路人无不回首。

炎热的午后，街上蝉鸣懒懒响着，往来行人仿佛也受了这蝉声的催眠，举手投足间都透着一股子不想使劲儿的慵懒。

唯独不远处疾步跑来的那个女孩是个例外。她马尾高吊，着短袖牛仔裤，黑白分明的眼睛里隐隐含着怒意。

众人这才注意到，她是在追前头一个骑着电动车的年轻男子。

那男子穿着黑 T 恤、大裤衩，戴一副蛤蟆镜，嘴上还叼了一根烟。电动自行车还没加速，他一边两脚蹬着，还一边回头看。见那女孩子距离他还有十来米远，他挑了挑眉，得瑟地吹了声口哨。

细心的人一眼就看到，电瓶车的车把手那儿还挂着一只女士手提包。

围观的人或多或少有点弄明白是怎么回事了。

"有人抢包！"

"这姑娘胆儿不小啊，一个人就敢上！"

"那男的和另外几个常在咱们这片儿抢包，你没看他胳膊上那文身……"

人行道上，一个穿着白 T 恤的年轻男生听到身后的动静，微皱着眉转过身——

那骑车的男子吹了声口哨，手掌一拧车把就要加速，只见那女孩低喝一声，一脚踩在路边闲置的板凳上，纵身一跃就上了前方停靠的一辆面包车顶。她两个大步跃下车，左腿一横，朝那男人骑着的车屁股踹了过去。

"砰"的一声，车子倒地，人也翻了几圈，躺在马路中央。

那女孩子大气都没喘一下，稳稳当当落在他身旁的地上。

黑衣男子见状就想起身，被女孩一脚踩在胸口——"疼！疼疼……"那男人看着也是挺魁梧一个小伙子，愣是被女孩踩得躺在地上起不来。

"小姐，不不……大姐！"见女孩子表情更冷，他赶紧又改口，"姐姐！您是我亲姐行吗？咱把脚往旁边挪挪成不？"

那女孩冷笑了一声，转身去拿翻在车边的包，那男人瞧准这个机会，伸出拳头照着她太阳穴作势要打。

女孩子的手却比他更快，手掌一抬一落，拧住他拳头顺势一折，"嘎嘣"一声脆响，听得远近围观的人个个一激灵。

有人高呼一声"好险"，也有人低声赞叹："没看出这姑娘还是个练家子！"

唯独站在十几米外的那个白衫男生一动不动，如同石铸。

手腕被狠狠撅了一下，黑衣男躺在地上冷汗直落，嘴巴上却还不依不饶："小姐嘿！今儿你张爷爷就把话撂这儿，附近这片归我们老张家罩着。你今天这么全手全脚地走了，有种你以后都别来这片儿晃悠！"

女孩子声音冷冰冰，顺势踢了他腰一脚："我又没打断你的手，装什么残疾？"

那男的看了眼自己软得似没了骨头的手腕子，想信又有点不敢信："我，我，我真疼……"

女孩子明眸皓齿，听见这话弯唇一笑，特别坦荡："要不我现在给你打断了，让你比较一下？"

"别！别！"黑衣男听了这话，一下子坐了起来，左手托右手，龇牙咧嘴道："姐姐，你这怎么也算身手不凡吧，不能欺凌弱小啊！"

女孩子扫了他一眼，掏出电话拨号。

"别啊，姐姐你别！"黑衣男一激动，直接站了起来。

站起来才发现，他竟然比那女孩高出一个头。

那男的这会儿也有点不好意思，摸了摸鼻子小声说："那什么，大妹子，这附近都邻里邻居的，老熟人！你也别费那个劲报案了，给我留点面子呗？"

电话接通，女孩看了他一眼，才开口："小安胡同二十六号，这有人抢包。对，偷东西的人在我这儿，嗯，没跑。失主……"

女孩子转头看了一眼，围观的人也纷纷朝着街道另一头望去。

一个穿着碎花连衣裙的胖大姐出现在长街尽头，一边跑一边还不忘了嚷嚷："抓贼啊！抓贼啊！有人抢了我的包！"

女孩子对着话筒说道："失主也在。您那边派位同志过来一趟吧，辛苦了！"

"别这么说，您这帮忙捉贼的比我们辛苦。"听筒那边的人也乐了，"哎，你是不是上周那位帮我们捉贼的姑娘啊？听声音特别像……"

女孩子"嗯"了一声。

"沈……沈千秋是吧？"那边的人好像跟旁边什么人说了两句话，又说道，"沈同学啊，我代表我们派出所谢谢你，不过你……"

沈千秋也有点郁闷："我这两周在这边有个培训课程，不是故意……就是碰巧遇上。"

那人边笑边说道："老实跟你说，这一片儿老作案的那几个，都是熟面孔，常年抓了放，放了又偷，我们也是挺头疼的。就上次被你抓那个，张，张……"

"张学好！"沈千秋有点无奈地念出这个名字——不是她记性有多好，实在是这名字太好记了点儿。

一直竖着耳朵偷听的黑衣男睁大眼睛，指着沈千秋说："你就是我哥说的那黑衣女侠？"

沈千秋被他说得一愣。

黑衣男的目光从她的脸上落到她身上："你今天怎么穿的蓝T恤啊？"

她要穿一身黑，没准他就不触这霉头了。

沈千秋没搭理他，听着电话那头，适时回了句："今天这人说他也姓张。"之前他躺地上威胁她的那几句话可是声声在耳，连带暴露了自己的姓氏。

派出所的那位同志听了这话险些喷出一口茶水："你问问他叫张什么。"

沈千秋问："你叫什么？"

黑衣男显得有点腼腆："我名字不如我哥好听，我叫张学中。"

"……"这回轮到沈千秋没话了。

这家人的名字都是怎么排的啊，"好"完了就是"中"，那再有个弟弟叫什么，"差"？

"我妹叫学蓝。因为我爸说有句老话说得好，'青出于蓝，而胜于蓝'，就叫她学蓝。"

沈千秋觉得她还是什么都不说最好。

电话那头的派出所同志也听到了，连忙说："沈同学，我们有位同事已经过去了，你让失主，还有那个张学中都等在原地……"顿了顿，又说，"不过那小子挺能跑的，你注意点儿……哦，对了，沈同学，你也注意安全。"

张学中对着沈千秋的手机大喊："她把我手腕子都撅折了，我不跑，我等着赔医药费呢！"说完，还朝沈千秋眨了眨眼。

不过这兄弟显然忘了自己鼻梁上还架着一副墨镜，他就是抛媚眼沈千秋也不一定看得到。

前后没过几分钟，派出所的人来了。沈千秋跟人打了声招呼就要走，身后，张学中同志扯着脖子嚷嚷："民警同志，民警同志，您不能放她走啊！就是她，她把我手腕都撅折了！"

那位赶来的民警同志也挺幽默："那等待会儿录完口供赶紧去拍个片子，看看到底骨折没。人家小沈说了，你要是不满意可以再来一次。"

张学中欲哭无泪："民警同志，您不能因为她是女同志就偏向她啊。"

民警同志笑了笑："我偏向她？人家将来毕业了直接进刑警大队，用得着我偏向？行啦，别废话，你，还有这位大姐，你们两位跟我来一趟。"

张学中嘟嘟囔囔地扶起自己的黑色电动自行车，老大不情愿地跟在后头走了。

闹剧落幕，人群渐渐散去。之前一声不响站在那儿的年轻男孩，这时追了上去："警察大哥！"

那穿着制服的民警回过头，大热的天，这一来一往也出了一头的汗，他抹了把汗，半开玩笑地问："小伙子有事？丢钱丢包丢自行车跟我这边走。"

那男孩微微翘起嘴角，却没有笑，一双眼睛又黑又沉，唯独握紧的双拳泄露了些许激动的情绪："警察大哥，我想跟你打听个人。"

他丢的不是东西，八年了，他弄丢了一个重逾性命的人。

Chapter 01

临 | 安 | 早 | 春

1.

三年后。

这一年的春节来的有些晚，数九都快数完才迎来春节。等到过完正月十五，新学期开学，天气已经暖的不像样子。校园里的年轻姑娘早早脱掉了羽绒服，换上色彩鲜亮的风衣或薄棉服，里面穿着小短裙搭配长筒靴，显得青春洋溢格外活泼。

走在临安大学的林荫道上，同行的师哥赵逸飞语重心长地开口："千秋啊，你看看人家这些小姑娘，再看看你！"

沈千秋特别自觉地低头看了一眼自己身上的装束，然后抬起头："师哥，今天外出必须得着正装。"

她一直觉得自己穿这身深蓝色的警服又精神又帅气，每次穿上都觉得神清气爽，感觉格外良好。

赵逸飞痛心疾首："我没说今天，我是说你平常！你说你挺漂亮一个小姑娘，也不知道好好打扮打扮自己。这传出去让人真以为我们刑侦大队没美女呢！"

要说沈千秋这姑娘，细端详长得也挺好看。柳眉微弯，明眸善睐，尤其那双清亮的眸子，黑白分明，眸光流转间总能让人生出几分别样的好感来。

可惜……实在太不会打扮。夏天 T 恤牛仔裤，冬天棉服、牛仔裤，这样的穿衣风格，再漂亮的姑娘也显不出什么姿色来。

沈千秋扫了他一眼："别说我，也不见你西装革履啊。"

两人是从同一所公安大学毕业的，赵逸飞比沈千秋高了一届，毕业后两人先后被分配到临安市刑警大队。由于平时出外勤比较多，除非有正式行动或者开大会，无论沈千秋还是赵逸飞都极少穿警服。

赵逸飞挺直了胸膛："男人跟女人不一样，你看看咱们骆队，再看看我，这叫制服诱惑。"

沈千秋抬起头，一本正经地凝视着他的脸。赵逸飞这厮长得委实不赖，剑眉星目，鼻梁高挺，小麦色的皮肤，笑起来的样子带两分痞气，可惜……嘴巴太贫。

沈千秋收回视线，语气严肃地点评道："师哥，我觉得能不能称之为制服诱惑，主要看脸。"

赵逸飞原本被她看得有点失控的心跳瞬间沉寂，取而代之的是满腔悲愤，指着自己的鼻子问："千秋，你老实跟师哥说，你是不是其实一直是个远视眼，今天出门忘了戴隐形！"

沈千秋瞥他一眼："真那样的话，当初大学录取我的老师肯定是近视眼。"

两人一路走一路斗嘴，赵逸飞几乎每隔几分钟都要被噎一次，却始终精神抖擞锲而不舍，颇有越战越勇之态。倒是沈千秋，话虽不多，但每次都正中靶心，次数多了，嘴角的弧度也有了微微上扬的趋势。

赵逸飞见了更来了劲头："千秋，这样就对了，女孩子就应该多笑笑啊！"

沈千秋正要回嘴，突然感觉不远处有道视线直直地扫射过来。她本能地转过头去，只见不远处的小卖铺门口，三三两两站着几个学生打扮的年轻人。为首的那个男孩子穿着一件银色短款棉服，拉链是拉开的，露出里面灰蓝色的休闲毛衫，搭配深色牛仔裤和马丁靴。他留着对男孩子来说有点长的头发，前额的发丝几乎挡住眉毛。他皮肤很白，眉毛和眼睛却极黑，看向沈千秋的目光又静又沉，透着一股让人不甚舒服的冷厉之色。他就那样站在一棵杉树边上，衬得周围林林总总都成了背景，唯独他自己格外显眼。

见沈千秋突然停下脚步，赵逸飞也朝那边望了一眼。几个年轻学生里，三个男生一个女生，那女孩梳着高高的马尾辫，白净的脸庞格外秀丽，却仍旧比不上为首那男生让人见之难忘。赵逸飞见沈千秋几乎看得失神，啧啧叹声道："千秋，色字头上一把刀啊……"

沈千秋茫茫然回过神，见赵逸飞一脸的痛心疾首，不由得问："你说什么？"

赵逸飞更痛心了："小师妹，认识这么多年，我头一回知道原来你喜欢的是这种类型。"

沈千秋总算反应过来他在叨叨什么，不禁有些尴尬："我……我就是看那人有点……"

赵逸飞叹了一声："那小伙子确实长得挺精神的。"

说"挺精神"都有点委屈他了，实事求是地讲，那个男孩子实在有点俊美得不像话。漆黑的眉眼，鼻梁挺直，轮廓俊美得像是日本漫画里走下来的美少年。

沈千秋有些怅然若失，那个人的长相，确实不是一点半点的眼熟。可这又怎么可能呢？

她径自低下头沉思的工夫，那个年轻男孩已经转过脸，在另外几个人的簇拥下走进了小卖铺斜对面的教学楼。

赵逸飞见人都走没了影，小师妹还径自神伤，不禁拍了拍沈千秋的肩膀："千秋啊，友情提示，那小伙子虽然长得比我强了那么一丁丁，"他伸出小拇指，用拇指掐着指尖那么一小段距离感慨道："但他看起来也就刚上大一，这么算起来……"

沈千秋已经毕业工作将近三年，认真算起来也相差六七岁了。

这样一想，沈千秋不禁松了一口气，抬起头看了眼不远处的教学楼："学四楼，就是这里了，咱们快进去吧！"

赵逸飞跟在后面，继续苦口婆心："所以啊千秋，虽然现在社会开化，百姓富足，但姐弟恋还是十分要不得的啊！"

2.

两人一前一后走进教学楼，身上的警服让往来的学生无不侧目。赵逸飞自我感觉良好地微微垂首，快走两步赶上沈千秋的步伐，一面压低声音说："千秋，我觉得……"

话还没说完，沈千秋一抬头正好看见站在阶梯教室外的人影，不禁抬起手肘怼了身边人一下。

赵逸飞看清来人，脸色也是一正，抬起右手敬了个礼："骆队！"

沈千秋也紧随其后敬礼："骆队。"

站在阶梯教室外的是一个和沈千秋、赵逸飞一样身穿警服的男人，他个子很高，身上深蓝色的警服剪裁合体，愈发衬得他肩宽腰细，双腿修长。阶梯教室的门只打开半扇，他就站在没打开的那半扇门外。走廊里的光线并不太好，他整个人的身影仿佛也融入了身边的昏暗之中，但这并不妨碍别人看清他的容貌：一双剑眉入鬓，鼻梁高挺，两片有些薄的嘴唇轻轻抿着，最让人印象深刻的还是那双凤眸，看人的时候，他的目光多是冷冷的，甚至有时会让人感觉冰冷到有些严厉。

此刻沈千秋和赵逸飞就被他用这样的目光看着，骆杉没有说话，他们两个人就一直保持敬礼的姿势。

沈千秋还能坚持，赵逸飞有些憋不住了，苦着脸小声说："骆队，都怪我，是我非要在路上买包子吃，所以来得有点晚了。"

骆杉瞥了他一眼，说："这周你们办公室打水都归你负责，你们李队要是问起来，就说是我罚你的。"他又看向沈千秋，低声说了句："还有五分钟就开课了，千秋，进来帮忙。"

"是！"沈千秋心里松了口气，快步跟了上去。

三人都是临安市刑警大队的警员，骆杉更是年纪轻轻就当上了禁毒处的副队。这个周六他们之所以会齐齐出现在临安大学的校园里，主要是为了配合近来各大校园开展的禁毒宣传活动。骆杉是这次临安大学禁毒宣传活动的主讲人，而沈千秋和赵逸飞作为刑侦科的队员，是被临时抽调过来帮忙的。三人虽然并不隶属于同一部门，但都是同一所大学毕业的，因而彼此之间非常熟稔。

赵逸飞跟在一旁察言观色，见此情景就说："骆队，这次是我不对。不过咱们好容易能休个周末，而且也就是个大学宣讲，用不着……"

骆杉冷冷瞥了他一眼，沈千秋眼见气氛不对，连忙说："骆队，资料都在这个U盘里吧？"

骆杉点点头："待会儿我讲东西的时候，千秋你帮忙放一下幻灯片。"

赵逸飞见状连忙拿起了一边的黑板擦："哈哈，那我就负责擦黑板啦！"

相比起骆杉要面对几百个人上课演讲，沈、赵二人的工作相对而言要简单许多。他们除了帮忙放放幻灯片、擦擦黑板，剩下就是在最后和学生的互动环节中负责维持一下秩序。

比起只有脏了才需要抹一抹的擦黑板工作，放幻灯片看似简单，其实不能有一星半点的走神，必须跟下面的学生一样好好听讲，才能配合老师在适当的时候翻页或者打开另一个文件。

"……"骆杉瞪了赵逸飞一眼，没说什么。

沈千秋却在心里把这位拈轻怕重的师兄骂了十多遍，默默在电脑桌边的凳子上坐了下来，打起精神准备配合骆杉演讲。

高校安排的安全教育课一般都是半天，沈千秋中途连厕所都没顾得上，因为缺乏经验，来的时候也忘了带瓶水。

最后还是出去放风的赵逸飞凭着残存的良心，从外面小卖铺带了瓶矿泉水给她。沈千秋却不敢喝。一是坐在电脑桌边实在醒目，她穿着一身警服，作为人民警察的代表，要时刻注意自身形象，自然不能像下面的学生一样，随随便便想喝水就喝水；二是赵逸飞这个马大哈，从小卖铺买水时也没注意，随便拿了个冰过的，矿泉水握在手里半天还冰冰凉，一般女孩子都喝不下去。何况沈千秋这两天正好赶上生理期，更是沾都不敢沾，只能放在一边的地上，渴了的时候，时不时地瞅上两眼，权当"望梅止渴"。

终于熬到中场休息。

铃声一响，沈千秋因为腰杆笔直地坐了许久，一站起身几乎听到自己整根脊椎"咯嘣咯嘣"响的声音。一看到坐在另一边笑嘻嘻地看着自己的赵逸飞，她更是气不打一处来。

她正要绕过讲台找这家伙算账，就听骆杉开口说了句："下半场换赵逸飞过来。"说着，他又看了沈千秋一眼："一楼拐角有饮水机和一次性纸杯，你跟他们哪个学生借个水卡用，倒杯热水喝。"

沈千秋心里一暖，点点头轻声说："知道了。谢谢骆队。"

老实说，骆杉平时在警队一直以冷面警探形象示人，但只有跟他熟悉的几个兄弟最清楚，他是典型的外冷内热，心思非常细腻，对手底下的人也特别关心。

像这次沈千秋身体不舒服，别人还没看出什么，他却先看出来了，估计心里也猜着个大概，所以才嘱咐沈千秋去打点热水喝。

沈千秋一路走出阶梯教室，正赶上许多学生也朝外走，其中一个年轻女孩挤到沈千秋跟前，推了推她的手臂。

沈千秋一偏头，见对方是个年轻女学生，扎马尾辫，脸孔白皙，一双眼睛水汪汪的，正笑着看她："哎，我刚都听到了，你想找人借水卡？"

虽然骆杉那样说了，但沈千秋原本并没打算找人借。毕竟他们是来工作的，而这些大学生都是还没入社会的孩子，花的都是父母的钱。找学生借水卡打热水喝，怎么想都觉得有点不好意思，所以沈千秋本打算到外面小卖铺看看有没有热牛奶卖。

那女孩见她不讲话，撇了撇嘴，从口袋里掏出一张卡片："喏，这个是校园一卡通，你打一杯水也就一角钱不到，我就不跟你要钱了。"

沈千秋想要推辞："不用了，我……"

话没说完，那女孩子却把卡片塞进她手心，蹦蹦跳跳地朝另一个方向去了。

沈千秋无奈，想了想自己也确实需要，就接了下来。她一边捏着水卡朝骆杉指点的方向走去，一边低头扫了眼手上的一卡通。卡片上有女孩的照片和名字，照片上正是刚刚跟她搭话那个女孩，名字很好听也很好记：骆小竹。

也姓骆！而且这名字，怎么看怎么像跟他们骆队有点关系……沈千秋心里想，这下子倒是不愁待会儿找不着人还东西了。

3.

这座教学楼估计建造的年头有些久了，结构与现在的新式教学楼不太一样。走廊两边都是教室，即便是大白天，如果不点灯，也会昏暗得如同黑夜一般。而照明灯都是声控的，有时走没几步路就会自己暗下去，非要人用力跺脚或者拍手才能重新亮起来。

沈千秋走到一半，就觉得人越来越少，许是不远处的地方通向另一个出口，走着走着还觉得远近有冷风拂过。

拐过一个弯，出于本能的反应，她突然停下了脚步。昏暗的光线，她看到一张有些熟悉的侧脸——白皙的面容，漆黑的眉眼，有些薄的嘴唇几乎抿成一条线。

"沈千秋。"

对方直接叫出她的名字，而且不是一般陌生人会用的疑问语气，让沈千秋不禁愣了愣。她再次看向那男孩子，那股令人熟悉的感觉……

"你真不认识我了？还是不敢跟我相认？"

沈千秋动了动嘴唇，却没能在第一时间叫出那个名字。

对方见她露出些许怅惘的神色，不禁笑了笑："看来你还没忘。"

"你真的是……"沈千秋的眼睛里尽是难以置信的神色。那个名字含在唇齿之间，或许正是因为过于珍视，反而不敢轻易吐露出口。

"白肆。"对方替她把最难的那两个字说出来，语气却有些冷然："沈千秋，我是该说你记性太差，还是该说你太没良心？"

沈千秋沉默着垂下眼睫。她今天把头发都盘起来掖进警帽，身上深蓝色的警服几乎融进周边的暗色之中。在这样昏暗的环境里，她垂下眼睛的样子几乎与小时候一模一样，有点倔强又有点好强，总显得有些浅淡的嘴唇紧紧抿着，仿佛刚被谁欺负了似的。

白肆一见到她这个样子，就有些气不打一处来，忍了又忍，总算把哽在喉头那口气咽了下去："待会儿下了课，你在学校门口等我。"

说完这句话，他强忍下再看她一眼的冲动，攥着拳头越过她的身畔，朝着教室的方向踱步而去。

上课铃声响起，沈千秋这才回过神来，匆匆走到饮水机前，用水卡打了两杯热水，端着水走回教室。

接下来的一个半小时，沈千秋和赵逸飞换了位子，坐在距离黑板不远的一张椅子上。

骆杉多数时间都是针对幻灯片讲解，在黑板写字的次数少之又少，与上半场相比，此时她的工作简直不能更轻松。再加上赵逸飞这家伙故意把椅子放在靠近墙壁的地方，又有桌子挡着，坐姿随便一点也没人会注意到，可沈千秋依旧觉得如坐针毡。

上半场大概是因为专注在一件事上，又或许那时还不能确定之前遇到的男生就是记忆里那个沉默固执的小男孩，她也就没太注意学生中的动静。可此时她已经彻底闲下来，沈千秋不用刻意去分辨，就能感应到学生中有好几道专注在她身上的目光。她能分辨出来，那些望着她的目光里，为首的就是白肆，其余几个应该是他在校园的好友。

掐指算来，距离上一次两人见面已经过去整整十一年。沈千秋突然记起，离开平城的时候，她似乎忘记与白肆好好告个别，可这个念头旋即就变得无足轻重起来。比起父亲的事，比起十一年前发生的那场惨剧，与儿时玩伴的道别，怎么都算不上一件重要的事。更何况，早在许久之前，沈千秋已经清楚地知道，白肆的亲人根本不想她与他再产生任何瓜葛。

想到这点，沈千秋更头疼了。她从小就有贫血的毛病，其他时候还好些，只是每个月生理期的时候要遭些罪。别的姑娘要么肚子疼，要么腰酸，唯独她是头疼得要命。按理今天已经过了头三天，并不是疼痛最厉害的时候，可女孩子经期这个事，永远跟情绪挂钩。前一秒她才觉得与白肆的重逢堪称开年以来最不可思议也最惨痛的历史性事件，下一秒就明显觉得太阳穴和后脑开始一突一突地疼了起来。

这样头昏眼花地一直坐到下课，她几乎在下课铃响起的一瞬间就站了起来。顾不上骆杉朝她投来问询的目光，她三步并做两步奔到赵逸飞面前，把手里那张校园一卡通递了过去："刚才那热水你也喝了，这卡你去还！"

说完这句话，她拎着大衣头也不回地冲出教室，很快就湮没在散去的人群中。等到真正出了校门，她几乎在一瞬间松了一口气，接着就觉得整个天地都豁然开朗起来。

下一秒，身后传来一道令她终生难忘的声音。那声音的主人就站在距离她几步之遥的地方，几乎是恶狠狠地瞪着她吼道："沈千秋，你敢再跑一步试试！"

沈千秋确实听到了这句警告，然而这道声音的出现，只会让她脚底抹油般溜得更快。

不过一个错眼的工夫，那个穿着深蓝色警服的窈窕身影就这么消失在了大门外的滚滚人流之中，不见踪影。

身后，那个身穿银色棉服的年轻男生站在拥挤的人流中，眉心紧蹙，脸色阴郁，眼圈影影绰绰地还有点泛红。

Chapter 02

家｜的｜味｜道

1.

沈千秋知道自己又做梦了。

梦里，她如同一个旁观者，可以清晰地看到穿着初中校服的自己背着沉甸甸的书包，走在每天回家的那条小路上。她的身边还跟着一个穿白衬衫黑裤子的小男孩，小男孩一边走还总是一边偷偷伸手去拉她的小手。即便只看背影，沈千秋也知道，走在自己身边的那个小男孩就是白肆。

她看着一高一矮两个小人儿缓缓走到院子门前，梦里的自己伸手一推，那两扇暗红色的大门就被推开了。视角在一瞬间与梦里的那个自己合二为一，沈千秋突然觉得自己变矮了。她侧过头看了看一旁的白肆，他当时应该在上小学三年级，比自己还矮了一个头。距离两个人第一次被两家大人凑在一起吃火锅认识的那天，倏忽间已经过去了两年。

大概是感觉到自己在看他，他也抬起头，漆黑的眼睛望住自己，弯起嘴角朝自己露出一个甜甜的笑。

那个时候，白肆是个有点自闭倾向的小孩。那个时代的人们还不太懂得这个词汇的含义，但沈千秋作为和白肆走得最近的朋友，非常清楚这个名词意味着什么。在其他人面前，白肆是一个沉默到有些冷漠的小男孩，不会主动开口讲话。听到别人叫到他的名字，他也极少应答，甚至有时会挥着拳头攻击那些试图来拥抱抚摸他的大人。

只有和沈千秋在一起的时候，他才会主动讲话，主动提议两个人一起玩拼图，甚至会像此刻这样，朝着千秋露出一个安静好看的笑容来。

梦里的沈千秋，在看到这个笑容的瞬间，突然觉得无比心安。那是这些年来都极少在现实生活中出现的一种情绪。

小千秋再度转过脸，看向自家的那个院子。应该是夏天，院子里的那棵梨树绿油油的，藤架上结满了红得发紫的葡萄，一旁的石桌上摆着一个搪瓷水盆，里面盛着凉水，还有一个大西瓜。

沈千秋看到石桌旁边坐着一个人，那个人原本背对着她，穿着白色短袖和黑色长裤，头发花白，隐约能看到他手里摇着的蒲扇。

"爷爷……"在意识清醒的沈千秋反应过来之前，梦里的那个小人儿已经先一步开了口："爷爷，我回来啦！"

老头儿一听到这个声音，便转过身来："千秋回来啦？"

"爷爷，我还带了糖糖回来。"

"爷爷好。"一旁的白肆对这个小名似乎没有任何异议，乖巧地跟爷爷打了声招呼。

"好，好。"沈千秋的爷爷朝两个小人儿招了招手："赶紧过来把手洗了，爷爷早就把西瓜给你们冰上了。你们好好洗手，爷爷这就给你们俩切西瓜。"

水龙头就在靠近小花圃的一个水泥池子边。小千秋一听这话，立刻放下书包，也不管白肆，拔腿跑向水龙头。

白肆跟在后头，捡起沈千秋丢在地上的书包，仔细拍打干净，背着自己的书包走进主屋，把两个人的东西都放在椅子上，这才不慌不忙地走出屋子去洗手。

爷爷捧着西瓜进了厨房，不一会儿就端着一大盘子切好的西瓜走出来。见白肆还站在那用肥皂洗手，而沈千秋已经一本正经地端坐在桌边，笑着点了点她："白肆比你还小，你也不知道让着点儿他。肯定又是让人家给你拿的书包吧？"

沈千秋讨好地朝爷爷仰起笑脸："爷爷，您老人家真是英明睿智。"

爷爷忍不住摇头笑："回头我跟你爸爸说，晚上写完作业早点睡觉，别老看那劳什子电视剧，这肯定又是跟电视里学的乱七八糟的台词。"

沈千秋一声不吭，早抱着一大块西瓜啃上了。一连吃了三块西瓜，她才顾得上喘口气。

一旁的白肆连一块还没吃完，目不斜视地递了干净的毛巾过去。

沈千秋拿过来胡乱抹了把嘴，就问："爷爷，我爸什么时候回来啊？"

"你爸事情多，再怎么着急也得等他忙完工作才能回来。"

"爷爷……我想吃蛋糕。"她刚刚透过厨房的玻璃窗看见案板上那个大蛋糕了。

"就知道你这个小馋猫等不及了。"

沈千秋"嘿嘿"笑着，一旁的白肆这时开了口："千秋，那是爷爷的生日蛋糕，一定要等沈叔叔回来，大家一起吃才好。"

小千秋真是不知愁，笑着站起来蹭到爷爷身边，伸出两只小拳头为他捶着肩膀，一边打马虎眼："我当然知道啦！等我爸回来，我们就一起吃蛋糕！爷爷肯定会身体健康，长命百岁的！"

爷爷听了这话顿时哈哈大笑。

门口传来男人的脚步声，小千秋满怀着惊喜望过去，见到的却不是沈爸爸，而是一个有些眼熟的男人……似乎是爸爸从前的同事，当时爸爸是怎么跟她介绍来着……对了！章叔叔！

章叔叔一进门就朝着沈千秋喊了句："千秋，你爸出事了，你快跟我来吧！"

就这么一句话，把小千秋钉在原地。

视角再度分开，那个意识清醒的沈千秋四下找寻，却见整间院子空落落的，哪还有什么爷爷、白肆、葡萄和西瓜？

她仓皇地转着圈，却发现院子里没有葡萄架，石桌上也没有盛西瓜的大盘子。除了小千秋一个人还木呆呆地站在原地，便只余下那落了一地的湿淋淋的惨白梨花……

沈千秋无声地从床上坐起来，看了眼床头的闹钟，才不过六点钟……她忍不住抹了把脸，指尖触碰到眼睛周围，传来冰凉濡湿的触感。

她忍不住自嘲地笑了。她一直都知道自己是在做梦，可等梦醒来，却忍不住觉得这个梦实在太短了些……

2.

又是一个周一的清晨，沈千秋把买好的早餐放进自行车的车筐里。她看了眼手上的腕表，蹬上车朝着刑警大队的方向快速骑去。

哪知道还没骑出去几米远，就听到有人喊："快打110啊！这边有死人！"沈千秋心头一惊，刚好眼角余光扫到一道飞奔过来的人影。她算是反应很快的，两手捏闸刹车，脚也随着在地上滑行。而那个人大概也看到有人骑着车子过来，停下脚步两手快速向前一撑，这才勉强没撞上！

"怎么回事儿？"沈千秋见是个脸色苍白，满头大汗的年轻男生，就问："你刚才说有死人？"

那男生见沈千秋也是个年轻女孩，就摆摆手说："你快走吧。我已经报警了，刚刚对不起啊！"

沈千秋从风衣口袋里掏出警员证，对那男生说："我也是警察。这样吧，我先过去跟你看一下情况。"她扫了眼男生来的方向，"是在这条胡同里？"

年轻男生上上下下打量沈千秋："你是警察？怎么不穿警服？"

沈千秋所在的刑侦科常出外勤，并且什么三教九流都会接触，穿警服反而是个累赘，所以她基本只有在正式行动或者开大会时才会穿着警服。但这些她是不可能跟眼前这个小男生解释的，所以她只是推着自行车，另一手把之前买的早餐拿出来，说："小伙子别问这么多，帮忙指个路先！"

年轻男生摸了摸后脑勺："我都一路跑过来了，才不要再回去……"他有点不好意思地别开眼说："你就沿着这条胡同往前走，那边有个公园。现在那边围了不少人，你一过去就能看见。"

沈千秋一口气喝完豆浆，三两口吃完包子，嘴里鼓囊囊地说道："谢了啊！"

那男生见她嘴里还塞着食物，刚想拉她衣角，没想到沈千秋动作太快，骑上车子就冲了出去，他只能在后面大声喊："你别吃东西了！去了那儿会吐的！"

沈千秋朝后摆摆手："谢谢了啊！"

附近一片儿沈千秋都熟得很，出了小巷又过两条马路，就是那个年轻男生口中所说的街心公园了。果然，还没走近，就见公园门口围了不少人，还有戴着红袖标的工作人员在高声维持秩序。

沈千秋把车子锁好，上前出示了自己的警员证："什么情况，出个人带我过去看看。"

那些围观的大多都是这附近的居民，不少还是早起锻炼的老头老太太，一见有警察来了，便都七嘴八舌地说了起来。

沈千秋听得头疼，赶紧扬起手："负责调查的同志马上就到，大家伙如果是围观的就赶紧散了，如果确实看到或者知道点什么呢，就到这边……"她往左边挪了一步，指了指其中一个负责维护秩序的公园工作人员，"在他这排队。谢谢大家的配合！"

跟着一个工作人员走到发现尸体的现场，沈千秋从外套口袋里掏出一副手套，独自朝着工作人员所指的方向走上前。

死者是个很年轻的女孩，身上穿着条浅色连衣裙，赤脚，没有相关证件。

沈千秋稍作查验，就往队里打了个电话，说明自己所在的地点和具体情况。

"是个年轻女孩。对，腹部有个穿刺伤，应该是致命伤……具体的还要等周法医过来看了。"

刑警大队离这边很近，打完这个电话没多久，沈千秋就看到公园门口出现了熟悉的身影。她抬起手朝那边招了招手，还没来得及喊出声，整个人就僵住了。

走在前面的两个都是熟面孔，正是跟她一个部门的赵逸飞和周时。可为什么后头还跟着骆杉？而他手里擒住的那个人——不是白肆又会是谁？

沈千秋觉得自己脑子有点乱，可她还没来得及说话，骆杉就先开口了："上班路过公园，看到你的车子停在外头，还聚了不少人，就跟过来。千秋，这小子说认识你，是跟你一起的？"

旁边一个警员也说："我们有两个同事在外面问话呢，就看见他在旁边鬼鬼祟祟的。千秋，你认识他吗？"

"什么鬼鬼祟祟的？"白肆看人的目光很冷，语气也特别不客气，

"你怎么说话呢？就这素质也能当警察？"

"哎！你这小子！"那同事脸色瞬间挂不住了，"你才是怎么说话呢？我说的有哪点不对了？门口那些人，要么是早起到公园锻炼的，要么就是这附近居民……"他把白肆上下打量一番，问："你算哪种？"

白肆紧绷着脸不言语。

那位男警员见他不说话，便冷笑道："看你年纪轻轻的，还是个学生吧？哪个学校的？一大清早不在学校里准备上课，到这边来干什么？"

沈千秋一见情形不对，连忙开口："骆队，李大哥，你们先别着急。"

她一开口，在场几个人的目光都投向她。李大哥还有其他几个警员或多或少流露出好奇的神色；骆杉则微微皱着眉，似乎是在想什么；唯独白肆看向她的目光最复杂，他的目光阴沉沉的，那里面仿佛埋藏着无尽的情绪，有狼狈，有怨恨，仿佛还有一丝控诉和委屈……

沈千秋有些心虚地撇开视线，开口道："我确实认识他，他是……是我家亲戚的孩子，认识很多年了，我们是好朋友。"

这关系听着……怎么有点绕？

之前差点跟白肆吵起来的那位李大哥问："千秋，所以他到底是你朋友，还是你亲戚？"

沈千秋在心里埋怨自己嘴笨，脸上也有点尴尬："是我朋友。"

骆杉一直没开口，这个时候突然问："你是不是临安大学的学生？"

白肆闷闷地点了点头。

"怎么了，骆队，这小子你也认识？"旁边有警员半开玩笑地问。

骆杉皱了皱眉，回答说："算是吧。我妹妹也在临安大学上学，从前似乎见过他。"骆杉问："你是叫……白肆？"

白肆点点头。沈千秋不肯看他，他也就把目光移开垂着头，谁都不肯看。

沈千秋说："骆队，李大哥……你们看，这就是个误会，能不能……"

"不是误会。"骆杉瞥了沈千秋一眼，示意她先别插嘴，又问白肆："你还没有说，你为什么会出现在这里。"

白肆低着头不说话。

李大哥在旁边嗤笑了一声："看这样子是心虚了吧？"

骆杉语气沉稳："你如果在这不肯说，那我只能把你交给他们。到了刑警大队，你一样要说清楚。"

白肆紧抿着唇，一个字不吐。

沈千秋急了，她这会儿也顾不上别的，走上前凑近白肆，拉着他的衣袖小声催促："现在不是闹脾气的时候，你赶紧把事情说清楚，这不是闹着玩的！"

白肆抬起头，他前额的发丝有些长，有几缕遮住眉眼，却半点没有显人颓废。他的眉眼生得清楚漂亮，眉毛黑浓，眼瞳如墨，这样近距离和人对视时，更有一种摄人心魄的力量。他就这样看着沈千秋，嗫嚅了一下，用小到只有两个人能听到的声音说："你不知道我为什么会出现在这里？"

沈千秋一愣，她原本的关注点都在案子上，后来骆杉和他一起出现，她的注意力就转移到了怎么能让白肆摆脱嫌疑以及……怎么和别人解释他们两个的关系上了。这最最关键的一点，如同灯下黑，反而被她无意间忽略了。

白肆这样一问，她先是发懵，随后是恍然，再然后……她自己也不敢去看白肆的眼睛了。

他为什么会在这里？这问题在骆队还有其他刑侦支队的警员来看，或许有无数可能，没准还跟眼前这个案子有着千丝万缕的关联。可只有白肆和她最清楚，他会出现在这儿，只有一个原因。

因为她。

3.

"千秋，前些日子在临安大学那次讲座，我看你走得匆匆忙忙的，这小子跟在你后头就追了出去……"刑警大队问询室外面的走廊里，骆杉目光深沉，凝视着沈千秋："你在躲他？"

沈千秋垂下了头。骆杉比她年长五岁，他跟沈千秋、赵逸飞都是从同一所公安大学毕业的，算是两人的直系师兄。毕业后，沈千秋被分配到临安市刑警大队，和赵逸飞同在刑侦科，一干就是将近三年。而在这三年里，骆杉先是连续几年破案率爆表，后又被破格擢升为禁毒处的副队。可以说，骆杉既是她的学长，同时也是她在工作上一直努力效仿追赶的前辈。对于骆杉，她是既敬佩又有一丝畏惧。

骆杉见她一直不说话，便浅笑了一下，说："第一次见你跟我说话这么为难，不想说就不说吧，不逼你。"

沈千秋抬起眼："骆队，其实也不是什么大事，就是……从前家里的一些事。"

骆杉点点头："既然是你的家事，我就不多问了。"他看了一眼问询室里神色倔强的年轻男人，说，"不过我还是要多说一句。千秋，这个白肆，你如果不想理，我可以帮你解决。"

沈千秋一听，连忙摆了摆手："骆队，不用。我和他就是有点误会，等他待会儿出来，我跟他都说清楚就好了。"她看了眼坐在里面的白肆，轻声说，"他不是个不讲道理的人。"

骆杉轻轻颔首："那就好。"他拍拍沈千秋的肩膀："有什么为难的，跟师兄说。"

沈千秋有些不好意思："让你见笑了，骆队。"

骆杉浅浅一笑："别客气。"他又指了指电梯的方向，"我队里还有点事，先走了。"

正说着，门从里面打开，赵逸飞和周时一前一后出来，最后面跟着白肆。赵逸飞一见这情形就乐了："哟！骆队，还没走啊？"

骆杉淡淡瞥了他一眼："就走了。"他用眼神示意了一下白肆的方向："没什么事吧？"

赵逸飞笑着说："没什么事，就是这小子太犟，浪费了不少时间。"说着，他就要拍白肆的肩膀："早说清楚不就完了……"

白肆脸色阴沉，越过他就往外走，赵逸飞的手落了个空。

赵逸飞摸了摸鼻子，颇为尴尬地朝沈千秋看了一眼。

沈千秋朝他微微摇头，说："我先送他出去。"她犹豫了一下，对赵逸飞轻声说："你帮我跟李队请个假，说我在外面吃过午饭就回来。"

说完，她就紧跟在白肆身后出了门。

4.

一出刑警大队的门，白肆一把甩开沈千秋伸过来的手，转身就走。

沈千秋连忙快步上前，把人拉住："白肆！"

白肆头也不回，声音冷硬："真不容易，有生之年还能从你嘴里听到我的名字。"

沈千秋听了这话，哭也不是笑也不是，只能放柔了嗓音说："白肆，咱们两个也挺久没见了，你跟我……就只有这句话说？"

白肆背对着她僵立片刻，而后霍然转身，一双漂亮的眼睛几乎是恶狠狠地瞪着她问："上次在我们学校，为什么装作不认识我？答应了下课后等我，为什么要跑？"他眼圈微微有些泛红，漆黑的瞳仁晶亮亮的，泛着氤氲的水光："你以为我不想跟你好好说话？我有跟你好好说话的机会吗？你给过我这个机会吗？"

沈千秋哑然，过了半晌才吐出一个字："我……"

"你当初一个字都没留下就走了，你以为我会像个白痴一样随随便便把你给忘了？"白肆见她说不上来话，更是连珠炮一般地诘问，"你是不是觉得你自己抛下一切走了，别人也就该当作没有你这个人一样，该怎么过还怎么过？你挥挥衣袖走得真轻松啊，可我跟在你屁股后头找了你整整十一年！你信吗？"

不等沈千秋说什么，他自顾自笑了，眼圈也更红了："我知道你不信。你那么潇洒，说走就走，连你爷爷留给你的祖宅都卖了，我又算是什么东西？"

沈千秋许久都没有说话。

其余的事暂且不提，有一点白肆没有说错。她确实没有想到，在她走后，白肆没有选择将她渐渐遗忘，而是一直执着地想找回她，甚至为此，不惜从平城一路追到了临安。

难言的沉默之中，起伏沉淀的是两个人被时间长河分隔开的整整十一年。

过了许久，沈千秋才开口："白肆，我确实没想到，你一直在找我。但那天我在学校……我不是故意的。一开始我确实没有认出你，毕竟，我走的时候你才那么一点大，我是真的没认出来……"

白肆心里微微动了一下。沈千秋走那年他十一岁，沈千秋十五岁，十一年不见，乍一见面认不出他来，似乎也确实是情理之中的事。还有，几年前在平城的那次，他在人群中看见了沈千秋，可她却没注意到他。

沈千秋接着说："后来我跑……我是怂了。我也挺怕见你的。"她抬起眼睛看着白肆的时候，唇角挂着笑，眼睛里却含着泪。"白肆，我当时走得灰溜溜的，再见面，我自己都不知道为什么就害怕……白肆，对不起啊。"

见面之前，白肆无数次设想过两人重逢时的情形。但他却从没想过要以这样的方式和沈千秋说开场白，他也没想过沈千秋会以这样的神色语气对着他哭出来。

曾经有无数次，他希望她在见到自己的一瞬间哭出来，那样至少证明她还记得他，或者证明她特别高兴能再见到她……但直到真的看到沈千秋在自己面前掉眼泪，白肆才发现，不论是什么原因，他都不希望看到她在自己面前哭。

如果不是舍不得，他又何必一门心思犯傻找了她十一年？

可他才跟沈千秋吼了一通，让他怎么拉下脸去安慰她？白肆一边想，一边却已经伸出手，像小时候许多次做过的那样，轻轻用手指抹去她脸上的眼泪："你有什么可哭的？找了十一年又被嫌弃不肯理的那个人又不是你。"

声音又冷又硬，可话里话外都透着一股子淡淡的委屈劲儿。

沈千秋也挺不好意思的。她比白肆大了四岁多将近五岁，如果不是两个人刚刚把话说急了，她也不想一见面就哭鼻子，仿佛她才是那个更小更需要谦让的对象。

沈千秋吸了吸鼻子，抹了一把眼角溢出的泪，弯出一抹笑容说道："那你也别生我的气了。白肆，我带你去看看我现在的家吧。"

5.

和白肆一起回家的路上，沈千秋仍然忍不住在想，能和白肆在临安重逢，实在是有生之年从未想过的事。

十一年前的那个春天，她孤身一人离开平城，仓促踏上了南下的火车。而后的一个多月里，她在姑姑家度过了忙碌的备考时光，凭借初中三年打下的夯实基础，她考上了市区一所不错的市重点。高考时她发挥稳定，如愿考上了第一志愿，也就是全国最好的公安大学。也是在那四年时间，她重回平城，却依旧没有去见从前的任何朋友，包括白肆。

大学毕业后，她原本想继续留在平城生活，没想到最后阴差阳错，来到了临安。这其中有许多的曲折和不尽如人意，但都是她自己的事。这么多年过去，她虽然常常会想起白肆，却并不认为他们两个还会有再见面的机会，更不认为长大的两个人会因为儿时的情意再发生任何纠葛。

这些年她没有刻意去了解白肆的生活，但像他那样的天之骄子，人生的轨迹不难想象。凭借白家在平城的背景，以及母亲对他的疼爱，哪怕他高考失利，也用不着来到临安这么远的城市读大学。

想到这儿，沈千秋问："白肆，你真是因为我……才来临安读的大学？"

白肆看了他一眼，说："你也不用有太大负担，我来临安一部分原因是为了找你，还有一部分原因是我不想继续待在那个家里。"

所以是白家的家事。沈千秋乖觉地闭上嘴，过了一会儿，又确认一样地问了句："你今天不用上课？"

白肆眼都不眨一下地回她："不用。大三课业比较轻松，今天一天都没课。"

沈千秋不疑有他："噢。我今天下午得回队里，待会儿中午一起吃饭，吃完饭你再回去。"

"行。"白肆答应得很痛快。

两个人走进一个小区，白肆望着只有六层楼高的板楼，问："你住这个小区？"

"嗯。是我们同事帮忙联系的。"

白肆环视四周："这楼怎么也得有二十来年了吧？"

"九四年的房子。"沈千秋说，"旧是旧了点，不过离我单位近，很方便。"

白肆跟在她后头进了楼梯间，左右打量着进了屋："这楼也太旧了，临安冬天又没暖气，肯定要遭罪。"

"开空调也挺暖和的，习惯就好了。"进了屋，沈千秋习惯性地把窗子打开通风，又把早上临走前随手放在沙发上的外套挂起来，腾出地方让白肆坐。

沈千秋一边走到厨房烧水，一边指挥白肆："沙发旁边有个加湿器，按钮在后面，你帮忙打开。"

白肆听着空调启动时呼哧带喘的声音，忍不住抱怨了一句："这空调也太旧了，你怎么不换台新的？"

沈千秋递了杯热水给他，笑着说："好用就行呗。这空调是房东家里自带的，房子都这么久了，空调能新到哪去？"她扫了眼已经开始喷云吐雾的加湿器，指了指说："喏，这是新的。上任房主买的，走的时候也没带走，还把这些衣柜啊沙发啊都转手卖给了我，一共才收了500块。"

沈千秋说一样，白肆就看一样。加湿器并不是多好的牌子，看起来也用得半新不旧了。衣柜对女孩子来说并不算宽敞，沙发看起来质量一般，但沙发套还有靠垫颜色素雅，看起来小清新，应该刚换了没多久。

"你才搬到这边来？"

沈千秋点头："之前租的房子到期了。"

"这房子租了多久？"

"按季度支付，很方便的。这边租房子都这样。"说到这儿，沈千秋似笑非笑地瞥了白肆一眼，问："问这么详细干吗？你一个在校大学生，还准备在外面租房子住啊？"

白肆闷着头没说话。

沈千秋回厨房扫了眼，说："吃火锅吧。家里羊肉、蔬菜都有，还有一些底料。"

白肆走进厨房，看到她手里拿的半罐底料："这不是从外面商场买的吧？"

"嗯。同事妈妈做的，特别香。上次我们队里的人来家里聚餐，吃了一多半，还剩下这些，还够吃两顿的。"沈千秋见他望着厨房发呆，便推了推他："你过去那边吧，东西都现成的，很快就能吃了。"

白肆看的不是别的，而是……这房子实在太小了，厨房就是一个小窄长条，两个人肩并肩走过去都觉得勉强，偏偏在中间还摆了一张小饭桌。他实在想象不出，几个人同时挤在她这间小厨房是怎么吃火锅的。

白肆问："你们同事干吗都来你这吃饭？"

沈千秋忙着洗菜，没听出他话里的意思，回了句："上个月我过生日啊，队里的人平时关系都蛮好的，就过来帮我庆生。"

别的女孩二十六岁生日是怎么过的，白肆不知道。但让他亲眼看见，沈千秋二十六的生日就是在这么逼仄的小地方随便吃个火锅庆祝，心里就越想越不是滋味。

其实从挺小的时候，他就知道沈千秋的家境不如自己家优越。他虽然有些自闭，不爱跟人讲话，但不代表他不谙世事。那个时候，沈千秋身上的校服看起来已经很旧了，平常换洗的衣服总是那么几套。沈叔叔从来不用大哥大或者传呼机，沈家的洗衣机看起来有年头了，电视机也只能收到十几个频道。

可从沈若海第一次带着他去家里吃火锅那天起，他就爱上了沈家的那处院子，或者说，让他沉迷的是沈家三口围桌吃饭的那种氛围。虽然不比白家有钱，可每次和沈千秋一块回家，沈爷爷都会准备一些新鲜水果，还有两杯热腾腾的白开水，然后坐在桌边笑眯眯看着他们。沈家的许多家具都很老了，却每一样都擦拭得干干净净，颇有些陈旧的木头纹理浸润着某种让人亲昵的安全感。按照沈爷爷的话说，这些都是家里传了好几代的老物件。沈家三代每每围在一块吃饭，总是边吃边聊，沈千秋永远吃得最快，却总能听到她叽叽喳喳的说话声……

在白肆的心里，沈家虽然称不上富裕，却总是整洁又温暖，充满着家的气息。没有和沈千秋重逢前，他也曾经不止一次设想过，只能依靠自己的女孩子，这些年或许过得不太好，可他从没那么清晰地感受过什么叫"困窘"。

沈千秋住的这处房子，充其量只能称之为"房子"，根本不能叫作"家"。

失去了爷爷和爸爸的沈千秋，十一年前匆匆变卖掉祖宅的沈千秋，原来早就已经没有家了。

看着天花板角落斑驳剥落的墙皮，闻着从门口窗缝溜进来的别人家炒菜的味道，再听着沈千秋在那认认真真地念叨这样家具是从上任房主买的很便宜，那样东西是从谁那里买的很实惠，白肆突然打心底里涌起一阵心酸。

直到锅子煮开，沈千秋把他拉到饭桌前，塞了双筷子在他手里，白肆才回过神。

锅里的底料已经煮了一阵，冒出喷香的热气。沈千秋忙着往锅里夹菜，大概是忙碌了一阵的缘故，她的脸颊微微泛红，额头也隐约可见细小的汗滴。白肆坐在她的身旁，默默观察她的侧脸。她的眉毛有些张扬，一双眼黑白分明，瞪人的时候会显得很凶，笑的时候却会弯成一双月牙，特别好看。

她不像小时候那么喜怒形于色，爱笑爱哭爱大声讲话了，可眼角眉梢还残留着少女时期的模样，弯弯的眉，挺翘的鼻，微微红润的唇。

沈千秋抬头夹菜的时候，见白肆就坐在那看着自己。锅里的食材上下翻滚，他却一筷子也没夹。

他还是习惯左手拿筷子，从前两个小人儿坐在一处吃饭，白肆为了不跟她的右手打架，就每次都坐在她的左手边。

沈千秋见他沉默不语地看着自己，便摸了摸自己脸颊，说："你看什么呢，是不是觉得我长得和小时候不像了？"

白肆摇了摇头："没有。"

沈千秋见他依旧不动筷子，那模样跟当年他第一次来到自己家吃饭的情景一模一样，不禁笑着问："怎么了，你是很久不吃火锅了吗？"

白肆摇摇头，伸出筷子夹了一块牛肉送进口中："没有，就是刚想起一些事情。"

沈千秋见他这副神情，思绪也不禁飘回到十几年前的那个冬天。

6.

白肆第一次到沈千秋家中做客，刚好赶上一个下雪天，两个人一起吃的第一顿饭就是火锅。

那时的平城，每年冬天都会有许多场雪。沈家人有个习惯，冬天下雪的日子，沈家一家三口总喜欢聚在一起吃个火锅。一家三代吃得暖烘烘、香喷喷，饭后边看电视边打瞌睡。沈千秋常常就在电视剧的无限循环音中昏昏欲睡，而后被沈父抱到自己的小床上，一觉睡到大天亮。

白肆的父亲是个科学家，母亲则是个精明强干的女企业家，也是因为这样的结合，让白肆从小就继承了父亲的严谨沉默和母亲的倔强不屈。那天沈父把白肆领回家的时候，打开大门，迎上的就是沈千秋爷孙俩惊异的目光。

在此之前，沈千秋虽然不止一次和白肆打过照面，但彼此并没有过多接触。沈千秋对这个小自己四岁的小男孩的印象还停留在"爸爸老板家的小少爷"这个层面。在她的脑海里，小小的白肆每次出现，不是穿着贵族学校的校服，就是打扮得西装革履，一副小绅士的派头，逢人连个招呼都不打，甚至对自己的妈妈都爱答不理，全身上下似乎都写着"本少爷非常难搞"七个大字。

要说沈千秋这姑娘，大多数时候神经非常大条，极少数时刻，感觉又特别敏锐。至少在对白肆的性格判断上，她比许多成年人还要清晰。

那天，她好不容易盼到老爸下班回家，以为终于可以大快朵颐了，却没想到沈若海身后还拖了条小尾巴，沈千秋脸上的笑容瞬间冷了下去，扭身去厨房端水果。

爷爷则在主屋里忙着摆盘，低声问一旁的沈若海："怎么把人家孩子带回来了？"

沈若海倒是落落大方，耐心地对老父亲交代了一番："今天白齐说要回老宅处理一些事，他妈妈这几天出差在外地，孩子没人管。本来我是要把他送回在城里的那个房子，有管家有保姆，一群人追着伺候，也饿不着他。不过他爸爸跟我说这孩子性格有点问题，就是从小让家里那些人给惯的，平时连话都不爱说。白肆爸爸就跟我说，要不以后没什么事的时候就把孩子放到咱们家来，还能跟千秋做个伴……您也知道，白齐当年也帮了我和小棠不少。我看千秋这孩子的脾气，别的都好，就是太独了些，跟白肆一动一静，还挺互补的，就答应先带回来两天看看……"

沈千秋的母亲邱棠，与白肆的父亲白齐当年是同一个大学的校友。当年邱棠能够顶住家庭压力和沈若海顺利结婚，还多亏了白齐多次从中斡旋。然而红颜薄命，几年后，邱棠因为难产去世。沈若海下海经商失败，阴差阳错地给白齐当起了私人保镖。虽说他和白齐是上下级，可两个人的关系却要比普通的老板下属密切许多。

从沈若海的角度看，白齐是妻子邱棠生前非常尊敬的学长和挚友，更是自己和妻子能够顺利结婚的恩人。而从白齐的角度看，沈若海可以说是自己在科学研究之余唯一的好友。

也是因为这样一层关系，在白齐的一番嘱托下，白肆和沈千秋这两个性格南辕北辙的小人儿，从这一天起，就被两家大人绑在了一起。

两个人第一天坐在一起吃饭，沈千秋刚拿起筷子，就觉得手指被什么东西绊了一下。扭头一看，这臭小子居然左手用筷子！本来就在闹别扭的小千秋顿时怒了，抬起头对着桌子对面的爸爸和爷爷告状："爸，爷爷，他左手用筷子！"

爷爷笑眯眯地说："爷爷也是左手用筷子。男孩子左手用筷子，脑瓜聪明！"

沈千秋幽怨地瞪了爷爷一眼，没想到自己去厨房端了趟水果的工夫，爷爷就叛变了。

沈若海看了眼两个孩子坐的位置，站起身，干脆利落地抱起沈千秋，把她放在白肆右手边的椅子上，又拍了拍沈千秋的头："这样就不会筷子打架了，赶紧吃吧。"

那时家里吃火锅，用的是平城老人最讲究的铜火锅。白汽蒸腾间，酸菜、冻豆腐的香味直钻鼻子。爷爷夹了一筷子涮好的薄片羊肉放进沈千秋面前的蘸碟："来，第一筷子肉，给咱们小千秋。"

沈千秋向来是喜怒皆形于色的性格，瞬间笑逐颜开。有肉吃，有人宠，也就不计较老爸带了个跟屁虫回来的事了。

沈若海则夹了一筷子羊肉送到白肆面前："白肆，别拘束，在沈叔叔家里，就当自己家。"

小小的白肆穿着一身颜色雪白的西装，小西装里黑底银色竖条纹衬衫搭配一个银红色领结，整个人看起来粉雕玉琢。

沈家人吃饭的桌子是一张老式圆桌，周围摆了几把高椅背老榆木椅子。沈爷爷穿着休闲装，拿一本书或者端一个茶盅往椅背一靠，仿佛就有一股子时光经年沉淀下来的味道。

　　但真换成穿着西装打着领带一副有钱人家小孩模样的白肆往椅子上一坐……沈千秋"噗"的一声笑出来，因为他连稍远一点的菜都夹不到。

　　沈若海早就注意到了这一点，才赶紧给白肆夹了一筷子菜，哪知道自己这闺女上赶着拆台。

　　白肆大概也明白沈千秋为什么嘲噱，眼角眉梢虽没有流露出任何情绪来，脸颊却悄悄红了。

　　后来沈爷爷还私底下和沈若海念叨过："咱家这女娃娃是不是生错了性别？那天晚上吃火锅，我看千秋一笑，白肆那小孩脸就红了。咱家千秋，从出生到现在，我好像都没见过她脸红！"

　　沈若海听了也笑，却也挺自豪："女孩子还是皮实点儿好，咱家可以出女状元，不能养出个林黛玉。"

　　这段对话是被沈千秋隔着门帘一字不差听在耳朵里的。从那往后，她对白肆这小孩更没好感了：会脸红了不起啊？

　　再说回白肆和沈家三口一起吃饭那个晚上，沈若海为白肆一连夹了好几筷子菜，都不见他动。沈若海也纳闷了："白肆，怎么不吃，是不是不喜欢吃羊肉？"

　　也是，他和白齐两个大人做的这个决定太匆忙，好多细节事先都没去考虑。现在才想到，以后要让这两个孩子同吃同住，却对人家孩子的生活习惯一点都不了解。看这孩子长得比同龄男孩子还要矮一些，难道是平时就挑食惯了？

　　倒是沈千秋眼神刁钻，一眼就瞥见白肆盯着自己面前的那双筷子瞧，心思闪动间，张口就道："你是不是嫌我们家吃饭不用公筷？"

　　"公筷"这个说法她也是前几天和同班同学聊天时才听说的。她家里从她出生起就只有三个人——爷爷、爸爸，还有她，别说什么公筷了，小时候有两次她闹脾气不吃饭，沈若海可是连她故意赌气剩在碗里的饭菜都吃得精光。害得后来她大半夜跑去厨房偷吃的，最后被沈若海堵个正着。

　　白肆听了这话，抬起眼看向她，就见沈千秋的小脸上明明白白写着"蠢货"两个字，斜着眼睛看他道："吃火锅本来就是这样的。一家人聚在一起，热热闹闹的才好吃。拿着公筷规规矩矩的，还有什么意思？"

沈千秋从小就是孩子王，说话冲也成了习惯。白肆从小却是在家人的簇拥下长起来的，哪里听过这样略带嘲讽的话，一时间愣住了。

饭桌上的气氛也显得有些尴尬。

沈若海和沈爷爷对视了一眼，沈爷爷咳嗽了一声，正打算说沈千秋两句，让白肆别往心里去。就见白肆小脸绷得紧紧的，居然还真就听了沈千秋的话，拿起筷子，夹起蘸碟里的一筷子羊肉送进嘴里。

前后这么一耽搁，羊肉已经有些凉了。这羊肉虽是沈爷爷一早去清真店里买的特等羊肉，可这么一搁一晾，也有了些膻味。

白肆果然皱了皱眉心。然而从小到大的良好教养不允许他把嘴里的食物直接吐出来，虽然觉得那味道有些难以忍受，他还是慢慢咀嚼了几下，将那团羊肉咽下喉咙。

沈若海连忙又夹了两筷子热气腾腾的羊肉和冻豆腐到他碗里："之前那些就别吃了，吃热乎的。"

沈千秋更直接，放下筷子，屁股不离椅子两手搬着往白肆那边凑近了些。她今年读小学五年级，身高早就抽条长起来了。白肆坐着有点高的椅子，她能单手拎着走很长一段路。于是她在家早就习惯这样偷懒地挪椅子，倒把白肆吓了一跳，筷子尖一下戳到蘸碟的边沿，发出一声脆响。

沈千秋笑嘻嘻地说："别发呆啊你！我爸刚给你夹的，赶紧吃！"

白肆也不知道怎么的，这一天特别听她的话。要说两个人之前虽然见过许多次面，但私底下并没有什么单独交流。或许是当时沈千秋气势太盛，又或许之前白肆就对这个说话连珠炮一样的大姐姐有点印象。听沈千秋这么一说，白肆夹起那筷子羊肉要送进嘴里，就听沈千秋指挥道："别直接吃，蘸点这个麻酱。对，蘸料里豆腐乳、韭菜花、花生碎还有香菜。豆腐乳和韭菜花都是我爷爷做的，一点都不咸，特别鲜。蘸碟里这些东西都蘸一圈，卷着羊肉一起吃，一点都不膻！"

白肆听她说着都觉得有食欲。他咽下羊肉的时候都在想，她说话的声音还挺好听的，就是有点凶……但说的又都很对。

接下来白肆又在沈千秋的教导下学会了吃滚烫的冻豆腐，涮得脆生生香喷喷的大白菜，还有粉丝，蘸了调料再加点醋，怎么吃怎么觉得停不下来……

那天晚上，沈千秋一家三口连同白肆，四个人一张桌，一顿火锅吃得热火朝天。沈若海干掉了三瓶啤酒，沈爷爷也破天荒地喝了二两红星二锅头，沈千秋和白肆两个则喝光了一大盒汇源果汁。

捂着滚圆的肚子，跟在沈千秋后头绕着他们家那个小院子"溜食"（"溜食"这个词是沈千秋说的，说是爷爷从小教的，饭后百步走，活到九十九。吃了这么多菜啊肉的，得慢慢把这些食都溜得消化了，对肠胃也好）的时候，当时只有七岁的白肆抬起头，刚好看到头顶划过了一颗明亮的星星。

那个时候的平城，夜晚总是能看到不少星星。而那个时候的白肆也并不知道"看到流星要许愿"这个说法，但在看到那颗倏忽擦过天际的星星时，他的脑子里突然冒出这样的念头：原来，这就是家的感觉啊！

或许就是从那个时候开始，沈千秋这个人，在他的脑海里就和"家"这个概念画上了等号。

有沈千秋的地方，就有家。

Chapter 03

梁｜燕｜之｜死

1.

吃过午饭，沈千秋和白肆互留了联系方式。沈千秋把他送到家附近的公交车站，便匆匆赶回队里，和赵逸飞等人会和。

小会议室里，几个人刚落座，门就被从外面推开，门口露出个小脑袋，是队里负责文职工作的黄嫣儿。

"刚李队来电话说，配合禁毒处，骆队他们继续追捕3·11毒品案那几个毒贩，今早这个案子由逸飞和千秋你们两个跟进。"

周时指了指自己："那我呢？"

黄嫣儿笑眯眯地说道："李队说，哪里需要你，你就往哪里去。"

会议室里三个人面面相觑，最后沈千秋开口打趣说："没人要的小可怜儿，跟着姐混吧！"

周时一推架在鼻梁上的眼镜，丝毫不为所动："还是老样子，你们俩一起，我陪嫣儿看家。"他把手里的资料往前一推，示意沈千秋先看一看："死者的身份已经查到了。刚好前几天有人报了失踪案，还留了详细资料和照片，现在都对上了。"

死去的女生名叫梁燕，是临安大学文学院中文系的一名大三学生。上周二晚七时许离开宿舍后去向不明，周四早晨由系主任向警方报案。考虑到诸多因素，这件事校方并没有大肆宣扬，梁燕所在班级的辅导员也对班里的女生进行诸多安抚，所以直到今天，知道梁燕离校的人也以为她只是赌气回家了。

同寝室的一个女生曾在调查问话中透露，梁燕在走前购买了一张前往湘城的火车票，而梁燕的家乡就在湘城。但远在湘城的家人一直没有等到梁燕回家。直到今早，有人在街心公园发现梁燕的尸体，经过法医初步检验，发现死者腹部有致命的穿刺伤害，可以确定为他杀，其他信息有待进一步检验确认。

这些东西是上午沈千秋离开时查到的，赵逸飞和周时都已经看过了，沈千秋看资料的工夫，赵逸飞在一旁补充说："最后一页有梁燕的照片，你看一下。"

沈千秋仔细翻看过资料，说："那还等什么，咱们就先去临安大学走一趟呗！"

她这话一出，赵逸飞和周时神色各异。赵逸飞咳了一声，率先说："那个……咱们待会儿去学校，估计还得先去见一下你那位朋友。"

白肆？

沈千秋琢磨片刻，就想明白了这其中的关窍。白肆走时，队里的人还没查到死者身份，可现在查到死去的这个女孩和白肆是同一所大学，而偏偏又是那么巧，他早上刚好出现在公园附近……这就得再去问问清楚了。

从程序上来讲，哪怕沈千秋能够百分之百确认白肆跟这个案子无关，还是要去问一遍话。

公交车上，沈千秋拿出资料夹。最后一页的照片上，女孩眉清目秀，笑容甜甜，是那种一眼看上去就让人觉得很舒服的女孩。

赵逸飞见她盯着梁燕的照片看个不停，忍不住问："你看什么呢？"

沈千秋摇了摇头："没……就是看着有些面熟，好像在哪见过似的……"

闻言，赵逸飞也看向照片："应该不可能吧？不过这姑娘长得挺甜的，看着就是招人喜欢的模样。"

沈千秋叹了口气："她家人应该还不知道她已经出事了。"

提及家人，赵逸飞也有些沉默，过了一会儿又说："这些一向是嫣儿的工作，说老实话，很多时候我还挺佩服她的。"

沈千秋点了点头。确实，如果让她去跟受害者的家属打交道，还不如让她去陪着张法医一道验尸呢。

"文职工作也不好做，嫣儿有她的长处。"

赵逸飞道："所以说啊，越是看着漂亮的姑娘，心越硬啊。"

"她也不是心肠硬，只是更懂得疏导对方情绪。"沈千秋点评道，"嫣儿情商很高。"

赵逸飞笑眯眯地说："情商太高的追不上啊，我还是比较喜欢直肠子的，比如师妹你。"

沈千秋笑得阴恻恻："我双商都高，不劳你费心。"

2.

到校的时候刚好赶上课间，校园的林荫道里，不少学生背着书包步履匆匆。

沈千秋拨通白肆的号码，等待电话接通的工夫，就听身后一道清亮的女声问："你们怎么又来了？"

沈千秋转过头，一眼便认出对方是上次主动借她水卡的那个女孩，名字好像叫……骆小竹。她身穿一件西瓜红色休闲帽衫，灰色做旧牛仔裤，白净秀丽的脸庞上明明白白写着疑惑："你们来这做什么？"

沈千秋迟疑了一下，还是照实说道："来调查一些事情。你是文学院的吗？"

骆小竹点点头："是啊。"

赵逸飞问："跟你打听个人。梁燕，认识吗？"

骆小竹眼珠一转，刚要再说点什么，就听身后有人嚷嚷了句："骆小竹，你磨磨蹭蹭的干吗呢？"

不远处传来男生不满的喊声，骆小竹有些慌张地转过身，沈千秋也循着声音望过去，就见不远处两个男生一前一后朝着这边走来。走在前面的是一个穿黑色风衣的男生，个子高大，模样长得也很端正；后面那个穿白色外套的就更眼熟了，不正是白肆？

她看向对方的工夫，对面那两个人也看到了她。白肆原本走得慢吞吞的，见到她的瞬间就加快了步伐。走到她面前时，眼睛几乎是亮晶晶的："你怎么来这儿了？"

身旁的骆小竹不紧不慢地跟了句："她是来调查梁燕的事的。"

"梁燕？"白肆有些纳闷："那是谁？"

一旁的高个男生也不明所以。

骆小竹正要解释，沈千秋咳了一声："那个……"她晃了晃手机，"给你打了两遍电话了，一直没人接。"

白肆皱着眉一摸自己的口袋，随后有些懊恼："忘在寝室了。"他目光一扫，看到站在一旁的赵逸飞。他脑子转得飞快，很快反应过来："是今天早上那个事？"

沈千秋"嗯"了一声。

白肆说："这地方不方便聊天，你跟我们来吧。"

骆小竹却不干了，跟在后面喋喋不休："哎，你们是要打听那个梁燕的事吗？听说她前几天失踪了，我认识她的！"

沈千秋听到这话，停下脚步，和赵逸飞对视一眼，而后说："那你也跟我们一起来吧。"

3.

白肆找的这家咖啡馆就在学校一角。

下午三点来钟的光景，咖啡馆几乎没什么客人。一行人走进去就占了最大那张桌子，白肆站起身想要喊服务员，赵逸飞已经先一步站了起来："你们几个还是学生，饮料就由我来请吧！都想喝什么？"

骆小竹转过脸，似笑非笑地看着他："你请？难道还能回单位报销？"上次的禁毒宣传活动结束后，沈千秋为了躲避白肆匆匆逃走，留下的校园一卡通还是赵逸飞帮忙还的，所以这两个人也算有过一面之缘了。

赵逸飞顿了一下，咧嘴一笑："是啊，所以你们随便点就行了。"

沈千秋瞥了他一眼。

骆小竹却干脆笑开了："别唬人了。我哥哥就是你们的领导，查案时买水吃饭从来都是自己掏腰包，你能报销才奇怪。"

赵逸飞闻言一愣："你哥？"

骆小竹把书包放在一边，大大方方地一点头："对啊，我哥就是骆杉。上次要不是他让我把一卡通拿给你们，我才懒得管呢！"说着，她有点不情愿地瞥了沈千秋一眼，又瞟向坐在沈千秋身旁的白肆："白肆，你跟她怎么认识的？"

白肆不咸不淡地说："从前就认识了。"

"从前？"骆小竹撇了撇嘴，"你是说在平城老家就认识了？"

沈千秋不由看了她一眼。本以为以白肆的性格，在学校里应该没什么朋友，可听骆小竹的口吻，这两个人平时应该走得蛮近的。

白肆扫了她一眼："问这么多干吗？他们来这儿是谈正事的。"

赵逸飞借机插了一句："那个……别急，别急。咱们一个一个地来啊！"他先看向白肆："你说你不认识梁燕？"

白肆摇了摇头："不认识。"

赵逸飞把梁燕的照片放在桌上。

白肆凑近仔细看了看，又摇摇头："确实没什么印象。"

骆小竹在一旁插嘴："他肯定不认识的，他跟我们不是一个专业。而且他平时下了课就走人，从来不在学校多待，怎么可能认识外系的女孩子？"

赵逸飞听了忍不住想笑，心想要这么算，你不也是"外系的女孩子"？

沈千秋却看向她："那你能给我讲讲梁燕的事情吗？"

骆小竹有点不太情愿："我跟她其实也不是太熟，你们还不如去她寝室问问……"

"梁燕死了，今早有人在街心公园发现她的尸体。"沈千秋这句话一出，骆小竹的脸色瞬间就变了。

想想也是，毕竟这还是大学校园，走失个学生或许是小事，可死人就不一样了。

骆小竹怔怔的，放在桌上的手指轻轻扭在一起："她死了？"

"是。"赵逸飞在一旁补充道，"是他杀。所以我们这趟来，主要是想多方面了解一下她生前的事。所以跟她有过接触的人和事，我们想要尽可能多地了解。"

骆小竹咬住嘴唇，轻轻点了点头："你们问吧。"

沈千秋和赵逸飞对视一眼，后者翻开随身携带的本子开始做记录。

沈千秋问："你和梁燕熟吗？最近一次接触是什么时候？"

骆小竹轻声说："我们两个不是一个班的。但几个班偶尔会在一起上大课。我对她有点印象。彼此认识，是因为有一次在商场偶遇，后来她会偶尔约我一起去商场买东西什么的。"骆小竹回想了下，说，"最近一次见她……应该是在一家电影院。我进了电影院才发现，她的座位刚好跟我挨着。她说本来是约了男朋友一起来看的，但她男朋友临时有事，放了她鸽子，她就只能自己来看了。"

沈千秋问："有关她男朋友，你知道多少？"

骆小竹说："听她提起过一两次，好像是个上班族，具体的她没怎么说过。"

赵逸飞问："你们一起逛商场的地方是？"

"银泰百货。"

赵逸飞问："还有其他印象比较深刻的事吗？"

骆小竹托着下巴思索道："我对第一次印象比较深。那天我在一家常去的店里看上了条裙子，想让服务员拿一件合适的尺码试试，刚好她也走进来，抓着那条裙子也说想试穿。我们两个都穿中号，裙子只有一条，后来她把那条裙子让给了我，说因为我穿粉紫色比她好看。然后我们两个一起逛了差不多有半个小时吧，她买了几件衣服，还有一双鞋子。我记得那双鞋子是MiuMiu的，鞋跟很高。我跟她说那样的鞋穿起来不舒服，她还说不要紧，她个子矮，跟她男朋友走在一起，穿高跟鞋比较配……"

沈千秋又问："你觉得她是怎么样的一个女孩？"

骆小竹想了想说："她挺大方的，说话也豪爽，算是那种比较好交际的人……"

"如果想起任何跟梁燕有关的线索，就打这个号码。"赵逸飞从记事本上撕下一张纸条，递给骆小竹，又跟白肆说："因为你今早在公园附近出现，可能以后还会有些事情麻烦你……"

沈千秋看了白肆一眼，说："我有他的电话。"

白肆并不是个浑不懔的人，见沈千秋这样急急忙忙替他说话，也点点头，说：“我知道。今天是个例外，忘带手机。以后你们随时都可以联系到我。”

"白肆都不认识梁燕，这个案子肯定跟他没关系的。"说着，骆小竹也有点纳闷，"不过白肆，你今早为什么会出现在街心公园那边啊？"

白肆轻轻抿着唇，似乎并不准备回答这个问题。正在这时，骆小竹的电话响了起来，她连着"嗯"了两声，又说了一声"知道啦"，就站起身收拾东西。

见赵逸飞盯着她看，骆小竹扬了扬下巴："是我哥来接我啦！"

赵逸飞和沈千秋对视一眼，一齐站了起来。

骆小竹见状，嘴角抿起一朵得意的甜笑，背上小书包，又看向白肆："白肆你也来啊。"

几个人一齐走出去，掀开门帘，就见穿着一身黑色休闲装的骆杉站在不远处，墨黑的眉微微皱着，正低头盯着手机看的出神。

"哥！"骆小竹一见到人，就跟见到溪水的小鸭子一般，撒了欢地冲过去，双手挂住男人的脖颈，"怎么今天这么好来接我？"

骆杉嘴角绽出一抹笑，揉了揉她的发顶："不是你昨晚说的，今天下午只有第一节有课？你喜欢的那家日式餐馆今天开业，带你去尝尝鲜。"

骆杉平时在警队总是一副不苟言笑的模样，不过他长得好看，越是冷峻越招警队里那些姑娘喜欢。倒是在骆小竹面前这副言笑晏晏的样子，让边上的沈千秋和赵逸飞觉得有点陌生。

"好哇！"骆小竹欣喜地拽住骆杉的手臂，突然又想起什么，转过身介绍，"哥，他们是你的同事吧……"

骆杉抬起头，看到沈千秋和赵逸飞的时候，眼睛里闪过一丝惊讶："是你们，怎么……这边有案子？"

"是。"沈千秋解释道，"就是今早街心公园那个案子。"

赵逸飞则笑嘻嘻地回道："骆队，没想到在这见面了。"

骆杉浅笑了下，揉了揉骆小竹的头顶："过来接我妹妹吃个午饭，你们要不也一起？"

沈千秋做了个手势："不用了。我们还得继续……"

骆杉了然地点点头，圈住骆小竹的肩膀："那就不打扰你们了。"

目送着两兄妹走远的背影，赵逸飞幽幽地说了句："警队的妹子有一半都在怀疑骆神探是个Gay，另一半在赌他受了情伤所以对女人无感。这么看来，骆队是个护妹狂魔啊。"

沈千秋白了他一眼："人家工作很忙的好吧？谁跟你似的？"

"我也很忙啊！"赵逸飞委屈地撇嘴："我这忙着查案，连免费午饭都没蹭上。"

"出息！"沈千秋一拍他手上的小本，"梁燕的寝室还没去呢！"

赵逸飞左右张望："哎！那小子什么时候走的？"

4.

学校有关部门很快闻风而至，两个人顺利进入女生寝室，宿管老师拿备用钥匙打开门之后，跟在两人后头一起进了屋。她在一旁解释说："待会儿如果有学生提前回来，就由我来开门，说是例行检查卫生就行了。"

沈千秋表示理解，又问："哪个是梁燕的床位？"

宿管老师显然有备而来，看了眼手上的登记表回答："B床。噢，就是你后身后那个床位。"

临安大学的女生宿舍都是四人间，上面是床，下面是书桌和衣柜，再往外还有一个方便晾衣的小阳台。赵逸飞扫了一眼阳台，见上面挂着不少女生贴身衣物，便转回身，专注研究梁燕床位的那个衣物柜。

沈千秋看出他的尴尬，便推了他一把："我来。"说着话，她从桌上拿起一根女生别头发的细米卡子，对着柜子上的锁头研究起来。不多时，就听"咔嚓"一声暗响，那枚黄铜色的锁头应声打开。

赵逸飞笑着吹了声口哨："师妹，你这招练得真是出神入化啊，将来退休了还能去小区摆个摊多赚点外快。"

沈千秋回身给他一个冷眼。

宿管女老师一直有意无意地朝这边看，见到两个年轻警员说话间开门撬锁，把梁燕的衣柜抽屉都搜了个遍，脸上的表情走马灯似的变换，最终在沈千秋一个似有若无的瞥视中重归平静。

衣柜里的衣服平平常常，并没有想象中的奢侈品，都是普通的学生款式。书桌上、抽屉里包括床垫上下也都没什么发现。两个人把东西大致归位，正要离开，沈千秋的目光却突然被桌上一台历本吸引。

那是一本非常普通的台历，白底黑字，每一个月份的纸张上都印着一张风景画，算是市面上很常见的款式。沈千秋把台历本从头到尾翻了一遍，本来是想看看这上面有没有什么特别的标注，没想翻到最后一页的时候，里面掉出一片核桃大小的金叶子。

沈千秋把这片金叶子放在手心掂了掂，不禁微微蹙眉。她本以为这东西应该是铜镀金的，但质感和重量都不对，这看起来更像是一片纯金打造的金叶子。

赵逸飞也看到了这个东西，他眼睛尖，伸手就指向靠近叶柄的位置，那里刻了个小小的"金"字，最下面好像还有个编号：06。

两个人对视一眼，沈千秋把金叶子收进袖口，转身朝那位宿管老师说了句："这个台历本，我们需要带走。"

那位老师早就接到校领导的指示，自然没什么异议。

这趟宿舍之行非常短暂，从上楼到走下来，才过了短短十几分钟。

避开人群，沈千秋拿出金叶子，捏在指尖摩挲："这个好像……"

赵逸飞突然咳了一声。

沈千秋的动作一顿，眼角瞥到一道白色身影，下意识就要把金叶子藏起来，然而白肆的声音已经响起："千秋。"

赵逸飞笑呵呵地开口道："白肆，还没去吃饭啊？"

"不太饿。你们这是……刚从女生宿舍出来？"

两个人身后不远处就是女生宿舍楼，这答案也是再明显不过了。沈千秋一抬眼，就见白肆定定地看着自己，不禁有点不自在地移开目光。

白肆早就看到她藏东西的动作，也大概猜到她手上的东西是哪里来的，见她目光游移的模样，脑海里突然闪过小时候两个人做错事匆忙掩盖现场的样子，不禁有些想笑，便说："别藏了，我都看到了。"

沈千秋面子上有点挂不住，绷着脸说："我们这是在查案，白肆你别闹。"

白肆唇角依旧噙着笑，目光沉沉地看着她："你根本就不知道那是什么东西，要怎么查？"

沈千秋和赵逸飞一齐看向他，赵逸飞反应快，嘴巴也快："白肆，你知道？"

白肆见这两个人都目光灼灼地看着自己，尤其沈千秋，相比她此时此刻这副一本正经的模样，他还是更怀念记忆里那个昂首挺胸对他颐指气使的小千秋，哪怕被她支使得团团转，他也甘之如饴。

这么想着，白肆嘴角扬起一丝笑，看着沈千秋道："把东西再给我看一下。"

沈千秋略迟疑了一下，还是把手上的金叶子递了过去。

白肆把东西捏在指尖一掂，就说了句："是纯金的。"

沈千秋刚刚想说的就是这句话，此时不禁点了点头："嗯。本来我还想着会不会是铜镀金，但后来觉得重量不像。"

白肆把东西拿起来，朝着阳光照了照，他也看到了叶柄上那个"金"字和编号。

赵逸飞见他半天不说话，催促道："你到底知不知道这东西的来历？"

白肆放下手，看着两人微微一笑："我有个猜测，不过……我带你们去见个人吧。他知道的东西比我多，看东西……也比我准。"

沈千秋奇道："什么人？"

听白肆的口吻，这个人还挺厉害。

白肆笑道："一家火锅店的老板。"

赵逸飞听得奇怪："火锅店老板，懂这个？"

白肆瞅了他一眼："去了就知道了。"

"那咱们这就动身？"

白肆摇头："他那边得提前预约。这样吧，明天中午我去你们单位楼下。咱们一起过去。"

Chapter 04

流 | 金 | 岁 | 月

1.

第二天中午，白肆带两人去了一家火锅店。

店面不大，走进去只觉人声鼎沸。火锅四溢的香味，袅袅蒸腾的白烟，还有往来穿梭的服务员，把整间店子渲染得红红火火。

沈千秋也有些心里没底，不由得看了白肆一眼。烟火缭绕间，白肆粲然一笑，拉起沈千秋的手臂抬步向内走去："到了这儿，就一切听我安排。"

大厅的桌子是一水的木头圆桌，桌与桌之间仅有容一人通过的距离，基本抬眼就能看到相邻桌上的菜色。赵逸飞边走边咽口水："这家的火锅味道太正了，光闻味道就知道是我们那边的锅底……"

白肆轻车熟路领着两人一路往里走，一边点点头："你还真说对了，这家老板就是地道的四川人。"

绕了两个弯，三人进了后院，来到一条走廊。走廊一边是一间接一间的雅座，另一边正对着庭院。院子不大，植一棵古柳，两树桃花，再加上一个养着活鱼的水缸，把地方占得满满当当。

四月的临安，柳树新绿，桃花落尽，但好在院子里一盆接一盆地摆着不少芍药花，红的粉的，开得正热闹。这一院子红红绿绿，再加上那一缸子自在悠然的鱼，透出一股子世俗烟火的热闹气。

三个人往走廊里这么一站，迎面就走过来一个穿着黑色制服的服务员："三位，咱们后院的房间都需要提前预订的，不知……"

白肆开口就道："订了，姓唐。"

那服务员听了就一伸手，示意三人跟着他走："三位往这边请。"

订好的雅座在正手第三间。走进去就会发现，房间装修得实在不能更简单，白围墙水泥地，木头桌木头椅，乍一看还不如前面大厅显得体面。

白肆径直在面朝着门廊的位子上坐下来。赵逸飞不禁瞟了他一眼，见他没有半点反应，就小声提醒了句："白肆，那位子是上座……"

雅座既然是唐先生订的，他们又是有求而来，论理应当把上座的位置让出来才是。

白肆闻言，眯着眼睛一笑。不等赵逸飞再讲话，门帘掀开，打外面走进来一个人。瘦高个，蜡黄的脸，耷拉眉毛大小眼，穿一件半新不旧的黑棉衣，走进来就拱着手满脸堆笑："唐少，大驾光临，蓬荜生辉啊！"

赵逸飞噎了一下，左看右看，最后终于确定，来人嘴里的"唐少"，称呼的就是坐在主位上的白肆。

但在场反应最大的人还不是他。沈千秋之前坐的位子有点逆光，门外有人进来时，她得稍微眯着眼睛才能看清对方。等那人又往前迈了一步，整张脸落入阴影之中，清晰的五官特征凸现出来。沈千秋先是微微皱起眉，紧接着浑身一个激灵，"腾"地一下站起来，两步冲到那人跟前，扯住他一边的手臂道："你是……你是章……"

情绪来得太突然，不说别人，连沈千秋自己都没料到，开口说话时都有些含混不清："你是章……"

那男人一眼大一眼小，一双耷拉眉显得特别丧气，眼看着沈千秋冲过来揪住自己的手臂，第一反应竟是抬起另一条胳膊挡住自己的脸："哎，哎，有话好好说，别打脸！"

沈千秋一把扯下他挡脸的手，冲他说道："章叔叔，是我，你不记得我是谁了吗？"

那人两只手都被她制住，本来比沈千秋还高一点的个头，却没有半点要反抗的意思，只是怯怯地撩起眼皮儿，把沈千秋从上到下飞快打量了一遍，才说："这位……大姐，你看你是不是认错人了？我不姓章，姓李……"说完，又求助地看向白肆，"唐少，你帮着解释解释噻。"

他开口说话的时候，沈千秋有了一瞬间的恍惚。印象里的那位章叔叔口音复杂，南腔北调，川音京腔夹杂着来，小时候她就怎么都分辨不出他究竟是哪里的人。而今这位姓李的人，一嘴川普再明显不过。她平时总和赵逸飞混在一起，常常听他不时冒两句家乡话，时候长了对川蜀一带的口音也很是了解。

再看这个人的模样，虽然五官与当年章叔叔的几乎一模一样，气质却大不相同。那个章叔叔虽然吊儿郎当，却不会像眼前的人这样畏畏缩缩，对一个女人都不敢动手挣扎。

沈千秋目露狐疑，却渐渐松开手，那姓李的又讨好地朝她笑了笑："大姐，我姓李，大名李三川，熟悉的朋友都叫我六子。我和唐少也算得上旧相识，不信你问他，这间火锅店我都开了三年多了……"

白肆早在沈千秋冲上去的时候就跟着走到近前，此时看也不看李三川，只问沈千秋："怎么回事？"

这个人的岁数约莫四十岁，沈千秋叫他"章叔叔"，又是一脸许久未见的模样，想来这个人是在当年那件事发生之后才认识的。那个时候姓章的有多大，三十出头？他们年龄相差不小，又压根不是一个圈子的，千秋怎么会认识这种人？

沈千秋不想让另外两人过多知道章叔叔的事，干脆垂下眼帘："没事……认错人了。"

白肆和赵逸飞一齐看着她，两个人都没说话，但心里的判断却如出一辙：这姑娘在说谎。

白肆眼色微沉，十多年的光景，如今再度重逢，沈千秋不仅时时处处跟他保持距离，现在还会对他撒谎了。

赵逸飞则在心里暗叹：女娃娃长本事了啊！张口谎话面不改色啊！

李三川非常明显地松了一口气，整了整棉衣里的衬衫领子，招呼几个人："误会一场，误会。那个……唐少，两位大哥大姐，坐啊！"

三人心思各异，各自落座。

李三川把桌上现成的碗筷分出四份，分别摆在几人面前，一边赔着笑说："唐少今天赏光，说要带两位朋友过来。我这小地方，也是许久没有高人赏光了。咱们今天吃好喝好，聊好玩好，尽兴哈！"

赵逸飞不免有点愕然："你是这家火锅店的老板？"

李三川挺直腰板，面露羞涩："是呢。"一面又整了整自己的衣领，颇为忐忑地看了白肆一眼。他背对着门坐在最下手的位置，明显这餐饭是打定主意当陪客的。他说，"唐少今天叫得急，我这事先也没来得及换衣服，让二位见笑了。"

沈千秋此时已经冷静下来，冷眼观察着李三川，见他每说一句话前，都要不自觉地整衣领，透过领口可以看到里面厚实的绒面。其实他穿的根本不是正经衬衫，是近两年冬天网上热销的休闲款，那领子无论多用力也是立不起来的。

李三川似乎也察觉了沈千秋一直在看她，便说："这位大姐……怎么称呼？"

沈千秋来了精神，顺嘴说道："你看着比我大多了，干吗一直叫我大姐？"

李三川有点羞涩，还有点委屈："那什么，这年头叫小姐多不和谐……"

如果沈千秋不是心里装着事，此时还真要喷笑出来。但她确实笑不出来，只是抽了抽嘴角，道："李老板还真是很为女性着想。"

李三川很不好意思地说道："那是，我们四川人，对女士都尊重得很。"

赵逸飞插了句话："四川哪里的？"

"眉州。"说着又颇为自豪地加了句，"苏东坡的故乡。"

赵逸飞顿时眉开眼笑："我最喜欢你们那儿的回锅羊肉，真是一绝。我妈妈就是那边的，眉州我常去，你家在哪里啊？说不定和我外婆家是邻居呢！"

李三川也笑嘻嘻的："我从小就出来混，多少年没回去过，那里早没家咯。"说着，又环顾房间，"这里才是我的家。锅子一热，三花一沏，巴适得很！"

赵逸飞挑了挑眉："嫂嫂是哪里人？"

李三川略显羞涩："光混一条，还没成家。"

赵逸飞也学着他之前的模样打量四周，叹了口气："可惜了，要是再来个老板娘，你这日子才真安逸了。"

李三川连连笑着："不急，不急。"

这两个人一来一往的工夫，桌上菜盘也摆了起来，九宫格大锅，热气腾腾，周边围着摆了一圈盘子，牛羊鱼肉，各色蔬菜，油豆皮、宽粉、红薯粉……可谓应有尽有。

上菜的服务员退了出去，李三川端起面前的茶碗道："我自己配的三花茶，降火气，配着火锅吃，比那种灌装的饮料喝着好多了。"

赵逸飞掀开盖碗，笑着说："我还是更喜欢竹叶青，喝着清爽。"

李三川耸了耸眉："这个有！咱们这是四川火锅嘛，只要跟家乡沾边的，整起来！"说着，他就起身，几步奔到门口，朝外嚎了一嗓子："泡一壶竹叶青来！"

沈千秋冷眼旁观，要说赵逸飞也算很会套话的，但这李三川看似羞涩怯懦，实则滑不溜手，半天下来一句实质的东西也没有。想要从这人嘴里套话，难！

赵逸飞也朝她投了个眼色，意思跟她心里想的一样，这个人不好搞。

火锅热气腾腾，一直没说话的白肆这时开口了："李老板，我今天带这两位朋友来，是来给你送生意的。"

李三川此时已经重新坐下来，闻言便笑逐颜开，拱手道："多谢唐少关照！"

赵逸飞和沈千秋对视一眼，后者从口袋里取出那片在梁燕台历本里发现的金叶子，放在桌上："李老板认得这东西吗？"

李三川只瞄了一眼，就垂下眼皮，伸出三根手指头。

沈千秋还没反应过来，白肆已经开口道："知道什么你就说，下次我过来一起算。"

李三川点了点头，慢悠悠地道出一个名字："'流金岁月'，几位听说过吗？"

赵逸飞说："好像是一个会所？"

李三川道："就是一个会所。"

三个人等了又等，李三川却不再说话了。

沈千秋有点沉不住气："只有一个名字，没别的了？"

李三川笑了："你们问我这东西的来历，我说了。剩下的，如果还要问，那就是第二宗买卖。"

沈千秋陡然明白过来他之前竖起的手指头，还有白肆说的那句"一起算"，都指的是钱！之前她一直以为，打听消息的钱是算在饭钱里的，可看现在这样子，明显饭钱是饭钱，打听消息的钱要另算，而且还是一笔不小的数目。

她立即伸手，把金叶子拿回来："那我们不问了。"

赵逸飞拿眼睛瞟她，沈千秋回瞪了他一眼，又看向白肆："我们没有别的问题了，就这样吧。"

白肆哪会猜不到她的那点小心思，不过已经从李三川这问出了门道，他也就不愁没有其他路子了。于是他朝李三川点了点头，说："多谢李老板，之前约好的时间，我会再过来一趟。"

李三川笑嘻嘻地站起身，朝三人一拱手："那我就不打扰三位了，吃好喝好啊。"说完就出了屋。

火锅烧开，香气四溢，赵逸飞已经毫不客气地动起了筷子，沈千秋侧过脸，轻声问白肆："刚刚他比三根手指头，是多少钱？"

白肆看着她，目光沉沉："放心吧，没多少钱。"

沈千秋有点不满地看他："这是我们想要打听消息，怎么可能让你掏钱？你就说吧，多少钱！"

"什么多少钱？"赵逸飞把几样菜分别放进几个格子里，插了句嘴。

沈千秋一直压着嗓音说话，就是怕被赵逸飞听见，没想到还是被他听到了，不免有点郁闷。倒是白肆反应快，接了句："没什么，千秋问这顿火锅多少钱。"

沈千秋心里却是另外一套想法。她正想说话，就听白肆说："这事不用你操心。李三川欠了我一笔债，等下次我过来，不用我给他钱，他还得反过来还我的钱。"

口气倒是不小。

赵逸飞闻言不免多看了白肆两眼，沈千秋却越听越不放心："你小心点。李三川这样的人也不好惹。"

白肆听了这话，心里蓦然一暖："放心吧。我都有数。"

2.

晚上九点半，沈千秋身着红色连衣裙，外套卡其色长风衣，脖子上系了条银色丝巾，准时出现在这家名为"流金岁月"的高级会所门口。

两个小时前，两个人明明在电话里约好，要一起装作普通客人进这家"流金岁月"探探底。可到了约定时间，沈千秋已经在会所附近等了将近二十分钟，却怎么都不见赵逸飞的身影。

沈千秋扫了眼手里握着的手机屏幕，依旧没有任何消息，便按照从前两个人商量好的，发了条暗号过去："我已经到家了，放心吧。"

这个暗号是之前他们队里有行动时彼此间常用的，大家都知道什么意思。无论骆杉那边有什么突发情况，看到这条信息，都会知道她已经先行进了会所。

发完信息，沈千秋捋了捋垂在肩膀的发丝，昂头挺胸地朝着门口走去。

站在门口的两名服务生先是朝她微笑，见她没有任何举动就要入内，其中一人便伸手将她拦了下来："这位小姐，请出示您的VIP卡。"

沈千秋一脸愕然："VIP卡？我朋友没跟我说来这里还要出示卡片啊！"

沈千秋表面装得惊愕又无辜，心里却暗叫糟糕：之前和赵逸飞商量的时候怎么没想到这一层？

然而现在说什么都晚了，沈千秋正在懊恼，就见那个率先说话的服务生脸上露出有些怪异的微笑，随后对她说："这也不妨事。等您的那位朋友到了，他一张卡可以带三位朋友进去。您可以到那边的咖啡厅坐一坐，等一等。"

沈千秋顺着他手指的方向看去，就见不远处果然有一家咖啡厅。只能瘪了瘪嘴，不太情愿地"嗯"了一声，扭身就要走。

刚转过身，她便险些撞进另一个人的胸膛。沈千秋下意识地伸手去挡，拧着眉心抬起头，就见面前站着一个年轻男人。四月里的天气，自己为了出任务穿连衣裙加风衣还觉得有些冷，这个人竟然只穿一件黑色衬衫，领口的扣子还解开了两颗，露出精壮的小麦色胸膛。

沈千秋有些不耐烦地瞥了他一眼，错开步子要走，谁知那个人也跟着自己向左挪了一步。沈千秋以为是凑巧，刚向右走了一步，谁知道那个人也向右移动步伐。

这明显不能用"凑巧"解释了。

沈千秋沉下脸，抬起眼睛看向那男人。这男人长着一张让人讨厌不起来的脸，眉毛很浓，眼睫毛很长，五官深刻硬朗。沈千秋抬起眼睛瞪他的时候，他刚好绽出一个笑容来："这位小姐不是想进去吗？我可以带你进去。"

　　沈千秋警惕地看着他，退后两步："谢谢。我等朋友。"

　　哪知道男人从裤子兜里摸出一片金叶子，朝门口那两个人一闪。金叶子！和她放在手提包夹层里的那片一模一样！所以金叶子就是"流金岁月"的VIP卡？沈千秋瞪目，还想转头再看看清楚，哪知那男人一把拽住沈千秋的胳膊，另一手锢住她的腰身，扳着她整个人向后转，随后一推一搡。沈千秋连一声呼救都来不及，就被他推了进去。

　　身后，两名服务生配合地关上大门。

　　看不出这男人还是个练家子！沈千秋何曾被人这样强迫过，顿时心头火起，手肘后抬，向着男人的肋下狠狠一击。

　　那男人这次却没躲闪，硬是吃下她这一击，从身后绕过她的双臂，圈住她的腰身，凑近她耳边低声说："沈警官，我也是受人之托。看在我刚刚帮了你的份儿上，不如暂时先放小的一马？"

　　沈千秋微微一愣。今晚的行动只有自己和赵逸飞两个人知道，那小子又迟迟不现身，难道这人是他找来的帮手？

　　"你是赵逸飞的朋友？"话问出口，沈千秋又隐隐觉得哪里不对劲。赵逸飞那小子和自己一样，生活圈子单纯得很，哪里来这样野路子的朋友。

　　那陌生男人不置可否，继续低声说："这里面乱得很，沈警官如果想全身而退，就乖乖跟紧我，不要乱跑。"

　　沈千秋发觉他松开怀抱，刚想向前一步拉开两个人的距离，左手已经被他紧紧拉住。

　　那男人朝她笑了笑，道："你不是想见见世面嘛，跟我来。"

　　走廊里铺着浅金色的地砖，墙壁却是朱红色的，灯光明明灭灭，一路走来，才发现那灯是声控的，多是依靠人的脚步声或者说话声才会亮起。暖黄色的灯光打在墙壁和地砖上，耀眼的金色与庄重的朱红融合成一种奇异的色彩，让人觉得雍容之中别有一份诡谲。

沈千秋一路走一路看，临走到走廊的尽头时，就听那男人用含着笑意的语气说："一条破走廊有什么可看的，待会儿到了楼上你还不得看花了眼？"

到了尽头才发现还有一个拐弯，拐过来是一部电梯，刚好停在一楼。两个人搭乘电梯走进去，依旧是手挽着手的姿势。在旁人看来或许显得颇为暧昧，但只有沈千秋自己知道那手劲儿大得让人手掌酸痛。沈千秋明白，这是这个陌生男人对自己的无声警告，示意她不要乱来。

电梯上行，一楼的电梯门映上一个年轻男子的身影。他抬头望了眼电梯停靠的楼层，又看了看手机里的信息：我只负责把她带进来，能不能安全离开，要看这位小姐自己的表现了。

电梯"叮"的一声停在三楼。沈千秋微微皱眉，她从未来过类似的地方，总觉得建了个电梯却只停在三楼的高度，显得有些多此一举。

那男人似乎看出她心中所想，便借着扶她肩膀的姿势低声说道："普通客人只能从这一个口出入。敢来砸场子的，进来容易，出去可就难了。"

沈千秋眼中闪过一丝了然，不禁又看了看面前的男子。

男人拉着她的手，引她走到一处沙发坐下来："任何地方，都有一些不成文的规矩，我只说一遍，你要听仔细。"

不远处就是一张单人皮质沙发，男人扶着她坐下来，自己则坐在扶手的位置，俯下身轻声说道："第一，不要喝任何人递过来的饮料。包括那些所谓的'熟人'。"

沈千秋微微点头，这点常识她还是有的。那男人见她微微垂着眼，一副仔细聆听的乖巧模样，不复初见时的冷傲跋扈，便又接着说道："第二，不要离开同你一起来的男伴。孤身一人出现在这里的女孩子，往往会被默认是来找主儿的。"

沈千秋蹙眉，不禁侧眸看了他一眼，这才是他从进来时起就一直拉着她手的原因吗？

正在这时，风衣口袋里的手机响起，她摸出来一看，屏幕上闪动着赵逸飞发过来的信息：你在哪儿？这边没卡进不了，你进去了？

沈千秋心中一沉，之前的怀疑得到印证。赵逸飞自己都进不来，那么面前这个男人是受谁所托引自己来的？还是他本来就不是好人？

3.

前后不过十几秒的工夫，可是当沈千秋抬起头时，那个男人已经不见了。

沈千秋悚然一惊，不由得站了起来。大厅里人来人往，男男女女皆穿得体面优雅，有人手里拿着香槟，也有三两男女凑在一处说说笑笑，哪里还有那个男人的身影？

寻找那个人影踪的同时，沈千秋也注意到，来往的许多男人都在盯着她瞧。沈千秋不由得低头看了眼自己的装束，这才发现，房间里的女人大多穿着轻薄的衣裙，像她这样裹得严严实实穿着风衣的，无疑是独一份的风景。

其中一个穿着西装的中年男人大概是留意到她脸上一闪而逝的慌乱，踱着步子走过来，朝她递过来一杯香槟："这位小姐。"

沈千秋记起男人走之前说的话，不管那个人到底是谁，至少他那两条警告听来还颇为靠谱，当即冷下脸色道："不用了，谢谢，我等我的朋友。"

那男人穿一身灰色西装，看起来四十来岁的样子，身材保养得宜，容貌也勉强称得上英俊，只是眼底的浑浊之色让人看了生厌。见沈千秋脸色冷傲，他的眼中闪过一丝兴味："你的朋友去哪里了？或许我可以帮你找找。留一位美丽的小姐独自在这儿，可有点不大绅士。"

沈千秋干脆别开脸："失陪。"她见有服务生推一辆餐车过来，上面摆满各色食物和矿泉水，便赶紧迎上去，端了一杯水。

水送到唇边时，她突然觉得哪里不对。垂眸一看，就见敞口杯里的透明液体冒着一粒一粒的小泡泡，隐隐还能闻到一丝烈酒的味道。

这鬼地方竟然连杯普通的矿泉水都没有！

沈千秋一时也有点慌了手脚，转过身想将杯子找个地方放下，却看到之前那个向自己搭讪的中年男人露出一抹了然的笑容。

沈千秋既尴尬又恼火，可想到原本的打算，只能按捺住心头浮起的急躁，端着杯子又坐回之前那张沙发。

中年男人丝毫没有要走的意思，不慌不忙地又走了过来，并状似体贴的躬身问："小姐是想喝矿泉水吧？"

这个问题倒不越界。她点点头："有点口渴。"

男人露出笑容："这里只有包间才供应矿泉水。"他打量着沈千秋身上的衣物："看样子小姐是第一次来这边。"

沈千秋见他目光停留在自己穿着丝袜的小腿，不禁泛起一阵恶寒，清了清嗓子道："你们这里有卫生间吗？我朋友刚刚说他想去方便一下。"

那男人听了这话，微微一愣，旋即绽出一抹大大的笑容："他这样说？"

沈千秋也有点愣住了，她看出男人的笑容不对劲，却不知道自己这句话有哪里不妥。

那男人不禁更凑近些，他一手撑着沙发扶手，另一手挑起沈千秋的一缕发丝，捻在鼻端轻嗅了下，哑声笑着道："你那位朋友今晚是不会回来了，不如你跟我走好不好？"

沈千秋哪里见识过这样的挑逗，在她眼里，这不是调情，而是挑衅，当即脸色一变，"腾"地一下站了起来。

那男人被她的举动吓了一跳，下意识地就松开了手。然而他松手的动作还是慢了一步，沈千秋一站起来就觉得头皮一阵剧痛，那缕头发差点就被自己贸然起身的动作彻底扯断了。

沈千秋咬紧牙关，才没叫出声。她僵着脸刚要开口，就看到三步开外的地方，站了一个压根不应该出现在这里的人。

而面前的这个人，脸色也不比她好看多少。

这时，白肆阴着脸，大步走上前，拉起沈千秋就将她圈进怀里，对着那个中年男人道："她是我带来的女伴。"

那中年男人先是不解，随即脸色也是微微一变。要知道在这栋楼里，并没单独供客人使用的卫生间，卫生间和矿泉水一样，都是在套房里才供应的。也就是说，但凡有人说他要去卫生间方便一下，就意味着这个人已经找到主了，不会再在这个大厅逗留下去。中年男人正是因为有这层常识，才在听到沈千秋说她的男伴离开方便后，放心大胆地开始自己的猎艳行动。

而白肆的出现，则让他突然想到了另一种可能。能在这里自由出入的，必定是比自己这样的高级VIP更不好惹的客户，甚至是这家会馆的股东一类的大人物。

白肆穿着一身银灰色的西装，黑色衬衫搭配暗红底银色细条纹领带，腕上的欧米茄手表是全球限量款，气质既冷且傲，看起来绝不是普通人家能教养出来的男孩子。

但实在太年轻了。

中年男人将他反复打量了一番，又将目光投向沈千秋，试探着问道："你们两个一起来的？"

沈千秋哪里看不出这个人眼底的怀疑，其实她此时心底也早已掀起了惊涛骇浪。但事有轻重缓急，白肆明显是过来替她解围的，她不能在节骨眼上跟他较真，所以她暗暗深吸一口气，硬是做出一副有些羞涩的笑容来："是啊。我早就跟你说，我的朋友暂时离开一下，马上就回来的。"

中年男人笑了笑，拿起自己的酒杯朝两人示意："那不好意思。"走出去几步，他还回身向两人投来将信将疑的目光。

沈千秋还在迟疑，白肆已经捏住她的下巴亲了上去。

尽管只是蜻蜓点水般的一吻，也足够沈千秋整个人呆在原地。

4.

白肆看似举止熟练，其实心脏也跳得险些冲出喉咙，脸上也热辣辣的。见沈千秋呆在原地的样子，黑白分明的眼睛就那样一眨不眨地看着他，色泽嫣红的唇微微张着，没有了平日的潇洒泼辣，却别有一份纯净若水的清丽，不禁更是心头一热。

捏着她下巴的手还停留在那儿，白肆索性把心一横，低下头就要再亲。沈千秋这时已经反应过来，抬手就打。

白肆不用看也知道，这时候身边看热闹的人不少，哪可能让她这时候打下来，另一手也飞快地抬起，刚好包握住她的手，十指纠缠，更显暧昧得厉害。

周围已经有人低声起哄，还有女人吃吃笑出了声。

白肆顾不得更多，亲到沈千秋的唇之前，轻声说了句："千秋，别生气。"

沈千秋想要打人的动作就跟之前一下子站起来的时候一样，都是本能反应。这时听到白肆说的话，两个人目光相触，就见白肆一双眼睛又黑又亮，里面还透着一份怯生生的委屈，不禁心头一软，索性把眼睛闭了起来。

白肆怕惹得沈千秋真动了怒，不敢多放肆，再加上确实不知该怎么亲吻，只能在她的唇上轻轻辗转，片刻之后就松开，而后拉着她头也不回地朝电梯口奔去。

这个吻浅尝辄止，却足够让人心头甜蜜。白肆连拉着她手的动作都不禁轻柔了许多，却发现沈千秋仿佛不愿意就此离去，抗拒他的力气也越来越大。

转过身一看，就见这姑娘脸颊粉红，目光水润，明显还挺害羞的。可就这样，她还是不愿意走！

白肆心里这个气啊！

可他哪知道沈千秋的心理——才摆脱猥琐男的骚扰，又被从小看着长大的弟弟亲个正着，也让周围人看了戏，她还不如索性厚着脸皮多留一会儿好好调查调查呢！让她现在就走，她哪舍得？

可白肆的臂力大得惊人，一手拉着她的手，另一手环住她的腰，几乎半强迫式地一路推着她向前走去。

沈千秋忍不住低声反抗："你赶紧放开我！我还有正事要办呢！"

电梯门"叮"的一声打开，从里面走出来一个戴金丝眼镜的白衣男子。看到两个人似有争吵，便微微笑着问了句："这是怎么了，两位在这里玩得不尽兴？"

白肆看到男人的出现，脸上仅存的一丝恼怒也瞬间抹平，占有性地搂住沈千秋的腰，似笑非笑地说："闹了点小别扭，让贺爷见笑了。"

那姓贺的男子看了沈千秋两眼，才把目光投向白肆："你还认识我，看来是熟人的朋友了。"

白肆道："是朋友引荐来的，早就听说了贺爷的大名，但一直没有机会见面。"

沈千秋感觉到白肆狠狠掐住自己的腰侧，知道这是不让自己出声的意思。而且看面前这人说话的意思，好像是这间会馆的老板，索性垂下眼装作默认，一面偷偷打量着面前男子的穿着打扮。

刚刚匆匆一瞥，只看到这个贺爷双目细长，皮肤白皙，是那种过目即忘的平凡长相。他两鬓斑白，眼角也生着细细的纹路，虽然保养得十分好，看起来怎么也有四十来岁的样子了。再观察这个人的穿着，一身白色休闲装一尘不染，就连脚上的银灰色漆皮鞋也擦拭得光亮可鉴。听他说话的声音，也是不疾不徐的语调，一副漫不经心的样子。

沈千秋低垂着眼，双手放在身前，一下没一下地揪扯着白肆的袖子。

贺爷似乎是留意到了她的小动作，笑了一声道："改日有机会再叙吧，你的这位女朋友似乎等得有点不耐烦了。"

白肆暗暗松了口气，道了声"不好意思"，推着沈千秋就往电梯里走。

电梯门即将关上的时候，那位贺爷望着两个人，突然笑着问了句："忘记问，向你介绍我的那位朋友，叫什么名字？"

白肆险些咬碎一口牙，但还端着一副笑模样，礼貌地回道："前几天酒会上听一个朋友说的，忘记问他的名字。"

贺爷点点头，朝两个人挥挥手，示意两个人可以走了。

电梯门总算关上。沈千秋刚想挣脱出他的钳制，就被白肆一把从后面搂住。她刚想张口，就觉得耳垂被人狠狠咬了下，白肆的声音听起来又低又沉，全不复往日的清亮，还含着一丝平日少见的慌乱："别乱动，你知道刚刚自己惹到的都是什么人吗？"

沈千秋还想挣动，脑子里却灵光一闪，旋即意识到白肆这样的举动，大概是因为电梯里有监控摄像头，心里有再多的愤怒和不解，也就暂时随他去了。

电梯门打开，白肆才松开怀抱，抓紧她的手一路快步往大门方向走去。

三楼的一间监控室里，贺子高啜了一口红酒，眯着眼睛指挥坐在电脑屏幕前的工作人员："这女人进来时跟着的那个男人，还有刚刚走时陪着的那个小子，三个人的底细，都给我好好查一查。"

5.

一路走出"流金岁月"，沈千秋几乎是被押着上了白肆的车。沈千秋恨得牙痒痒，她是真没想到，白肆这小子看着劲瘦，力气却不小。像之前那样钳住她的手把她一路推进车，她居然怎么使劲都挣脱不开！

车门关上，白肆也松开对她的钳制，然而不等她说什么，这小子已经先一步顶了回去："要吵要骂等我先把你送回去再说，这边不能多待，太乱。"

车子开出去很远，手机铃声再次响起来。沈千秋把手机掏出来一看，这才想起来之前收到赵逸飞的短信之后，一直没顾得上回。估计这会儿他是有些不放心了，一连打了好几个电话。

沈千秋接起电话，"喂"了一声，才发现自己还沉浸在刚刚的情绪里，连忙缓和了语气说："师兄，我刚从那里出来。"

赵逸飞的语气显得有些急躁："千秋，你怎么不跟我商量一声，就自己一个人进去了？"

沈千秋咬了咬唇："我看到了约定时间你还没来，就……"

"刚刚李队给我打电话，听说咱们要去'流金岁月'，就让我赶紧撤，我说你已经进去了，他那边好像挺生气的……"赵逸飞犹豫片刻，又说，"不过你也别担心，明天你早点来单位，有什么事，师兄帮你一起扛。"

沈千秋心里乱糟糟的，也顾不得分辨赵逸飞的弦外之音，胡乱答应一声就挂断了电话。

挂了电话抬起头，沈千秋发现车子拐过一个弯，开上了一条自己并不熟悉的路，顿时又炸了："你这往哪开？这根本不是回我家的路。"

白肆也没什么好气："直接回你家，你以为我跟你一个智商？姓贺的那边估计这会儿已经盯上咱们了，今晚你先在宾馆睡一晚，不能直接回家。"

沈千秋心里有太多疑问，这时见他开了口，顿时忍不住了，连珠炮似的问道："那个姓贺的是什么人？你怎么会认识他？还有，你今晚怎么会出现在那里？之前有个男的领我进去，说是受人所托，是你的朋友？"

白肆似乎对她的这些问题早有准备，不慌不忙地回答："你今天去的那家会馆，就是他的，他叫贺子高，道上认识的都称他一声贺爷，也有叫贺哥的。带你进会馆的那个人是我朋友，他认识的人不少，手里又有'流金岁月'的会员卡，我临时给他打电话让他过去帮忙的。"

好，回答得真是有条不紊。那么最关键的问题来了，沈千秋深吸一口气，盯着白肆的侧脸问："你怎么知道我今天会去那儿？还有时间给你的那位朋友打电话，你跟踪我？"

车子在一处停车场停下来，白肆大概正想拔钥匙，听了她这句话，手在半空中停顿了下，又收回去放在腿上，垂下眼眸没有说话。

沈千秋见他又是这副沉默中还带点委屈的模样，不禁愈发心头火起，提高了声音问："你敢做还不敢说了？你知不知道你这是什么行为，我这是在工作，在查案子，我去哪儿你跟着去哪儿，你这是妨碍公务懂不懂？遇到危险怎么办？我和赵逸飞是警察，有的是法子从危险的地方撤离，你一个普普通通的学生跟着我们瞎掺和什么？"

白肆抬起眼睛看她："今晚这地方如果没有我，你进都进不去，更别提全头全尾地出来了。"

听起来还真是铁一般无法撼动的事实！

沈千秋依旧紧揪着最核心的问题不放："你先说你为什么要跟踪我？从什么时候开始的？为什么要跟着我？"

这些才是让她越想越搓火的问题好吗？试想，她一个正统公安大学毕业的高才生，毕业工作三年有余，居然没发现自己被一个小毛头给跟踪了，这要传出去她还要不要做人了？更何况这里面有多大的安全隐患？像今晚这样全身而退还好，倘若白肆因为想要跟踪保护自己而出了什么意外，她要怎么跟白肆的妈妈交代？经过当年那件事，她甚至根本无法想象自己跟白肆的妈妈面对面交谈的情景！

白肆依旧是之前那副不咸不淡的样子，注视着她的眼睛里透着一股笃定："为了保护你，今天白天在李三川那没收获，我就猜到晚上你和赵逸飞肯定还有其他行动，多我一个人不好吗？这不今晚我就派上用场了。"

那个赵逸飞连"流金岁月"的大门都没进去，还能指着他关键时刻保护沈千秋？能自保就不错了！

沈千秋几乎要冷笑了："你还挺机灵！今晚那是什么地方你也看到了，我是警察我不怕什么。万一今晚那个什么姓贺的盯上的是你，你说这事怎么办？到时候还不是要我反过来保护你？"

"'流金岁月'是什么地方，我比你清楚得多。"白肆见她油盐不进的样子，也怒了，"你以为今晚如果不是我出现，那个老男人会放过你？你还想跟他们打探消息，进那个大厅的都是奔着女人去的，会老老实实让你套话？"

不提这个茬还好，一提起这件事，沈千秋更怒，她这便宜倒是没让别人落着，全都肥水不流外人田，便宜白肆了！可转念一想，这小子刚刚亲人的动作也生涩得厉害，俩人估计都是第一次，谁也别嫌弃谁了！

怎么算都是一笔糊涂账，要怪就怪白肆非要在这个节骨眼上跟她进了那个鬼地方！

沈千秋越想越头疼，推开车门就想出去，却发现车门被人从里面反锁了。

"你把车门打开。"

"再等一会儿。"白肆瞥了眼车后镜，"再过五分钟，要真没什么事，我把你送回去。"

"用不着你送。"沈千秋看见后面开过来一辆出租车，伸手摁下中控锁，推开车门下了车，甩给白肆一句："早点回学校，以后我的事你少管。"

白肆眼看着人上了出租车，一拳头打在方向盘正中，车子发出一声清脆的鸣笛。

Chapter 05

故｜人｜新｜知

1.

清早，沈千秋才进办公室，就听到李队的声音："千秋，你跟我来一下。"

沈千秋抬起头，就见李队穿着一身警服，脸挂寒霜，转身进了小办公室。办公室其余几个人，赵逸飞、黄嫣儿，还有周时，都对她露出同情的神色。

沈千秋应了一声，脱掉外套放下包，跟在李队身后进了房间。

一进房间，李队就将手里那叠资料狠狠摔在桌上："沈千秋！我有没有跟你讲过，凡事都要先汇报，再行动？"

李队是个四十出头的中年汉子，性格耿直，话也不太多，平时没什么正事时是个好好先生。可队里的几个人都知道，这位出了名的"老好人"一旦发起脾气，可吓人得厉害。

李队手里那叠资料很厚，外面还扣着硬皮夹子，摔在桌上的声音特别响。不光沈千秋能听到"砰"的一声，就连外面大屋里的几个人都听得清楚，向来做文职工作的黄嫣儿更是被吓得一个哆嗦。

沈千秋抿了抿嘴唇，回答："说过。"

李队深深吸了口气，却还注意压着音调："那你怎么昨天招呼都不打一声就进了那家会所？"

沈千秋昨晚几乎一宿没合眼，早上起来强打精神提早到单位，就是想着昨晚的事还需要和李队汇报一下。没想到自己什么都没来得及说，就迎来这么一番狂风暴雨般的指责。

沈千秋也不是个脾气柔和的人，忍不住开口说："李队，您是叮嘱过我们，有什么事要先汇报上级，不能妄自行动。可这几天您和骆队一起忙着追捕3·11案的那几个毒贩，说让我和赵逸飞全权负责梁燕的案子，既然是全权负责，我和赵逸飞又是商量好才行动的，也不能算擅自行动啊！"

李队听到这也愣了一下："你说你进'流金岁月'，是为了查梁燕案？"

沈千秋点点头："对啊，我们从梁燕寝室找到一片金叶子。昨天进了那家会所我才知道，那片金叶子就是'流金岁月'的VIP卡……"

李队的脸色更怪，打断她的话说："你是拿梁燕的那张卡去的？"

"哪儿能啊？"沈千秋见越说越糊涂，就把这两天的调查情况系统讲了一遍，最后说："昨天也是特殊情况，不知道为什么赵逸飞那家伙迟到了。但我们两个确实是商量过这件事的。"

李队捏了捏自己的眉心，过了片刻，他在自己的位子坐下来，又打了个手势，示意沈千秋也坐。

"这件事是我没了解清楚就跟你发脾气，千秋，你别往心里去。"

他的语气放软，沈千秋也跟着松了口气，坐了下来。

李队抬起头，沈千秋这才看到，他的眼睛底下两片乌青，眼里也净是红血丝，看样子似乎也熬了一晚。

李队看到沈千秋也是明显一夜没休息好的样子，忍不住笑了笑："刚刚我也是太急了，不应该对你发脾气。这事也是太凑巧了……"

"李队，您的意思是……"

"昨晚和骆杉他们部门的人一起行动，把那几个毒贩抓个正着，可跑了个大头……"他扫了眼门口的方向，说，"就是那个毒贩头头张山子。最后有人看到他似乎就是进了'流金岁月'……"

沈千秋咋舌，这还真是巧了！

李队摆了摆手："既然都进去过了，你说说，有什么收获没有。"

沈千秋便把自己在"流金岁月"的过程都说了一遍，当然"技巧性"地略过白肆解救她的那个场面没提。

骆杉的重点明显放在另外一件事上："你是说，你见到了贺子高？"

"对。"沈千秋点点头，"不过看那样子，他来头挺大的，我怕引起他的怀疑，没敢多打量。"

李队苦笑："千秋，我估计你和你的那个朋友已经引起他的怀疑了。"李队说，"贺子高这个人，我们其实一直在暗中留意。他表面是个商人，名下产业涉及许多领域，但我一直怀疑他这个人的手不怎么干净。据骆杉那边的线人传来消息，说曾经看到张山子几次进出'流金岁月'……"

沈千秋听到这儿，也来了精神："那我们可以直接把人带回来问问清楚啊！"

李队沉默，过了片刻，又摇摇头："我听骆杉说，贺子高的这间会所规格很高，往来的人非富即贵。就梁燕的这个案子来说，我们如果贸然派人进出调查，恐怕他一两句话就能把自己择得干干净净。我们不仅不会有什么收获，还很有可能因此打草惊蛇，让张山子心生警惕，坏了大事。"

沈千秋有些不甘心："那就这么放着这根线不管？"

李队笑了笑，安抚道："千秋，放长线，才能钓大鱼。"

"可是……"

李队摆了摆手，阻止她继续说下去："这件事我已经有了决定，梁燕案'流金岁月'这条线，暂且搁置下来。"

"好吧。"沈千秋点点头。她正想再说什么，就听门外面"砰"的一声。

沈千秋扭头，就见门被人从外面推开，露出赵逸飞、黄嫣儿还有周时三颗脑袋。

李队哭笑不得："你们这像是什么样子！"

赵逸飞率先举起双手："李队，李队，你先别生气！我知道我们偷听不对，但你刚刚摔东西摔那么大声音……我们也是怕你把千秋给训哭了。"

周时推了推鼻梁上夹着的那副眼镜，说："李队，我觉得你们刚刚商量的事，还有再议的余地。"

李队不解："什么余地？"

赵逸飞伸手指了指自己："我啊，李队！虽然千秋暴露了，可不还有我和嫣儿呢吗？我和嫣儿可以今晚再进那间会所，把他们查个底儿掉！"

李队面色凝重，明显不太同意："太危险了，嫣儿是文职，怎么能跟着你们一起胡闹？而且……"

"就是伪装成情侣进去转转，也用不着什么工夫啊！"赵逸飞跃跃欲试："而且不是说，千秋的那个朋友有那什么VIP卡嘛，我们现在是万事俱备，只欠东风啊！"说着，他朝千秋挤了挤眼。

沈千秋两边为难。李队的话不乏道理，可赵逸飞的建议也确实让人心痒痒。毕竟，那个会所里究竟有什么秘密，她也好奇得很。如果能双管齐下，同时调查贺子高的会所和张山子的行踪，说不定能更快锁定目标，将张山子这拨毒贩一网打尽！

李队似乎也在考虑这个计划的可行性，他沉吟许久，看向沈千秋："先看看你那个朋友能不能把VIP卡借给我们用用吧。如果可以，我们稍后商量个周全的计划。"

"欧耶！"赵逸飞立刻上前，推上沈千秋的椅子就把她往外推，"千秋，千秋，快打电话！"

椅子底下有滚轮，沈千秋被他推得险些飞起来。她干脆借个机会脚一蹬地，跃到一边，抬起一只手指，指尖戳住赵逸飞的脑门："别闹！让姐先打个电话！"

这下不光赵逸飞，就连黄嫣儿都眼巴巴地看着，双手合十，一副认真祈祷的小天使样儿。

2.

沈千秋本来要到走廊打电话，刚来来回回走了两遍，就发现对门办公室的那位同事已经向她投来关注的目光。沈千秋只能走楼梯下到一楼，找了个楼与楼之间的小拐角，做贼一样摸出自己的手机。

盯着手机看了足有一分钟，电话还没打出来，倒迎来了赵逸飞的微信："大小姐，你这一个电话打北极去了？人呢？"

沈千秋狠狠瞪了屏幕一样，如果目光能杀人，那估计这会儿赵逸飞早就被千刀万剐了。要不是这小子出的馊主意，也用不着她低三下四去求人了。

深吸一口气，沈千秋打开通讯录，拨通了一个号码。

手机铃声响了约莫七八声才被人接起来。沈千秋清了清嗓子，就听那端响起一道微喘的声音："喂，千秋？"

沈千秋不禁有点奇怪："你在干什么？"她下意识地看了眼手机屏幕上的时间显示，八点四十五分，糟了，难道这小子正好在上课？沈千秋连忙说："你是不是在上课？那等你下课了再给我打回来吧。"

"不用。"白肆站在距离教室最远的一个拐角。他刚刚确实在上课，感觉到手机在裤子兜里震动，拿出来一看，没想到竟然是他以为最不可能的那个人打来的。

这还有什么可说的？赶紧溜后门跑啊！一路以百米冲刺的速度跑到一个最安静的角落，他才把电话接起来。这时候沈千秋若是再挂断了，那他之前跑这么远不就全白费了！

"我这边上体育课呢，不妨事。"白肆努力让自己的声音听起来平稳些，"你怎么了，出什么事了吗？"

"噢……也没有。"沈千秋从小到大都不太擅长做这种主动道歉的事，尤其昨晚两个人因为任务的原因，还亲了那么一……两次……沈千秋越想越不自在，鞋尖在地面上来回搓了搓，硬着头皮说："昨天晚上，是我太冲动了……我知道你都是为了我。谢谢你啊，白肆。"

手机那端，白肆强忍着嘴角上扬的弧度，轻轻"嗯"了一声："长这么大，好像是第一次听你给我赔礼道歉。我就不客气了。"

嘿！真是给点阳光就灿烂了！沈千秋刚要开口把他堵回去，听到白肆又开了口："道谢就不用了。我帮你是因为我想帮，不是图你什么。"

这么一说，她倒真不好再说什么了。沈千秋抬手用手背蹭了蹭额头，语气也透出了一丝笑意："那好吧。不过我说谢谢，也不单纯是为了道谢。是我们领导……我们队长想策划一次行动，是针对那个'流金岁月'的，想再借你朋友的那个会员卡用一用。"

手机那端沉默了一会儿，才传来白肆的声音："别的事我都可以帮你，不过这个不行。"

"为什么？"

白肆也皱起了眉："具体原因我不方便说，但卡确实不能借。"

"好吧。"沈千秋觉得白肆是不是还在怀疑她是想自己行动，不放心自己的安全才不借卡片，便又加了句解释，"其实不是我用，是我另外两个同事，他们想假扮情侣再进去一趟。"

白肆的语气也严肃起来："昨天咱们进出那趟应该已经引起了他们的注意，你们领导如果想行动，最好再等等。"

"嗯，好吧。"借不到卡，沈千秋也有点蔫，便说："我还有事，那我先挂了。"

另一端，白肆看着挂断的电话，露出一抹苦笑。不是他不愿意帮，昨天那趟已经害他那位朋友掺和进来，两边都是对自己来说非常重要的人，哪怕是千秋求他，他可以放任自己置诸险境，却不能一而再再而三地让朋友涉险。

沈千秋没精打采地回到办公室，朝李队和赵逸飞做了个"叉"的手势："行不通，他那位朋友不肯借。"当着赵逸飞的面，她不好意思说是白肆不想借，干脆就把责任都推脱到那位"不知名"的朋友身上。

李队听到这个消息，倒有点如释重负，拍了拍赵逸飞的肩膀："心急吃不了热豆腐，再想想其他更稳妥的法子。"

赵逸飞黑着脸蹭到沈千秋身边咬耳朵："什么情况？"

沈千秋耸了耸肩："人家朋友不肯借，我有什么办法。"说着，她又瞥了黄嫣儿一眼："再说了，嫣儿一个娇滴滴的女孩子，一点功夫都没有，真跟你出这种任务，估计全刑警大队的男人都要说你不知道怜香惜玉了。"

她说这话声音不大不小，黄嫣儿刚好也能听到。她咬了咬嘴唇，眼神复杂地瞥了沈千秋一眼，又低下了头。

沈千秋被她这颇为幽怨的一眼看得有点莫名其妙，又看了看赵逸飞一脸扼腕的表情，暂时把这两人的负面气场归结为"英雄无用武之地"的悲叹。

3.

下午，赵逸飞临时被抽调到李队那边跟进毒品案，黄嫣儿小脸沉闷地坐在电脑前"噼里啪啦"地敲击着键盘。沈千秋望着面前的小本本思索良久，最终决定，于公于私，今天她都要再去会一会那位老川火锅店的李三川。

出了警局，她破天荒花钱打了辆出租车，并吩咐司机："利川路，老川火锅店。"

那司机也是个老油条，答应一声踩动油门，穿街过巷，左拐右甩，前后不过二十分钟，车子就在火锅店外停妥。

下午两三点钟的光景，可以说是一天中火锅店最寥落的时候。中午的客人大多散去，留下满桌狼藉待人收整，晚上的客人这个时候且来不了，服务员挪动的步伐都明显慢了几个节拍。

沈千秋快步越过这些动作慢吞吞的服务员，大步流星地奔向后院。

才走到门口，就见那李三川一边跑一边用胳膊挡着头，不远处一道清脆的女声响亮地叫骂道："好你个李老六！长本事了啊？这才几天工夫，你都敢跟老娘对着干了？"

李三川边退边低声央求："阿南你先消消气，听我说，这事不是你以为的那样子……"

"什么叫不是我以为的那样，人都堵到家门口了，你现在才来跟我解释，早干什么去了你？"

"我是真不认识她哟！我的姑奶奶，你看看我这一穷二白，我……"

李三川哭丧着脸一跺脚，一扭身，正好和踏进后院的沈千秋来了个脸对脸："……"

沈千秋绷得一脸淡定："下午好啊，李老板。"

李三川还没开口，身后追着他一路打的那个年轻女人冲了过来，对着沈千秋上三路下三路好一阵打量，随后以迅雷不及掩耳之速拧住了李三川的耳朵："你还跟我狡辩？这不又是一个找上门的！"

"哎哟，这个真不是！"李三川都快哭出来了，朝着沈千秋直摆手，"这位小姐您要是吃火锅就去前面啊，后院雅间需要提前预订的！"

沈千秋趁着女人打量她的工夫，也把对方看了个遍。女人看起来三十来岁的模样，穿一件藏青色绸子长衫，窄脚裤，脖子上戴了好几串五颜六色的珠子并银饰，乌黑的长发辫成一个大辫子垂在肩膀，打扮得颇具民族风，张嘴却是一口地道的平城口音。

见沈千秋看她，她一眼就瞪回来："看什么看？年轻姑娘就应该懂得洁身自好，没看到他已经有主了吗？"

沈千秋闻言险些笑出来，连忙咳了一声忍住，开口道："我跟李老板之前只见过一次面，这次来……也是有点事想跟他打听。"

女人狐疑地盯着她，李三川也总算暂时挺直了腰板，握着女人的小手想先拯救自己的耳朵："阿南你听我说，这个真不是……"

被叫作阿南的女人再次精准地拎住李三川的耳朵，示意他不要轻举妄动。随后朝着沈千秋绽出一朵笑："好，来者是客。这位小姐既然是有事打听，那就跟我来。"

沈千秋只得跟着这对冤家移步到后院一间屋子里。

进了屋子才发现，这房间并不是上次来吃饭的那种雅座，应该算是自家用的一间书房。房间里摆着旧式大书柜，长书桌，玻璃立柜，侧面摆着两把椅子并一张茶几。

书柜上摆着不少书。沈千秋扫了几眼，发现书籍的种类很杂，有新有旧，能看出来这些书并不是当摆设用，而是确实有人时不常地在翻阅。

沈千秋在女人目光的指示下，找了张椅子坐下来，微笑着寒暄道："没想到李老板还是爱书之人。"

李三川摸着后脑勺呵呵一笑，目光投向女人："不是我，这些书都是阿南买的。"

阿南姑娘颇为傲娇地哼了一声，在沈千秋身旁坐了下来。

两人中间只隔一个茶几，手边各摆了一盏茶。其中一只茶盏的盖子翻在一旁，里面残余的茶水袅袅浮起热气，看样子不久前这两人还对坐着喝过茶。

沈千秋无意间扫了一眼，发现茶盏的款式竟然跟小时候爷爷用的那只一模一样，嘴角不自觉就浮起一抹浅笑。

阿南似乎很敏感："你笑什么？"

沈千秋抬起头，就见阿南面有不悦，便指着茶盏道："小时候，我爷爷用的也是这个样式的茶盏，看了觉得很亲切。"

大概沈千秋说话的语气自然流露出一种怀恋，很真实，阿南听了也是一笑："也是巧了，我这茶盅也是个老物件，是从前认识的一个朋友送给我的。"

　　说话间两个人彼此看了对方一眼，竟有点惺惺相惜的味道，之前那点仅存的硝烟气转瞬间烟消云散。

　　李三川大概也没想到，光凭一个茶盅，面前这俩人已经一笑泯恩仇了。但这人惯会审时度势，见两个姑娘都安静了，连忙上前把茶盅撤下来，又是烧水又是换上新茶具，嘴里也没闲着："这位小姐怎么称呼？我记得前几天你是和唐少一起来的，对吧？"

　　"我姓沈。"沈千秋目光追随着李三川，打量他的举手投足。

　　"原来是沈小姐。"李三川殷勤地把茶水奉上，目光从头至尾都黏在阿南身上，随后应付道："不知道沈小姐今天来，是想跟我打听什么事？"

　　沈千秋仔细观察许久，也看不出个端倪。只觉得除了五官样貌，面前这个人的语气、神态都与当年那位章叔叔相去甚远，她不禁有点气馁，索性直接问道："李老板有没有去过平城？"

　　李三川送完茶，转身就去收拾书桌上的物什，一边答应道："平城？当然去啦。"

　　阿南在一旁悠悠地道："说的好像你去过很多趟似的。不就当初我上大学的时候，你去看我几次。"

　　李三川哈哈地笑："是啊，那个时候好傻。"

　　阿南瞟了他一眼："现在你也没聪明到哪去。"

　　阿南的一句话惊醒了沈千秋，她突然反应过来，问李三川："李老板今年贵庚？"

　　李三川一愣，随后慢吞吞地转过身来，看着沈千秋："沈小姐今天来，是想打听什么消息？"这人之前脑子被糊了糨糊，只顾得跟阿南你侬我侬，大概是沈千秋一句话点醒了他，瞬间又恢复到平时的奸商头脑："消息类型不一样，价格也不一样，沈小姐还是先跟我说说你的具体要求比较好。"

　　言下之意，搞不好这个价格她沈千秋还付不起！

　　沈千秋有了片刻的沉默。就在这沉默的空当，阿南开口道："沈小姐的问题总围着我们家老六打转，莫不是对老六有什么想法？"

沈千秋哑然失笑，下意识地反驳："他年纪都可以当我叔叔了，我怎么可能？"

哪知道阿南听了这话也是一愣："他哪里有那么老？"说着又打量着沈千秋问，"沈小姐今年有二十五岁？"

沈千秋话一出口，也回过味来，不禁暗叹这阿南套话的本事更在李三川之上。话都说到这个份儿上，她也没有什么好隐瞒的，索性说道："我今年二十六岁了，我看阿南小姐也没大我两三岁吧？"

"哈哈。"阿南挤眉弄眼地朝她笑道："你这丫头嘴还挺甜，我和我们家老六同一年生的，今年都三十五了。"

这也算变相地回答了她的问题，李三川也没有阻止。

而沈千秋这一次是真的沉默了。

十一年前她还在上初三，那个时候的章叔叔看起来就有三十来岁了。如果李三川真如阿南所说，今年只有三十五岁，那么光从年龄来讲，这两个人是无论如何也对不上的。更令她沮丧的是，早在她想到要问李三川年龄的时候，就发现了一个自己此前一直忽略的问题，十一年前的章叔叔，和十一年后站在她眼前的李三川，样貌五官那么相像，乍一眼看上去仿佛是同一个人，可怎么会有人十几年模样不变呢？

换句话说，哪怕是真的章叔叔站在她眼前，也不该跟她记忆里的那张脸一模一样啊。

两个人见沈千秋一句话都不说，也就没有着急说什么。阿南不慌不忙地品茶，李三川则每过一会儿就给她添上一些热水，两个人偶尔还凑在一起叽叽咕咕说几句体己话。

也不知这样坐了多久。最后沈千秋站起来的时候，只觉得全身上下前所未有的沉重，连说话的声音都比平时低了许多："对不起啊李老板，阿南小姐，打扰了。"

"哎，不要这么说。以后欢迎随时来这边吃饭啊。"李三川放下水壶把人送到门口，直到看不见人影了才折返回来。

一转身，就看到阿南捧着茶盏，似笑非笑："李老六，这回你要怎么谢我啊？"

4.

沈千秋走出老川火锅店的时候，正是下午三点多钟的光景。春季的天气有些多变，来时路上还是阳光明媚，这时候却已然乌云罩顶。然而沈千秋没有心情去关注这些，她只觉得自己太蠢了，这么简单的一个悖论，自己居然要经人提醒才想得明白，实在是智商欠费。

既然李三川不是章叔叔，那真正的章叔叔又在哪里？为了查明父亲当年的事，她找章叔叔找了十一年，本来以为这次会有不一样的收获，可刚刚李三川和阿南的对话太过自然真实，根本不像是撒谎诓她的样子，原本刚有的一点希望又破灭了。

沈千秋没有心情去关注头顶天气的变化，自然也就没留意到周遭的动静。所以这一次，白肆很轻易就避过她的眼睛，目送她离开之后踏入了老川火锅店的后院。

前脚才送走一位，后脚就又迎来了这位"唐少爷"，李三川此时的心情实在有点微妙。

白肆一看他这表情就知道他在想什么，指了指自己身后的方向："今天第一件事，我想知道刚刚那位小姐都跟你打听了些什么事。"

李三川这次待客的地方还是在那间书房，不过房间里只有他和白肆两人。桌上摆着两盏新沏的明前龙井，茶叶浮碧，清香扑鼻。白肆端起来放在手中停了一停，笑着说道："李老板还是跟从前一样啊，人还没到，茶就已经备好了。"

不用看都知道，李三川这屋子里大概是有监视器的。前门那来了什么客人，这人足不出户就已经心中有数。

李三川"呵呵"地笑，朝白肆一伸手："唐少喝茶，喝茶。"

白肆端着茶一动不动，姿势跟刚坐下时一模一样，微垂着眼问："李老板还没告诉我，刚走的那位小姐，都跟你打听了什么事。"

李三川"嘿"了一声，放下茶盅，一手撑在椅子扶手："那位沈小姐啊，说起来也是怪异，她问我有没有去过平城，又问我今年多少岁，然后就走了。"

"那你是怎么回答的？"

李三川笑嘻嘻的："我如果把回答她的答案都告诉唐少一遍，怎么也要……"

白肆眼皮都没抬："钱少不了你的。"

李三川清了清喉咙，说道："她问的这两个问题都很普通，我就照实说的嘛，我说我十来年前去过平城，我今年三十五岁。"

白肆把茶盅端到嘴边，吹了吹浮在上面的叶片，"嗯"了一声："三十五岁，李老板长得有点着急啊。"

李三川一噎，随即又赔笑道："这话从前也有不少人说过，我这个人吧，就是朴实，不爱打扮，其实如果好好打扮打扮，怎么也能年轻十岁嘛。"

白肆没接这个话茬，咽下一口茶，抬起眼睛看着他："李老板，上次来得仓促，又是为了朋友的事，有件事忘了跟你求证。"

李三川依旧笑嘻嘻的："咱们谁跟谁啊，都是老朋友了，唐少千万别客气。再说了，上次的事，我也没能帮上忙，还要感谢唐少给我面子，没有怪罪。"

说话间，白肆放在一边的手机响了两声，又挂断，白肆看都没看一眼，只说了句："来了。"

李三川有点迷茫："什么？"

白肆看向门口，就见门帘子往上一打，一个高大的身影出现在门口："老四，最近为了你的事，二哥可真成了咱社会主义的一块砖，哪里需要哪里搬啊？"

李三川眯着眼睛，一看清楚来人，一下子站了起来，嘴巴都有点不利索了："宋、宋先生！"

倘若沈千秋还在这，大概也不会比李三川淡定到哪去。来的人正是那天在"流金岁月"门口把她领进去又神秘失踪的那个人，也就是白肆在电话里提到拥有VIP卡的那位朋友。

当然了，在白肆这儿，这位朋友就没什么可神秘的，他很淡定地坐在那，不慌不忙地又尝了一口茶："二哥，李老板这儿的明前龙井喝着不错，你也来尝尝。"

宋二哥今天穿得比较正常，黑色夹克牛仔裤，嘴上叼着根抽到一半的烟，懒洋洋地走了进来。听到白肆的话，也没客气，直接坐在李三川的位子上，端起那盏茶喝了两口，又吸了口烟："味儿淡了点，二哥还是喜欢重口的。"

白肆盯着站在一边的李三川，脸上的神情似笑非笑："李老板怎么不坐啊？那边不还有椅子吗？"

李三川勉强挤出一丝笑："唐先生……"

"砰"的一声，茶盅被白肆硬生生墩在茶几上："别他妈给我装蒜，老子祖宗八辈都让你查个底儿掉，叫哪门子的唐先生？"

李三川显得有点小委屈："这不是您让喊唐先生。我们做生意的，一向以客户的需求为先……"

还在这跟他贫呢！白肆脸色阴沉，拿指头点了点他就要起身，被一旁的宋二哥拍着肩膀摁下来："别着急，别上火，有二哥在呢，今天这事肯定让他给你个交代。"

白肆深吸一口气，总算勉强压下心头那股怒火，看着李三川道："今天找你，三件事。第一件事，我已经问了，你也答了，真假咱们先放一边。现在是第二件事。我来临安第一天，就让宋泽带着过来找你，你还记得我让你办的是什么事吗？"

一般生意人与人打交道，印象最深的，就是头一回的买卖。李三川也不例外，事情他记得很清楚，张口就道："托我找人，说找一位姓沈的小姐。"说完，他也反应过来，"噢，就是今天这位沈小姐！你找到她了！"

白肆简直是磨着牙从牙缝里挤出一个一个字来："我来临安两年零六个月了，最后还是偶然遇见了她。我他妈的找你有个屁用？"

李三川被他骂的都愣住了，过了一会儿才说："唐少……"盯着白肆几欲杀人的目光，他赶紧又改了口，"白少！白少，要说这个事，你和宋先生还真是冤枉我了，这么说吧，我确实知道你家里是个啥子情况，但这不况外啊，放眼临安，能数得上数的，就这么些个人，谁哪里来的什么背景，我们总要弄弄清楚，总不能为了赚点小钱，得罪了不能得罪的人，你说是不是这个道理？"

见白肆这次没动怒，他舔了舔嘴唇，又接着说道："你当初说要找一位沈小姐，说真的，从调查清楚你家里的情况，确认没有问题，我们的人就派出去了，但奇怪得很，也不知道这位沈小姐是什么来路，我们就是找不到这个人。"

"什么意思？"

"意思就是……"李三川顿了顿，觑着白肆和宋泽的神情，把最后一句话说出了口，"这位沈小姐身边，有个了不起的人，把她保护得很好。这次白先生你能撞见她，是你的运气好，否则就这么查下去，再过个一年半载也不一定能找得到。"

这个答案还真是出乎白肆的意料。

但当事人愣住，不代表旁观的也跟着入戏一块愣住，宋泽思索片刻，指了指书桌后面的那张座位，示意李三川过去坐下："你这么站着说话，我看得脖子疼。"

这么一说，李三川不敢坐也得坐了。

见他老老实实坐下，宋泽又说："李老板，话都说清楚了，咱们前事不咎，好好论论往后的事情。"见李三川连连点头，宋泽又说："我这位老弟家里的情况你都清楚，如今这位沈小姐你也见到了，那么接下来的事情就简单了。"

宋泽说"简单"，李三川却不敢大意，只是连连点头说："找人这件事是我们没做到位，只要能力范围内的，一定帮忙。"

宋泽这次把话语权交给白肆。白肆也从沉思中回神，便开口道："我想让你查一件事，当年我父亲和沈千秋的父亲，到底是怎么死的。沈千秋又为什么急着离开平城，移居到临安。"

李三川多数时候都一副笑嘻嘻的模样，要是心虚了，就像之前那样点头哈腰厚着脸皮赔不是，却极少像现在这样，整张脸上一丝表情都没有。哪怕他一只眼大一只眼小，也不妨碍他看起来认真又凝重。

"怎么，这事情查不得？"宋泽在旁边插了句嘴。

李三川坐在书桌的另一边，腰板挺得笔直，脸色穆然，这让他看起来仿佛一个假人。过了好一会儿，他才开口："白少这是要查命案。"

白肆点点头："是。"

"当年警方没有查吗？"

"说是意外。"

"那沈小姐的父亲呢？"

"算是见义勇为，给了一笔钱，还给她父亲颁了个奖状。"

"白少觉得这两个案子都别有内情？"

白肆再一次沉默，过了好一会儿才说："我父亲死后不到两个月，千秋的父亲就出事了，我总觉得……这两起案子是有关联的。"

"据我所知，你的母亲唐虹女士，在平城也是一位了不起的人物，我想如果由她来查，或许……"

白肆皱着眉打断了李三川的话："这就是我要嘱咐你的。查这件事的时候，你手下的人要尽量避开我母亲。"

"我明白了。"李三川从一旁的抽屉里拿出个计算器，像模像样地点了几下，过了一会儿说："白少，宋先生，你们都是店里的老顾客了。白少委托的第一件事我们没有办好，之前收的那百分之三十的费用就抵算到这次。不过上一次的要求是找人，这一次，算是查案，委托的事情性质不同，价格也不一样，所以还需要再补交一点费用。"见白肆点头，李三川笑眯眯地道："这找人说容易也容易，说难也难。像之前沈小姐的事，如果不是有人一直在阻挠，也不会拖这么久。这次查案子就比较简单了，我保证，不出十天，就能有新线索。"

"好。"白肆站起身，走到书桌前。

李三川反手拿起计算器，让白肆看清楚上面显示的数字："这点钱不算多，就当是给白少的一点补偿，这回咱们先交资料，后付钱。十天之后，白少请再来这边一趟。"

白肆点点头，目光直视他："没问题。说起来，我又想起一件事。"

李三川目露迷茫。

白肆看着他道："上一次见面，千秋见到你，就喊章叔叔。不如这样，你再帮我查查，她嘴里的那个章叔叔是什么人。"

李三川问："这个章叔叔的全名叫什么？"

"不知道。"

"有其他信息吗？"

"没有。"

李三川摊摊手："这个……恐怕有点难度，只知道这个人姓章，其他的半点线索没有，我们的人也无从查起啊。"

白肆盯着他看，李三川也一脸坦然地让他看，最后还是宋泽催促："老四，我还有别的事，咱们动作快点。"

"好。那这件事你先记下来，等有新线索了，你一定要帮我查清楚。"

"这是应当的。"前头宋二在催，李三川起身送客。这一回，直到眼看着两人走没了影，又从里屋的监视器里看着车子绝尘而去，李三川的脸上也没有绽出一丝笑容来。

阿南不知道什么时候捧着茶碗慢悠悠地走进来，对他说："老六，我看这次的事，你没那么容易摆平。"

过了许久，才听到李三川叹了一声："我知道。"

阿南又说："我发现，凡是摊上姓沈的人的事儿，都没那么好摆平。"

说完这句话，一直过了许久，屋子里的两个人都没再说一句话。

Chapter 06

同｜一｜屋｜檐

1.

周五傍晚。

赵逸飞扳着肩膀扭扭脖子，一抬头，正瞧见沈千秋皱眉望着窗外的侧脸。

她的办公桌在整间办公室最角落的一个位置，左手边临窗，晴天的午后常常会被太阳晒着，夏天午后更是热得够呛，所以一直空着，没人愿意待。沈千秋来了之后，毫无怨言地在那儿坐了下来。日子久了，那个小角落竟还成了办公室一景。她在窗台上养了好几盆绿色植物，植物都被她养得郁郁葱葱，格外挺拔。有一次局领导下来看到，还特意表扬了他们办公室的窗台，说什么手动改善办公环境，净化空气，把这姑娘好好地夸了一顿。

那次之后，赵逸飞才发现，沈千秋挑的这个地方还有个好处，就是不用刻意抬头就能将整个房间的动静尽收眼底。换句话说，只要领导往门口一站，她绝对是整个办公室最先看到的。

赵逸飞嗑着牙花子想，这姑娘模样长得忒好，但有些方面呆得要命，有些方面又腹黑得不行。他顶着大师兄的名头在她身边混了好几年，照样每天被她那张利嘴打击得腰杆都挺不起来。不过对一个四川汉子来说，越是有脾气的姑娘，才越够味啊！

面前一只白手晃了晃，赵逸飞猛一回神，就见黄嫣儿凑在跟前，一双美目眨啊眨地盯着他，另一只手举着个纸盒："赵逸飞，叫了你好几声了，在想什么这么投入？"

赵逸飞一看她手上的纸盒，怪叫一声站了起来："我一共买了两盒蛋挞啊！怎么就剩两个了？"

黄嫣儿见他这副如丧考妣的模样，顿时笑得花枝乱颤："叫你不答应，大家就都分着吃了。"

赵逸飞义愤填膺地抬起眼睛，把办公室里几个人环视一圈："加上我一共才四个人，你们三个是怎么分掉剩下那十个蛋挞的！"

周时一手操作电脑，一手把最后半个蛋挞送进嘴里，一脸淡定地说："女孩子怕胖，我就帮忙多分担了一个，嫣儿和千秋一人三个，很公平很幸福。"

赵逸飞简直都要跳起来了："你还是人吗？你多吃的那个是从哥的口粮里省出来的，知道不！"

黄嫣儿眨巴眨巴眼，反手指了指自己身后的方向："我的桌子上还有呢，你要不够吃，我匀给你。"

赵逸飞突然觉得哪里不对劲，思维停滞了一两秒才反应过来，像此时此刻这样以打击他为乐的反动行动，沈千秋竟然破天荒地没参与进来。他连忙把目光投向沈千秋，就见她竟然一动不动地保持着之前那个姿势。之前以为她在思索着什么，直到这时赵逸飞才反应过来，她那样眼眸半垂望着窗外，是在看什么人……

黄嫣儿顺着他的目光看去，不禁咬了咬嘴唇，而后扬起嗓音喊了一声："千秋！"

沈千秋闻声回头，见赵逸飞和黄嫣儿都看着她，也不慌乱："什么事？"

赵逸飞朝窗外努了努嘴："看什么呢？连我买的咖啡蛋挞都不顾得吃了。"

沈千秋垂下目光，看了眼自己之前做的案情总结，问："梁燕父母那边，没有新的线索吧？"

赵逸飞明知道她故意换了话题，还是顺着她的问题答道："没。下午给他家打了十几遍电话，一直没人接。可能有什么事出去了，明天我再拨两次试试看。"

沈千秋又问："周哥，法医那边……"

周时目不转睛地盯着电脑屏幕："这不刚过完年，法医那边本来就堆了不少杂事，再加上另外几个组都有案子，老周今天早上就说了，梁燕这案子化验结果最快也得后天了。"

沈千秋低下头在面前的小本上又画了两道线。这几天其他同事都跟着李队忙着追捕毒贩，就连赵逸飞和周时都时不常地被拉去做联络员。她一个人孤军奋战，又去了两趟临安大学，也没什么收获，只能把目前的线索捋了又捋，顺便等技术科那边的最终检验结果。

想到这里，沈千秋合上面前的本子，放进书包，而后起身收拾桌上的东西。

赵逸飞简直瞠目结舌："小师妹，你，你这是准备回家？"

沈千秋到警局工作两年有余，和办公室其他人一样，早来晚走，连轴转加班也是家常便饭，却从没见她这么早就收拾东西准备回家。虽然现在六点多钟，也确实是下班的点了。

不过干刑警这行，哪有正常上下班这一说呢？

黄嫣儿友情提示："千秋姐，你蛋挞别忘了拿上。凉了就不好吃了。"这蛋挞还是刚刚大家一起吃完晚饭，赵逸飞专门跑到西门买回来给大家当夜宵的。

沈千秋眼皮都没抬一下，朝着赵逸飞招招手："师兄不是不够吃嘛，过来拿我这份。"

赵逸飞险些气得岔了气："我是那么目光短浅只顾吃喝的人吗？"一边说着，他一边往沈千秋的办公桌蹭了过去，"千秋啊……"

走到跟前，顺着沈千秋之前的角度朝外望了一眼。这个时间，天色将将擦黑，警局楼下的空地一目了然，大门外的街道人来人往……并没什么特别之处。

赵逸飞有点摸不着头脑地收回目光，恰好和沈千秋的目光撞在一起，不禁干笑两声："我就是眼睛累了，看看风景……"

沈千秋没有戳穿他，直截了当地说："今天有点事，我先走一步。手机二十四小时开机，有事随时找我。"

黄嫣儿走到近前，拍了拍赵逸飞的肩膀："人都走没影儿了，还看！"一边说着，一边拿眼睛瞄他，"不过千秋长得是很美。"

赵逸飞觍着脸笑："哪能啊？谁不知道咱刑侦大队一枝花是Madam 黄啊？"赵逸飞这话不算恭维，黄嫣儿的模样放在警队里是出了名的漂亮，唇不点而丹，眉不画横翠，鼻梁高挺，唇色嫣然，夸她是警花一点不为过。

不过赵逸飞的夸奖还是让她挺开心的。黄嫣儿弯唇一笑，侧过脸看了看专注在电脑上的周时，对着赵逸飞眨了眨眼睛："反正今天也没什么事，不如咱们两个也早点下班？"

赵逸飞露出思索的表情："我早走是没什么问题。"黄嫣儿笑容刚露出一半，他又慢悠悠地挤出下半句："可是嫣儿你走太早，好像不太好吧？李队说不定待会儿打电话到办公室查岗呢！"

他们队长也不会无缘无故往办公室打电话，非不让他们下班。主要是眼下组里赶上非常时期，两案并行，事情很多，黄嫣儿这个岗位还真得早来晚走，务必保证后勤所有工作井井有条。

黄嫣儿冷下脸，往赵逸飞的肩上捶了一把："没劲！"

赵逸飞抖了抖肩膀，在原地站了好一会儿，最后还是叹了口气，捧着仅剩的两个咖啡蛋挞又坐了回去。

总不能一个两个的都提前回家吧？师妹走了，他这大师兄得严格要求自己，力争站好最后一班岗啊！

2.

沈千秋下了楼，直奔大门外。外面的林荫道两旁种着梧桐，这个季节梧桐树的叶子已经陆续长了出来，在路灯的照射下泛着青嫩的光泽。拐出大门走不远，一辆黑色路虎越野静静趴在那儿，和它的主人一样，看起来又酷又彪悍。

沈千秋看见路虎车的踪影后，只犹豫了那么一瞬，就径直走了过去。

到了车旁，就听"嗒"的一声，车门解锁，副驾驶的车窗摇了下来。白肆坐在里面，看向沈千秋的目光格外可怜巴巴。

之前在食堂吃晚饭的时候，她收到传达室老江的一条微信：有个小伙子在这边等你一下午了，姓白，叫啥死活不说。你要不忙就下来看看吧。问他说是你家亲戚，让他进去找你也不去。

老江一般给大家发微信，都是通知又有哪位的快递包裹之类的，内容也特别简洁，大多是"下班取包裹"。难得一次打这么多字，看样子也是被这个陌生年轻人给弄得八卦心起了。而且连人家姓甚名谁都打听过了，还问出了"亲戚关系"。

作为警局传达室的老员工，老江也是蛮拼的。

沈千秋看到这条微信的时候，半口菜花险些没噎在喉咙里，咳嗽半天才觉得又能正常呼吸。

回到办公室，她犹豫了好一阵，才把目光投向楼下传达室的方向。哪知白肆一看到她朝自己看过来，却垂下了目光，过了没五分钟，一声不吭头都不抬地转身走了。

沈千秋这才意识到，她在楼上追踪线索研究资料的时候，白肆就站在距离传达室不远的地方仰头看着她挨着的那扇玻璃窗，也不知道到底看了多久。按照老江的说法，是有好几个小时了。

白肆踩动离合器，语气有些闷闷地说："说好这个周五一起吃晚饭的，可你刚刚都在食堂吃过了。"他看了她一眼，有点赌气地说："我问了传达室的人，他说你们食堂每天五点半开饭。五点半的时候，你不在自己的位子上，是和赵逸飞他们一起去食堂了吧？"

沈千秋愣了一下，随即想起上一次两人在她家吃火锅时，白肆曾经提过这么一嘴，说这周五晚找她一起吃饭。可没料到接下来这几天会发生这么多事，而她和白肆的关系也时好时坏……更重要的是，那天从李三川的火锅店出来之后，这两天她满脑子里都是这几年查到的有关父亲当年死因的种种线索，哪里还想得起事先约好吃饭的事。

想到这里，沈千秋撇开视线，轻声解释道："这两天事情太多，我给忘了。而且那时我真没注意到你就在楼下。"她摸了摸耳朵，尽量用轻快一点的语调说，"那个，你想吃什么，尽管说，今晚我请客！"

白肆没说话。六七点钟的光景，警局外的这条主干道车辆并不算多。白肆一路开得飞快，又抄小路避过两个红绿灯，不多时就把车子开向城西的方向。

沈千秋看着这个方向有点不对，就说："不用走这么远吧？刚刚那条街上就有不少吃东西的地方。"

过了好一会儿，白肆才说："你不是说我想吃什么，就请我吃什么？"

虽然是这么个话，但从这小子嘴里说出来，怎么听怎么有点瘆得慌？沈千秋低头翻了翻书包里的钱夹子，这才抬起头，慎而又慎地说："超过三百，就得刷卡了。"

白肆瞟了她一眼："你的卡能给我刷多少？"

沈千秋这姑娘，小时候脸皮奇厚。她妈妈走得早，小时候家里就他们爷儿仨，爷爷和爸爸常常凑在一处啧啧称奇：脸皮厚成这样，怎么就是个丫头呢？没想到大了大了，脸皮倒是越来越薄。听白肆这样问，她还挺挂不住脸的，纠结了一下说："我存款是有一点，但不能都给你刷了，顶多……一千块吧。"

白肆似笑非笑："咱们认识二十年，就值一千块啊？"

沈千秋略有羞愧："我一个月工资才三千块。"房租一个月一千八，她连吃带喝的，每个月到了月末基本上也剩不下什么。

白肆开车的工夫侧过脸看了她一眼，见她低头认罪的姿态不像是装的，不禁也有点吃惊："沈千秋，你什么时候脸皮这么薄了？我开玩笑的你听不出来？"

沈千秋这会儿脑子也有点转过弯来了，但依旧没脸抬头："嗯……"

白肆一脸的叹为观止："老了老了，连脑子都越活越回去了。"

这回沈千秋终于忍不住抬头，一边狠狠瞪他一边说："你说谁越来越笨呢白糖糕！"

白肆一下子乐了："说的就是你。"

他这一乐，沈千秋倒有点讪讪的。

她清楚地知道白肆笑的原因：她刚刚一激动，把他的小名叫出来了。他们两家打小就认识，白肆的父亲姓白，母亲姓唐。白肆这名字是他爷爷给取的，因为他行四，是白家老头儿最小的孙子，四肆同音，也取义"肆意为之"。那意思，老子最小的这个孙子就是大宝贝儿，家里的担子有老大挑着，老二老三担着，最小的这个随便折腾随便玩，百无禁忌，开心就行！

沈千秋五岁多的时候，白肆一岁。有一次沈爸爸有事去外地，就临时把沈千秋放在了白家。据后来白家的老管家说，那天白肆不知道怎么了，一早起来就哭闹不停，正好家里的男主人女主人都不在，连保姆带仆人都急得不行。刚好这时沈千秋由老管家牵着进了房间，她一听到有小孩的哭声，就挣开管家爷爷的手，迈开两条小短腿跑到白肆坐着的那张沙发上，伸手抹去了白肆脸上的泪。

小小的白肆原本嚎得天地变色，被一只软软的小手这样一抹，整个小人儿都呆住了，黑白分明的一双凤眸眨也不眨地看住沈千秋，连哭都忘了。

这件事，两个当事人自然都不记得了。知道他们的第一次会面是这样一个情形，还是他们两个长大之后，有一次沈千秋跟着白肆去白家做客，听那位管家爷爷讲的。

那之后，每每白肆不甘心地问及沈千秋对于第一次去白家的印象，得到的答案永远都是：你家好大、好华丽、好漂亮，楼梯很高，好吃的很多……总而言之，她已经彻底忘了那年仅有五岁的自己，曾经满怀着温柔和爱心，用一只小手抚去白肆脸上的泪痕。

白肆对此耿耿于怀，始终怀疑是沈千秋故意装作不记得，实则一个人私藏回忆，不愿跟他分享。

但十几岁的沈千秋正是最淘气的时候，一见白肆嘟着一张粉白粉白的小脸不高兴，就蹬鼻子上脸地伸手捏他，一边捏还一边说："白肆你的脸好软，好像那天你家阿姨做的白糖糕诶！"

白肆父亲姓白，母亲姓唐，那时又常常执着地跟她比身高，"白糖糕"这个名字，还真是分外贴切。

高兴的时候，沈千秋就叫他"白糖糖"，或者"糖糖"；不开心或者生气的时候，就恶声恶气地喊他"白糖糕"。小小的白肆矮了她一个头，对这样软糯糯的外号一点都不生气。每次沈千秋这样喊他，他都应得比别人正正经经叫他大名还快。

这样的名字和往事，在任何时候回忆起来，仿佛都沾着甜甜软软的味道。

沈千秋呼出一口气，有点自嘲地笑了："好久没叫你这个名字，都有点忘了。"

白肆瞟她一眼，过了片刻，说："我一直没忘。"

听他这样认真的语气，沈千秋先是一愣，随即顿悟，为什么那天他在李三川的火锅店，为什么留下的姓氏是"唐"。其实他当时应该就是随便一说，他自己说的是个"糖"字，但别人听在耳朵里，肯定就以为是那个"唐"字。毕竟一般人都不会把一个男人的名字和"糖"这种字眼联系起来。

这样想着，又不禁有些忐忑。又或许，他自称姓唐，仅仅是因为他母亲姓"唐"呢。

仿佛知道她在想什么，白肆语气平淡地加了句："不然你以为李三川为什么以为我姓唐？"

沈千秋下意识地回嘴："你妈就姓唐。"

白肆的语气很固执："我是白家人。"

好吧，又是一个不该触及的话题。

沈千秋把目光投向窗外，半口气噎在嗓子眼，来不及喘出来，只能咳嗽得满脸通红。

白肆深明大义地拍了拍她的后背，顺带还摸了把她落在肩上的发尾："别紧张，咱们咳嗽好了再进去。"

进哪儿去？沈千秋一边咳嗽一边捶胸口，这里前看后看，左看右看，都是一栋住宅楼！

白肆帮她拍了会儿背，解开安全带下车，走到副驾这边帮她开车门。

这是怕她跑？

白肆朝她笑得别提多真诚了："包很重吧？我帮你拿。"

得，这回包也在人家手里，更甭琢磨跑了。

两个人就在一阵诡异的沉默中进了电梯。

3.

电梯"叮"一声停在十一楼，两个人前后脚出电梯。迎面走来一个穿红裙子的年轻女孩.她手里拎着一袋垃圾，见到白肆和沈千秋一前一后走在一起，不禁又惊又疑："白先生啊，这是你姐姐？"

沈千秋看她的样子就知道应该是楼里的住户，估计跟白肆还是邻居，但没想到的是白肆现在竟然跟邻居们也混得这么熟，人家连他真实姓名都知道得一清二楚。

白肆脸色微冷，拉起沈千秋的手走到自家门口，身子一挡遮住后面人的视线，却没回避她，飞快输入密码，门打开后拉着她进了屋。

沈千秋有点揶揄地看他："白先生？邻里邻居，混得不错啊？"

白肆的脸色显然不太好看："她偷看我快递包裹上的信息，我根本不认识她。"

沈千秋表情有点严肃："噢，原来是单方面的了解。"

白肆见她脸上难掩喜色，不禁又好笑又无奈："你都这么大人了，怎么还跟小时候似的，一看我倒霉就乐得跟什么一样？"

沈千秋视线越过他的肩膀，目所能及之处一顿打量，"哗"了一声："一个人住这么大屋，太腐败了。"

白肆见她睁大眼睛四处张望，脸上是重逢以来鲜见的生动神色，不禁一笑，换上拖鞋从饮水机倒了杯水给她："时间有的是，慢慢看。"

房间主色调是白色，但这白色既不死板，也不显得单调。浅金色的吊灯，原木沙发，乳白色的地毯，配着架子上和桌上摆放的一些风格粗犷的手工艺品，让人觉得整个房间大方舒适之余，又不失主人自有的喜好和风格。

整个套间显然只有白肆一人常住，因为沈千秋很快就发现，门口根本没有第二双拖鞋。白肆见她端着水杯站在门口不动，不禁纳闷："怎么了？"

沈千秋郁闷了："你这地毯补一块得花好几千吧。"估计够她一个月工资了。

白肆之前光顾着欣喜，经她一说才注意到这些细节，不禁笑着说："随便踩，你真能踩出个窟窿我也服了，找人补上你接着踩。"

沈千秋看来看去，连个一次性纸拖鞋都没有，要么脱了鞋穿袜子踩，要么直接光脚踩，也没第三条路了，只能作罢，一边说："你以为姐的脚是圆规啊，一戳一个洞。"

白肆也乐了："圆规大姐，您自己画着圆慢慢挪着，我先去弄口吃的。"

在警局楼下站了一下午，就是铁人这会儿也扛不住了，再不吃点什么他胃也受不了。

沈千秋对这屋子的新鲜劲儿还没过，此时听他这么说，注意力倒是转移到他身上来："你还会做饭？"

白肆挑起嘴角一笑："做饭是很难的事？"

沈千秋嘴快地道："你妈连房子都给你准备了，还能不再给你备俩保姆？"

白肆这次眉心褶皱得更深，他模样长得太漂亮，也太年轻，这样老成的神色并不适合他。但他还是皱着眉，加重语气说道："说多少次了，我姓白，这房子是我爷爷赞助我买的，跟唐家没有半毛钱关系。"

事关白肆的亲生母亲，他吐槽一次她还能装听不见，说两次她也有点憋不住话了："你年纪也不小了，怎么比小时候还叛逆，成天跟你妈对着干？"

也不知是什么原因，打从沈千秋有印象起，就记得白肆和唐虹这对母子关系不睦。小时候白肆有点自闭症的倾向，外人眼里可能理解为他对所有人都一个样。但作为彼此最好的玩伴，沈千秋非常清楚，白肆可以让她随便捏脸，可以让管家爷爷抱，但就是无法忍受唐虹一个最轻微的触碰。

没想到她离开平城十一年，这对母子的关系比当年她走之前还要恶劣。

沈千秋那句问话一出，白肆的眉眼愈发沉郁，他轻轻蠕动着嘴唇，好像想要说些什么，但终究什么都没说，甩了一句"我去做饭"，就进了厨房。

沈千秋在客厅里绕着茶几把地毯踩了一圈，坐了坐沙发，摸了摸茶几，又连喝了两杯水，总算有点儿玩够了。打开厨房门的时候，扑鼻而来一阵特别香的味道。沈千秋忍不住"哟"了一声，一边又自我反省，打从进电梯起，自己这种种行为怎么那么像土包子进城呢？

厨房里开着抽油烟机，白肆的声音听起来有点模糊："卫生间出门右拐再右拐，好好洗手，过来吃饭。"

沈千秋都有点感动了："还有我的饭？"

白肆穿一件烟灰色的休闲毛衫，围了条纯黑色围裙，转过身的时候手里端着一个大碗，看着她的眼睛里含着笑，还有点无奈："不给你做怎么着，让你看着我吃？"

恍如隔世啊。从前跟在自己屁股后面捡书包的小男孩一下子就长这么大了，不仅依旧记着嘱咐她吃东西先洗手，还贤惠地知道洗手做羹汤了。

白肆一看她那副表情就知道她又没憋好话，不禁温和地笑了笑："你能做出来的事，我可做不出来。"

心里刚刚聚集起来的一点感动，瞬间烟消云散。沈千秋心虚气短地依照主人指示跑去卫生间洗爪子。不过也不能怪人家拿话刺她，毕竟她确实在食堂吃了挺饱的一顿饭，而那会儿白糖糕小同志还可怜巴巴站在楼下当"望夫石"呢！

三两下洗干净手冲进厨房。白肆伸手指了指自己对面的位置："坐吧。"

一样都是厨房，白肆这间厨房比她那间屋子的客厅还大，长条原木桌，圆形高脚凳，乳白色的碗盘擦洗得亮晶晶，还没走近就闻到里面盛着的食物香气。

沈千秋抽了抽鼻子："热汤面，还放了胡椒粉。"

"哇，还有煎鸡腿肉，烩蘑菇！"

"盒子里是什么？"

白肆之前一直默默吃着自己碗里的面，这会儿不动声色地伸手拍掉对面女人伸过去的魔爪："先吃正餐。"

沈千秋简直都要感动了："里面是蛋糕！"

白肆没说话，等同于默认。

热汤面里放了番茄和小青菜，她的那碗不多不少，刚好是半人份的量，体贴地照顾了她这个已经吃过一顿晚餐的人。沈千秋尝了一口，接下来的二十分钟就没说过话。鸡肉煎得微微有点焦，里面却出奇的嫩，火候掌握得刚刚好，蘑菇加彩椒色彩丰富，搭配鸡肉营养均衡。两个人吃饭的时候都很安静，充分享受美食的滋味。喝着热乎乎滋味酸甜的面汤，沈千秋捧着碗的时候一个晃神，觉得离开平城这十一年，好像一场并不真实的梦。

白肆见她吃得只剩碗底，就起身收拾碗筷，一边说："你今晚吃得太多了，起来站一站。"

沈千秋下意识地反驳："我体力消耗大。"平常外出办案子，她饭量跟赵逸飞和周时他们差不多。两顿晚饭根本不是事儿，更何况食堂的饭再好吃也就那样，她不可能吃太饱。

白肆撇着嘴角一笑，毫不留情地戳破她的谎言："你今天在办公室坐了一下午。"

沈千秋可怜兮兮地扶桌而站："基础没打好，平时都吃不饱。"

白肆站在流理台边刷洗碗盘，浓而翘的眼睫毛安静地垂着："饭堂那么多菜也吃不饱？"

"肯定啊，你听谁说过食堂的饭比家里的还好吃。"

"你们同事不还总去你家里聚餐？"

"就是因为大家平时吃的都不好，才要偶尔聚聚餐打牙祭啊。"沈千秋说起来也是一把辛酸泪，"而且那么多双筷子，一不留神就被抢光了。"

"这么说你自己一个人过得也挺惨的。"

如果说两个人刚重逢那会儿，沈千秋在白肆面前是心虚和逃避；此时此刻吃饱喝足又勇往直前的沈千秋则是毫不掩饰本色尽显了，甚至比和赵逸飞在一起时还要放松。毕竟，翻过她当初见人就跑那有些不堪回首的一幕，她和白肆之间可以说是"发小"的交情，那种亲切、默契、自然而然，是长大后刻意培养的任何情感都无法替代的。

所以此时的沈千秋听了白肆这句一针见血的点评，想都没想就直接答道："那肯定啊，不过人在异乡，都这个样。你别看赵逸飞整天美颠美颠的，其实他那日子过得比我惨多了。"

白肆"嗯"了一声，把洗干净的碗盘用干布擦好，放进碗橱。随后转过身，连围裙都没摘就对沈千秋说："那你搬过来跟我一起住吧。"

"啊？"

"你听清楚了，别装糊涂。"

"噢……那个……"

"别磨叽，给句痛快话。"

沈千秋突然觉得这谈话的跳跃性有点大，又听白肆脸不红气不喘地说道："你刚也看见了，房子这么大，我一个人住纯属资源浪费，你自己住那破房子跟我这里比一个地下一个天上，好坏也不用我多说。你自己租房子，条件差，做饭麻烦，一个人孤单，还要付租金。住我这儿，不用交钱，有人做饭，还有人跟我做伴。"

简直字字泣血，句句诛心。每一个字眼都透出一种不说服你不罢休的决心和毅力。

沈千秋刚张了张嘴，话还没说出来，白肆又来了一句："前两天擅自跟踪你的事是我不对，我跟你道歉。不过说起来，你这么些年一直躲着我，还一见着我就跑——"

"是我对不住你。"白肆比自己小四岁，都率先跟自己道歉了，而且真要计较起来，他们两个之间，确实是自己对不住白肆更多。沈千秋赶紧借着话头把存在心里的话一股脑都倒了出来："我当初走得匆忙，对你连个交代都没有，是我不好。还有那天，你跟踪我，其实是在暗中保护我，我都知道。"

至于那个吻……自那天之后，两个人都很有默契地不再提及，沈千秋也就索性直接把这件事抛在脑后，权当没发生过。

却不知道白肆等的就是她这番话，听她这样说，白肆弯起唇角，半点迟疑都没有地开口道："那咱们前事不提，往事不究，从今往后，谁也别说什么抱歉对不起，你搬过来做我室友吧。"

其实……好像也没什么不妥。

或许是白肆之前做的美味汤面里下了迷魂药，又或许是一时的内疚和对那些美好回忆的向往占了上风，沈千秋一个没把持住，就点了点头。

这个夜晚就在美味绝顶的李子蛋糕和伯爵红茶的香气中稀里糊涂地过去了。

Chapter 07

三 人 夜 宴

1.

早晨七点半，沈千秋已经洗漱完毕，一路被白肆拉着端坐在饭桌前。原本还跟瞌睡虫卿卿我我的沈千秋一看清桌上的菜色，整个人瞬间神清气爽，正襟危坐。面前摆着小米红枣粥，火腿鸡蛋三明治，芒果虾仁沙拉，每个人手边还有一小杯酸奶和苹果汁。这简直就是总统套房的早餐待遇！沈千秋突然觉得自己被白肆强拉着早起的那点火气和郁闷此时已经烟消云散了。

白肆见她坐在那儿发呆，便一手摘掉围裙，一手把餐具递过去，说道："趁热吃。"说完，再不管她，径自大口吃了起来。

他面前的餐盘里比她还多了两样东西。沈千秋偷偷瞟了一眼，好像是某种熏鱼，还有一些清炒的西兰花和荷兰豆……低头喝了口粥，又稠又香，沈千秋简直泪奔，这辈子也没吃过这么美味的早餐啊！

两个人食量都不小，吃饭的速度也不慢，一顿无声无息的早餐十分钟就结束了。面前盘光光，沈千秋拿勺刮着杯底最后那点酸奶，颇为不甘地瞟了对桌的人一眼，当厨子就可以有特权吗？居然正大光明给自己开小灶！这样真的好吗？

不等她开口抱怨，白肆起身端过一盘东西，递给她。

是昨晚尝过的那种李子蛋糕！

昨晚的蛋糕是刚刚烤出来的，吃的时候还有点热乎劲儿，又香又甜，简直欲罢不能。

没想到今早这个更绝了！凉透了的李子蛋糕上淋了一些鲜奶油——沈千秋刚尝了一口，最后一点怨念也消失殆尽。

丰盛的早餐就此结束，白肆一边刷碗一边说："你去阳台那边消消食，五分钟后出发，我送你过去。"

沈千秋看着他忙碌的背影，突然觉得良心上有点过不去："那什么……要不咱们轮流刷碗吧？"

这吃人家住人家的，还要每顿饭后看着人家刷自己用过的碗……白吃、白喝、白住，米虫一样的生活，对她这个独立生活十几年羞耻心尚在的无产阶级女青年来说，简直就是难以抵挡的资产阶级糖衣炮弹啊！

白肆头都没回，答应得特别痛快："行。拖地和洗衣服也轮流吧。"

沈千秋觉得自己有再大的脸也不能在这个时候说出"不行"两个字。

直到一脚踏进警局大门，沈千秋还没琢磨明白，自己这么上赶着参与劳动，到底是假勤快还是真矫情。

哪知刚进办公室，就迎来黄嫣儿闪啊闪的一双媚眼。

沈千秋故作镇定地接了杯热水，喝了两口，清了清嗓子，才说："嫣儿，办公室这会儿没别人，你有话直说，抛媚眼对我不管用。"

黄嫣儿因为做的是文职工作，每天来到警局都要换上警服。听了她这话，三步并作两步冲到她跟前："我都看见了！黑色路虎！里面坐着的还是个小帅哥！"

沈千秋刚刚饱餐一顿，这会儿心情尚好，听了她这话也不觉得惊讶。虽然白肆并没有把车开到警局门口，但他停车的地方就在那条林荫道上，撞上早来的同事也很正常。

沈千秋端着杯子，慢悠悠喝了口水，又"嗯"了一声。

黄嫣儿用胳膊戳了她一下，朝她挤了挤眼："行啊千秋，又有钱又年轻，颜还正，不错嘛！"

沈千秋笑了一下，说："你想多了，是我弟弟。"

黄嫣儿明显不信："你什么时候又冒出来一个弟弟？"

沈千秋含糊着带了过去："亲戚家的。"

这么说就不是亲弟弟。黄嫣儿心里有了谱，跟在她后头继续问：

"千秋，你觉得赵逸飞这个人怎么样？"

沈千秋在自己位子上坐下来。今天来得比较早，还有十几分钟才到上班的点，她一边把记录的本子在桌上摊开来，一边随口答道："挺好的啊。"

"你觉得他都哪里好？"

"长得不错，身材不错，脑子也不笨，也蛮上进的。"

黄嫣儿自言自语："我也这么觉得……"话音没落，她突然觉得哪里不对劲，就见赵逸飞站在门口，后面还堵着周时和李队，也不知道这几个人站在那有多长时间了。

黄嫣儿脸上一热，提高声调嚷嚷他们几个："你们都站在那不进来做什么？李队您也是，跟他们一块闹。"

李队走在最后面，明显是来得最晚的，什么都没听到，听到黄嫣儿这么一喊，下意识地就"啊"了一声。

一旁周时也是无奈脸："不是我们不想进，问题是这小子从刚才起就堵在门口不挪窝啊！"

黄嫣儿这才注意到赵逸飞站在最前面，一双眼睛亮晶晶地看着沈千秋。

沈千秋却浑然无知，正埋头在小本本上写写画画。

黄嫣儿咬了咬唇，顿时生出一种"为他人作嫁衣裳"的悲凉感。但看沈千秋那一无所知的样儿，她又生不起来气，只能把气都撒在另一个当事人身上："姓赵的，你发什么呆？"

赵逸飞这回反应挺快的，只微微愣了一下，就快步走到自己的位子上坐下来。他什么话都没说，但整张脸都亮起来的神色是骗不了人的。

李队看起来也精神抖擞的模样，一进屋就宣布："都来会议室，张山子这个案子，刚交警队那边收到重大线索！"

"根据交通大队那边提供的监控，经过文汇路这个十字路口的黑大众一共有四辆，其中三辆已经和车主取得联系，一辆没有上车牌，在经过两个十字路口后消失，目前还没有找到。但它最后的去向，正是朝着'流金岁月'去的。"会议室里，李队面色凝重，指了指身后小黑板上画的关系图："之前我们连续几次小范围内缴获毒品，克数不大，他们损失不多，但也算是连挫这拨毒贩的锐气。而这几起案子里面，都有张山子还有这个

'流金岁月'的影子。就在今天早上，我们接到可靠线报，进行毒品交易的地点，就在这间'流金岁月'，时间就在下周二晚！"

赵逸飞率先发问："这意思，我们下周二要直接进这间会所？"

"是。"李队手里拿着一叠资料，"这些资料每人一份，待会儿都抽空好好看一遍。下周二晚，千秋，周时，你们两个打头阵，先去'流金岁月'，正大光明地查一波。"

沈千秋已经看完了一部分资料，不禁皱起眉："可是我们没证据……"

李队拿起杯子吹了吹茶叶，脸上的笑容颇有几分成竹在胸的味道："所以说你们是打头阵的。重头戏，这次要看逸飞还有嫣儿的！"说着，他从口袋里掏出一张卡片，放在桌上。

"VIP卡！"几个人不约而同地出声。

李队笑着瞥了赵逸飞一眼："上次就为这个，你还让千秋求这个求那个的，这不现在东西也给你备齐了。"

赵逸飞眼睛都亮了："李队，您可真行！"

李队摆了摆手："这可不是我的功劳！要夸就夸你们骆师兄去！"

周时闻言也啧了声："骆队？他们禁毒处真行啊！这玩意儿也能搞到手！"

李队在桌边坐了下来："闲话不提，说正经的。禁毒处的同事了解到，下周二，依照'流金岁月'的惯例，会有一个比较特殊的聚会，具体特殊在哪儿，咱们的人也没进去过，还真不知道。这张卡片能带三个人进去，但我看了，咱们组里，最适合这次任务的就属赵逸飞还有千秋，可是千秋之前已经暴露了。所以只能换嫣儿上。"

沈千秋有点担忧地瞥了嫣儿一眼："可是嫣儿一点功夫都不会。"

黄嫣儿这还是第一次以记录员以外的身份参加会议，激动得小脸泛红："没事的，我会注意听指挥，不会乱跑。"

赵逸飞微微皱起眉："李队，千秋之前那次，也只是跟贺子高打了个照面，对方还不一定知道她是谁。可让她这次以警察的身份去跟贺子高硬碰硬，会不会……"

"这你就不懂了。"周时推了推眼镜，有理有据地分析道，"越是放在明面上的，往往越安全。千秋这么穿着警服往贺子高面前一站，对方反而不敢怎么着了，就是想派人跟踪也得掂量掂量。"说着，他朝赵逸飞撇嘴笑了笑，"反倒是你，还有嫣儿，要当心了。"

"周时说得没错。"李队接口道，"所以下周二，你们可以再带一个人进去，只不过咱们组里……"说到这儿，李队蹙了蹙眉。

周时举起手："要不让我去吧，千秋那边比较容易，可以从文职那边借调一个人过去。"

周时外表并不算英俊，小眼睛，高鼻梁，但胜在气质不错，不笑不说话的时候显得有点酷酷的感觉。要是把眼镜一摘，再穿上正装好好捯饬一番，倒蛮像那种常去会所的精英男类型。

李队盯着他琢磨了好一会儿："也行。不过你们进去之后最好分开，三个人凑在一起太惹眼了。"

周时点头："我身手一般，嫣儿跟紧逸飞，我自保没问题。"

黄嫣儿连连点头，一边还习惯性地在笔记本上记下一些东西。

"那好。"李队看了眼时间，"就先到这儿，逸飞、嫣儿还有周时，你们三个再过来这边。我们和禁毒处的同事一起开个会，部署一下下周二会所的行动。当晚的行动由我担任指挥，其他部门同事在外面随时等待支援。一旦你们有所发现，我们的人会在第一时间，把在场所有人牢牢摁死，所以都不要太紧张。"

众人点头。

很多年之后，沈千秋再想起这一晚的事，仍是忍不住问自己，如果那天晚上跟赵逸飞一起进会所的人是自己，是不是之后的一切都会不一样？但她想不出一个完满的答案。有关人生的所有假设，从本质上来讲都是伪命题。

2.

当天下午，众人正为即将到来的下周二会所之行摩拳擦掌，办公室迎来了一位不速之客。

黄嫣儿把人带进来时，脸上的表情几乎可以用僵硬来形容："李队，这人叫吴帆，他说是他一时冲动，杀了梁燕。他是来警局自首的。"

此言一出，整个办公室一片寂静。

过了好一会儿，赵逸飞率先站了起来。紧跟着，周时摁住沈千秋的肩膀，也站了起来。

整个办公室里的人都盯着这个主动投案的男人看。

他看起来是一个非常普通的年轻男人，头发有一阵子没洗了，有些发油，身穿旧皮夹克，铆钉牛仔裤，脚上的耐克鞋脏得几乎看不出原本的颜色。他从一进屋就低垂着脑袋，一动不动地站在那儿，仿佛连呼吸都停止了，整个人都死气沉沉的。

李队朝站着的俩人使个眼色："带去问询室。"

赵逸飞和周时一左一后夹着那个自称"吴帆"的男人离开了办公室。

黄嫣儿想瞧热闹，也悄么声地跟了上去。

沈千秋刚要起身，被李队一个眼神制止了。办公室只剩下他们两个，李队开口："小沈，这案子你怎么看？"

沈千秋还沉浸在有人来投案自首的惊讶中，过了好一会儿才说："李队，说老实话，我真没想到这案子还会有人自首。"

李队呵呵一笑："怎么啦这是？查的案子多了，人也消极了？"

沈千秋摇摇头："不是……周一那天法医就说了，初步的验尸结果可以肯定，公园只是抛尸地点，不是第一案发现场。我是觉得……既然都懂得抛尸掩盖罪证了，怎么可能又自己跑来自首？"

李队从烟盒里拿烟的手微微停顿，扫了她一眼，又朝问询室的方向努了努嘴："别急，看看周时他们能问出些什么来。"

沈千秋低头看着笔记本陷入自己的思绪，而李队则望着窗外的景色，也不知是想起了什么，点着的烟就这么慢慢燃着，烟灰积了有一寸多长。有好一阵儿，办公室里的两个人各自沉思，都没有讲话。

直到一阵急切的脚步声从走廊传来，紧接着，门边冒出一颗小脑袋。黄嫣儿扒着门，上气不接下气地说："李队，千秋，招了！都招了！"

李队蓦然回过神，手上燃着的香烟一抖，寸许长的烟灰无声落地。

沈千秋也有点怔住，就见黄嫣儿朝两个人招手，示意大家一起过去："我刚站在小窗户外偷听，那个吴帆说得头头是道，而且他还知道梁燕在'流金岁月'打工，杀害梁燕的凶手十有八九就是他了。"

3.

吴帆前来投案的第二天，刑警大队技术科确认其家中浴室为梁燕遇害的第一现场。再加上此前他对所有罪行供认不讳，叙述犯案经过也有条有理，且与法医的验尸结果全部吻合。前后不过短短一周，梁燕遇害案就这样水落石出了。

这天下午，骆杉带着两个手下兄弟找到李队，提议两个部门一块聚聚。一是为梁燕案顺利告破，二是3·11毒品案进展顺利，也是时候让大家伙松松弦，顺便联络一下感情。聚餐的地点就定在大门外的那家"缘来湘聚"。

晚上七点，李队带着手下七八个人，和骆杉手底下几个兄弟，齐聚在"缘来湘聚"饭馆二楼的雅间。

雅间里摆了两张桌子，饭菜都是提前订好的，人到齐，服务员就开始上菜。大概考虑到队伍里男同志居多，饭量大，爱吃肉，端上来的菜多是硬头货：板栗红烧肉，酸菜氽白肉，东坡肘子，酱烧排骨……目不暇接的各类荤菜端上来，顿时受到大家伙的热烈欢迎。沈千秋和赵逸飞、周时、嫣儿坐在一桌，大概是考虑到还有两个女孩子，桌边的几位好歹还收敛点，菜端上来也知道让女孩子先夹。另一桌就没这么太平了，一盘菜端上去几乎三两下就被抢光，看得负责上菜的服务员目瞪口呆。

最后一道菜端上来，更是引得全体人员的一阵欢呼，连沈千秋也是眼前一亮——竟然是一道烤乳猪！

沈千秋忍不住小声问李队："李队，这顿饭……能报销吗？"

"缘来湘聚"这家菜馆在附近很火，分量足，味道正，就是价格贵了点。一般都是队里破了大案，或者年底庆功，李队才请大家来撮一顿。最出名的这道"烤乳猪"，沈千秋是慕名已久，但一只乳猪要八百大洋，可不是他们这样的平民消费得起的，所以每次都是对着菜单看看，过过眼瘾就好。没想到这次两个部门聚餐，竟然这样大手笔！

李队也皱了皱眉，刚要说什么，就听负责上菜的服务员说："诸位，酒水和饮料都放在旁边的酒水架上，不够的话喊一声，我们会让人再送过来。"他看了眼手上的账单，说，"噢，还有，餐费已经有人付过了，如果需要加菜加酒水，需要另算……"说着，他瞟了一眼隔壁桌，微微一鞠躬："诸位尽兴。"就退了出去。

服务员临走前的那一眼，瞄的方向正坐着骆杉。在座的各个观察力过人，哪里看不出这个。众人先是一静，紧跟着就有人喊出了声："骆队！土豪啊！"

"是啊！骆队，求包养啊！"

"骆队我听说这家餐馆的甜点也特别好吃，咱们要不要来点尝尝啊？"

"你一大老爷们儿吃什么甜点？娘炮！"

"骆队，代兄弟们说声谢谢！"

李队皱了皱眉，刚想起身，那边骆杉已经起身走过来。大黄机灵地跟他换了座位，去隔壁桌大快朵颐。骆杉则在李队旁边的位置坐了下来。

"这次的案子，多亏诸位。"骆杉端起啤酒，倒了一杯，朝李队敬酒，"李队教导有方，这一杯，我敬你。"

李队端起啤酒，看了骆杉一眼，说："不敢当。能连续几次顺顺当当捉到这伙毒贩，多亏了你消息灵通。"

骆杉将杯中酒一饮而尽，浅笑了一下："这也都是当初师父教得好。"

李队闻言也笑了笑，没说什么，干了手里的酒。

赵逸飞在另一边和沈千秋咬耳朵："哎，刚刚达哥跟我说，骆杉刚进警队时，好像是在咱们李队手底下干的。"

这个八卦倒是新鲜！沈千秋闻言也来了精神，小声问："那刚骆队嘴里说的师父岂不就是……"

赵逸飞朝李队的方向飞了个眼风，点了点头。

沈千秋顿时精神振奋，没想到骆队和李队还有这层渊源！

"嘀咕什么呢？"沈千秋的脑袋被拍了一下，一转头，就见李队似笑非笑地瞪着自己，"没听见骆队跟你说话？"

沈千秋连忙看向骆杉，绷直了脊背，就差没直接站起来了："骆队！"

骆杉见她这么紧张，也不禁笑了，举起酒杯朝她敬了敬："女大学生那个案子，我听队里的人说了，做得不错。"

沈千秋连连摇头："没有，是我们运气好。"

骆杉浅笑着说："运气再好，也要功夫到了才行。"他看了李队一眼，说，"说起来，你手底下这两个，跟我都是同一个大学毕业的，算起来也是我的直系学弟学妹了。"

李队闻言也是一笑："你们学校厉害啊，优秀毕业生遍布全国，再来两个就把我们警队全部攻陷了！"

众人闻言都笑了起来。

笑声之中，骆杉朝她遥遥一敬，抬头，一杯啤酒就见了底。

沈千秋见状，连忙也端起酒杯，把自己那杯喝个见底。

骆杉站起身，提高声音说了句："各位兄弟吃好喝好，我家里还有点事，先走一步！"

说话间，他裤兜里的手机铃声响起。众人自然还想留他，骆杉却抬了抬手，接起电话，对着手机做了个手势，就这么先一步溜了。

沈千秋还有点意犹未尽，小声问李队："李队，骆队从前是不是也在咱们部门干过啊？"

"他在好几个部门都待过。"李队点了根烟，偏过脸看沈千秋，"千秋，当刑警，官做多大不重要，知道什么最重要吗？"

沈千秋想了想，小声说："破案率？"

李队吐出一个烟圈，沉默片刻，说："是对得住自己的良心。"他看了沈千秋一眼，"破案固然是好，但急于求成，总会出错。凡事对得起自己的良心，才能对得住帽檐上的国徽。"

另一边，嫣儿把烤乳猪挨个分到每个人碗里。见沈千秋和李队一个小口抿着啤酒，一个大口吸着烟，在那一本正经地聊起了天，不禁气不打一处来，叉着腰说："李队，你也不以身作则。好不容易吃顿好的，还抽烟喝酒，还能不能好好吃顿饭了？"

李队被训得一愣，还没反应过来，手里的烟已经被黄嫣儿拿去碾在烟灰缸里。她手里还塞了一碗油光锃亮的乳猪肉："快吃！这个凉了就不好吃了！"

"行，行，这就吃。"李队心疼地瞥了眼烟灰缸里碾灭的那根黄鹤楼，忍不住说了句："嫣儿啊，下回能不能等我抽差不多了……这黄鹤楼，我一个月才舍得买两盒……"

沈千秋忍不住乐了："李队，要是让嫂子知道了，别说一根，一盒都给你直接扔垃圾桶。"

李队的妻子一直都勒令他戒烟，李队平时都是在单位吸两根，还不敢多吸，就怕回家被妻子闻出衣服上沾了烟味。队里几个人都去李队家里吃过饭，自然知道嫂子是不让李队抽烟的，除了嫣儿坚决站在嫂子那边，一看到李队抽烟就没好脸色，其他人像周时、沈千秋，偶尔还会给李队打打掩护。

桌上的氛围一时又热闹起来。大家伙吃吃喝喝，也不觉得时间过得有多快。直到沈千秋兜里的手机响了又响，她把电话拿出来一看，才发现不知不觉间竟然已经晚上九点半了！

接起电话，就听手机那端传来白肆焦急的声音："千秋，你在哪儿？你周围怎么这么吵？"

也不能怪白肆多想，毕竟前几天他们俩才一起去过"流金岁月"，沈千秋平时又都是单位和家两点一线，见她这么晚还没到家，又陡然听到她周围环境嘈杂，白肆自然就往不好的方向想。

沈千秋捂住耳朵低声说："我就在单位附近。今天部门聚餐，闹得有点晚了。我这就回。"

"你在警队附近？哪家饭店，我过去接你。"

"不用了，同事都还没走，我跟大家伙一块回去，有伴儿。"

"我就在你们刑警大队门口呢，你告诉我地点，我过去接你。"

怪不得这么急，肯定是看办公室黑着灯，知道自己没在加班，这才不放心了。沈千秋嘴上不说，心里却暖烘烘的。从前没有白肆的时候也不觉得什么，现在俩人同住一个屋檐下，吃饭、出行都有人照应，偶尔晚归还有人担心自己的安全，不得不说，这样温暖的感觉对沈千秋来说实在有些久违。上一次被人这么惦记着接回家里，仿佛还是上初中时的事了。

这么想着，沈千秋心里愈发柔软，语气也温和了几分："那你在那等着，我这就下去。我在街道对面的'缘来湘聚'。"

挂了电话，突然发现左右显得有点安静。李队打趣地瞟了她一眼："找男朋友了？"

沈千秋大窘，连忙否认："不是，不是。"

赵逸飞倒是很敏感："是白肆？"

沈千秋点点头："他过来接我，我就先走一步了。"

李队听着这名字有些耳熟，就朝赵逸飞投去一个问询的目光。

沈千秋拿上背包，朝众人做了个告别的手势，就悄悄溜出了门。身后，赵逸飞神情复杂地跟李队解释："就是上次说他朋友有'流金岁月'VIP卡的那小子。好像是千秋亲戚家的小孩，还在上大学。"

黄嫣儿竖着耳朵听着，也跟着添了句："噢！我知道！就是前两天送千秋上班的那个男孩子！长得可帅了，还开了一辆黑色路虎！"

赵逸飞一撇嘴："那小子家里有钱，得瑟的。"

黄嫣儿这一晚也喝了一些啤酒，脸颊红扑扑的，听了这话眨了眨大眼，不赞同地摇了摇手指："你这是仇富心理。"说着，她扳着手指数着说，"有钱，脸帅，又年轻。多少女孩子梦寐以求的对象啊！千秋真是好福气。"

赵逸飞还想再说什么，又住了嘴，最后干脆拿过椅背上的外套站起身："时间不早，我也撤了。"

黄嫣儿也跟着站起来："哎，我也不行了，我也撤。"

赵逸飞见她站都站不稳，伸手扶了一把："你这样还能坐公交回去？"

李队笑呵呵地给大家伙分配任务："达哥、周时再陪我喝两瓶。嫣儿是女孩子，是该早点回家。逸飞啊，你负责把嫣儿送到家。"

赵逸飞心里堵得慌，但也看出嫣儿是真有些醉了，不太情愿地点了点头。

4.

车上，白肆见沈千秋脸颊微红，双眼晶亮，呼吸间隐隐还闻得到一股酒味，皱了皱眉问道："你喝酒了？"

沈千秋点了点头："喝了两杯。"

"你们队里有什么喜事，弄得全员出动，还喝酒庆祝？"

说到这事，沈千秋脸色难免有点奇怪。白肆看得清楚，不禁也跟着好奇起来："怎么了？"

沈千秋摇摇头："也没什么。梁燕的案子破了，我们李队负责跟进的另一个毒品案也有很大收获，大家伙都高兴，就两个部门聚在一起吃了顿饭。"想到骆杉，她不禁露出笑容，"另一个部门的负责人是骆杉，就是你那个同学骆小竹的哥哥。而且我今天才知道，李队好像还是骆杉的师父。"

"那你为什么不高兴？"

"我看起来不高兴吗？"沈千秋摸了摸自己的脸，她还以为自己这一晚上都掩饰得很好。

"能看得出来你心里有事。"白肆看见她的动作，不禁也笑，"放心吧，不是像我这种认识你十几二十年的，看不出来。"

沈千秋放下手，叹了口气："也没什么，就是觉得这案子破的有点太顺利了，心里别扭得慌。"

白肆觉得有意思了。

案子没破起早贪黑，案子破了苦大仇深，要都按照沈千秋这种方式过日子，刑警同志们还能不能活了？他有点无奈地瞥了沈千秋一眼："你是觉得案子破的太容易了，没有成就感？"

沈千秋摇了摇头。她当刑警又不是为了刷存在感，而且这几天手头陆续又来了其他案子，办公室几个人忙得脚不沾地，她哪里会因为这么不靠谱的原因伤春悲秋？

那个吴帆的供述没什么疑点，且与法医的尸检结果全部吻合，事后也确认他家中正是梁燕的第一死亡现场。动机合理，人证物证俱在，做结案处理并没什么可质疑的地方。

据吴帆所说，梁燕以怀孕为要挟跟他索要一百万人民币，否则就结婚，而吴帆既拿不出那么多钱，也不愿意这么早结婚。当天两个人一起在家吃了晚饭，还喝了不少酒，梁燕因为妊娠反应，还呕吐过。后来吴帆帮她擦洗裙子上的呕吐物时，两个人发生口角，吴帆因为不堪压力，情绪失控激情杀人，用一把水果刀刺入梁燕的小腹导致后者失血过多而亡。

可如果是普通意义上的激情杀人，为什么事后还知道要把死者的指甲都剥去，还懂得用酒精把死者身体擦洗一遍再抛尸呢？

吴帆的解释是，自己发现梁燕死了，大脑一片空白，他平时也喜欢看一些犯罪心理类的书籍，就迷迷糊糊按照记忆里的一些作案手法去操作了。包括脱去梁燕身上的衣物，用酒精擦拭她身体上的痕迹，剥去她十个手指上的指甲，以及用自己平时开的那辆轿车将尸体运到公园的小树林里进行抛尸。

虽然每一条都能跟验尸报告上写的对得上，但总觉得哪里透着一股子别扭劲儿。

5.

两个人回到家，白肆正在厨房煮茶，就听到客厅里响起沈千秋的声音："别啊，你就别过来了。我没在家……"

白肆走到厨房门口，就见沈千秋握着手机，脸上挂着为难的神情。

过了一会儿，就见这姑娘摆出一副英勇就义的表情，闭了闭眼说："我真没在家，我在白肆这边呢！"

被提到名字的人挑了挑眉。

又过了一会儿，就见沈千秋咬咬牙，说："胡说！那你过来，过来！"

五分钟后，沈千秋掩面奔到厨房，扒着厨房门小小声地对着里面说："那个……刚赵逸飞打电话，说给我送夜宵，结果得知我在你这儿，他说干脆拎着夜宵过来，大家一起吃。"

门被人从里面拉开，白肆半点没纠结赵逸飞要过来这个事实，而是径直问道："他买了夜宵？买的什么。"

沈千秋一扶额头，她刚刚哪还顾得上问这个，光是他们三个人马上要在这里狭路相逢的事就足够使她晕头转向了。

白肆一皱眉头，说道："我烤了洋葱蛋糕，还有红茶和你上次说想尝的芒果乳酪。他别带一堆麻辣烫酱猪蹄之类的过来，我这可没有酒。"

二十分钟后，沈千秋发自内心地感慨，白肆简直是预言帝！

跟随赵逸飞一起过来的不仅有麻辣烫，还有花生米、鸭脖子和一打啤酒。

三个人坐在茶几上，各自垂头望着桌上的东西，没有人说话。

最后还是沈千秋先有了动作，她先端起红茶喝了一口，润了润嘴唇，然后开口："那个，我看今晚啤酒就别喝了……"

赵逸飞一脸受气小媳妇儿的样子垂下头。

沈千秋还在低头研究茶几上的食物，这回撤下去的是芒果乳酪："这个看着就好吃，但是热量太高了，而且整个桌子就它是甜的！"

芒果乳酪含泪被塞进冰箱。

麻辣烫，鸭脖子，咸味的洋葱蛋糕，微苦的红茶……这回看起来就和谐多了。

沈千秋挥挥手，示意大家开动，一边还给两边分别介绍："尝尝这个蛋糕，白肆同学亲手烤制！咸味的，特别好吃，包你吃了一回还想吃第二回！"

"花生米、鸭脖，都是经过我和赵逸飞同志多次实地考察，试吃无数回，最后选定这家。两年了，每一天都那么好吃！每次店主摆出来半个小时肯定卖光！"

基本介绍完毕，沈千秋先动手了，先塞了一块鸭脖子到嘴里啃了起来。

女士都这么主动了，两位男士也不好再矜持什么。

一顿愉悦中透着诡异的夜宵就此拉开帷幕。

聚在一起的三个人里，两个是吃货，不然也不会如沈千秋所说，和赵逸飞两个一家接一家的试吃鸭脖子了。白肆虽然称不上老饕，但这人挑剔讲究是出了名的，吃穿用度上都不会亏待自己。所以这样一顿夜宵，看着怪异，吃起来味道还真不差。

麻辣烫和鸭脖都是又香又辣，洋葱蛋糕解辣且香，搭配上微微苦涩的红茶，简直好吃得停不下来……沈千秋咽下最后一口热茶，缓缓吐出一口气，捧着肚子向后靠倒在沙发上："好满足……"

赵逸飞是吃得多，白肆是吃得慢，这两个显然都还在战斗状态，一个啃着鸭脖子，一个拿手捏着花生米吃着，嘴上都没停。

赵逸飞见沈千秋空出手了，嘴里嚼着鸭脖子指挥她："千秋，给我倒杯水！"

那边白肆从旁边捞起一罐啤酒打开，默不作声喝了一口。

赵逸飞"嘿"了一声，立刻告状："千秋，他犯规！"

沈千秋站起身，也拿了一罐啤酒打开喝起来。

赵逸飞扁扁嘴，显得特别委屈："你们两个都欺负我……"

沈千秋咽下一口啤酒，喘匀了气，以一种指点江山的语气教导赵逸飞："师兄，你懂什么叫'相时而动'吗？你来之前，白肆刚泡好一大壶红茶，你知道这红茶多少钱一两吗？放着泡好的红茶不喝喝啤酒，不仅仅是浪费，还是自虐你懂吗？"

赵逸飞听得一愣一愣的，过了半天才点点头："懂了。"

沈千秋朝白肆一扬下巴："分一罐啤酒给他。"

赵逸飞可怜巴巴地看着她："我就知道小师妹对我最好了。"

于是夜宵的下半场开始了。

赵逸飞喝完一罐啤酒，忍不住叹了口气："千秋，其实我今天来找你，就是想跟你聊聊梁燕那个案子。"

沈千秋瞥他一眼："都结案了，你想聊什么？"

赵逸飞晃晃脑袋，伸出食指摇了摇头："你不知道，嫣儿跟我说，按照流程，这案子结了，梁燕的尸体是要交由家人处理的。但她今天打了一整天的电话，梁家还是没有人接。"

这应该也算是所有人心知肚明的一个疑点吧。家里姑娘失踪被杀，可父母一点都联系不上。按照梁燕档案里写的，她父母是在湘城开小卖铺做小买卖的，这样的人家到底出了什么事，怎么可能会在这个当口完全失去联系呢？

不过沈千秋没立刻接话。

倒是白肆开口道："联系不上死者家人，这种情况也不算稀奇，毕竟什么样的家庭都有。赵大哥是觉得这里面还有什么蹊跷？"

赵逸飞单手撑着下巴，摇摇头，目光有点发直："我说不上来……但这案子，我总觉得有点怪。那个吴帆也怪怪的。"

"他哪里怪了？"

赵逸飞颇有深意地看了沈千秋一眼："你说，这个吴帆如果不主动投案自首，咱俩用多长时间能查到他身上？"

沈千秋简直醍醐灌顶，瞬间明白过来她之前一直觉得别扭的那个关键在哪儿了！如果根据他们之前的线索继续往下查，那接下来他们要盘查的地方，一个是"流金岁月"，另一个就是梁燕的老家。可如果按照这两条查下去，能查到吴帆身上的可能性极低。毕竟，就连梁燕的同学和父母都不知道这个吴帆的存在。

他这个罪魁祸首简直像是凭空冒出来的！

白肆抛了一颗花生米到嘴里，不咸不淡地开了口："可如果他不是凶手，为什么要投案自首呢？"

赵逸飞摇晃着脑袋："要么他确实参与了杀人过程，做贼心虚；要么，他就是个顶缸的。"

此时沈千秋心里的感觉可以用惊涛骇浪四个字来形容。无论是哪种可能，都意味着这个案子的真凶正逍遥法外。这种感觉太可怕了，沈千秋几乎一瞬间冒了一头冷汗："可技术科那边给出的鉴定报告说……吴帆家就是第一案发现场！"

越是这样说，她就越发觉得他们现在揣测的方向让人不敢再往深里想。

赵逸飞朝她眨眨眼，凑近沈千秋的耳朵低声说："刚刚你走得早，嫣儿喝得有点多，我送她回家，你知道她在路上跟我说什么吗？"

沈千秋看着赵逸飞的眼睛，这家伙生得剑眉星目，认真看人的时候，那双眼睛更是亮若星辰。两个人一起吃过那么多顿夜宵，喝过那么多次酒，沈千秋知道他看着一瓶就倒的量，但其实酒量深得很。很多时候，他都喜欢稀里糊涂地就着酒劲儿说点平时不好说甚至不能说的话。

沈千秋这样想着，便看着他的眼睛问："她跟你说什么？"

"嫣儿说，今天她怎么都联系不上梁燕的家人，就想去找李队商量一下，结果你猜李队怎么说？"赵逸飞这次没有卖关子，一口气地低声说道，"李队说，技术科那边刚放话，停尸房那边也没地方了，让咱们打声招呼把尸体拉殡仪馆，走正常程序吧。"

沈千秋皱着眉："这意思是要趁早火化？"

赵逸飞点点头，又灌了一口啤酒。

6.

赵逸飞和沈千秋说起悄悄话的时候，白肆已经站起身来收拾茶几上的东西，而后更是干脆跑到厨房里待着，半天都没动静。

沈千秋一扭头，这才发现白肆没了影，正要起身，就被赵逸飞一把拉住："千秋，你跟我说实话。"

沈千秋扭头看他，大概因为是站着的缘故，显得有点居高临下的况味。这么一看，她才发现赵逸飞今天可能确实有点喝高了，一双眼睛亮亮的，颧骨还有点泛红，便说："师兄你问。"

赵逸飞咽了口唾沫，眼睛一闭，把心一横："你是不是……是不是跟姓白那小子住到一块了？"

其实他今天先到了沈千秋家门口，擂了半天门都不见有动静，这才给她打的电话。进了白肆家门，赵逸飞一眼就看到沈千秋脚上的拖鞋，茶几上摆着的喝水杯子，以及连着客厅的阳台上挂的衣服。

太多的细节，他不用一一去看去琢磨，只消看看白肆眼睛里那份笃定，再回想那天两个人在咖啡厅付款时的谈话，就能得出一个事实：沈千秋根本不是凑巧来白肆家里做客，她是已经住在这儿了。

哪知沈千秋的态度比他料想的坦然多了："对啊！上周末吧，我回家收拾了两件衣服，就先搬过来住了。"

赵逸飞被沈千秋的态度弄得都有点懵了："你为什么……"

沈千秋手一挥："哎，说来话长。不过白肆这儿住着是挺舒服的，比我那房子条件好多了。"她看着赵逸飞一脸被震得无以复加的表情，想了想又补充了句，"不过你放心，我也就住一段，那房子我可还交着房租呢，早晚要回去住的。"

赵逸飞觉得事情好像跟自己原本设想的有点不一样："你……你跟白肆其实是亲戚？"

其实沈千秋和白肆是失散多年的姐弟，她的真实身份是跟白肆家境差不多的富家大小姐？

沈千秋推了一把他脑门："你挺能想的啊？"她想了想，觉得有些事还是有必要和赵逸飞大致解释一下，就说："我们俩从小就认识，小时候两家关系还挺好的。后来我家里出了点事，我就离开平城到这边定居了。然后前些天……你不是也看到了么，那么巧，我和白肆就在他们学校遇上了。我当初从平城走的时候吧，也没跟他说一声，他到现在都挺怨我的。我就想着，修复一下关系，就暂时先到他这住些天。"

赵逸飞凭借自己超强的脑补能力，已经顺着沈千秋的话想象出了一部电影。过了好一会儿，他才回过神："那你这是打算负荆请罪，还是以身相许啊？"

沈千秋听着他前半句话还觉得挺对自己的心思的，听到后半句话简直恨不得把他一巴掌拍死："你是禽兽吗？白肆比我小快五岁的好吧！"

赵逸飞目光更忧郁了："我这是忠言逆耳。"

沈千秋把啤酒罐从他手里夺过来放在一边："行了，我看出来了，你这是真喝高了。那个……"

转过身的时候，沈千秋才发现，白肆端着两杯水，也不知道站在身后听了多久。

沈千秋觉得自己和赵逸飞的对话真是不堪回想，只能指了指罪魁祸首："那个……他今晚有点喝高了，要不让他睡客房？"

白肆这房子挺大，除了他自己睡的主卧，还有三间卧室。三个房间沈千秋占了一个，还有一个让白肆改成了书房，正好还剩一间，看这样子今晚是要派上用场了。

白肆把手里端着的水放在茶几上："你喝了这杯水去睡吧，我把他弄过去。"

折腾了一个晚上，沈千秋这会儿也有点上来酒劲儿，脑子也不太转得动了："嗯。那好，我去洗漱了，晚安。"

客厅里只剩下白肆和赵逸飞两个。

赵逸飞原本被沈千秋推了那一下，靠着沙发仿佛睡了过去。可这会儿却当着白肆的面睁开眼，再看这人，哪里还有半点醉酒的迹象？

白肆半点儿不吃惊，朝着一间卧室的方向指了指："卧室在那边，是你自己过去，还是我扶你过去。"

赵逸飞弯起眼睛一笑，显得特别诚恳："酒喝多了，腿有点麻。要不你搭把手扶一把？"

白肆微微躬身，手臂撑在他衣领子后头，几乎没怎么用力气，就把赵逸飞整个人提了起来。

赵逸飞只觉得自己整个人身体一轻，再一抬头，就见白肆一手扶着自己胳膊，状似关切地笑了笑："赵大哥，走吧。"

赵逸飞也不掩饰自己的惊讶，赞叹了句："功夫挺不错啊。"

白肆没有说话。直到两个人并肩进了卧室，赵逸飞才开口道："今晚多谢你招待了。"

白肆颔首，看着他道："赵大哥是千秋的朋友，也就是我的朋友，千万别客气。"

赵逸飞微微沉吟，最后还是在白肆转身之际叫住他："白肆。"

白肆转过身。

赵逸飞看着他道："我说这话没有针对你的意思，但是白肆，你和千秋可能小时候交情很深，但毕竟这中间也有十几年没见了。千秋这人吧，乍一接触觉得她性子挺冷淡，时候长了就发现，她是典型的面冷心热，对熟悉的朋友比对自己都好。现在因为你一句话，她二话不说就搬过来。她毕竟是个年轻女孩，这么跟你同住在一个屋檐下，你们俩又非亲非故的，别人会怎么想她？她自己可能提都没跟你提过。我想你如果是真心为她好，最好还是尊重她的意见，也顾及一下她的名誉，这才是真正对一个人好。你说呢？"

白肆浅浅一笑，那笑容极礼貌，也极疏离："你的意思是，千秋过来跟我同住，她心底是不愿意的？她所做的一切都是在迁就我，补偿我？我表面上对她好，其实是在委屈她，你是这个意思吧？"

这话说得比赵逸飞那一大套直白多了，直白得有点刻薄。

赵逸飞脸上的表情也有点冷："我就是这么个意思。"

白肆笑着看他："那你怎么知道，千秋不乐意呢？"

赵逸飞一时语塞。他突然发现，自己一直以来仗着年龄的优势，认为自己比白肆大，阅历多，为人处事都比他老道圆滑，其实是有点小瞧眼前这个男孩子了。

白肆又笑了笑："我知道赵大哥说这番话是为了千秋好。如果哪天千秋在这儿住腻了，想走了，我不会阻拦她。"说完，他似有深意地瞥了赵逸飞一眼，"时候不早了，明天还有正事，你也早点休息吧。"

赵逸飞讷讷地道了声"晚安"，关上门转过身，下意识地打量了下房间。

人们常说，一个房子里卧室的装潢最能体现一个人真正的品位和偏好。这间卧室不大，地面铺着深褐色的木地板，床、衣柜和外面客厅的摆设一样，都是一色的原木家具。墙壁刷着一层浅浅暗暗的颜色，赵逸飞眯着眼观察片刻，才辨别出这颜色应该是传说中许多女孩子会喜欢的玫瑰灰……想到这儿，赵逸飞陡然一个激灵，将白肆家中的种种陈设回想了个遍，最终确定无论是墙壁的刷漆还是家具的质地，都是前不久他帮沈千秋搬家时，听她说过的喜好。

从之前与沈千秋的交谈来看，她住进这里也没多长时间。也就是说，白肆买下这套房子时，肯定是没跟她就此进行过交流的。他却能在最大能力范围内照顾沈千秋的喜好，并且三言两语就劝她搬进来同住……

赵逸飞眯起眼睛，看来他之前有些话说的不对。

虽然这两个人十几年不见，但白肆对沈千秋的了解，却比他以为的还要深刻许多。

带着这样的思绪，赵逸飞连被子都没盖，枕着手臂躺在床上睡着了。

而另一边的两个房间里，灯光也亮了许久才熄。

沈千秋喝了半杯水躺在床上，没有立刻入睡。大概是酒精的作用，她的思维不像平常那样敏捷，有些钝钝的，但也正因为此，更方便人静下心来想清楚一些事。

赵逸飞带来的消息让她想清楚了一些事，也让她模糊了一些思绪。那天自己那么轻易松口，答应白肆搬过来同住，真的只是因为内疚和补偿那么简单吗？

如果只是为了所谓的"赎罪"，为什么和白肆在一起的时光，却比一个人独处要开心许多呢？

事情过去这么久，时间上也隔了这么长，有关父亲的所有线索几乎都断了，就连那个李三川看起来都没什么可疑了。而她和白肆依旧能够在多年之后如此融洽的相处，是不是意味着……她也是时候放下过往的所有，真正开始新生活了？

Chapter 08
代 | 人 | 受 | 过

1.

周二晚七点，赵逸飞等人进入"流金岁月"的同时，沈千秋和同事小刘踏上了与贺子高正面交锋的路途。

贺子高的办公室，就在距离"流金岁月"不远的一处写字楼。这座写字楼与周边许多高楼一样，大厦的每一层都被拆分成无数个小单元，有的甚至一个小房间就是一家小公司。然而贺子高所在的这一层，一踏出电梯门就能感觉出不一样。

这一整层楼都属于贺氏。

小刘平时的工作以文职居多，性质和黄嫣儿比较像，见此情景不禁"嗬"了一声："真气派啊！"

其实并不是装潢得多么金碧辉煌，脚下是黑色大理石砖，头顶上方挂着两排白色玉兰形状的小吊灯，两边墙壁都砌了雅灰色的暗纹瓷砖，但看起来就是又雅致又气派。

和"流金岁月"的装潢风格不同，但看得出来，这都是来自于同一个人的品位。要气派，但不能庸俗；要品质，但不可以太低调。

沈千秋边走边想起了与贺子高初次见面时的情景，那天他穿了一身白，也是这样，讲究品质，却又高调得很。毕竟这年头极少有男人喜欢穿一身白衣，穿不好，平白惹人笑嘛！

这么想着，沈千秋突然觉得有点发慌，说不上来什么原因，只是隐隐觉得心里不太安稳。

过来之前，他们是打过电话的。接电话的是位男助理，听到是警局打来的，淡定得很，不慌不忙地答应："没问题，贺先生说，今晚七点，在办公室恭候大驾。"

恭候大驾，用的词还挺古韵。但怎么听怎么有一种"你能奈我何"的优越感在里头。

走到公司门口，迎上来一个二十多岁的年轻男人。他穿一身西装，笑容温和："鄙姓周，是贺先生的助理，这位想必是沈警官吧？"

沈千秋心里一个冷战，他们确实事先打了声招呼说要来，可没说来的人姓甚名谁。

周助理见沈千秋面色微凝，笑了笑，做了个"请"的手势："两位里面请。沈警官不用紧张，贺先生只是事先吩咐过，沈警官来了要好好招待。"

沈千秋眉头一皱："你们贺总今天不在？"

周助理微笑着解释："下午一直在的，就在您二位过来的前十分钟，临时有事出去了。不过贺先生说了，不是大事，让二位稍等几分钟，他很快就回来。"

沈千秋和小刘被引到了一间会客室。说是会客室，其实是贺子高的办公室。周助理一边引两人坐下，一边介绍道："贺先生平日就在这里办公。他刚刚走得匆忙，电脑都没来得及关。贺先生让我跟两位解释一下，确实是事出突然，不是故意怠慢。"

沈千秋顺着他的话看去，果然，办公桌上摆着一台笔记本电脑，屏幕背面的LOGO还亮着，可见人确实没走多久。

两个人对视一眼，沈千秋拿出手机给李队编辑了条短信：人不在，说要迟到十分钟。

过了两分钟，李队短信回了过来：收到。

周助理出去片刻，又折回来，手上的托盘里放了两杯新沏的绿茶："这是今年新上的雀舌。听说沈警官喜欢喝龙井，贺先生特意吩咐，说让沈警官一定要尝尝这个。"

如果说这位周助理一上来就喊出她的姓氏，让沈千秋觉得心生警惕，那么此时此刻，沈千秋的感觉即便用后背发凉都不足以形容了。

她喜欢喝龙井这事连赵逸飞都没留意过，因为无论在单位还是在其他地方，她都是逮着什么喝什么，从没刻意说过自己爱喝龙井。知道这事的人，大概也只有从前的家人，还有白肆了。

平城的老一辈人都爱喝香片，其实就是茉莉花茶，沈千秋的爷爷也不例外。有一年，沈若海从外地出差归来，带回来半斤新炒出来的雨前龙井，跟眼前这雀舌比不了，但胜在新鲜。本来是买给沈爷爷尝尝鲜的，结果当时还在上初中的沈千秋从爷爷杯子里尝了一口，从那之后爱得不得了，几乎每天放学回来都吵着要喝。

好在绿茶清淡，少放些茶叶也不会影响睡眠，再加上正值春夏之交，天渐渐热起来，喝点绿茶也能祛火气，沈爷爷就每天傍晚都给她泡上一小杯，坐在院子里等她回来。

旧事重现，总让人心思浮动。

沈千秋从记忆里一回过神，就觉得房间里气氛不太对。一抬头，就见贺子高不知什么时候回来了，正好整以暇地站在门口，嘴角挂着一丝笑打量她。

沈千秋几乎一个激灵，就要站起来，被贺子高的手指点了点："坐，坐，沈警官不用客气。"

说着，自己也走到不远处的一张椅子上坐下来。这个角度几乎和沈千秋面对面，两个人的目光在一瞬间又触到了一起。

贺子高见状浅浅一笑，他今天戴了一副银框眼镜，遮住了略显狭长的眼尾，显得很有书卷气："我走之前特意吩咐小周，给你们二位沏杯龙井……"他顿了顿，扫了眼沈千秋手边的茶盏，"噢，沈警官还没动。"

沈千秋正为自己刚刚险些站起来又仓促坐下的失态而懊丧，听了这话不禁浑身一凛，迅速反应过来，也朝着贺子高礼貌地浅笑："贺先生真是客气。其实我对茶并不太了解，平时都是随便喝喝的。"

"噢？"贺子高目光微闪，"这跟我打听到的可不太一样。"

"贺先生都打听到了什么？"沈千秋心中涌起一股愠怒，无处发泄，也不敢在此时此地发泄出来，只能继续伪装着浑不在意的语气说道，"说起来也真是奇怪，我这人一没身份二没背景，就是一个普通小警察，没想到还会劳动贺先生大驾，专程找人调查我的饮食喜好。"

"哈哈。"贺子高像是听到了什么非常好笑的事一样，笑眯了眼说，"沈小姐误解了，不是专程调查。"

"这话怎么讲？"

贺子高今天穿了一件圆领的灰色上衣，手臂撑着桌沿的姿势露出大片锁骨，与初见那天的风度翩翩不同，显出一种玩世不恭的随性来。

"上次沈小姐和你那位小朋友去到我的会所，来去匆匆，我也没能尽地主之谊，事后想起来总觉得有些失礼。所以我就让手底下的伙计查了查，这才知道沈小姐是做刑警的……"说到这里，他微微停顿了下，带着慢悠悠的笑意看向沈千秋："我有位老朋友，那天碰巧过来，聊起来才发现和沈小姐有点渊源，我也就从他嘴里了解到了沈小姐的一些日常喜好。"

沈千秋露齿一笑："还真是巧。"

贺子高挑了挑眉："可不是。"

两个人就这么看着对方，都没有说话。过了约莫半分钟，贺子高先开了口："沈小姐就不想知道我的这位老朋友是谁？"

沈千秋笑了笑，指指身边一直没说话的小刘："今天我们过来是有正事，贺先生如果想叙旧，只能改天再约了。"

小刘同志听到这两人你来我往的对话几乎呆住，这个时候被点名，也是条件反射式的一机灵，立刻从随身的包里拿出笔和本："对，对，我们有些事，想跟贺总了解下。"

贺子高收回目光，眼底闪过一丝兴味，点了点头说："我知道了。既然是为公事来的，两位请问吧。"

手边的茶盏摸起来微有些烫，这贺子高也确实好兴致，都说泡绿茶当用玻璃杯，但玻璃杯喝起来，总少了几分雅，这人就让人用了玻璃材质的茶盏。玻璃盖配玻璃托底，中间盈盈一脉玻璃盏，被幼嫩的茶叶映得翠盈盈，光看起来就觉满口生香。

沈千秋掀开盖子，端起来稳稳当当喝了两口，清了清嗓子，这才开口："贺总认不认识张山子这个人？"

贺子高这时已经收回手臂，不撑桌沿，反去托着自己的下巴。听到沈千秋这样问，他微微点了点头："我们会所常来常往的客人不少，张山子……也算是我的一位老顾客了。"

沈千秋点点头："那贺总对张山子有什么了解吗？"

贺子高微微一笑，说道："沈警官，你知道每天出入'流金岁月'的客人有多少吗？"

沈千秋大概猜到他要说什么，心里不由冷笑，面上却并没露出什么神色来，只是静静看着贺子高，等他把话说完。

贺子高慢悠悠地说道："每天光是固定客人，最少的时候都有五百人次，更不要提那些朋友带朋友来见世面，又或是外地朋友过来谈个生意度个假的。"说到这儿，他看着沈千秋，露出一抹有些无奈地笑："沈警官，张先生纵然真是我的老顾客，很多时候我也顾不上跟他说句话的。毕竟，'流金岁月'只是我诸多产业中，非常微小的一环。"

他说话的语速很慢，语调抑扬顿挫，听得出来，贺子高今天的心情很不错。他越是心情不错，沈千秋就越是内心焦躁。她被派来和贺子高打太极，是为转移他视线的，可眼下的情形，贺子高的姿态反而比他们还要悠闲。这种隐隐失控的感觉让沈千秋心里非常不舒服。

她抿了抿唇，说："我知道贺先生很忙，我们也不想多浪费您的时间。只是如果咱们的谈话就这样继续下去，我想我们只能再多浪费贺先生一些时间了。"

贺子高呵呵笑出了声："沈警官真幽默。"他瞥了沈千秋身旁的小刘一眼，说："沈警官，我确实有些话想说。只是……不太方便……"他站起身，朝沈千秋勾了勾手指："沈警官，咱们借一步讲话。"

沈千秋和小刘对视一眼，转念一想，小刘也不出屋，谅这人也玩不出什么花样来。

沈千秋站起身走到近前。贺子高的身高和白肆差不太多，只比她高出半个头。等她走近，他便微微弯下脖颈，凑近她耳边低声道："沈警官，我确实听说了一些事，但我怕我说了，没人相信。"

沈千秋眉心微蹙："你说。"

贺子高弯了弯嘴角，再度凑近她的耳边："我听说，今晚好像有人会在我的会所进行不正当交易。但我只是听说，没有切实的证据……"

沈千秋忍不住倒抽一口冷气，抬起眼，正对上贺子高的目光。

贺子高面上显出几分踟蹰，小声说道："沈警官，我也是怕得罪人……"

沈千秋心跳如鼓，恨不得立刻冲出屋子给李队打电话，贺子高这只老狐狸根本什么都知道，那他们今晚的行动岂不是——

正想着，就觉耳边传来温热的气息，沈千秋浑身一凛，下意识地后仰，就见贺子高凑近她的耳边，浅浅笑着说："吓到你了？"他眯起眼睛笑的时候，眼角显出细细的纹路，两鬓斑白的发丝在灯光下闪耀着微细的光泽。他看着沈千秋的眼，轻声说："你的那位老朋友，让我给你捎个话。对身边的人一定要提起十二分的警惕——"他仔细观察着沈千秋每一丝细微的表情变化，缓缓道，"如果，沈警官还想查出你父亲的死因。"

这一回，沈千秋是真的浑身发冷。

直至走出大楼，笼罩周身的那股恶寒依旧挥之不去。她急匆匆拨通李队的电话，却发现对方的电话一直处于无人接听的状态。

沈千秋心里一沉，看了眼腕表的时间，行动已经开始了。

2.

沈千秋是步行回家的。事情还没完，虽然不用她做什么，但如果进展顺利，待会儿李队或赵逸飞肯定会给她打电话，说不定还要再回队里帮忙。回白肆那边的房子虽然舒服，但来回折腾太麻烦了；这边的房子小是小了点，但离单位近，往返也方便。

这所房子住了也有好几个月，走廊里的灯都是声控的，很多时候不太灵敏，即便狠狠跺脚或者大声咳嗽也不一定会亮。沈千秋早就习惯了。但这一天，她刚刚迈上四楼的最后一个台阶，就觉得心里"咯噔"一下，紧跟着周身一凛，仿佛身上所有的汗毛都竖了起来，四肢不自觉间有些僵硬。这种感觉很微妙，也很难形容，在沈千秋二十六年的人生之中，总共也就有过三回这样的经历。

但前两次有这种感觉的时候，都没什么好事发生。

沈千秋将手插在兜里，不紧不慢地拿出钥匙，站在门前扭动门把手。她知道自己的心跳渐渐急了，拿钥匙的手指也微微有些抖，直到看清防盗门的钥匙孔那里有一小撮白色的粉末，她知道自己的预感又一次对了。

从前在学校教她格斗的老师曾经说过，有功夫在身的人，有时往往会有一些异于常人的感觉。这种感觉不是迷信，更不是灵异，那是多年经验积攒下来形成的一种预感，告诉你，有危险临近，要当心！

沈千秋没有回头，但她总觉得，背后的某个方向，有什么人正在静静窥伺她的一举一动。

她装作压根没看见钥匙孔上的异样，用钥匙打开门，一脚踏进房间，顺手关上了门。

房子不大，因为格局的关系，一进门就能将厕所以外的所有房间尽收眼底。客厅、阳台、厨房，还有卧室，干干净净，什么都没有。

但沈千秋还是知道，她的房子，有人进来过。

她放轻脚步，屏息走到卫生间门口。门跟她走之前一样，依旧是半敞开的模样。沈千秋猛地一推门，"咣当"一声响，门板磕在墙壁上，门后面什么都没有。

房间里能藏人的地方也就那么几个。沈千秋沉默地把整间房子搜了个遍，一无所获。但她的心跳更快了，有人趁她不在家的时候进过这间房子，而且肯定不是一般的小偷。都说贼不走空，真要是小偷来了，不可能什么东西都没顺走，更不可能让门和窗户还保持着完好无损的样子。

东西……沈千秋眉心紧蹙，快步走到卧室的床底下，弯下腰就想把里面的东西拉出来——

她的动作就那么停滞在半空，仿佛有人将她隔空点穴了一般。沈千秋保持着弯腰的姿势，一手撑着床铺，双目圆瞪，嘴唇紧抿，细看会发现，她的嘴唇还在轻轻地颤抖着，那是一种糅合了震惊和恐惧的表情。

这么多年过去，沈千秋觉得这世界上能吓到她的事情已经不多了。不多……也就是还有，但此前她绝没想到会是以这样一种方式。

床底下空空如也，什么都没有。她用来保存旧物的那个箱子，就这么不见了。除了一行用白色粉笔写的字：离开这里，小心身边人！

手机铃声在这时响起，让她浑身一个激灵。

她猛然想起贺子高的那句话，下意识地再次弯下腰，仔细辨别床底的字迹。那几个粉笔写就的字歪歪扭扭，仿佛是什么人故意用左手写的，显然是有意抹去自身线索。

手机叮铃铃响个不停，沈千秋回过神来，接通了电话，听筒处传来李队隐隐透着颤抖的声音："千秋，我们现在在市中心医院，你赶紧过来一趟。"

"好。"沈千秋一颗心仿佛陡然被拎了起来，"李队，是……有人受伤了吗？"

电话那头的李队大概正准备挂电话，听了她这话又添了一句："对了……千秋，你过来的时候，带一些女孩子穿的衣物过来。"

拎着一大包衣物还有一些从楼下店铺匆忙买的水果，沈千秋随手招了辆出租，直奔市中心医院。路上，她突然想起自己一整晚都没和白肆联系，拿出手机一看，果然，白肆发了好几条微信和短信，问自己任务完事没有。

沈千秋回了条短信，告诉他自己要去市中心医院一趟，可能会很晚回去，让他不要再等。手指顿了顿，想起那个丢了的箱子，以及床底下留的那句话，沈千秋又发了一条短信过去：这两天事情多，我先住我之前的房子这边，回单位也方便。

她已经被人盯上了，不能再把这份危险带给白肆。

到了医院，一路坐电梯上行，一边盯着手机里李队发来的房间号，脑子里突然冒出一个怪异的念头：好像这是两年来第一次赵逸飞完成了任务却没给自己打电话。

两个人的关系说起来更像是好哥们儿。办公室里除了她、赵逸飞还有黄嫣儿，其他人都是本地的。都说人离乡贱，孤身一人在外地，做的又是高危工作，确实有很多不为人道的辛酸。嫣儿从不出外勤，所以他们两个每次各自完成任务，第一件事都是给对方报个平安，哪怕只是发条短信，也能让人感到安心。

一路忐忑地走到病房门口，只见李队和周时都站在门边，见沈千秋来了，李队压低声音问："衣服都带了？"

沈千秋指了指挎包："都带来了，贴身衣物都是没穿过的。"说到这里，她犹豫了一下，最后还是问："李队，到底出什么事了？我刚给你打电话，没人接，我想你们应该是按照计划采取行动了……是，是有什么人受伤了吗？"

李队一个字还没说出来，眼圈先红了："千秋……"

沈千秋一见他这个样子，只觉得心脏不停地往下沉，就听李队哽着嗓子说："我们缴获了那批毒品，除了张山子其他人都抓住了。但是嫣儿，执行任务的时候被人……"

沈千秋觉得大概是自己的耳朵幻听了："你说什么？"

一旁的周时嗓音冰寒："我一进门就跟他们两个分开了，后来找到嫣儿的时候，赵逸飞根本没跟她在一起，她一个人躺在床上，衣服都被扯烂了，身上……被人糟蹋得都是伤，人都没意识了。"

沈千秋几乎是下意识地追问："赵逸飞呢？"

周时嘴角露出一抹讥笑："他？你是问他刚才，还是现在？"

沈千秋说不出话来。

周时冷笑："我知道平日里你跟他关系铁，但这次，沈千秋，你要是站在他那边，你就不是个人！他之前挺好的，从头至尾他都他妈挺好的，至于现在，他被我打了一拳，这会儿正在嫣儿床边等着人醒了负荆请罪呢！"

沈千秋一言不发地推开门走了进去。

不同于走廊上的嘈杂，病房里静悄悄的，以至沈千秋推门的声音都显得特别清晰，背对着她蹲在病床边的那个人听到这声音，肩膀狠狠瑟缩了一下。转过头来看清楚来人，这个已经二十八岁的大男人瞬间哭出了声："千秋……"

沈千秋都不知道自己是怎么挪着步子走到床边的，她不敢看，又不得不看。病床上躺着的那个女孩，只有二十五岁，平日里最喜欢把自己打扮得美美的，她也确实很美，唇不点而丹，眉不画横翠，鼻梁又高又挺，大家都说她是刑警大队的一枝花。

可跟现在这个躺在病床上的人一点都不像。病床上的这个人，鼻梁很高，可是被一块纱布挡住了，很闪很亮的大眼睛紧紧闭着，眼眶处一片青紫，嘴角是破的，沁着紫红色的血丝，脸色苍白得几乎没有一点血色。

沈千秋的眼泪一下子就掉了下来。

她喊了一声赵逸飞的名字，但对方仿佛魔怔了一样，跪在那儿一点反应都没有。

沈千秋咬着唇，走到床边把赵逸飞拉了起来。她以为他会挺重的，没想到随手一拉，他就踉跄着站了起来，紧跟着又跪在地上。

赵逸飞朝她笑了笑，可那笑比哭还难看："蹲太久腿麻了。"接着又说："不过我也该跪。要不是我那时候光顾着追人，把她一个人丢下，她也不会变成现在这样。"

沈千秋这下哭得更厉害了。但她不敢哭出声，只能一下下地捶他的肩膀："你赶紧起来，起来！"

赵逸飞怎么可能站得起来？有人因为他的错误毁了一辈子，这件事足够压弯他一辈子的脊梁。

沈千秋紧咬着唇没让自己哭出声，一边狠狠拎着赵逸飞的衣领："你赶紧起来，出去！你让嫣儿醒了看到你这个样子，你还想不想让她活了？"

赵逸飞之前只是掉眼泪，听了这句话，却一下子呜咽出声，捂着眼睛说："小师妹，怎么办啊？我以前一直以为做错了事我改就行了，可出了这事我发现我改也没用。有些事发生了，怎么改都没用了。根本回不去了。"

房间门被人从外面一脚踹开，周时的声音还是那么冷冽，却也透着颤音："赵逸飞你他妈的给我滚出来，别打扰嫣儿休息。"

李队也在一边压低嗓子劝："咱们都先出来，让千秋在里头陪着。"

3.

病房里，沈千秋在床边坐下来，看到床头柜上放着一只女士挎包。这挎包她认得，是嫣儿的，上面还放着一件外套。看样子应该是出事之后，警队的人从办公室送过来的，大概是后来发现没有适合换的衣物，李队这才想到给她打电话。

沈千秋拿起外套，是一件面料挺括的黑色风衣，平时很少见嫣儿穿，都是放在椅背上挂着。她不喜欢穿深色的衣服，有时候天气比较冷，她会把衣服拿下来盖在腿上。手指碰到一个有点坚硬的物体，沈千秋摸索了一阵，最后从风衣口袋里摸出了一只笔记本。

这个笔记本她认得，从前开会时，嫣儿都在一边负责记录，她特别喜欢这个本子的外壳，每次用光了内页都会再从网上买一些新的装进去。拆下来的内页就放在办公室的一个专用橱子里。大家如果有需要查什么记录或者相关的资料，都会直接去那橱子里找。

平时不怎么觉得，现在想起来，他们能那么肆意地出外勤，酣畅淋漓地完成一个又一个任务，其中都少不了嫣儿的功劳。她细致、耐心，脾气也好，每天多数时间都自己一个人在办公室，不知道默默地为他们做了多少事。

笔记本里夹着支笔，所以一翻就翻到了最新的那一页。沈千秋揉了揉有些酸胀的眼，垂头看去，就见那上面写着的都是有关今天行动部署的内容。娟秀的小字一如本人，优美又整洁。但沈千秋的眼睛，只牢牢盯住最上面的那行字。那行字写的有些大，字迹也划得很重，下面还画着道道，大概是着重强调的意思。

但这行字的内容跟工作一点关系都没有。

"好好加油，一定要做的不比千秋差！"后面还加了个可爱的笑脸。

沈千秋的眼泪一下子落在了本子上。傻姑娘，你一点功夫都没有，又是第一次执行任务，只要牢牢跟在赵逸飞身后就行了，那么危险的地方，逞什么强呢？

她手指一松，本子哗啦啦阖上，她无意间翻到最后一页，却不是以为的空白。上面是一行很秀气的小字，小小的，仿佛含羞带怯，怕被人看到一样：赵逸飞，真的好喜欢你。

她的脑海里突然闪过好多画面。

她记起最早的某一天，赵逸飞开始帮她带早餐时，嫣儿破天荒地瞪了她一眼，说她懒得要死了；还有每次她和赵逸飞一起出任务时，嫣儿都要对两个人的穿着打扮评头品足一番，有时还会顺势帮赵逸飞整整衣领；还有前几天，赵逸飞提议再进"流金岁月"一次，她刚跟白肆吵完架，硬着头皮打电话跟他说对不起，让他把会所的那张VIP卡拿来借用一下，最后事情没成，嫣儿看着她的那种复杂难辨的目光；最明显的大概是白肆送她来上班的那天早上吧，吃早餐的时候，嫣儿问她觉得赵逸飞怎么样……

　　仔细一想，这样的细节真的好多，可为什么她平时就一点都没留意，一点都没往那个方向想？

　　如果早点知道嫣儿喜欢赵逸飞，平时多给他们两个制造一些机会，是不是嫣儿就不会一门心思地非要在这次行动中拼尽全力，只为博得赵逸飞的注意？

　　这么想着，人都有些魔怔了，就听一道沙哑的女声在耳畔响起："你都看见了？"

　　沈千秋抬起头，满脸都是泪，连着抹了好几把才看清眼前的情景。嫣儿醒了，她的眼眶一片青紫，还有些肿，眼睛只能微微张开一条缝。见沈千秋傻愣愣地看她，她牵了牵嘴角，那样子似乎是想笑："其实我一直以为你知道呢。"

　　沈千秋站起身，伸出手想摸摸她，又发现她脸上都是伤，哪儿都碰不得，只能问："你醒了，口渴吗？想不想喝水？"

　　黄嫣儿的眼睛盯着她："不过看你现在哭成这样，应该是不知道的。"

　　沈千秋见她执着地揪着这件事不放，只能顺着她的话答："我是真不知道。"

　　黄嫣儿说："知道了，你也不会把他让给我。就算你肯让，他也不一定会喜欢上我。我都明白。"

　　沈千秋不忍再听，深吸一口气，挺直了脊梁："你先躺着，我去给你打壶热水。"

　　拎着水壶刚走出几步，就听身后黄嫣儿说："今天欺负我的那个人说，我有这个下场，是代人受过。"沈千秋浑身发冷，就听黄嫣儿接着说，"千秋，你知道我是代谁受过吗？"

Chapter 09

如｜何｜补｜偿

1.

千秋，你知道我是代谁受过吗？

后来的一整晚，沈千秋跑到走廊打热水，和护士一起给黄嫣儿换衣服。接白肆打来的电话，接李队和周时打来的电话，听医生描述黄嫣儿受伤的具体情况。无时无刻，她脑海里不停回放的就是这句话。

后来的一整晚，黄嫣儿都没再睁眼看过她一眼。

沈千秋突然意识到，赵逸飞说得很对。有些事发生了，怎么改都没用，因为再也回不去了。

她那天贸然跟着白肆的那个朋友走进"流金岁月"的时候，一门心思都在想着怎么破案，却忽略了赵逸飞的突然迟到还有后来白肆的善意提醒。事后，她已经知道'流金岁月'是个鱼龙混杂的地方，却没想着去提醒一下今晚出任务的同事，尤其是赵逸飞和嫣儿。

可为什么她粗心大意犯下的错误，却要让别人来替她买单？

她连白肆的跟踪都不能及时发现，更没提防到有人会闯进她的家拿走那箱衣物。和贺子高狭路相逢，两次都毫无提防地败下阵来。她当的是什么刑警？像她这样的素质，根本不配当警察。

她脑海里像过电影一样回放了许多事情，真正静下心来去回想的时候，才发现自己原来忽略了这么多事情。眼泪渐渐流干，沈千秋就这么坐在走廊的椅子上，睁着两眼熬到天亮。

直到李队一大早赶过来，站定在她面前，她才仓促地站起来，那姿态一点儿没比昨天的赵逸飞好到哪儿去，内疚、心虚，如同一个贼。

李队敏锐地觉察到了她的不对劲："怎么了，千秋？你这是一宿没睡？"

任谁都看得出来她一宿没睡，脸色苍白，两眼乌青，站都站不稳。

沈千秋强弯起嘴角绽出一抹笑，心里却不住地想，如果让嫣儿看到她现在的样子，恐怕要更恨她了，她粗心、愚蠢，犯了错还想要得过且过。

于是沈千秋揉了揉眼睛，声音颤抖地开了口："嫣儿跟我说，糟蹋她的那个人说她是替人受过……进去过那地方的就只有我一个人，结果昨天我没去……"说到这儿，沈千秋哽了一下，死死咬着嘴唇，强忍住马上要溢出眼眶的泪，一口气把剩下的话说完，"李队，我觉得我特别该死，本来昨天就该我去的，可我没去。我把嫣儿害惨了。李队，我不配当警察，您跟领导说一声，把我开了吧。"

李队平时特别硬汉的一个人，听了这话也忍不住眼圈泛红："沈千秋，你自己听听你说的这番话，这是当警察的人该说的吗？就因为你那天没去，才导致黄嫣儿出这种事，这就是你的全部想法吗？计划是我部署的，真出了岔子也该我担着，更何况你不在现场，你知道当时具体都发生了什么吗？"

沈千秋死死埋着头不说话。

李队继续说："千秋，嫣儿发生这样的事，谁都不想。昨晚也是太仓促了，有些事我没顾上跟你讲。当时现场的情况很复杂，赵逸飞他们发现有个房间似乎有问题时，突然断电了。我们的人紧急冲进去，毒品和那几个小喽啰都抓了个牢靠，唯独找不见嫣儿，后来是我们的人在酒窖找见了她……"

李队解释了很久，见沈千秋还低埋着头不说话，就喊了一声她的名字，说："现在队里其他人都忙着审讯毒贩，清点毒品。嫣儿出了这样的事大家心里都不好受，千秋，你如果心里难受，这两天就先别回队里，留在这好好照顾嫣儿，能做到吗？"

沈千秋抬起头："李队您别这么说，照顾嫣儿是分内的事。"

两个人正说着，赵逸飞和周时也一前一后地赶了来。两个人的脸色看起来都不大好，赵逸飞明显也是整夜未眠的模样，胡子拉碴，眼睛下面两片暗影。周时的眼睛也红红的，满脸倦色。

李队看到这两个人，叹了口气说："一个两个的都这样，都不睡觉干熬着，能把案子给熬出个结果来？"

赵逸飞的样子完全可以用失魂落魄来形容。被领导这么教训，要是放在平时，他早还嘴了，可这会儿就仿佛没听到一样，插着兜靠在门边站着，一言不发。

周时抹了把脸，在病房外的椅子上坐下来："我把交通队那边提供的监控录像又都看了一遍，还是没什么发现。那个张山子，就跟人间蒸发了一样！"

李队拍了拍他的肩膀："别急。谁也不能一口吃个胖子。你们也别都一个两个的在这熬着。千秋，赵逸飞，你们两个在医院这边轮班照顾嫣儿。周时，你先回家补个觉，休息好了再回队里。"

周时刚想说什么，被李队摁住肩膀："这是命令。"他又看向赵逸飞和沈千秋，"你们两个也是。队里的事暂时不需要你们操心，都先好好调整一下心态。"

2.

李队走后，在场的几个人都有些沉默，最后还是周时先站了起来："我先回去睡会儿。"他瞥了赵逸飞一眼，又看向沈千秋："千秋你也别太累了，等嫣儿醒了还需要你照顾呢。"

沈千秋勉强牵出一丝笑："知道了，快走吧。"

周时走后，站在门外的两人几乎成了雕塑。他们一坐一站，各自都久久没有言语。

也不知道过了多久，病房里突然传来什么东西打碎的声音，两个人均是一震，随即赵逸飞推开门，一个箭步就冲了进去。沈千秋跟在后面，前脚刚踏进门口，就见嫣儿一手扶着床头柜，半个身子都倚在赵逸飞身上，目光刚好跟她的撞在一起。

沈千秋蠕动着嘴唇刚要说些什么，黄嫣儿已经移开了目光，低声朝赵逸飞说了句什么。

赵逸飞低着头，过了一会儿，低声安慰了她两句，转身朝这边走来。

沈千秋看见了地上的玻璃碎片，见赵逸飞朝自己走过来，便问："怎么了，嫣儿是不是口渴了想喝水？"

赵逸飞生得剑眉星目，却向来爱笑，沈千秋跟他认识这么久，几乎不记得他有过此时这般严肃的神情。说严肃也不太恰当，他拧着眉头，双目沉沉，眼睛虽然看着她，却没有任何神采。

沈千秋被他的目光看得一愣，几乎都忘记自己问了什么，就见赵逸飞舔了舔干涩的嘴唇，低声说了句："千秋，你要不先回家休息一下。"

沈千秋"啊"了一声，还没反应过来怎么回事："我，我不累啊。我陪你一起照顾嫣儿。"

赵逸飞一夜未眠，眼睛里都是血丝，他闭了闭眼，还是把话说了出来，声音低不可闻："嫣儿说不想看到你，千秋，你先回去吧。"

沈千秋几次蠕动嘴唇，都没能说出一句话来。她点了点头，又觉得自己这个时候点头好像不太妥当，脚踏出一步，又收了回来。只见她又点头又转圈，手脚都不知道该往哪儿摆才好，整个人看起来都是懵的。

赵逸飞跟她认识这么久，何曾见过她这么无措的样子，一时间也是手足无措。但想起隔着一扇门板躺在病床上的女孩子，他还是硬起心肠，垂着眼说："我先送你出去。"

沈千秋这个时候惶然回神，看见赵逸飞冷漠的侧脸，憋在眼眶里的泪直打转。她连忙看向别处，拦了一下赵逸飞的胳膊："不用，不用。你好好照顾嫣儿，我，我回去给她弄点汤什么的再过来……"

赵逸飞"嗯"了一声，原本想扶一下她的肩膀，抬起头的时候，刚好看见已经走到近前的白肆，停在半空的手便又收了回去。

白肆见这两个人都红着眼圈，一个面色颓败，一个满眶是泪。几步就走上前，攥住沈千秋的手腕，站在两个人中间："赵大哥，这是怎么了，和千秋吵架了？"

他问这话的时候毫不掩饰面上的狐疑，看着赵逸飞的眼神却几乎可以称得上是严厉的。赵逸飞的那点心思他一早就看明白了，以他对这两个人性格的了解，无论怎样也不太可能会闹成现在这样。可不论发生什么，他也不能看着沈千秋被别人这么欺负。

赵逸飞嘴角向下撇了撇，那笑容看起来格外苦涩："是我不会说话，惹千秋生气了。"他强打起精神，拍了拍白肆的肩膀，"你来得正好，赶紧带她回去睡一觉。她昨晚在这边熬了一宿，到现在一口饭还没吃呢。"

白肆盯着沈千秋的脸看："千秋？"

背对着赵逸飞，沈千秋抹了把眼，反握住白肆的手："走吧，晚点咱们再过来。"

白肆手里提着饭盒和水果，听到这话，便都给赵逸飞递了过去："里面饭菜我才做的，趁热吃。水果是给你们那位同事的。"

赵逸飞接过东西，望着沈千秋和白肆的身影一同消失在转弯处，整个人好像瞬间被抽掉了全身的力气，重重地在一旁的椅子上跌坐下来。

打开饭盒，是一份蛋包饭和一碗汤。他用勺子切开来，煎得金黄的蛋皮里包裹着喷香四溢的炒饭，浅金色的汤里只撒了一些香菜，闻着却很香，是新鲜熬好的鸡汤。饭和汤都是一个人的量，蛋皮上还洒了沈千秋喜欢的蛋黄酱和番茄酱，一看就知道是特地做给她的。

白肆这小子年纪不大，心思却特别细，赵逸飞从一开始就知道。他比沈千秋小了四岁，将近五岁，心智上却比同龄人成熟许多，这他也早就看出来了。甚至白肆那些仿佛不为人知的小心思，看着沈千秋时专注的目光，听到千秋崇拜骆杉时流露出的嫉妒和不快，家里种种都着意布置成千秋喜欢的模样，所有这一切他全都看在眼里……从前他静观其变，不慌不忙，可此时此刻望着他为千秋准备的一份蛋包饭，却要抑制不住从心底爆发出的酸楚和浓烈的嫉妒了。

蛋包饭他也会做的，鸡汤他也知道怎么熬得香浓，房子他可以攒钱贷款去买去装修，可要怎么样才能让一切回到过去？让嫣儿没有发生那样的事，让他能够和从前一样，公平地去和白肆竞争？

切开的蛋包饭里，米粒晶莹，香气四溢，不小心就落上了某个人的泪水。

都说男儿有泪不轻弹，只缘未到伤心处。可为什么过去没人告诉他，失去继续喜欢一个人的资格，原来竟是这么疼……

身边传来匆忙的脚步声，嗔怪的女声在面前响起："哎，你是44床的家属吗？人家姑娘在里面喊难受，还摁了铃，你怎么不注意听着点啊？人都那样了，你也吃得下去饭！"

赵逸飞抬起通红的双眼，倒把站在面前训斥他的小护士吓了一跳，她倒退一步"呀"了一声。

推门进去检查的医生这时候走了出来，扫了眼赵逸飞手里的饭食，说："鸡汤可以喝，鸡蛋还有海鲜类的这段时间要忌口。"他看了赵逸飞一眼，"病人的情绪这段时间可能会不太稳定，你们做家属的更要坚强。"

赵逸飞抹了把脸，把饭盒盖好，站起身："谢谢医生，我知道了。"

直到人都走远，他才端着那碗温热的鸡汤走进病房。他微微垂着眼，看着有些刺目的白色床单："嫣儿，你想结婚吗？咱们结婚吧。"

3.

沈千秋拉着白肆一路走出医院大门，明媚的阳光从头顶洒下，照在人身上，暖得人忍不住要浑身战栗。沈千秋陡然意识到自己拉着白肆手的动作，身体一僵，一下子松开了手，又避嫌似的挪开了一步。

倒是白肆坦然得很，站在一旁看着她的侧脸："怎么了，和赵大哥吵架了？"

半晌，沈千秋才摇摇头："不是。"又过了片刻，泪水突然汩汩而下，沈千秋抬手遮住自己的眼睛，说了句："我们都回不去了。"

"什么回不去了？"白肆不动声色地扶住沈千秋的肩膀。

沈千秋哽咽得太厉害，说了好几次，才把一句话说清楚："我那天不应该不听你的劝，进'流金岁月'乱闯……"

白肆弄不清楚事情的前因后果，却看出沈千秋是在自责，只能顺着她的话安慰道："本来你和赵大哥也是商量好要进去的，只是那天他晚到，你才一个人进去了。这怎么能怪你？"

沈千秋摇头，她本来以为自己的眼泪早就流干了，可对着李队和赵逸飞不能掉的泪，对着白肆却肆无忌惮地流淌下脸颊，落在脖颈和衣裳前襟。

"不是的。"她哭得太厉害，口齿都有些不清楚，"是我太自以为是了……"她仿佛再也撑不下去了，突然一下子蹲了下去，抱住自己的双腿，把头埋在膝上，像个跟父母闹脾气的小孩子，呜呜地哭出了声。

为什么她一个人犯的错，要让赵逸飞和嫣儿来补偿？嫣儿比她年纪还小，又是家里从小呵护到大的娇娇女，却在一夕之间被人欺侮成了那副样子。赵逸飞总说将来娶老婆就要娶个自己喜欢的，现在嫣儿成了这样，以他的性格还有昨天晚上的反应，恐怕也是决定要对嫣儿负责到底了。

否则他刚刚不会硬要她走。

她哭不是因为觉得委屈，觉得被赵逸飞和嫣儿排挤，而是因为明知道是自己的错，却让两个不相干的人来背负。这两个人，一个是她从大学时代起就每天插科打诨的直系师兄，一个是她来临安后关系最要好的女同事。

她哭是因为知道三个人的关系再也没办法回到从前了。她哭是因为自己在无知无觉的时候亲手毁了这一切。

头顶的太阳那么大，她却觉得前所未有的冷。

白肆陪在她身边，从头到尾一句话都没有说。

白肆本就是个非常聪明的人。寥寥数语，他已经大致猜出事情的经过以及沈千秋痛哭的原因。但他并没有再说更多安慰的话，而是无声地陪在她身边。有些时候，安静的陪伴比任何话语都更有力量。

也不知过了多久，沈千秋的哭声渐渐消歇，站起身就往外走。

白肆一把拉住她，看着她哭得红肿的眼睛问："你要去哪儿？"

沈千秋垂着眼，开口讲话的时候带了浓重的鼻音，还有一丝喑哑："我先回趟家，给嫣儿做点补身体的东西吃。"

白肆一听她这副语气，就知道她说的"回家"指的是她自己那个小窝。沉默了几秒，尽量克制着自己的情绪开口："还是回我那儿吧，菜什么的都是现成的。"

沈千秋看了他一眼，强弯起嘴角绽出一抹笑回道："不用了，楼下就是菜市场，买东西很方便的。"

白肆看着她的眼："沈千秋，你要到什么时候才肯跟我说句实话？"

沈千秋愣了一下，就见白肆直直看着她，抬起手朝着她伸过来。她下意识地想躲，却被白肆扳住下巴，另一手轻柔地擦拭着她脸颊上的眼泪。

这么多年，无论是小的时候还是长大以后，沈千秋哭的时候，白肆都是默默陪着，从没像现在这样，像哥哥一样为她擦眼泪。沈千秋恍惚间就听白肆说："你那个房子有人趁你不在的时候进去过，你现在还敢一个人回去？床底下原本放的是什么？都是很重要的东西吧？这些事你就打算一直瞒着，不告诉任何人？连我也不愿意说？"

昨晚收到沈千秋的那条短信，他就动身去了她的住处。本想帮她收拾一番，顺便做点吃的送过来，没想到就看到卧室掀开床单的床——以及床底下的那行字。

沈千秋一定走得很慌，所以连床单都忘了放下，卧室门也没关，就那么匆匆忙离开了家。

就这样，还故意发短信告诉他自己这两天会住在这边，让他别担心！

白肆不知道自己当时看到床底下那行歪歪扭扭的粉笔字，心里的感觉是愤怒多一点，还是心疼多一点。沈千秋的那点心思他用脚趾头都能想明白！不就是出什么事都想自己一个人扛，生怕给别人添一星半点的麻烦吗？

白肆忍不住苦笑，在她沈千秋的心里，自己真是那么没脑子、没能力也没担当的人吗？

这些日子以来，他陪在她身边，看她为了自己喜欢的事业忙忙碌碌，照顾她的饮食起居，甚至还答应要陪她一起调查清楚梁燕案的始终。他以为凭借自己的努力，能让沈千秋渐渐放下担子，安心依靠。可就在昨晚，他看着手机里沈千秋发给自己的短信，心里渐渐明白了。

对这女人，很多时候必须把话点透，否则她会永远无视下去。

白肆见她又紧闭着嘴唇不说话，一时间有些按捺不住自己的脾气，忍不住连连揉了两下自己的眉心，紧攥着拳头望着面前的人说："沈千秋，我知道你有很多秘密，也知道这些年你都是自己一个人撑过来的，特别不容易。但你能不能有一次，就一次，试着依赖一下身边的人？我在你心里就那么靠不住吗？"

沈千秋抬起眼看着他，白肆的眼睛不知道什么时候也红了。他本来就生得俊美，眉若远山目如点漆，眼睫毛长得让女孩子都嫉妒，眼眶发红仿佛马上就要哭出来的表情，更是让任何人看了都会忍不住心疼的。

在沈千秋的记忆里，白肆在别人眼前永远一副不可一世的少爷样，在她身边却永远是那个沉默而固执的小小少年。可不管怎么样，从小长到大，她从没见过他哭的样子。

沈千秋心里一涩，忍不住叹了口气："你哭什么？"

白肆心里气恼，又怕被她笑话，连忙抹了下眼睛，又将目光移向别处："谁哭了？沈千秋你别转移话题，我就问你，你被人跟踪的事，你不跟你们李队说，也不告诉赵逸飞，连我你都想一起瞒过去，这个世界上你还能信得过谁？"

沈千秋苦笑："傻子，不是不信任你，是觉得这种事你不适合掺和进来，懂吗？"

"那谁适合？"白肆也顾不上挡着自己的眼睛了，索性看着沈千秋问，"我不适合，你那些同事也不适合，这件事你打算自己一个人扛？"

沈千秋沉默了好一会儿，才说："我也没想好。"她并没有刻意想要隐瞒大家，只是这件事发生的时机太过凑巧，先是在贺子高那受到莫名其妙的暗示，紧接着嫣儿又出了意外。跟嫣儿比起来，她的这一点点事还算得上什么呢？

白肆像是看穿了她的心思一般，紧跟着说："千秋，你觉得这件事真不算什么吗？说不定盯上你的就是贺子高的人。"

沈千秋皱眉，过一会儿又摇摇头："我觉得不像。"

白肆那么说本来就是为了引她说话，听她这样说，便问："为什么？"

沈千秋犹豫了一下，还是将自己与贺子高见面后的种种交谈都说了一遍。

"如果不是贺子高故弄玄虚，那他口里那个'老朋友'，应该就是写字警告你的那个人。"白肆沉吟片刻，陡然想到自己让李三川暗中调查的那些东西，灵机一动问，"千秋，那个箱子里都有什么，你还记得吗？"

沈千秋锁眉沉思："有一本赵孟頫的字帖，小时候我爸让我临字，用的就是那本字帖，是我妈妈从小用的……"现在想起来，那上面还有妈妈小时候不愿意练字时调皮偷偷画的小乌龟和螃蟹。小时候每次练字，她都会偷偷翻过去最前面那几页，偷偷用手指摩挲那两只小乌龟。沈千秋停顿了下，又接着说："有一块我爸从小戴到大的玉佩，爷爷临终前留给我的玉牌，妈妈怀着我时用毛线钩的小金鱼和小鞋子……"

说到这里，沈千秋突然顿住，表情也显得有些凝重。

白肆问："还有什么？"

沈千秋缓缓说："还有一本我爸的日记，上面最后一页是他过世前两天才写的。"

说完这句，沈千秋下意识地去看白肆的神情，白肆却微微蹙着眉陷入沉思。

当年白肆的父亲因为一场意外离世，前后不过短短两月，沈千秋的父亲在回家的路上为了搭救一个跳河自杀的女孩溺水身亡。白父和沈父的先后死亡是两个人各自心里的结。哪怕是十一年后，两个人每每因为各种原因提及过去所有，欢乐有之，温馨有之，却都极有默契地避开这件事不谈。

　　可眼下，有人都追到家门口了，就连这个和他们两人仅有一面之缘的贺子高，都知晓了沈千秋父亲的死另有蹊跷，避无可避。可能也是时候他们两个敞开心怀，好好谈一谈当年的旧事了。

　　白肆似乎也跟她想到了一处，他扶住沈千秋的肩膀，低声说："千秋，等你忙过这几天，我有很重要的事要跟你说。"

　　"好。"沈千秋看着白肆微微锁紧的眉头，轻声说："我也一样。"

Chapter 10

生 | 死 | 之 | 间

1.

医院这边愁云惨雾，刑侦队内部却士气高涨。毕竟接连端了这伙毒贩的好几个窝，这次更在"流金岁月"把人抓个现形，共计缴获毒品达二十五公斤之多。要说唯一让众人遗憾的，就是没能捉到张山子这个大毒枭了。

"流金岁月"那边，贺子高已经被"请"到警局协助调查。可是因为他在案发当日曾和沈千秋说过的那些话，反而替自己洗清了嫌疑。警方没有更多的证据能够证明他和3·11毒品案有关，关了他几个小时，又把人放了。

如果说禁毒处那边是人人欢欣，那么刑侦队这边的气氛就有些微妙了。说不高兴吧，毕竟接连大捷，从梁燕案到毒品案，全都顺顺当当的。可要说高兴，队里几乎每个人都阴着一张脸。大家相处的日子久了，就好像是一家人。嫣儿出了这样的事，每个人心里都难受得厉害。

骆杉一进门，就感觉到了队里的低气压。他扫了一圈，最后在屋子角落看到背对众人站立的沈千秋，便走过去轻轻拍了拍她的肩膀。

"骆队？"沈千秋有点惊讶，她四下看了看，说："李队替我和周时的班，去医院看嫣儿了。"

骆杉见她脸色微白，眼皮发肿，知道她这几天应该没少哭，便低声安慰道："出了这样的事，谁都不想。不过，千秋，凡事往开想。"

沈千秋点了点头："我知道。"

骆杉低咳了声，说："千秋，我知道眼下说这个不太合适。但还是想请你帮个忙。"

"我？"沈千秋有点惊诧："我能帮什么忙？"

骆杉似乎也有点为难，又不愿意让别人听到似的，凑近沈千秋耳朵低声说："下周六是小竹二十二岁生日，你能不能帮我问问白肆，可不可以来家里参加小竹的生日聚会？"

沈千秋一时没反应过来，就听骆杉又低声说："我妹妹……喜欢你这位小朋友挺久了。作为哥哥姐姐，咱们就借这次小竹过生日，给他们俩创造个机会，嗯？"

说完这句话，骆杉就看着沈千秋的眼睛。骆杉的目光一向是冷静甚至是有些冷漠的，这一次却隐隐透着无奈和恳求。沈千秋迟疑片刻，才小声说："这个，我得问一下白肆本人……"

骆杉点点头，低声说了句："千秋，这次真的拜托你了。我家里情况你也知道……"

骆杉家里的状况……沈千秋有些沉重地叹了口气。是啊，骆杉家里的状况，队里每个人或多或少都知道一点，但应该没有谁比她知道得更清楚了。骆杉的父母曾经是赫赫有名的外交官，却在某次空难中双双去世，尸骨无还。那个时候骆杉才上高一，家里一下子没了顶梁柱，还有个年幼的妹妹要依靠他，骆杉当时的压力可想而知。好在骆杉父母当时搭乘飞机也是为了公事，因此两人的去世算是工伤，有关部门在事后也给了他们一笔丰厚的补偿金。可饶是如此，骆杉一方面要拉扯年幼的妹妹长大，另一方面还要面临巨大的高考压力，个中滋味可以说不是一般人能够想象的。

有关骆杉家里的情况，沈千秋是从一次大家伙儿庆祝后醉酒的骆杉口里听到的。可以说，骆杉聊起案子以外的事情，提到最多的就是这个宝贝妹妹。

两人认识也有将近三年的时间，这还是沈千秋第一次听到骆杉用这样恳求的语气跟自己说话。再想想每次骆小竹看白肆时闪闪发光的小眼神……沈千秋叹了口气，这个忙，她还真不知道该不该帮了。

骆杉低声说："本来我想趁着小竹过生日，把大家伙都请到家里聚一聚……可是出了嫣儿的事，我想你们大概也没心情……"

沈千秋苦笑了一下，说："队里的人现在确实没这个心思。"见骆杉面色犹疑，沈千秋说，"白肆那边我帮你问一下，要是他不想去……"

骆杉有些无奈地摇了摇头："我让小竹自己去说，她偏说不敢。非要绕着圈子让我来跟你说，她也是被我惯坏了。"

沈千秋笑了笑："有这么个哥哥惯着她，也是福气。"

骆杉摇摇头："我帮她把话带到，也算顺了她的心意了。"他指了指眼睛，说，"你也不用有太大的心理压力。还有，眼睛都肿了，注意好好休息。"

晚上回到家，沈千秋边吃着饭边说起了骆杉拜托的事。

白肆往碗里添了一勺饭，眼睛都没抬一下："她自己过生日，为什么要让骆杉来拜托你？绕这么大圈子也不嫌麻烦。"

也不知是不是因为嫣儿的事，说起这件事的时候，沈千秋自己都觉得没滋没味的："可能她是不好意思自己跟你提吧。"

白肆抬起头扫了她一眼："那你就好意思？"

沈千秋愣了一下，旋即也有点冒火："我也就是帮她带个话，我知道你可能不愿意去。我也提早跟骆队打了预防针，说你可能不会答应。"

白肆颇有点穷追不舍的意思："那你说说，为什么觉得我不会答应？"

沈千秋觉得白肆有点阴阳怪气的，下意识地就说："你不是不喜欢她吗？你要是说喜欢她，我现在就去帮你回！"

沈千秋说这话的语气实在不怎么好，可白肆偏偏听笑了。

见他一笑，沈千秋瞬间炸毛了："你笑什么？"

白肆笑得眼睛都弯起来："没什么。就是觉得你还挺了解我的，知道我喜欢什么人，不喜欢什么人。"

不知怎么的，沈千秋就觉得耳朵有点热辣辣的。她低下头扒拉自己碗里的饭，过一会儿又说："反正我就是个传话筒，你给句痛快话，我这就回了骆队。"

"就说我答应去。"白肆的口吻听起来仿佛含着笑一般，心情很好的样子。

沈千秋抬起头，就见白肆望着她的眼，又加了句："不过你得陪我一块去。"

沈千秋愣了愣，随即答应："去就去。"

这些天实在太低气压了，去参加一下年轻人的生日聚会，换个心情也好。

2.

参加生日宴的服饰由白肆一手包办。周六早上，沈千秋从卫生间洗漱出来，就见床上摆着一条浅豆绿色的无袖连衣裙，旁边的盒子里还摆着一件白色针织衫并一双白色浅口平底鞋。

裙子腰线掐得很高，自腰线向下打开一些散散的褶皱，搭配白色长款针织衫，清新之余还带出一丝慵懒。浅口平底鞋是小羊皮的，穿起来既干净又柔软，仿佛连心情都跟着柔软了几分。

沈千秋换好衣服，走到客厅，朝站在阳台晾衣服的白肆说了句："衣服很好看，鞋子也合适。谢谢你啊，白肆。"

白肆转过身。明媚的阳光里，沈千秋穿着那条浅绿色的裙子站在那里，她本就是眉目清朗的长相，面孔白皙，眉毛弯弯，一双眼眸黑白分明，无须任何化妆品的装点也显得明眸善睐。此时，她柔顺的头发披散在肩头，更多了两分平日少见的柔美。

白肆的目光从上到下逡巡一圈，最后停留在她的脸庞，轻声说："很好看，很适合你。"

白肆的这句夸奖，多少让沈千秋觉得有点新鲜。

两个人是从小玩到大的情谊，在沈千秋眼里，眼前这个人无论长成什么样，依旧是她记忆里那个紧跟在她屁股后头亦步亦趋的小男孩。然而这段时间相处下来，白肆已经带给她太多意外。他长大了，独立了，仿佛能够为她撑起一片天来，也比她以为的更在乎两人之间的感情。

小的时候，白肆也不是没有夸奖过她。有几次沈若海从外地回来，给她带几件新衣，她总是迫不及待地换上，跑到院子里向爷爷和白肆显摆。

爷爷每次都夸她"个子又长高了""我们千秋穿什么都好看"，而白肆，每次都在她强势的目光镇压中坚定果断地点点头。

像现在这样直白的夸奖，多少年来还是第一次。

两人一起吃过简单的早餐，驱车前往骆家位于郊区的一处别墅。

别墅一楼大厅处处点缀着浅粉色的玫瑰，就连楼梯栏杆都不例外。要知道这个季节的玫瑰价格高得吓人，光是房间里的这些新鲜玫瑰，也要抵上普通人家几个月的生活开销了。里面的几张圆桌上摆放着香槟塔和一些五颜六色的杯子蛋糕，进来的年轻女孩们往往会拿上两只杯子蛋糕再往里走。

沈千秋忍不住咋舌，平日里看骆杉穿戴打扮都很简单，没想到为了这个宝贝妹妹，也能做出这样一掷千金的豪爽之举。

沈千秋正好奇地四处张望，就听耳畔传来一道有些熟悉的女声："白肆！你怎么才来？"

骆小竹穿一袭苹果绿的小礼服裙，头发梳成甜美的赫本头。她本就长了一副好模样，这样仔细打扮一番，看起来更加甜美可人。她到前厅本来就是为了找人，此时终于找见苦等半日的那个人，整张脸都仿佛绽出光来。她笑吟吟地走上前，一把拉住白肆的手臂："我刚还跟武明岩说，你再不来，我就让他直接去你家门口堵你了！"

白肆被她拽着走了两步，不动声色地把自己的手臂挣脱出来，说道："我这不是来了？你去招待别的客人吧，我们过来就是吃个便饭，礼物还有红包我刚刚都放在桌上了。"

骆小竹一听顿时不干了："你怎么能放桌上呢？你送给我的礼物，应该亲手交给我啊！白肆你到底知不知道怎么给人庆生啊？"说着，她一跺脚，拔步就往放礼物的桌子那边跑。

沈千秋见状不由失笑，这姑娘跟白肆年纪相仿，却还是个孩子脾气，她忍不住出声指点了句："是一个粉色包装纸包起来的盒子。"

桌子上的礼物实在太多，而且估计考虑到骆小竹是女孩子，用粉色包装纸的也不只白肆一个。几个人一齐翻了五六分钟，才把白肆送的那个礼物挑了出来。

骆小竹迫不及待地打开盒子，见是一条镶嵌着粉红色宝石的项链，瞬间笑逐颜开，仰起脸对着白肆说："白肆，白肆，快帮我戴上！"

白肆抱着手臂不松手："你脖子上不是有项链吗？等晚上你有空再自己慢慢折腾吧。"

骆小竹脖子上确实戴着一条月光石项链，还是生日前一晚哥哥骆杉送的。听到这话，她不禁咬了咬唇，犹豫了一下也便答应了。她把项链重新放回盒子里，宝贝地捧在怀里："那我先去把东西放好，你们在后院等我。"说完，她便蹬蹬蹬地跑上楼。

两人在指引下穿过门廊走到后院，这才发现小别墅的后头更是别有洞天：翠绿的草坪上撑着白色的太阳伞，伞下是一张张的餐桌，不远处摆着两排自助餐，旁边还有仆人体贴地为客人夹菜、端茶。

白肆看着沈千秋的侧脸："饿了吧？咱们先去吃点东西。"

"那……"沈千秋刚想说点什么搪塞过去，就听不远处传来一声女孩的尖叫。

坐在桌边的两个人对视一眼，白肆脸色一凛："是骆小竹。"

沈千秋跟着他站起身来，一起往别墅里跑去。奈何后院里本来客人就多，骆小竹的那声尖叫又特别清晰，绝大多数人都听到了，一时间院子里乱作一团。女孩子大多慌乱着往男人身后躲，男人又都想往别墅跑，还有人拉扯着不让去的，没走几步，沈千秋和白肆就被堵得挪不开脚。

混乱间，沈千秋一侧脸，刚好看到骆杉的身影。他就在三步开外的地方，眉头紧锁地推搡开面前的人，疾步朝这边挤了过来。

骆杉边走，一边大声说道："大家不要挤，刚刚是后厨有人不小心打翻东西烫伤了，请大家安心。食物都已经准备好了，宴会即将开始，请大家都回到自己的位子上。"

大概是平时的职业关系，他开口说话时显得底气十足，让人很有安全感，人群渐渐安静下来。在一些服务生的带领下，男男女女分散开来，各自坐回了自己的位子。

沈千秋灵机一动，抓住白肆的衣袖："咱们去看看。"

通往别墅的门是从里面关上的，大概是逆风的缘故，他们费了很大的劲儿才推开。这个时候，偌大的别墅大厅里空无一人，金色的阳光从窗子洒进来，晃得人眼前一片金白。模糊之中，沈千秋仿佛瞥到一个人影，出于职业本能，她低斥一声便追了上去："什么人？"

白肆原本进来就打算往楼上去的，见沈千秋一跑，也是心神一肃，想都没想就追了上去。

时值正午，一路追过去都是逆光。沈千秋一手挡在前额，凭借着记忆朝那个黑影跑走的方向追出大门。她隐隐听到引擎发动的声音，暗叫一声不妙，心里已经知道迟了。

果然，追到大门口，只远远看见一辆不起眼的黑色轿车绝尘而去。车子是非常普通的大众车系，大概之前停靠的位置就距离大门很远，此时追出去连车牌号都看不清了。

沈千秋咒骂一声，一回身，就见白肆站在身后，脸色不太好看地望着她。

沈千秋这才想起，两个人进别墅的最初目的是为了去看骆小竹，不禁干笑了一声，解释道："我刚看到有个人影……下意识的就……"

白肆气息微定，只觉得一颗心脏此时落回肚子里，看着她道："下次不论看见什么，都别自己一个人追出去。你知道跑掉的是什么人吗？万一对方手里有枪，你刚刚那么冒冒失失追出去，要命不要？"

白肆这话说得很有道理，沈千秋细细一想，也不禁出了一身冷汗，却又很不习惯被他用长辈教训晚辈的语气讲话，便有些讪讪地说："知道了。"

白肆这回主动拉住她的手："你跟在我后面。"

两个人一前一后走到楼梯口，就见骆杉一个人扶着楼梯扶手站在那儿，微微垂着脸。角度和光线的关系，让人看不清他脸上的神色，只能依稀看到他嘴角紧抿的弧度，还有紧紧抓着扶手青筋暴露的手。

"骆队。"沈千秋喊了他一声，见他没反应，又叫了声，问，"骆队，小竹没事吧？"

两个人走到近前，骆杉才仿佛霍然回神。抬起眼看清来人，骆杉脸上的神情几次变幻，开口时嗓音全然不复先前在后院指挥众人的冷静超然，反而有些干涩涩的："是你们啊。真是招呼不周，我之前都没注意到你们也来了。"

沈千秋见他脸色实在难看，忍不住问了句："骆队，你……还好吧？"

沈千秋这么一问，骆杉的肩膀突然一垮，整个人仿佛瞬间撑不下去了一样。他抬起目光的时候，沈千秋刚好看到骆杉有些泛红的眼圈，不禁也是一怔。

骆杉看着他们，声音苦涩："我已经报警了，小竹失踪了。"

"失踪？"沈千秋难以置信，"在哪儿失踪的，她自己的房间？"

骆杉缓缓点了点头："对。刚我打电话催她快点下来，客人都在等，她说要上去换一条项链……"

沈千秋轻轻把手放在白肆的肩膀上，对骆杉说："骆队，不介意的话，我想看一下小竹的卧室。"

骆杉看了她一眼，目光有些深沉："好。"他转过身往走廊的尽头走去，边走边说，"这个案子已经交到李队手上。你们的同事这会儿应该已经在路上了。"

沈千秋有点惊讶："小竹只是失踪……"按说一般的失踪案，应该用不到他们组里的人全员出动。

骆杉的脚步顿住，转回头来看着沈千秋和赵逸飞。他的眼圈是红的，眼睛里却隐隐燃着愤怒："他们抓走小竹，是为了报复我。"

沈千秋敏锐地联想到最近的案子："是因为3·11毒品案？"

骆杉的呼吸有些沉重，他沉默了两秒，才说："张山子一直没抓到，小竹很可能是他的人抓走的。他们一是为了报复我，二是想以此为要挟拿回那些毒品。"

沈千秋说："可即便抓了小竹，我们也不可能把毒品还回去啊。"

骆杉沉默片刻，露出一抹苦笑："但可以扰乱军心。"

沈千秋这才恍然，也是，毒贩不比寻常的杀人犯，都是些亡命之徒。一旦遭受了损失或者被警方捕获，往往会做出一些同归于尽的激进举动，像这样报复残害警方家人的事，虽然极少见，但也不是没发生过。

看骆杉的模样就知道了。从前每每在警队见到他，永远都是一副英气凛然的模样，何曾有过现在这样失魂落魄的时候。

怀着有些酸楚的心情，沈千秋和其他几人一同踏入了小竹的卧室。

骆小竹的卧室就在走廊的尽头。那是一间朝阳的卧室，房间很大，装潢和摆设却并不是想象中的少女风。墙上挂着大幅NBA球星海报，桌子上放着拼到一半的拼图，暗色地板和遮光窗帘，显得有些酷酷的。

沈千秋环顾四周，最终目光落到床上。床上的被子没有叠，窝成一个团，仿佛有个人蜷身藏在里头。床边摆着一个黑色首饰盒，盒子是打开的，里面放着的正是不久前还戴在她脖子上的那串月光石项链。

骆杉也看到了，走上前把项链捏在手里，指节握得发了白，眼眶也有些泛红。

沈千秋走到床的另一边，窗子是关上的，但窗台上还残留着半个鞋印，很明显这人是从窗子进来的。走时却还记得把窗户关上，大大方方从走廊下楼，又从正门扬长离去。

沈千秋掀开被子，水蓝波纹的床单上，赫然放着一只珍珠耳环。

沈千秋"咦"了一声："这是小竹的吗？"

"不是。"

"不可能。"两道声音一前一后地响起。

骆杉看向白肆，后者脸色从刚刚起就不怎么好看："小竹没有耳洞，不可能戴这种耳环。"

骆杉补充了句："她有几副耳环，都是我托人从国外买的可以夹的那种，这只耳环不是她的。"

白肆道："千秋，你刚在门口看到那个人，是男是女？"

骆杉也变了脸色："你刚在门口看到有人，什么人？"

沈千秋沉吟："只看到了个影子，而且当时从后门走进来的那个角度逆光，看得不是很清楚。"

骆杉追问："你看到那个人往门外跑？"

"嗯。我们当时想去追，没追上，后来看到一辆黑色大众开走了。"

骆杉的眉头皱得更紧了，过了片刻，抬眸看向沈千秋："这个线索很有价值，我这就让交通大队的朋友帮忙查一下这附近几个路口的监控录像。"

沈千秋和骆杉的手机几乎在同一时间响起，两个人各自接打起了电话。唯独白肆站在床边，望着床铺上的那只珍珠耳环，眼色微沉。

3.

骆小竹的失踪惊动了整个警队。

几乎一夜之间，所有人的情绪都被调动起来。先前因为嫣儿的事萎靡不振的队员们，也为这起失踪案摩拳擦掌，竭力奔走。

沈千秋连着两天都没回家，到了第三天中午，实在有些撑不住了，又接到白肆电话，这才坐上他的车，打算回家补个午觉。

或许是这几天太过奔波，和白肆一起回到家，吃了点东西，沈千秋倚着沙发就睡着了。

白肆从厨房端着刚热好的鸡汤出来，就见沈千秋穿着那身T恤牛仔裤，手枕着沙发的靠垫，两条腿垂在沙发下面，微微蹙着眉，似乎睡得很不安稳。

两个人搬到一处同住，也不过一个多月的光景，可沈千秋的工作一直很忙，可以说是早出晚归，而他在学校虽然没什么事，课业压力也不大，但总还要每天去课堂点卯，两个人能够好好坐在一起聊聊天的时间可以说少之又少。哪怕像此刻这样，能够容他静下心来，好好陪在她身边，已是奢侈至极。

白肆把鸡汤放在茶几上，在沈千秋身旁的沙发上坐下来，望着她的睡颜，静静发了好一会儿呆。

刚开始筹备装修这个房子的时候，他其实并没有想太多。买房子的钱是他离开家来临安上大学后业余炒期货赚的，启动资金是十八岁生日那年，爷爷给的一张十万块钱存折。所以他在临安置办房产这件事，甚至连母亲唐虹都不知情。

买房子的动机，其实单纯得不能再单纯。那天吃过火锅，他匆匆作别，回到家整理好自己的所有财务，以最快速度置办了这处房产，不为别的，只是想给沈千秋和他自己一个新的"家"。

白肆这样想着，看着沈千秋微微蹙眉的侧脸，她的眼角微微有些水痕，也不知道在梦里梦见了什么，又哭了。

有那么一瞬间，白肆突然难以自持。等他回过神的时候，他发现自己不知道什么时候站起了身，嘴唇停在沈千秋的唇畔……唇上温软微烫的触感明确地告诉他，刚刚冲动的那一瞬间自己做了什么。

然而沈千秋依旧紧紧皱着眉，眉宇间尽是化不开的沉郁之色，半点没有要醒过来的意思。

那一瞬间，白肆心跳如鼓，他突然有点希望沈千秋就在这一瞬间醒过来。醒过来，知道他刚刚都做了些什么，也就能明白他这么久以来的心意，也好过他自己一个人颠倒反复，自我折磨……可脑子里突然闪过的念头，让他浑身的血液陡然冷了下来。

小竹的事，嫣儿的事，还有横亘在两人之间，多年前那两件事的真相。亲吻抑或表白，无论哪样，于他都是那么美好，却又是那么不合时宜。

　　还不是最好的时候。

　　白肆站直身体，深吸一口气，抱起沈千秋走到卧室把她放在大床上，为她盖好被子，而后悄无声息地离开了。

　　沈千秋是被一阵电话铃声吵醒的。在梦里，她听到那串有些急促的铃声。她边走边找，身后仿佛有什么人敦促着她，她找不到声音的来源，只能拼命地向前跑……

　　摸到手机，电话接通。沈千秋揉了揉酸涩的眼睛，就听手机那端传来周时的声音："千秋，你在哪儿？我都打了好几遍电话了。"

　　"啊？我……"沈千秋还有点懵，坐起身来，好一会儿都没反应过来自己身在何处。

　　"不管在哪儿，你赶紧来局里一趟。绑匪打电话来了，提出了条件，骆队和李队说了，这次要全员出动，你赶紧过来吧！"

　　"什么……全员出动？去哪儿？"沈千秋话还没问完，那边周时已经挂断电话，看样子确实挺急的。

　　沈千秋抹了把额头，蹒跚着走到卫生间洗了把脸，总算清醒过来。她一边披上外套，一边绕着屋子找了一圈，也没找见白肆的踪影。厨房的碗盘破天荒地没有收拾，茶几上摆着一碗凉了的鸡汤……

　　沈千秋看了眼沙发，又回头看了眼自己的卧室，脸颊一下子有点发烫……这一觉睡得太沉了，连白肆什么时候把她挪动了地方都不知道。

　　又四下找了一圈，确定白肆确实没留下任何字条，沈千秋才换上鞋子。出门前在挂在门边的小黑板上写下一行字：队里出任务，小竹有消息了！勿念！

　　十几分钟后，沈千秋刚走进刑警大队的大门，就被守在那里的周时一路领到后院停靠的一辆商务用车上。

　　沈千秋定睛一看，副驾位置上坐着李队，后面的几个座位分别坐着达哥、大黄还有骆杉。司机是个生面孔，看样子应该是禁毒处那边的。

李队原本正抽着烟，从后视镜看到沈千秋的身影，脸色微变，转过脸瞥了周时一眼。

周时完全没搞清楚状况，转眼看向骆杉："骆队刚刚开会时说让全员出动。"

骆杉看起来也有点意外："你们队里不是还有个男同事？我记得是叫赵逸飞？"他跟沈千秋解释，"其他人都被临时抽调去跟别的案子了，人手不够，这才打电话让大家都来。"

但让骆杉和李队都没想到的是，周时打了好几个电话，叫来的不是赵逸飞，而是沈千秋。

沈千秋见几个人神色都有点不大自然，就笑着说了句："说好的男女平等呢？赵逸飞估计在医院不方便总开着手机，我身手不比他差。"

嫣儿都能鼓起勇气替她出任务，让她替赵逸飞一次，有什么不可以呢？更何况，她已经欠这两个人太多了，有机会的话，自然是能还一点就还一点。

骆杉看向李队，后者犹豫了一下，还是点了点头，算是同意了。

沈千秋跟在周时后头上了车，正好坐在李队副驾驶位的后头。

天色将暮，车子开出大院门口的时候，沈千秋刚好从缓缓阖上的车窗外看到一抹血红的残阳。也不知道是不是没吃晚饭的缘故，沈千秋突然觉得有点心慌。她看看左右，车子开了五分钟了，却没有人要说话的意思。沈千秋清了清嗓子，开口说："不好意思，我今天来晚了，咱们这是要奔哪儿去？"

骆杉此时全副武装，黑蓝色的警服衬着剪得极短的寸头，让他的眉眼多了几分平日少有的冷厉。他抬起眼看了下沈千秋，把手里的本子递了过去，是刚刚的会议记录："绑架小竹的人打来电话，说要跟警方做一笔交易。"

沈千秋抬起头："他们想要什么？"

费尽心思绑架小竹，胆大包天敢跟警方做交易，这些人究竟想干什么？

骆杉眼色微沉，面上神情略显讽刺，大概这一切早在他意料之内："用3·11案件缴获的毒品，换小竹一条命。"

沈千秋看到本子上记录的地址，问："这个十三号仓库平时存放的都是什么东西？"

周时补充道：“十三号仓库是一处半废弃仓库，据康德公司的负责人说，仓库有半年多没打开过，里面堆的都是一些淘汰掉的机器。”

骆杉这时候开口了：“交易地点是对方提的。”

沈千秋听懂了：“我能听听电话录音吗？”

骆杉点了点头，面色沉静。熟悉他的人都知道，此时此刻他面上的沉静与平日里稳操胜券的静漠全然不同。此时此刻的骆杉，更像一支蓄势待发的弩箭，一时的沉静只是为了关键时刻最好的爆发。他看了沈千秋一眼，从口袋里掏出手机：“这是我接到电话后录的音。”他又看看周围几人，“刚好大家也都一起再听一遍，看有没有其他新发现。”

众人纷纷点头。骆杉摁下了播放键，手机里传来一道有些痞气的男声：“骆队长，想要你的好妹妹平安回家，就照我说的去做。今天晚上七点整，带上我的那批货，带上你手下的人，来滨江区柳江大道十三号仓库，准时到达。按我说的去做，你就能再见到你妹妹。”

对方说“我的那批货”，看样子，绑架小竹的主谋，确实是张山子无疑了。

平平常常的男声，没有变声，没有后期噪化，通话的环境也非常安静。正因为是这样的情形，可以说什么多余的线索都没有。

沈千秋看向众人：“那批货……”

骆杉露出一抹讥诮的笑：“在这儿。”说着，用脚踢了下旁边的手提箱。

沈千秋望着那只手提箱，一时骇然：“按照规定不是应该早就销毁了吗？”即便没销毁，警方也不可能会同意这个条件。整整二十五公斤的冰毒，一旦流入社会，造成的危害不堪设想。

周时在这个时候朝她眨了眨眼，沈千秋愣了一下反应过来，箱子里的毒品是假的！但她仍旧有点想不通：“对方竟然还授意骆队带人一起过去……”是不是也太有自信了点儿？

骆杉嘲讽地抿着唇：“电话肯定不止这一通，等我们到了那儿，说不定他又提出什么新条件。”

周时插了句嘴：“只说让我们都过去，却没说放了人质的条件。”他顿了顿，推了下鼻梁上的眼镜，“也没让我们听人质的声音……”

这句话说得所有人心里一沉，尤其是骆杉，脸色瞬间比冰还冷："对方针对的是这些毒品，还有我，只要我按照他们的要求去做，小竹就不会有事。"

其余几人也都用有些谴责的目光看周时，一时间，周时有些讪讪地："我只是担心我们被这个打电话的人涮了，没别的意思……"

一直沉默的李队这时开口了："谨慎起见，待会儿绑匪再打电话来的时候，我们可以提出跟人质通话。"

"嗯。"骆杉的面色微微松动，看起来是赞同李队的提议。

4.

当晚七点，一行人抵达绑匪在电话里约定的地点。车子刚停稳，骆杉手上的电话就响了起来。

骆杉没有丝毫犹豫地摁下免提："我们已经到了。"

手机那端传来男人清晰的声音："很好。骆队长，接下来你可以选择两个人和你一起。记住，一共三个人，都不要带枪。"

对方说完这句话，没有立刻挂断电话，仿佛是在等待着骆杉的抉择。骆杉的目光在车内逡巡一圈，最后开口："我选好了。"

"我想听听骆队的选择。"

骆杉垂下目光："李宗，何鸣。"

李宗说的就是李队，而何鸣正是李队身旁那个负责开车的年轻小伙。

沈千秋听到骆杉的选择，不由得把目光投向李队，后者却似乎早有预料，朝骆杉打了个催促的手势，意思是让他赶紧问问人质的情况。

骆杉连忙说："我想听听我妹妹的声音。"

对方沉默片刻，说："骆队这是想加条件。"

骆杉和李队交换了个眼色，说："这不是加条件，毕竟是做交易，我们需要确认人质是否还活着。"

"骆队刚刚提到的两个人，都是男的？"

骆杉愣了一下，回答说："是。"

对方似乎感觉到他的迟疑，轻轻笑了一声："你们应该还有一位女同事吧？既然来了，就和骆队一起过来吧。"

此言一出，车子里的几人纷纷看向车外。对方能看到他们的人员构成，应该就在不远的地方。

沈千秋却是心里一紧，她不明白，为什么绑匪会点名要她跟着一起，是考虑到她是女人，体力和力量都比男人差，更好控制？

骆杉看了沈千秋一眼，眼色微暗："现在可以让我听听我妹妹的声音了吧？"

电话那端传来一阵脚步声，不多时，一个有些微弱的声音从听筒传来："哥哥……"

"小竹，你现在怎么样？"

"哥哥，我好怕……"

骆杉还要再说，对方已经拿过电话："该听的也都听到了。四十分钟后，瓷都大道十三号锦江大厦一号仓见。"

电话挂断，骆杉沉默片刻，才说："是小竹的声音。"

周时看了眼手机上的导航，额头隐隐可见汗滴："锦江大厦位于市中心，离这里最快也要半小时车程，这个时候正好是高峰，算上堵车的时间……"他抬手推了下眼镜，手指因为紧张而微微颤抖："李队，千秋，你们要快！"

李队当机立断："其他几个没点到名的都下车，跟我开车，千秋跟周时去拿咱们三个的防弹衣，快！"

周时答应一声，率先下了车。骆杉在沈千秋下车的时候，帮忙搭了把手，一边重重攥了下千秋的手："千秋，对不住。"

沈千秋见骆杉垂着眼，似乎很歉疚，不禁笑了笑："说什么呢，都是分内的事。"

两个人正说着，就听周时有些犹豫地说了句："李队、骆队，防弹衣……不够。"

沈千秋一时愣住了。在场一共七个人，一般出这种任务，防弹衣不说有富余，一人一件总是能做到的，而现在只需要李队、骆杉还有她三个人一起行动，防弹衣应该是绰绰有余的，怎么可能会不够？

李队刚换到驾驶座，听到这话不禁皱了皱眉："怎么可能？走之前我不是让你把这些东西都检查一遍的吗？"

沈千秋和骆杉一齐绕到车子后头，就见周时低垂着头，脸色很不对劲。顺着他眼睛的方向一看，就见后备厢里分门别类放着好几只箱子以及编织袋，而放防弹衣的那只袋子不知被什么东西划破了，里面的防弹衣——沈千秋的心陡然沉了下去——原来周时的意思并不是防弹衣的数量不够，而是，保存完好的防弹衣不够！

那些防弹衣都被人用利器划开，别说防弹，连穿都穿不起来。

周时讷讷的，举起手里的衣物："只有这一件是完好的。"

骆杉的脸色一下子冷了下来："这是怎么回事？"

沈千秋一下子想起早上在医院的时候和李队的那段对话。她忍不住看向推开车门走过来的李队，就见他的眉心皱得可以夹死一只蚊子。

现场的气氛一时彻底僵冷。何一鸣嗫嚅着开口："骆队……要不，你们开车先过去，我们几个回警队给你们取一趟……"

周时打断他的话："时间根本不够！从这里回警局的时间比他们去锦江大厦还要长，而且这里……"他望了望四下，其余几人也和他一起看向四周，"这里就是个半废弃的场所，车子要留给李队他们，咱们多半是打不到车的。"

所有人心知肚明，张山子他们明显是一开始就算好了。然而又让所有人都胆战心惊的是，警车后备厢的这些防弹衣，如果不是自己人出了问题，怎么可能会在这个节骨眼上全部报废？

想到这个可能，周时忍不住开口："李队，要不让我去吧？"

李队瞥了他一眼："你当我七老八十走不动了吗？"他把防弹衣从周时手里拿过来，塞在沈千秋手里："就你一个姑娘家，别推辞，穿上。"

骆杉在这时突然拉开衣服拉链，边脱外套边说："本来我想着先穿好了，省得到时候再换……"他把防弹衣脱下来，递了过去："李队。"

然而李队摇了摇手，已经转身上了车。

5.

车子一溜烟驶出眼前这片空旷的区域。被抛下的周时等人按照之前的约定，继续跟队里保持联系，务求协助李队三人在第一时间取得队里的武力支援。

疾驰的车子里，李队握着方向盘的手指夹着根烟，时不时地抽上一口。骆杉的脸色从刚刚看到防弹衣那刻起就不太好看，这时大概也有点憋不住了："李队，那些防弹衣是怎么回事？"

李队从后视镜里望了两人一眼，嘴角微翘："你觉得是怎么回事？"

骆杉脸色冰冷，握着行李箱的手指骨节愈发凸显，说话的口吻也有些急："这还用说？明显咱们队里的人有问题。不是你的人，就是我的人。"

李队又吸了口烟，吐出一个烟圈："这次行动基本上都是我的人，你们那边，只来了你和小何两个。"

骆杉沉默了一会儿，突然抬起头，目光和李队在后视镜里相遇："李队的意思是怀疑我？"

李队的脸色也渐渐凝重起来："我也希望最后的结果证明，这件事跟你无关。骆杉，别忘了，我怎么也算得上你半个师父。"

沈千秋和骆杉一起并排坐着，听到这话忍不住看向李队。前不久大家伙聚在一起吃庆功饭的时候，似乎隐约听赵逸飞提了那么一嘴，说骆杉当初刚进刑警大队，就是跟在李队手底下干的。后来因为连续破了几个案子，再加上骆杉本人也有那个倾向，就被调到了禁毒处。警队里一直有这么个不成文的规矩，刚出校门的时候，是谁带的，往往就会认那个人做师父。

李队平时不大爱说这些，是以沈千秋等人对此并不清楚。如今听李队自己提起来，再看骆杉的神情也没有否定的样子，看来这件事是真的了。

这么一想，骆杉和沈千秋、赵逸飞还真是有缘分。一个大学毕业，毕业后分到同一片地方，又都先后在同一个师父手底下工作。

骆杉大概也有类似的想法，开口说话前，先侧眸看了沈千秋一眼："不管你信不信，师父，我真的没做过对不住警队的事。"

骆杉说这句话的时候，李队一直从后视镜里望着他，望着他的眼睛。听着骆杉说完，他点了点头，说："凭你这句师父，我就信你一次。"李队沉默片刻，又说，"但咱们这些人里，肯定有人是有问题的。今天顺利救出小竹之后，这个人，你得和我一起把他揪出来。"

骆杉重重地点了点头，他似乎是想到了什么，说："这么说来，昨天晚上的那次行动，也是这个人泄的密。"他越说脸色越沉，"甚至有可能我妹妹的失踪，也跟这个人有关。"

李队打开窗户，把手里的烟蒂扔出去，吐出一口气："你们两个坐稳了。当务之急，就是先把小竹救出来。"

车子已经驶入市区，七点来钟的光景，正是临安市一天里交通最为拥堵的时候。然而对于李队这样的开车老手来说，大道不通有小道，宽道不行走窄道。就这么七拐八绕的，半个小时之内竟然真的把车子准时停在了锦江大厦的楼门口。

沈千秋套好防弹衣，而骆杉则再一次把自己手里的那件防弹衣递给李队。

李队愣了一下，就见骆杉撇着嘴角浅笑了下："师父，你这是不相信我的身手吗？"

李队刚要推辞，就见骆杉已经把车门拉开，他说话的声音有些低沉："李队，千秋，我希望你们都能好好的。如果因为小竹，再出一次昨晚那样的事，这个警察我也当不下去了。"

这句话一出，李队和沈千秋都有些沉寂。嫣儿的事，已经成了所有同事心里的一根刺。

跟在李队和骆杉两人身后一起下车时，沈千秋忍不住问："李队，骆队，咱们真不能带上枪吗？"

骆杉听到这话，忍不住看向李队。两人在车上的交流不过寥寥数语，但仿佛勾起了骆杉的往日情怀，之后三人再进行交流，骆杉也不再像往常那样，把自己当作李队平级的领导，而是像个后辈一样，会优先听取李队的意见。

然而面对沈千秋的这个问题，李队也只是露出一抹苦笑："咱们今天是来救人的，为了人质的安全，只能暂时都按对方的意思办。"

骆杉也点点头，表示赞同李队的说法。他没有多说，拿出手机，静静等着对方的下一个指令。

两分钟后，电话铃声响起。骆杉毫不犹豫地摁下通话键，设置了免提："我们已经到了。"

"很好。"对方的声音听起来懒洋洋的，"我的东西呢？"

"在这儿。"说话的时候，骆杉刻意抬高了手臂，他的手里一直拎着那只黑色行李箱。

"很好。"对方简洁地说，"从东边绕过去，后门已经打开了。三位，有请。"

6.

电话铃几乎每隔几分钟就会响起一次，每次的通话时间都不超过三十秒，沈千秋三人在对方的指令下，已经从锦江大厦门口，移动到了位于地下一层的仓库区。

绑匪很狡猾，熟知警方可能采用的所有技术手段，并且巧妙规避了所有可能暴露自身行踪的漏洞。

李队耳朵里藏着通讯器，他们的一举一动，刑警大队总部的同事都能分毫不差地接收到。骆杉的手机上也安装了跟踪器，眼下他们的一举一动，都还在警队总部的掌控之下。

这些无须事先说明，沈千秋大约都能猜到。尤其当她走在李队身旁的时候，看到他耳朵里那个若隐若现的白色小钮，更证实了自己的猜测。

约莫二十分钟后，三人站在了漆着大大"①"字的一间仓库外。几乎在三个人抵达的一瞬间，闸门缓缓升起。

走廊的光线很暗，仓库里的灯光却非常刺眼。沈千秋本能地想要闭起眼睛，却又生怕错过任何异变，眨着眼睛向里面望去——

仓库里堆放着不少箱子和木板，巧妙挡住了三人的视线，让人无法一眼望穿这间屋子的内部结构。无限的寂静之中，隐隐能够听到"滴—滴—滴—"的声音从远处传来，屏住呼吸仔细去听，依稀可以听到非常微弱的呜咽声。

本能的，沈千秋的心里闪过一种不妙的预感。

她刚想说什么，就见李队的脸上闪过一种非常奇怪的表情，同时拽了一把她的衣角。

沈千秋只觉得腰侧被什么东西刺了一下，脚步不禁趔趄了一下。

两个人不约而同地看向她，李队的手还攥着她的胳膊，低声说："小心点，别慌。"

骆杉也朝两人点点头。

三个人缓步朝里面走去。

走进去才发现，这间仓库远比想象中的要大得多。

约莫三四分钟过去，骆杉的电话却一反常态地沉寂着。他本人似乎也意识到了这点，加快步伐朝前走去，一边朝两人打着手势，示意他们跟在后面。

头顶的白炽灯格外明亮，映得每个人脸色都有些怪怪的，苍白而僵硬。沈千秋侧过脸看李队，想要说些什么，李队却突然一把拉住了她。

就在不远处的那张桌子上，一个人影蜷缩在那儿，而之前那个"滴—滴—滴—"的声音越发清晰了。

这下子不用人拦，沈千秋也僵在原地。一路走进来，她一直觉得那个声音听起来非常古怪，却又隐隐透着熟悉。而现在，不用任何人说，她已经知道那是什么。

是炸弹倒计时的声音。

还在念大学的时候，有一门课程专门讲这方面的知识，授课的老师非常严厉，每次考试实景模拟会占到七成，而笔试只占三成。整整一个学期，沈千秋几乎每天夜里做梦都会梦到这个声音。

从前的噩梦，在这一天却变成了现实。

沈千秋几乎挪不开步子，而就在此时，她听到了一个熟悉的女声，非常微弱，带着哽咽："哥哥……"

被绑在桌子上的女孩，正是骆小竹。她身上穿着的并不是失踪那天的绿色小礼服，而是一袭非常宽大的白袍，赤裸在外的脖颈和双臂上，依稀可以看到狰狞的血痕，是鞭笞的痕迹。

沈千秋拧着眉，忍不住向前踏了一步，而骆杉却在这时朝后面做了个"停步"的手势。

沈千秋听到他用低沉到几乎听不清的声音说："小竹乖，先不要动，哥哥会想办法带你出去。"

"哥哥……"骆小竹仿佛下一瞬就要哭出来，却又强行哽住，"电话。"

骆杉的目光逡巡四周，最后在骆小竹被绑住的双足之间发现了一只手提电话。他的脸色看起来没有任何情绪，然而眉宇间却隐隐燃着某种山雨欲来的愤怒。他轻轻解开绑住骆小竹双脚的绳子，一面轻声安抚道："哥哥给小竹把绳子解开，但小竹还是乖乖的不要动，好不好？"

"嗯……"骆小竹含混地答应了一声。从沈千秋的角度看过去，骆小竹从开始到现在都保持着蜷缩手脚的姿势，一直都没怎么动过。这间仓库的温度明显低于常温，而骆小竹身上仅着一件袍子，胳膊和小腿都裸露在外，不知道在这里躺了多久，身上很可能早就冻僵了。

骆杉也发现了这一点。本来他一走近就想把身上的外套脱下来盖在自己妹妹身上，然而紧贴着小竹胸口放置的那颗定时炸弹让他在一瞬间打消了念头。

手机拿下来，骆杉滑开屏幕，就见通讯录上只有一个号码，摁下拨号键，大约隔了半分钟，那边才有人接起："骆队，人我已经还给你了。怎么样，我很守信吧？"

骆杉的语气听起来淡淡的，仿佛在陈述一个再平淡不过的事实："小竹身上还绑着炸弹。货我依照约定带来了，你不想要了？"

对方"呵呵"笑了一声："货？我的那批货，早就没了，你现在拿着个箱子就跟我说是货，当我是你妹妹那样的无知少女？"

"砰"的一声，骆杉把脚边的行李箱踹倒在地，抬起头来看着不远处正对着长桌的那个摄像头："真还是假，睁大你的狗眼看清楚！"

骆杉蹲下身，手指飞快点了几下，打开行李箱，从里面拿出一包白粉，扬手扔在桌子上。

电话里的声音听起来也来了兴致："好啊。说起来，我这边东西也挺全的。骆队帮我验验货？"

骆杉绕到桌子另一边，拉开抽屉，眨眼间就拿出几样东西。

沈千秋一眼就看到都是吸毒用的工具，忍不住出声喊道："骆队，你干什么？"

骆杉垂着眼，一边打开粉包，一边机械地说："我要救小竹，不按照他们的话去做，小竹身上的炸弹就会爆炸，小竹会死，我们都会死。"

沈千秋看向李队，可李队却沉着脸，默不作声。

沈千秋突然觉得眼前的两个人前所未有的陌生！

"李队！"沈千秋喊了好几声，对方才浑然回过神。

"李队！骆队要拿咱们带过来的东西试毒！"

只有他们自己人才知道，那些毒品都是假的，可就连沈千秋也不清楚，那些东西是拿什么假冒的，真吸进人体会不会产生很糟糕的反应。

哪知道李队看了她一眼，说："都是真的。"

沈千秋整个人愣住。就听李队又重复了一遍："当初缴获的二十五公斤毒品，一克不少，都在这里。"

"可是，不是说……"沈千秋脑子乱糟糟的，顾不得骆杉的手机还和对方通着话，甚至他们几个人正对着不远处的摄像头："不是说好是拿假的来换人质吗？"

不远处传来一声冷嗤，那是骆杉的声音，听在耳朵里却格外陌生："假的毒品，怎么换回我妹妹一条活生生的命？"

李队说："骆杉，到了现在，能跟我说一句实话吗？"他顿了顿，"你可以放心，我的通讯器在刚进这间仓库时就失效了，信号早就被屏蔽了。现在无论你说什么，只有我，还有千秋咱们三个知道。"

骆杉正在折纸的手突然一顿，就在这时，放在桌上的手机里传来男人含着揶揄的小声："是啊，骆队，为什么不跟他们说个明白呢？"

骆杉的手指又恢复了动作，他微微垂着眼，额前的发丝微微挡住眼，嘴唇紧紧抿着，几乎成了一条线。

电话的那个声音仍然饶有兴致："骆队要是不愿意说，那我来代劳也可以啊。毕竟现在骆队手上还忙着，抽不出空来讲话，我也是可以理解的。"

骆杉突然把折好的纸重重拍在桌子上，这一下拍得非常之重，甚至连一直寂静无声的骆小竹都跟着颤抖了一下。

"张山子，你到底想要什么？"骆杉的目光死死盯着桌子上的一个点，仿佛能把那个点烧出个窟窿来，"你想要这批毒品，我还给你！你让我捎上两个牺牲品，我也给你带来了！你把我妹妹害成这个样，你还想怎么样？你是不是非要彻底毁了我才甘心？"

"对！"对方这次不再笑了，几乎是一瞬间，张山子的声音也变得恶狠狠的，"不听话的工具，只有亲手毁了我才放心。"

"我不是任何人的工具！"骆杉抬起头，目光刚好和沈千秋的撞在一起。沈千秋看到他的眼睛几乎是血红的，里面还隐隐闪着水光："我是警察！我不是你手底下那些小喽啰，不是你用毒品就能捏在手心的富二代、败家子！"

"是是是，你是代表光明和正义的骆神探嘛！"张山子啧啧两声，"我就一句话。骆队，还记得是谁帮你料理了那个女大学生的事吗？"

骆杉的脸在这一瞬间突然极度扭曲："闭上你的嘴！"

沈千秋忍不住走上前，仿佛是为了听清电话里的声音，又仿佛是为了看清楚骆杉脸上的神情："你说的女大学生是谁？"

"我想想……好像是叫什么燕来着，姓什么的？"

"梁燕？"张山子的声音和沈千秋的喃喃自语声重叠在了一起。

而一直蜷缩着躺在桌上的骆小竹也在这一刻睁开了眼。

张山子笑吟吟地说道："哎，小竹妹妹醒了啊？哎，瞧我这脑子，差点忘了，那个梁燕，是你的同学来着嘛！"

"梁燕……"骆小竹眼睛睁得大大的看骆杉，眼眶里含满了泪，"哥，你从前交的那个女朋友，是梁燕？"

"没有。"骆杉死死咬着牙，每说一个字，都仿佛是从牙缝里挤出来的，"我从来就没有过女朋友。"

"啧啧，真是无情啊。"

沈千秋陡然想起，当时的验尸报告里提到过，梁燕死时，肚子里已经有一个三月大的胎儿。她正要说话，刚好看到骆杉伸手抚着骆小竹的侧脸，而骆小竹眼睛睁得大大的，那副模样——电光石火间，沈千秋突然回忆起在赵逸飞的笔记本里看到梁燕一寸照的时候，那种挥之不去的熟悉感！

看正脸的时候不觉得，只有像现在这个角度才会发现，骆小竹和梁燕竟然有着惊人相似的侧脸！

联想到自己刚刚记起的事实，以及骆杉的极力隐瞒，以及此刻他垂眸轻抚骆小竹侧脸的神情，一个骇人的想法在脑海里渐渐成型……

不等沈千秋多想，电话里的那个人已经替她把话说了出来："不管怎么说，那姑娘也是我让人悉心调教的，你动了我的人，又不领我的情。没办法，我这人比较……那个词怎么说来着，锱铢必较，对，就是这么个说法。"电话里传来打火机的声音，张山子给自己点了根烟，一边吞云吐雾一边继续说道，"骆杉，你动了我的人，那我也得动你一个人。拿你一根手指头都碰不得的亲妹妹，换一个想怎么折腾就怎么折腾的梁燕，这买卖不亏吧？"

骆小竹紧紧闭着眼，成行的泪水顺着眼角滑下，落在桌子上，发出清晰的一声"滴答"。而骆杉也在同一时刻闭上了眼，声音已经恢复了往常的冷静："你今天来，不是为了这批毒品，是为了报复我。"

"不，不。"张山子喷出一口烟，语气轻松地说，"我可是一直都给你两种选择的，骆队长。看看你面前这两个人，你以为，我为什么要让他们两个，听到咱们俩之间的这些秘密？"

骆杉的神色突然一变，而电话那头的人也"嘎嘎"乐出了声："真是聪明人！"

电光石火间，骆杉右手一翻，从抽屉里拿出一把枪，对着正对面的李队就是两个点射。

骆杉突如其来的转变太快，甚至连电话里都一片寂静，更不用说就站在骆杉身旁的李队和沈千秋了。

李队一手捂着胸口，缓缓跪了下去，大片的鲜红从他的胸口、小腹蔓延开来……

"放过……千……"李队的眼睛直直地看着骆杉，已经说不出一句完整的话了。

骆杉望着枪口溢出的淡淡白烟，说了句："师父，你什么都好，就是心太软。"

"千……"李队想把头挪过来看她，但已经不太能控制自己的身体了。

沈千秋三步并作两步冲到跟前，托住李队的肩膀："李队，李队！"她想说"这不是真的"，又想说"李队你别吓唬我"，可什么都没说出口。她大口大口地呼吸，拼命想用手捂住李队胸口那处不断溢出鲜血的窟窿，一只手臂的力量也渐渐支撑不住李队身体的重量……眼看着李队的瞳孔渐渐散了，沈千秋缓缓松开手，最后只溢出了一声凄厉得不像样的哭声。

"学妹。"沈千秋听到了骆杉的声音，也感觉到顶在自己后脑那个冷冰冰的东西。

"哥……"骆小竹的声音在身后响起，很微弱，几乎要湮没在沈千秋的哭声里，但仍旧让骆杉托枪的手微微一顿。

"别杀人，哥。"骆小竹说得很慢，大概是身体已经撑到了一个极限，吐字都有些不清晰，"那个人，很坏。别信他的。"

电话里爆发出张山子的大笑："小竹妹妹，来不及了！你哥已经为你亲手杀了一个警察，马上还有第二个！不过你放心，从这儿出去，杀人的就变成了我。我是那个杀了警察、抢走毒品的坏人，你哥哥还是那个人人称道的骆神探，成功解救人质的大英雄！"

"不，不是……"

"骆杉。"沈千秋的声音听起来特别冷，这也是两人相识多年以来，沈千秋第一次直呼他的全名，"别忘了你妹妹身上的炸弹。你想让我和李队顶罪替自己开脱，但别忘了你妹妹的命还捏在张山子手里。"

"这位警察妹妹脑子还挺好使。"张山子笑嘻嘻的，"骆队长，这个你尽管放心，抽屉里我给你准备的那些东西，你也都看到了。枪你现在正拿着，那把剪刀就是用来剪除炸弹的。"

"你掀开最下面那个玻璃罩子，看到没，红蓝两根线，最经典的玩法。"

"剪哪条？"

"骆队长这么聪明，可以……"

"我没这个耐心跟你玩红蓝游戏，张山子，你的时间也不富裕。"骆杉扫了眼手机屏幕上显示的时间："从我们进来到现在，李宗和总部失联已经超过五分钟了，再过一两分钟，我这边就有人冲进来救援，你那边也会被警方连锅端了。"

"聪明人不犯两次错。"张山子的声音听起来不慌不忙，"放心，他们到了那个地方，也找不见我的。"他顿了顿，又笑了，"不过嘛，我也不想白费了骆队你的一番心意，咱们速战速决。"说到这儿，张山子的声音在一瞬间戛然而止，而后缓缓开口："剪红色的那根。"

骆杉一手死死勒着沈千秋的脖颈，另一手把枪放在桌子上，转而去拿那把剪刀。他用的力气非常大，沈千秋被他勒得眼前发黑，只能凭声音判断他的一举一动。感觉到他大概拿起剪刀了，沈千秋强忍着眼前的一阵阵发黑，说："别信他的。骆杉，如果他是耍着你玩的，我们全完了，包括你妹妹！"

骆杉的手迟疑了一下，然而不等张山子再说什么，剪刀的两片刀刃已经停在了红线两旁——

骆杉的声音听起来没有丝毫波动："那就一起死吧。"

下一秒，"滴—滴—滴—"的声音戛然而止，仓库里一片寂静。

沈千秋听到头顶传来骆杉沉重的吐息声，心知不妙，脚后跟往后一跺，抬起手肘狠狠向后撞向骆杉的小腹。

骆杉闷哼一声，手臂微松，沈千秋就借着这个空当揪住他的手臂猛地一弯腰。

这一招过肩摔，沈千秋用得稳稳当当，哪怕对方体重超过她两倍，也能被她狠狠摔在地上。然而就在她弯下腰的那一瞬间，面前一直蜷缩着的骆小竹突然猛地坐了起来，她的手不知道挥到了什么东西，沈千秋只觉得眼前一片白尘扬起，下一刻就觉得双眼一阵剧烈的灼烧，手臂忍不住就松懈下来。

骆杉也被这突如其来的变动吓了一跳，他一把揪住沈千秋的头发，将她的头狠狠摁在木桌上，另一手朝骆小竹伸了过去："小竹，你没事吧？"

骆杉的一只眼睛里也洒到了那些粉末，一瞬间就睁不开了。骆小竹没想到自己手里扬出去的那些石灰粉会同时洒到两个人，先是整个人吓得呆住，随即"哇"的一声哭了出来："哥哥！"

骆杉一把将她搂在怀里，骆小竹本来就生得苗条秀气，经过这几天折磨，被搂在怀里更是柔若无骨。骆杉不由得一阵心疼，轻声安慰道："哥哥没事。小竹不怕，哥哥这就带你出去！"

沈千秋的双眼被洒入不少石灰，此时只觉两眼又烧又痛，额头被狠狠撞在桌子上都不觉得疼。此时听到两人交流更觉心如火焚，她忍不住抬起两手反过去抓骆杉的手臂："你们两个真是疯了！"

骆杉一手抱着人，另一手摁着沈千秋的头颅。他已到极限，自然禁不住沈千秋又抠又抓，眼色一冷，已经动了杀心："是你自找的。"他松开骆小竹，伸手就去摸放在桌上的那把枪，没想到却被骆小竹一把拽住了手臂。

"小竹乖……"

"哥哥，不要。"骆小竹满脸是泪。前后不过短短几天，她的脸颊已经瘦得凹陷进去，更显得一双水盈盈的大眼楚楚可怜："她眼睛已经看不见了，咱们走吧，别再杀人了。"

沈千秋正要说话，放在桌上的手机里却传来一阵奇怪的动静。骆杉的警惕性也很高，一时间也不动了。

原本互相牵制的三个人一时间统统都没了动静。

手机那端传来一阵嘈杂的噪音，紧跟着就听电话那边有人"喂"了两声。那声音听着耳熟，饶是沈千秋因为眼睛剧痛神思模糊，也不由得精神一凛，是周时！

沈千秋立即高声喊了句："警员075227沈千秋请求支援！骆杉是黑警！他刚开枪打死了李队！"

"千秋？"电话那端刚说出这两个字，就被骆杉摁断了电话，他一把抱起骆小竹，把人放在桌上，紧接着就把枪口对准了沈千秋的额头正中。

"哥……"骆小竹大概还想阻拦，但嗫嚅着不敢说更多。

"小竹，杀了她，我还能补救。"

沈千秋冷笑，她的眼前现在一片漆黑，只能凭声音判断对方的位置："你跟毒贩勾结，害死梁燕，害了你妹妹，又杀了李队，你还想补救什么？"

"我没有跟毒贩勾结！"骆杉咬牙，"如果我真同意跟张山子合作，梁燕就不会死！梁燕的事根本从头到尾就是张山子他们给我设的圈套！我假借跟他们合作把这些渣滓一网打尽，缴获了全部毒品！可惜让张山子跑了，功亏一篑，这才害得小竹被他们掳走！他们做的一切都是为了报复我！"

沈千秋一时沉默，过了片刻，她又开口："但你还是杀了李队。"

"他早就怀疑我了。"骆杉忍不住辩驳，"不然你以为那些防弹衣是谁弄坏的，是他授意周时做的，目的就是为了试探我。今天如果不是我先开枪，躺在地上的那个人就是我！"

怪不得当时李队看那些防弹衣时的表情怪怪的。现在想来，别人都是在惊讶那些防弹衣的破损，而李队，大概在暗中仔细观察每个人看到防弹衣时的反应！

想到李队把那件防弹衣塞在自己怀里时投给自己的那个眼神，沈千秋忍不住想哭。从头到尾，骆杉只有一句话没有说错，李队太心软了。

他授意周时破坏防弹衣来试探骆杉，又一路跟着他来到仓库，却没有为自己留个后手，一心希望自己当年带出来的小徒弟并不是两件案子背后的那个黑警。而骆杉也想到了破坏防弹衣，不过他故意弄坏的是自己穿着的那件，大概从一开始他就算计好，在这次行动中假装受伤，借此洗脱嫌疑。

一模一样的行为，却出自不一样的动机。沈千秋想哭，却发现双眼已经流不出泪了。

"你今天是走不出这间仓库了，别白费力。"混沌间，沈千秋似乎听到他叹了一口气，很轻很轻，仿佛只是她的幻觉："我不止一次想把你从这件事里择出去，周二那天原计划是要你和赵逸飞一起进"流金岁月"，你以为是谁向李队建议，为了你的安全着想，把你调去和贺子高谈话，换了黄嫣儿顶了你的位子。还有今天下午，本来我让周时给赵逸飞打电话，谁知道他没找来赵逸飞，却喊来了你。"

也不知道过了多久，她听到骆杉模模糊糊地说了句："都是天意。"

沈千秋被人从地上拖起来，扳过肩膀调转身体的方向，随即感觉到紧贴着后脑勺那把冰冷的枪，听着骆杉冷漠的声音，骆小竹隐忍的小声啜泣。想到不远处躺着的李队的尸体，她突然觉得周遭的一切陌生而荒谬。

就在不久前，李队、骆杉、赵逸飞还有队里的其他人，大家一起在警局外的小饭馆吃着热气腾腾的炒菜。为了两起案件的侦破欢欣不已，每个人的面孔都是那么鲜活美好，每一句话语都仿佛刚刚滑过耳畔。可前后不过短短十数天，嫣儿遭遇不测，赵逸飞颓废不堪，李队已然殒命，骆杉却成了那个曾经是所有人口中咬牙切齿的最大反派……而她自己，沈千秋忍不住轻笑了一声，就像骆杉刚刚说的，大概也是命不久矣。

听说人在死亡的那一瞬，倘若有着清醒的意识，眼前会如同过电影一般重现从出生以来经历的所有场景。然而命悬一刻的这一瞬，沈千秋却觉得自己的意识前所未有的混沌。她想不明白所有人的命运因果，也看不透自己的过去将来，甚至还怀着一点点的奢望和不甘心，心里有个小小的声音在问：是真的吗？自己这一辈子，真的就这样了吗？

听到耳边响起的枪声，骆杉的闷哼，以及骆小竹的惊呼声时，沈千秋觉得一切都分外的不真实。

她听到了枪响，然而失去视力之后的她显得非常迟钝，只知道跟着那个人的步伐一路向前。沈千秋的脑海里突然浮现出一个大胆的假设，问出口的那一瞬间，她就意识到了自己的荒谬："白肆，是你吗？"

这个人正握着她的手，然而这只手不可能是白肆的。白肆的手，手指修长，骨节分明。而这个人的手，手掌要比白肆宽大一些，掌心微微冒着潮湿的汗意，更重要的是，他的虎口和指节的部分有许多坚硬的老茧。

"你是谁？"眼睛的剧痛让她的意识逐渐模糊，"我是不是，已经死了……"

那个人一直拉着她不停地快步向前，听到这句话，他的步伐有了一瞬的停顿。也不知道过了多久，沈千秋听到一个非常混沌低沉的声音："没有。你不会死，你会活得好好的。"

也不知道过了多久，那个人的步伐停了下来，并且松开了她的手，沈千秋甚至觉得，他的呼吸有了些许的慌乱。

"怎么了？"沈千秋忍不住问。她仿佛才想起骆杉和骆小竹这两个人，"刚刚那两个人，就是挟持我的那个男人，他死了？"回想起来，她依稀听到了前后两声枪响，而骆杉的闷哼以及手臂的松懈是夹在这中间的……

然而这一次，对方没有说话。

不一会儿，沈千秋感觉那个人扳过自己的脸，把什么东西沿着她的眼睛倒了进去："忍着点，尽量别流泪。"

也不知道倒进去的是什么，滑溜溜的，原本紧紧锢着眼球的那层东西仿佛渐渐融化开了，顺着眼角流了出来。

"嗯……"这感觉说不上有多舒服，但至少眼睛没有刚刚那么火辣辣的疼了，"你给我用了什么？"

那个人咬字有些含混，好像故意不想让人听清似的："待会人来了，记得跟他们说，你眼睛里进了石灰，不能用水，否则你眼睛就毁了。"

"你是谁？"

"谢谢你今天帮了我……"

"我能知道你的名字吗？"

一连问了三句话，都没有得到回应，沈千秋朝着原本声音的来向伸出手臂，空落落的，什么都没有。

　　那个人……似乎已经不在这儿了。

　　也不知道过了多久，沈千秋突然听到一阵急切的脚步声，紧跟着是她最熟悉的那个声音，上气不接下气的，还带着颤抖："千秋……你的，你的眼睛怎么了？"

　　"白肆？"沈千秋朝着来人的方向伸出手臂，"你怎么来这儿了？"

　　她刚刚意识混沌，才会在被人拉着逃跑的时候，第一时间想到了白肆的名字。毕竟在这个世界上，除了白肆，她想不到还会有第二个人能够在这种时刻豁出性命来救她。

　　可冷静下来想想就知道，白肆毕竟不是警察，甚至连她这次出警的地点都不知道，就算想要帮忙，也不可能会找到这里来。

　　白肆看着沈千秋红肿得不像样子的双眼，忍不住拉住她的手，把她圈进怀里，声音还有些颤抖："我和你的同事一起过来的。我们听到了枪声，地上还有血，我以为……"

　　沈千秋一时惘然。

　　下一秒，她的身体就被拉进一个温暖的怀抱，白肆的声音紧紧贴着自己的耳畔响起："我以为你死了，千秋。我以为我来晚了，再也见不到你了！"

　　这怀抱太紧，几乎让人窒息；白肆的气息也太贴近，近得让人心慌。然而沈千秋没有反抗，反而更加依偎进这个怀抱。

　　双目灼烧，额头的血痕缓缓流到眉梢，全身每一块肌肉都酸痛得要命，却在听到白肆声音的那一瞬，整颗心莫名地安静下来。脑海里有个声音在说：安全了，终于安全了。

　　几乎同时，耳畔白肆清亮温柔的嗓音与脑海里的那个声音重叠在一起："别怕，有我在，你安全了。"

　　她僵硬若石块的身躯在一瞬间瘫软，然而心里却是前所未有的安宁。平生第一次，沈千秋放任自己靠紧面前的这个怀抱。

　　劫后余生，没有什么比一个近在咫尺的怀抱更温暖了。

Chapter 11

劫｜后｜温｜馨

1.

沈千秋醒来的时候，只觉得自己做了一个格外冗长的梦。梦里的那些情景太过混乱，支离破碎。而梦里的她一路逃亡，每次想张开口说些什么，就发现自己的嗓子是哑的，无论怎么样都发不出声响，无法向人解释清自己的现状，更无法向人求救。

扶着床沿坐起来，她这才发现自己的嗓子确实干涩得要命，怪不得会做那样一个梦，沈千秋忍不住有些自嘲地想。抬起头，却发现周围黑漆漆的，一点光亮都没有。

所以现在是……夜里？

沈千秋愣了愣，下意识地伸手去摸床头柜上的灯——"啪啦"一声脆响，吓得她肩膀一缩，紧接着，身后响起窸窸窣窣的脚步声："千秋，你醒了？"

是白肆的声音。沈千秋欣喜地朝声音的来向扭头，只觉得额头一阵刺痛，紧跟着就是一阵晕眩。她本能地抚了抚自己的太阳穴，却摸到了一些记忆里本没有的东西，这是……纱布？

她顺着纱布的方向一路摸索，手却被人从身后一把抓住："千秋，别乱动。"

那些本来在梦里混乱不堪、支离破碎的东西，一瞬间翻江倒海般涌了出来。沈千秋忍不住屏住呼吸，再开口时，发现自己的嗓音又低又哑，粗粝难闻："我的眼睛，是不是瞎了？"

她记起自己身上的那件防弹衣，记起了关键时刻骆小竹朝自己洒来的那把石灰粉，也记起了李队的死和骆杉的疯狂……她忍不住吸了口气，强忍住涌向眼眶的泪水："李队……你们赶到的时候，李队是不是已经……"

"嗯。"响起的是另一个声音，"千秋，你别太难过。事情经过我们都弄清楚了，李队——"沈千秋认出这是周时的声音。

"等你眼睛好了，我们一起去看李队。"

沈千秋的声音低哑，隐约带了一丝哭音："要不是李队，我这条命早就没了。"

"千秋，你才刚醒，不要说太多话。"白肆扶着她的手，帮她握住杯子，"来，喝点水。"

温热的水顺着喉咙滑下来，沈千秋觉得好受许多。记忆回笼，她也明白过来，自己的嗓子大概是因那天情绪激动喊得破音导致。

"那个，既然——"

"改天吧，好不好？"周时的声音听起来透着一股疲惫，"两位，你们也看到了，我这位同事才刚醒来，总得给人点时间，让她喘口气修整一下，对不对？"

"请你理解，上面一直在施压，今天已经是第三天了……"

"可是她今天才醒！"

"我们也很难办……"

沈千秋不明所以："怎么了？"

白肆在她耳畔低声解释："是你们警队的同事。你们李队牺牲，那箱毒品不见了，骆杉现在下落不明，所以他们有些事情需要问你。"

沈千秋沉默了会儿，说："你们问吧。"

那两个人对视一眼，看向周时。周时虽然脸色不太好，但还是点了点头。

两位警官中一个较年长的开了口："你知道李宗和骆杉曾经商议过要拿那箱毒品去交换人质吗？"

沈千秋回想起最后的时刻，李队望着骆杉时罕见的默然，摇了摇头："不知道。去的路上我问过这个问题，周时暗示我说毒品是假的，为了应付毒贩才找的。"

"你什么时候知道毒品是真的。"

"骆杉和张山子对话的时候。"

"李宗知道这件事吗？"

沈千秋沉默片刻，说："我觉得李队一开始也不知道，但当时看到骆杉的举动，他应该也猜到了。"

"李宗身上的防弹衣是怎么回事？"

"当时其他的防弹衣都坏了，唯一完好的一件给了我。还有一件是骆杉临下车前提出给李队的，他说他走前就换好了的。"

"你什么时候知道那件防弹衣有问题的？"

沈千秋皱眉："骆杉开枪之后。"

"骆杉的枪是哪里来的？"

"抽屉里的，应该是张山子他们事先放在那儿的。"

"他为什么放了一把枪在那儿？"

"我不知道。"沈千秋顿了顿，又说，"我觉得他是算计好要让我们自相残杀，所以才留了那把枪。"

"你知道枪里只有三颗子弹吗？"

"什么？"沈千秋觉得自己好像没听清。

年轻点儿的那个人解释说："我们检查过现场，只发现了三颗弹壳，枪里的弹夹是空的。所以那把枪里一共只有三颗子弹。"

沈千秋锁眉。骆杉当天确实一共开了三枪，两枪打在李队身上，还有一枪是与搭救她的那人交锋时开的。可那人也开了一枪，而且很可能打中了骆杉，现场怎么会没有第四颗弹壳？

见沈千秋不语，年长的那位又开始问话："你是怎么逃出来的？"

沈千秋感觉到白肆扶着自己肩膀的手紧了紧，不由语塞。

那个人又问了一遍："沈千秋，回答我的问题。你当时是怎么逃出来的？"

沈千秋扶住额头："我……当时骆杉想杀了我，但他还要扶着骆小竹，我就想逃，他的子弹打空了，后来我就一路跑……我的眼睛看不到，我不知道自己跑到了哪里……"

两个警察对视一眼，年长点儿的那个说："我们在你的上衣口袋发现了一枚珍珠耳环，你知道这是什么吗？"

沈千秋愣了一下，年长的警察声音有些严厉："据我们所知，这枚耳环是骆小竹失踪案的关键物证。可技术科那边证物袋里的耳环不见了，现在却出现在你的口袋里。沈千秋，你能解释下这是为什么吗？"

沈千秋只觉得脑子里有什么东西电光石火般亮了起来。那天晚上，刚进仓库的时候李队扶了她一把，她记得自己腰那里感觉到被什么东西刺了一下，原来李队当时是把这只耳环放进了自己口袋。

可为什么李队要把耳环从技术科拿走呢？

在场的几人见沈千秋一直不说话，不禁面面相觑。最终还是年长的那位警察开了口："沈千秋，这件事你必须要给出一个交代。"

沈千秋觉察到对方语气里的不善，心里一冷，开口问："你们现在，是怀疑我和李队也有问题？"

对方沉默片刻后回答："刚刚你的朋友也说了，现在情况很复杂，而你是我们唯一能找到的证人。"

是啊，李队死了，骆杉跑了，当事人只剩下她一个还好端端的，不问她问谁？

沈千秋说："我不是黑警，李队也不是。我们都没有做任何对不住警队的事。"

"那你为什么要拿走物证袋里的这只耳环？"

沈千秋沉默了一下，说："我知道这个是关键物证。当时我怀疑警队里有人不对劲，怕这个东西被人动了手脚，所以我就把它拿走了。"

"什么时候，怎么拿走的？"

沈千秋说："这件事我当时汇报给了李队，是他帮我拿的。"

"破坏防弹衣也是你建议的吗？"

沈千秋说："是。我和李队商量的，目的是想揪出那个给毒贩通风报信的人。"

两个警察低声交流片刻，最后年长的那位又说："你说珍珠耳环是关键物证，你发现了什么？"

沈千秋没有讲话。这个时候，站在她身边的白肆开口道："这件事是我告诉她的。有关珍珠耳环，我想我可以解释清楚。"

"你是……？"

"他是白肆，沈千秋的朋友，也是骆小竹的同班同学。"周时在一边解释。

"你说。"

白肆轻轻扶着沈千秋的肩膀，说："这些事我前天已经在警队录过一份笔录，具体的你们可以稍后去查。骆小竹失踪那天，我和千秋、骆杉都在现场。珍珠耳环被人故意留在床单上，但我和骆杉都知道，小竹没有耳洞，不可能戴这种耳环。但我当时觉得那只耳环很熟悉，好像在哪里看到过。后来，就是在千秋他们去那间仓库的当天下午，我去了小竹的家，从保姆那里要到了她的手机。在她的手机里，我找到了这张照片，然后把照片传到了我的手机上。"

说着，白肆走上前，把自己的手机递了过去："我记得去年小竹曾经拿着这张照片很高兴地跟我说，他哥哥好像交女朋友了，这副耳环就是她哥哥送给女朋友的。"

白肆接着说道："送给她女朋友的耳环，为什么会出现在小竹的床上，这件事我和千秋说了，她大概是怀疑骆杉有问题，才抢先一步拿走证物。"

沈千秋说："那天晚上，骆杉承认他曾经和梁燕是男女朋友的关系……"她本来还想再说什么，却突然想到梁燕的尸体早就火化，哪怕梁燕肚子里的孩子真是骆杉的，也已是死无对证。而李队也已经不在世了，唯一能证实骆杉确实说过那些话的人，除了她，还有骆小竹。但就骆小竹那天晚上的反应，她真的会站出来揭露骆杉的罪行吗？

想到这儿，沈千秋开口问："骆小竹在哪儿？"

白肆低声回答："她也在住院，在隔壁那栋楼。她现在……精神状况不太好。"

也就是暂时不能接受问话了。

沈千秋一时黯然。随后听到那位一直问话的警察说："你刚才说的我们都记录下来了。有关梁燕的那一部分，你放心，都在录音笔里，跟你说的大致一样。"

"录音笔？"

"也是放在你口袋里的。录音时间大概是从你们进那间仓库时开始的，你不知道？"

沈千秋摇头，又说："应该是李队放的。"

"暂时就这些问题。我们会尽快调查清楚，这段时间，请你与我们保持联系，并且不要离开本市。"

这些都是例行的话，沈千秋下意识地点了点头。

听到两个人离开的脚步声，沈千秋喊了一声："两位警官。"

"什么事？"

沈千秋的眼睛上蒙着纱布，但她仍昂着头，看向声音传来的方向："现在的调查结果，能证明李队是没问题的吧？"

那个年长的警官听了这话，望着她的目光颇有几分玩味："李宗现在的嫌疑差不多洗清了。沈千秋，你现在应该担心的，是你自己。"

2.

两个问话的警官离开之后，周时没待多久也走了。房间里静静的，只剩下沈千秋和白肆两个人。

白肆摸了摸她的额头："总算不发烧了。"

沈千秋有点懵："我之前烧了很久？"

"差不多快三天了。"白肆看着她茫然无知的表情，说，"你和李队、骆杉去仓库，已经是大前天晚上的事了。"

也就是说，今天已经是第四天了。

她竟然昏睡了这么久。

沈千秋沉默了好一阵。过了一会儿，她抬起头问："白肆，医生说我的眼睛还能好吗？"

白肆正站在一边削苹果，听到这话，他拿水果刀的手指顿了顿，回了句："能好。"

沈千秋吁出一口气："还好。"

时近傍晚，病房的窗子半敞，微暖的晚风吹拂进来，拂起海蓝色的窗帘，远看如同海上的波浪，翻滚不息，让人见之神往。

白肆站在距离窗子不远的地方，手上削的苹果半个雪白，半个还带着俏红色果皮，看起来鲜艳欲滴。他微微垂着头，额前的发丝有些长了，略微有点挡眼："千秋。"

"嗯？"

"对不起，那天把你一个人留在家里。"

沈千秋不禁笑了笑："没事啊。我那天是被单位的电话吵起来的，走之前还给你在门口的白板上留了字呢，也不知道你看到没。"

"我看到了。"白肆低垂着头，声音听起来有些模糊，"那天我回到家就看到了。"

沈千秋听着他的声音有点不对劲，不禁歪了歪头："白肆，你不会是哭了吧？"

没想到这次白肆没像上次那样别扭地否认，而是"嗯"了一声，就没再说话。

沈千秋不知道怎的心里一慌，紧跟着就调笑般地开口："你哭什么啊？我这不是好好的吗？"

"千秋，你不想问我那天是去做什么了吗？"

"你刚不是说了吗？去了小竹的家，还拿到了那张珍珠耳环的照片。"说到这里，沈千秋不禁笑了笑，"白肆，还是你厉害。你比我们所有人都早一步看出来骆杉不对劲……"

要是她也有白肆那么细心就好了，说不定，李队就不会死，骆杉也不会走到这般不可回头的境地。

"我应该早点跟你说。"白肆咬了咬唇，放下手里的东西，走到沈千秋跟前，"千秋，你能原谅我吗？"

"原谅什么？"

"我很自大。我隐约猜到骆杉可能不对劲，却没早点提醒你和李队，我以为凭着我自己的能力可以查清一切……"然后让沈千秋对他刮目相看，不再总想当然地认为他是个孩子。

可恰恰也是因为他的这一点私心，害得沈千秋身处险境。如果不是李队的维护和那个神秘人的及时出现，很可能等他赶到的时候，沈千秋也已经是一具冰冷的尸体了。

想到这种可能，白肆突然单膝跪了下去，握住她的双手仰脸看着她："千秋，你能原谅我吗？我保证，以后不会再这样自以为是。我会把我知道的都告诉你，不再瞒着你任何事了。"

听到这里，沈千秋忍不住想笑："说的好像你有很多秘密似的。"

白肆看着沈千秋眼睛上裹着的那层纱布，一时间没有讲话。他在下一个从未有过的决心，也在赌一个不知道能不能迎接的未来。

然而沈千秋心里想的却是另一件事。

刚刚她为了维护李队身后的名誉，在珍珠耳环和防弹衣的事情上撒了谎，只是为了能先把李队从眼前这团乱麻里择出来。如果证明李队确实没有半点嫌疑，而且是因公牺牲，该给的抚恤金是一点不会少的，也算给李队家里一些补偿了。

但让她没想到的是，她为了维护李队的名誉而说谎，白肆也为了维护她而说谎。不管怎么说，至少眼下是把这个谎言圆上了……

从前她只觉得黑就是黑，白就是白，却没想到自己有一天，也会为了不得已的原因说谎骗人。或许那个问询的警察说的没错，她的这个警察，大概真的当到头了。

白肆见她迟迟不语，喊了她一声："千秋？"

沈千秋回过神，唇角绽出一抹笑："白肆，我可能以后都当不了警察了。"

白肆的脸色一下子变得很苍白："千秋，你别乱想。"

"我没乱想。"沈千秋的声音听起来很温和，也很清晰，"我和李队都是清白的，可这次解救人质，确实有违规操作的地方。不说那箱货为什么会变成真的毒品，珍珠耳环还有防弹衣都是李队自作主张的计划。但李队现在人已经不在了，骆杉又跑了，有些事根本无从解释。"

大概是感觉到白肆想开口说些什么，她握住了他的手指，轻声说："李队的妻子身体不好，儿子还在上高中，没了他这根顶梁柱，以后家里的日子一定很难。现在我替他背下那两件事，哪怕最后不能留在警队，至少能保证他家人拿到那笔应得的抚恤金。"她又指了指自己的眼睛，"我这双眼睛，也算是毁了。你别安慰我，我身上的部件，我心里有数。"

有了不良记录，眼睛又不好，怎么可能继续做警察？

白肆忍不住又一次红了眼眶："千秋……"

"白肆，这件事不怪你。"沈千秋浅浅笑着。她想明白了整件事，也对孰轻孰重进行了抉择，就一点没觉得难过："不管怎么说，梁燕的案子能够真相大白，小竹现在也平安了，我觉得现在一切都挺好的。"

3.

当天晚上，病房迎来了一位不速之客。

门推开的时候，沈千秋第一反应以为是白肆。可门打开之后，脚步声戛然而止，对方也没有讲话。沈千秋转过头，眼睛看着门的方向："谁？"

"小师妹。"

听到这个熟悉的称呼，沈千秋由衷地绽出一抹笑："师兄！"

站在门口的赵逸飞浑身一震。这段日子以来发生了太多事情，上一次听到沈千秋用这样温和的口吻喊他师兄，仿佛已经是上辈子的事。

赵逸飞眼眶发烫，过了好久，才轻轻"嗯"了一声。

他走上前，搬了张椅子在沈千秋面前坐下来。见她长发柔顺，脸色虽然有些苍白，但神色看起来并不颓败，他心里多少踏实了些。这才开口说："千秋，周时都跟我说了。那天如果不是我手机没电自动关机，去的人就是我……"

沈千秋闻言笑了："师兄，你这个假设不成立。那如果我说那天晚上陪你去'流金岁月'的人不是嫣儿而是我，你——"

"千秋！"赵逸飞几乎是厉声喝止了她。

然而沈千秋半点也没吓到，接着说道："所以啊师兄，你不愿意听我这么说，就跟我不想听你说那些话是一样的。"

赵逸飞突然攥住了沈千秋的指尖："千秋……"

沈千秋感觉到自己的手指被他攥得紧紧的，不由一愣，但下一刻赵逸飞又很快松开了她："千秋，我刚才问过了，大夫说你的眼睛只要好好休养，每天按时换药，过段时间就能痊愈。就是……视力大概要受点影响。"

这些话倒是白肆没对她说过的。沈千秋听了也不觉意外，反倒有点释然，不由笑着说："谢谢你告诉我这些，师兄。"

"警队这边，我和周时都会尽力帮你争取。"赵逸飞的语气听起来像是极力在压抑着什么："你放心，李队没了，咱们剩下这几个人，每一个都要好好的。"

沈千秋听他每一个字都像咬着牙吐出来的，说："师兄，我现在也没那么想当警察了。你和周时不用有太大压力。"

过了很久，才听到赵逸飞的声音，低哑得出奇。要不是沈千秋跟他非常熟悉，几乎都不敢相信那是出自他的声音："你是说真的？"

"真的呀。"沈千秋说着，忍不住露出一抹笑，"我这怎么也算是经历过大场面的人了！侥幸不死，又睡了三天，一觉醒来，好像想通了许多事。"

"要是最后警队只是给你定个处分，你也不想接着干了？"

沈千秋半是笑半是叹地呼出一口气："师兄，你也知道这种可能性很小。"

赵逸飞沉默许久，才问了句："不当警察，你要做什么去？"他哽着嗓子，玩笑话说得也一点不好笑，"难不成真在咱们刑警大队门口摆个摊，专管开锁？"

沈千秋倒是笑着指了指自己的眼睛："大哥，我得先把眼睛养好，这是第一步吧。"她叹了口气，"说起来我也好久没给自己放过假了。等眼睛好了，我得好好四处逛逛。"

"你要离开临安？"赵逸飞敏锐地捕捉到了她话里的意思。

"大概吧。"沈千秋微微垂下头，过了好一会儿，她才说，"赵逸飞，其实我最初想当警察，也不单纯是为了当警察。"

赵逸飞默默地听着。

沈千秋的声音低低的，也不知是说给谁听："我当警察的初衷，是为了弄清楚一件事。"

"那你现在弄清楚了吗？"

"没有。"沈千秋说，"不过我现在也想明白了，这世界上有好多事情，不是你一味去追逐就会有结果的。"

赵逸飞眼眶泛红，嘴角泛出一缕苦笑："嗯，好像还真是这么一回事。"他盯着沈千秋宁静的面庞，轻声问："那等你眼睛好了，你还要去弄清楚一直困扰你的那件事吗？"

"要的。"沈千秋俏皮地说了句赵逸飞的家乡话，又说，"所以啊，不当警察了，我还是有正经事要做的。"

赵逸飞似乎是沉思了好一会儿，才说："我能帮上什么忙吗？"

沈千秋偏头想了想，唇角漾着一缕笑："说不准，到时候还真需要你帮忙。"

"那就行。"裤子里的手机急切地响了起来，赵逸飞摸出手机看了眼屏幕上显示的号码，站起了身。

沈千秋体贴地说："有事的话你就先去吧。我这边挺好的，不用担心。"

站起来的角度，刚好能看到她轻轻抿着的唇，有些苍白的面颊，他心里某个特别隐蔽的地方忍不住疼了一下。他拍了拍沈千秋的肩膀："好好养病，师兄明天还来看你。"

走到门口拉开门的时候，他忍不住转过身，又看了沈千秋一眼。她穿着一条月白色的棉布裙子，柔顺的长发披散在肩膀，大概是才洗了头发没多久，发梢还有点湿漉漉的。她的背影看起来很恬静，脊梁却挺得笔直，那是他在其他认识的姑娘身上从没看到过的一种强悍和倔强。

就这么站在不远的地方望着她，也让人觉得心里特别踏实。然而现在的他，也就只能站在这样一个不远不近的距离，看看她而已。

一转身，正撞上走到近前的白肆。

白肆脸上还带着某种未褪的愠色，赵逸飞几乎没怎么考虑，就拦了他一把："出什么事了？"

被他这么一拦，白肆定了定神，方才的愠怒也在一瞬间收敛干净："没什么事。赵大哥这就走了？"

赵逸飞"嗯"了一声，晃了晃手机，低声说："嬷儿还在住院，我得回去了。"

白肆直接把手里拎着的水果递了过去："这些拿去。"

赵逸飞一愣，下意识地拒绝："不用。留着给千秋吃吧。"

"她还有。"白肆硬塞进他怀里，"我买错了。这些你拿去。"

赵逸飞还想再说什么，然而手机铃又一次响了起来。看到屏幕上跃动的号码，他叹了口气，只能匆匆作别。

4.

眼睛看不见的时候，仿佛时间也跟着放慢了脚步。

门再一次被推开，沈千秋抽了抽鼻子，浅笑着说："真香啊，是鸡汤吗？"

"嗯……"白肆应了一声，却迟迟听不到他的脚步声。

沈千秋有点纳闷，听着不远处倒腾塑料袋的声音，就又问了一句："白肆？"

"我在。"白肆靠近门边站着，手上倒腾着从家拿过来的那罐鸡汤，抬眼看到沈千秋眼睛上蒙着纱布，微微侧头有些慌乱的样子。他忍不住眼眶一热，憋了一路的话终于忍不住脱口而出："我刚才过来的时候，顺路去看了骆小竹。"

这三天他都守在沈千秋的床边，除了配合周时他们录口供，其他什么都没顾上。今天也是好容易得空回了趟家里，冲了个澡，好歹拾掇了一下自己，又熬了一锅鸡汤，买了些新鲜的水果。想着小竹就在隔壁，也顺便带一份给她。

沈千秋愣了一下，浅笑着说："噢，小竹现在怎么样？"

白肆强忍着那股翻涌在胸腔的烦躁，手指狠狠扳着靠近门旁的一处桌沿，声音微哑："千秋，你为什么不告诉我，你的眼睛是骆小竹弄的？"

沈千秋沉默了一会儿，问："下午问我话的那两个警察去看骆小竹了？你也在场？"

"我当时本来在病房外，是他们出来之后我问的。"白肆想笑又想哭，脸上的神色显得有些狰狞，"那两个人还纳闷，怎么我之前还在照顾你，转眼又提着吃的东西去看那个害得你眼睛瞎了的罪魁祸首。"

沈千秋咬了咬唇，她早该想到的。既然录音笔从一开始就被李队塞进了她的口袋，那么只要她最后安然无恙，当时所有人说的话都会被记录下来，任何事都瞒不过警方的人。

然而这次沈千秋没有沉默太久，她拍了拍自己身旁的床铺："白肆，你过来。"

　　白肆红着眼睛走上前，却没有坐过去。

　　沈千秋听着他走到近前，才朝他伸出手："白肆。"

　　白肆索性坐在赵逸飞之前坐的那张椅子上："我就在你面前，说吧。"

　　沈千秋说："骆小竹的事，不是我有意瞒着你。我只是觉得，她是你的好朋友，这件事如果你知道了，会很难做……"

　　白肆忍不住开口辩驳："我有什么难做的？她是我好朋友不假，但她帮着她哥往你眼睛里洒石灰粉，我还能觉得她可怜不成？"

　　"不是这样的。"回想起当日的情形，沈千秋叹了口气，"她手里的石灰粉也不知道是什么时候偷偷藏的，就那么一小把。她把石灰粉往我脸上洒，是因为当时我要反抗骆杉，她怕骆杉吃亏。但之后骆杉两次要杀我，都是她阻止的。如果没有她……"沈千秋苦笑道，"她和骆杉毕竟是亲兄妹。如果没有她的劝阻，或许我压根撑不到最后……"

　　"她一句话都不肯说。"过了许久，白肆才闷声开口，"警方怀疑她知道骆杉是怎么处理那箱毒品的，或者骆杉走前曾经叮嘱过她什么。但不论怎么问，她都一句话也不肯说。"

　　"她这几天经历得太多了，不愿意说话也是正常的。"

　　白肆沉默片刻，站起了身："她家里现在没别人，除了一个保姆。我让人给她做点吃的送过来。"

　　"去吧。"

　　白肆打了两个电话，又坐回来："护工和临时厨师都找好了。那个保姆是从小看着她长大的，会好好照顾她。"

　　沈千秋"嗯"了一声，说："你这几天也忙坏了，今晚早点休息吧。"

　　白肆挑了挑眉："你这是赶我走？"

　　沈千秋露出认真考虑的神情："现在几点钟？"

　　白肆看了眼墙上的时钟："九点一刻。"

　　"那你该走了。"

　　白肆忍不住笑着说："如果我前两天每晚到了这个时候就回家，那你晚上有什么事谁来照顾？"

沈千秋哑了，过了片刻又结结巴巴地说："那，那你这两天……都没睡？"

白肆凑上前，盯着沈千秋的脸颊，戏谑道："千秋，你的脸好像红了。"

感觉到近在咫尺的呼吸，沈千秋猛地后仰："你胡说！"

白肆笑吟吟地再一次开口："我没胡说啊，我这几天都睡在这儿的。"

沈千秋之前靠在床头休息的时候，发现这张床确实比医院普通病床要宽一些，但是要躺两个人还是挺拥挤的，更何况……沈千秋下意识地开口叱责："你都多大了，还跟我睡一张床？能不能注意点影响！"

两个人同睡一张床，十几年前那是青梅竹马，两小无猜；十几年后的今天，那是故作暧昧，有伤风化！

在这方面沈千秋可自认是很正直的！

白肆一下子就笑出了声。

沈千秋后知后觉自己被耍，恼羞成怒地吼了一声："白肆！"

白肆"哎"了一声，一手撑着床铺，上身微弯，刚好把她困在怀里："千秋，我在。"

沈千秋觉得如果不是自己双眼不便，真得对着他连翻几个白眼才能表达自己此时此刻的鄙夷之情："你无聊不无聊？"

白肆忍不住"啧"了一声："你能不能有点生活情趣？"

沈千秋鄙视地撇了撇嘴，那是什么玩意儿？能吃吗？

白肆忍不住卸掉力道，把下巴搁在沈千秋的肩窝："千秋……"

这声千秋喊得太温柔，沈千秋听得一愣，感觉到白肆说话的时候，每一声吐息都近在咫尺："千秋，你到底什么时候才愿意懂？"

沈千秋愣了愣，刚想说什么，白肆已经站起了身，拍了拍她的头顶："我去铺床。"

"啊？"

"我这几天都睡你隔壁床。"白肆的声音从身后传来。他本来是很清亮的少年音，这时听起来有点懒洋洋的，隐约含一丝笑，"不然你以为我真跟你睡同一张？"

Chapter 12

骆 | 氏 | 兄 | 妹

1.

这天晚上，沈千秋睡得很不安稳。

下午那两位同事和周时前脚离开，白肆就让护士帮她在病房的浴室洗了个舒舒服服的热水澡。按说应该能好好睡一觉才是，可不知道是前几天昏睡太久，还是心里的事情太多，医院里的灯熄了很久，沈千秋还是一丝睡意都没有。

另一张床上，白肆应该已经睡熟了。

眼睛看不到的时候，其他的感官就变得越发敏锐。一片黑暗之中，沈千秋能够听到窗外隐隐的蝉鸣，以及隔壁床上传来的平稳吐息，甚至能感觉到不远处吹拂而来的一缕微风……

病床上，原本平躺着的沈千秋陡然一僵。窗户是临睡前白肆特意关上的，说是怕夜里风凉，她的床位又临窗，她夜里受凉容易头疼；而靠近走廊那边的门，此时也是紧紧闭合的，哪里会有风吹来？

唯一的解释，就是门旁边对着走廊的那扇小窗。

沈千秋身上盖着薄被，掩在被子里面的手指狠狠攥紧。她不敢轻举妄动，却又不能不提醒白肆，因为如果那个人真是从靠近走廊的那扇窗子钻进来的，那么势必要先经过白肆的床位，他会比自己更危险！

大概之前窗子就是打开的，除了那阵微风，沈千秋没有听到任何多余的声响，然而她还是感觉到有人朝着这边一步步走来了。那人的脚步声很轻很缓慢，似乎还有点迟疑，但在这样静谧的夜里，对于意识清醒的人来说，动静还是太明显了。

沈千秋感觉到来人似乎在她和白肆这两张床中间停了下来，而就在这一瞬间，白肆的呼吸似乎也轻了许多。她能觉察到的，那个站在床边的人无疑更能觉察到！沈千秋只觉得背后冷汗涔涔，不敢再多迟疑，张口就喊："白肆！左手床边有人！"

然而就在她喊出声的同时，耳朵捕捉到了一声细小的呜咽，紧跟着就是白肆的声音："怎么是你？"

"白肆！"沈千秋顾不得更多，干脆撩开被子坐了起来，本能地张开手臂就朝对面摸了过去。

而白肆更急："千秋别乱动！我没事！"

沈千秋目不能视，自然不知道眼下的情景。可白肆却是看得真真儿的，他已经用手臂制住了骆小竹的脖颈和手臂，但在沈千秋朝着这边伸出手臂的时候，骆小竹还挣扎着两手，妄图去抓她。

她的手自然不是空的，而是拿着一把锋利小巧的水果刀，想来应该是保姆或者护工照顾她吃水果时，被她偷偷藏下来的。

沈千秋自知看不到东西，被白肆这样厉声喝止，一时间也不敢乱动。刚想说什么，就听白肆闷哼一声，顿时心急如焚："怎么了？你抓住他了，是谁？"

"没事。"白肆低沉的声音中隐隐透着焦灼，"千秋你往后退，她手里有刀。"

"到底是谁？你抓住他了，还是怎么样？"什么都看不见的感觉太无助了，沈千秋的语调已经隐隐带了哭音。

"她在我手里。"白肆自然听出沈千秋语气的不同，一时心间一暖，安慰道，"是小竹，我已经制住她了，别担心。"

沈千秋一手紧紧攥着床沿："是小竹？保姆和护工呢？"

骆小竹并不吭声，只是瞪着沈千秋，手里攥着的水果刀仍在跃跃欲试地向前。白肆纵然功夫了得，此前却没有把女孩子制在怀里的经历，一开始也有点不得章法。挣扎间，他的手臂还被骆小竹狠狠咬了一口。这时，他见沈千秋好歹安然无虞，整个人渐渐冷静下来，便就着骆小竹挣动的姿势，用力道逼迫她松开手指，水果刀应声落在地砖上，发出一声清脆的声响。

沈千秋听到那声音，便弯下腰试图去摸，却在这时听到一道有些含混的男声："想要命的话，你现在最好不要动。"

沈千秋听这声音莫名的耳熟，一时却分辨不出对方的身份。白肆听到身后有声音响起，怀里的骆小竹也突然停止挣扎，瞬间反应过来，冷笑出声："你们兄妹俩倒真是一对！"

是骆杉！

沈千秋不由咋舌，他这会儿正应该逃命才是，怎么有这么大胆子跑到市中心的医院里来？

骆杉开口的话倒为这两人解了惑："小竹，你怎么不乖乖在自己房间里躺着，跑到这里来做什么？"

骆杉是为了骆小竹而来，可偏巧这一晚骆小竹也不在自己房间。这个时候已是深夜，整个四层想必都非常安静，唯独他们的房间不时传来声响。骆杉循着声音找来，就这样误打误撞进了沈千秋所在的病房。

白肆感觉到有凉凉的东西落在自己手臂上，知道骆小竹哭了。依照医生和护士的说法，她从被送进医院就没开过口，不哭不闹，但谁也别想从她嘴里撬出一句话。却没想到骆杉只这一句略带薄责的问话，就让她掉了眼泪。

紧跟着，骆小竹有些沙哑的声音响了起来："我以为哥哥死了，我想替哥哥报仇。"

沈千秋什么都看不到，却能听到骆杉脚步的移动。前后不过几秒钟，太阳穴的位置便又顶上了一把枪。

白肆眼睁睁看着却别无他法，从骆杉无声无息出现的那一刻，他的枪口就是对准沈千秋的。而他自己怀里辖制着骆小竹，动作不由自己，更不敢轻举妄动，只能眼睁睁看着这男人一步步走过去把沈千秋制在床边动弹不得。

"骆杉，真没想到，这么快又见面了。"沈千秋扯了扯嘴角。

"千秋！"白肆低喝了一声，示意她别乱说话。沈千秋眼睛是看不到了，可他看得一清二楚。骆杉一只眼睛上蒙着纱布，半边脸都是灼伤的痕迹，早已全然不复曾经的清冷傲然，反倒狰狞得如同从地狱爬出来的恶鬼。他看着沈千秋的目光乌沉沉的，没有一丝情绪。白肆看得出来，只要条件允许，他真会杀了沈千秋！

骆杉用缠纱布的那只手臂勒住沈千秋的脖子，把她从床沿直直向后一路拖到自己跟前，另一手的枪口对准沈千秋的太阳穴，而后抬起头看向白肆，翘起嘴角笑了笑。他原本模样清俊时，做这个表情自是风流倜傥，可如今容颜毁了大半，再露出这样的笑容，就会让人觉得既狰狞又可怖。

骆小竹看清骆杉脸上的伤，先是呜咽一声，喊了声"哥哥"，紧跟着就呜呜哭出了声。

大概是受了那场事故的影响，骆杉的声音听起来低哑含混，如同磨在玻璃表面的沙粒："白肆，你说是我的枪快，还是你的手快？"

白肆只用手臂辖住了骆小竹，之前那把水果刀还掉在地上，全身上下连根绣花针都没有。想要制住骆小竹不动还算容易，可要在分秒之间杀死骆小竹，哪怕他真有那个心，却比登天还难。更何况，他虽然恼恨骆小竹故意洒石灰粉伤了沈千秋的眼睛，可终究还念着两人几年来的好友情谊，怎么可能眼都不眨一下活活掐死她？

可在骆杉看来，沈千秋却是他恨不得生啖其肉的眼中钉肉中刺。但凡有机会，骆杉都会杀之而后快。

他们两个虽然手里各有一个对方在意的人质，但这"人质"的意义却大不相同。

想明白这其中的利害关系，白肆只觉得全身的血都是冷的。他紧咬着牙说："你想清楚，杀了千秋，你和骆小竹也走不出这间医院了。"

开枪总有声响，更何况这医院内外总还有警方留下的人，骆杉能一个人单枪匹马闯进来已经很不容易，一旦开了枪，再想带着骆小竹安然离开，就是天方夜谭了。

骆杉显然也是明白这一点的，他咬着牙点了点头，旋即又笑了笑，嘶声说："你倒是很明白。用沈千秋一条命，换我的妹妹，倒也值得！"

白肆刚想站起身，就被骆杉制止了："你不要动。"

初夏天凉，白肆夜里睡觉穿着短袖，还需要盖一张薄被，此时后背却已经被冷汗全浸透了。好在房间里没有开灯，骆杉和骆小竹又都在他身前，看不到背后的情形。白肆索性将心一横，笑了笑道："时间拖得越久，对你越不利。你要真想做交换，就动作快些。"

骆杉也在权衡眼下的形势，只犹豫片刻就说："你松手，放小竹过来。"

"不可能。"白肆干脆利落地打断，"她上次用石灰粉伤了千秋眼睛，我不可能就这么放她过去。"

骆小竹原本只望着骆杉的脸庞流泪，听到这话，膝盖一软，整个人都有些站不住了。从前她对白肆也是怀揣着不少心思的，只是这些天发生太多的事，自己和哥哥都成了无家可归、无路可去的人，对于白肆的那些小心思也早已被抛在脑后。此时听白肆用毫不留情的口吻说出这样的话，饶是已经千疮百孔的心也不由得一阵抽痛。她靠在白肆怀里，忍不住扭过头含着眼泪说："白肆，我以为我哥死了，才来找沈千秋报仇。可我哥哥没死，他要来接我走了，你就当最后帮我一次，放我和我哥哥走吧！"

白肆看她面色枯黄，脸颊瘦得都凹了进去，往日那双明丽的双眼也神采尽失。白肆知道她这些天确实遭受了许多折磨，但想到沈千秋还被骆杉用枪指着脑袋，只能硬起心肠，不去看她的眼睛，抬起头和骆杉做交易："我捆上她的双手，然后就把她放过去，你也不要耍花招——"

话还没说完，就听走廊里传来响铃的声音，还有人大声呼喊："救命啊！杀人啦！"

走廊的灯次第亮起来，很快远处就传来阵阵脚步声。

病房里几个人都是一僵。白肆听出这声音是骆小竹家里的那位老保姆，不禁暗叫不好，骆杉下手也是太轻，这些人早不醒晚不醒，偏偏这个时候醒。骆杉此刻就如惊弓之鸟，一旦走投无路，不仅不会那么轻易放掉沈千秋，甚至有可能拉着她一块死！

果然，这个念头刚一转过，就见骆杉狰狞一笑，一把推开身后的窗户，拽着沈千秋就要跳窗！

白肆哪里肯让他带着沈千秋跳楼，这里是四层，再有功夫的人跳下去也要受伤。骆杉一旦要拉着沈千秋跳，肯定是要拿她当垫背，他不由得也拉着骆小竹上前："放开千秋，你带着骆小竹走！"

骆杉一条腿已经迈出窗户，一听这话，又见骆小竹就在距离自己不过咫尺的地方，满脸是泪，目光楚楚，不由得动作一滞。

沈千秋感觉到他顶着自己太阳穴的枪有所偏离，就借着这个空当，用肩膀狠狠一顶，想把骆杉整个人顶出窗外。

骆杉本就骑在窗上，一手还拿着枪，毫无防备之下被这样一顶，身子倾斜，一个趔趄就朝下栽去。可沈千秋忽略了自己仍在对方触手可及的地方，骆杉眼见自己跌落，目光骤然狠厉，伸手揪住沈千秋，就把她一起带了下去……

2.

事情发生得太快，白肆连反应都来不及，松开骆小竹就朝窗子奔了过去。

黑暗之中，他隐约听见骆杉低哑的笑声，如同夜枭一般，让人不寒而栗。白肆只觉得全身上下都是冷的，他纵步上前，几乎无意识地探出半个身子，妄图去拉住什么。前后不过眨眼之间，就这么一探一捞，还真被他拉住沈千秋一只腿。白肆几乎觉得这是幻觉，瞠目向下看去，夜晚的院子里只亮着两盏光线薄薄的路灯，映得草坪中间那片空地白惨惨的，透着一股不祥。

不远的地方停着一辆小货车，司机双手抱头跪在地上，两边站着持枪的武警。骆杉大概自己也没想到，那辆原本负责接应他的小货车早被蹲守多时的警察控制起来。他就那么仰面朝上摔在地上，身体不受控制地抽动着，大片的鲜红从大脑的位置蔓延开来。

凡是看到这副情景的人都知道，人肯定是救不过来了。

可白肆手上还提着沈千秋的一条腿，他顾不上多想，一边喊了声"千秋"，一边伸出两手攀住沈千秋的膝盖，咬紧牙关把人一点点提了上来。

就在这时，白肆突然觉得肩膀处传来一阵钝痛，以及骆小竹哑着嗓子的尖声哭泣："白肆你松开手！我哥哥死了，她也得陪葬！"她一边哭闹咬人，随即整个人都趴了上来，白肆双臂已经不堪重荷，哪里禁得住她这样？额头青筋暴起，白肆忍不住爆了粗口，低吼了声："滚下去！她如果摔下去，我他妈的让你生不如死！"

肩膀上的骆小竹只愣了一下，就更大力地从后面抱住他两只胳膊，不让他使力，一面嘶声喊道："我早就生不如死了！白肆，我早就生不如死了你不知道吗？"说着喊着，她竟然又大笑了起来。

被她这么一闹，白肆手上的力道不由自主松了一松，就这么一瞬，白肆就觉自己的手从沈千秋的裤管滑了下去，他紧咬着牙狠狠一握，堪堪拉住沈千秋的脚踝。豆大的汗珠沿着白肆的脸颊流下来，一片黑暗之中，白肆长吼一声，将全身力气都使在一双手臂上，拼命拉住沈千秋的脚踝，想像之前那样把人提上来。

就在这时，门外传来咚咚的敲门声，还有小护士焦急的喊声："406床！406床！你们人在里面吗？快把门打开！"

紧跟着就听"咣啷"一声，门被人从外面踹开，几个身穿深色警服的年轻男人冲了进来。

白肆听到身后的动静，也顾不得回头，低吼了声："快帮我救人！"

那几个人见白肆半个身子都探在窗外，双臂下伸，满头是汗，背后还挂着一个又哭又闹的女孩子，哪里还不明白发生什么事？两个大男人上前，一左一右拉开骆小竹，另外一人挤上前，搂住沈千秋另一条腿，和白肆一同使力，总算将沈千秋救了上来。

沈千秋原本就有点轻微脑震荡，这么一阵折腾，在半空中就晕了过去。白肆把她拉上来，就见她脸上一点血色都没有，软绵绵偎在自己怀里，意识昏沉，眼泪险些夺眶而出。

骆小竹被拉到一边，还在哭闹不休。医护人员这时一拥而进，见到骆小竹的情况，便让人把她挪回原来的病房，打了针镇定，这才让她安静地睡了过去。

而沈千秋这边，白肆把她抱回病床，又用湿毛巾给她擦了擦额头脸颊。过不多久，沈千秋也渐渐苏醒过来。

白肆见她醒了，便扶着她慢慢坐起来，开口第一句却是："沈千秋，你差一点就死了。"

这话说得太直白，未免有点不好听，可沈千秋却听出他话里的恐惧，还隐隐听出一丝哭音，不禁扯出一缕笑说："我也以为我这次要死了，也不知道是谁那么厉害，又把我救了回来。"

话音刚落，就觉唇上软软凉凉的。沈千秋愣了一下，随即反应过来是什么，不禁大窘，撇开脸说："你这是做什么？"

白肆的唇仍停留在她脸畔，感觉到她脸颊热烫烫的，自己也不禁耳根发烫，强撑着一口气说："你知道我在做什么，在'流金岁月'那晚你亲眼瞧着的。"

这是暗指她这会儿虽然眼睛坏了，也不能故作不知。毕竟，两个人已不是第一次有这样的举动了。

沈千秋顿时不干了，立刻出声反驳："那怎么能一样？那次是为了执行任务！"

白肆的声音强悍之中透着无奈："沈千秋，你就非要揣着明白装糊涂吗？"

这回他可不打算再等了，干脆用手指扳住沈千秋的脸颊，强迫她面对自己。好在此时此刻的沈千秋什么都看不到，不然就能发现，坐在她面前看似强势对她宣誓的年轻男孩，脸色如同一只煮熟红透的番茄："我从没叫过你姐姐，也从没把你当成过普通朋友，我对你一直都是恋人的那种喜欢，我不信你一点都没看出来。"

沈千秋听了这话，第一反应就是把身上的被子拉起来，哪知白肆看到她的举动，握住她捏着被单的手指，偏不让她拉。

沈千秋忍不住低声央求："你让我……让我消化一下。"

"这有什么可消化的？"白肆脸色通红，神情却特别认真。

沈千秋抢被子抢不过他，眼睛又瞧不见，也不知道该往哪儿躲，避无可避，不禁有点恼了："你别闹了好不好？我比你大四岁，将近五岁，这，这根本不靠谱！"

"大四岁怎么了？小时候你不也没嫌弃，一直带着我玩！"

"那怎么能一样？"回想起小时候的情景，沈千秋更觉得刚刚那个亲吻真是罪恶，"小时候你很乖，又很可爱，我当然愿意带你玩了！"

"我现在也很乖。自打重逢以来，我哪件事不是听你的？家里饭都是我做，地都是我拖，来了客人我也尽心招待，我什么地方做得不好了？"

简直了！沈千秋被他堵得一句话都说不出，噎了半晌才反驳了句："那你也不能喜欢我啊！"

白肆那个倔劲儿也上来了："怎么就不能了？就因为年龄问题？除了这个还有别的原因吗？"

别的原因……当年自己父亲和白父的死，光就这个原因，他们两个就不可能在一起了。沈千秋只这么一想，就觉得脸颊上那股热度消了下来。

白肆见她原本红着脸颊，又羞又气的样子，怎么看怎么有戏，却没想自己多说了一句话，她的脸色就变了。那些小女生的羞怯、不安悉数褪去，取而代之的是平静和沉默，像极了刚刚重逢时，她看着自己的样子。

白肆心里"咯噔"一下，瞬间就明白她想到了什么事。

刚刚劫后余生，看着沈千秋苍白噙笑的面容，脑子一热就表白了，现在理智回笼，他才觉得自己又犯了傻。当年的事还没查清，缠绕着两个人的心结都没打开，沈千秋是肯定不会答应他的……这么一想，白肆的心也凉了。

两个人讷讷相对，许久谁都没有说上一句话。

3.

不多时，门外传来"笃笃"的敲门声。白肆答应一声，门被人从外面推开。

除了之前那几个帮忙救人的警察，还多了一个人。他走在最前面，白肆眼尖地瞧见他的肩章，知道这人应该是今晚行动的负责人，便朝他点了点头，算是打过招呼。

男警官走到近前，朝白肆点了点头，又看了眼沈千秋，自我介绍道："我是欧杨，接下来一段时间会由我接替李队的职位。"

沈千秋听到对方郑重其事的自我介绍，不禁坐直了身体朝对方微微额首："欧队你好，我是沈千秋。"

"你们今晚受惊了。"

白肆见他衣服熨帖，神色镇定，明显不是仓促赶来，不由冷笑："欧队长算计得挺好，把我们放在前头当诱饵，你们在后面看戏看得还爽吗？"

沈千秋没有讲话，这位既然是来接替李队职位的，只要她还在警队一天，他就是她的顶头上司，更何况眼下案子还没调查清楚，她还有嫌疑，人家不把她当自己人看也是常理。但白肆也是为她辩驳，她不可能在这个时候好坏不分地去替欧杨讲话。更何况……白肆的话损是损了点，道理却不错。这位欧队长敢把他们两个和杀人犯锁在一个屋里，就为了瓮中捉鳖，另外可以观察她是不是墙头草，可见他也不是个善茬儿。

欧杨耸了耸眉，看了白肆一眼，又对沈千秋说："楼下刚刚有大夫去看了，骆杉已经当场死亡，我来是告诉你们一声。还有，今天傍晚我们的人在房间里安了窃听器，刚刚发生的一切，事后我会全部交给上面。我想不出意外，沈警官的嫌疑很快就会洗清。"

这意思，是他还打算让她继续在手底下干？

傍晚……也就是在她和白肆交谈之后的事了，有关李队的那部分倒是躲过了他们的耳朵。沈千秋暗自松了口气，她笑了笑说："多谢欧队长，我会全面配合调查的。不过我的眼睛多半是好不了了，刑警这行我大概不能再做了。"

白肆脸色微黑，脑子里想的却是另外一件事。这些人趁他不注意的时候装了窃听器，那他和千秋私底下说的那些话，不都被他们听到了？想到这儿，他没好气地瞪了欧杨一眼："这是侵犯公民隐私的吧？"

欧杨微微笑道："无关内容我会让手底下人删除掉。非常时期非常手段，还请两位见谅了。"

这话说得巧妙，无形间就给白肆卖了个好。白肆也不是食古不化的人，不禁脸色微缓。听他口音并不像临安本地人，反倒像北方人，白肆便多问了句："欧队是从别的地方新调过来的？听口音倒像是平城一带的。"

欧杨点点头道："我家在津口，大学毕业后就一直在平城工作。"

白肆说："那巧了，我和千秋也都是平城人。我叫白肆。千秋的事，还请欧队多多关照。"他听出欧杨话里话外都没有为难沈千秋的意思，虽然心里有点不痛快，但也知道关键事上要求谁，便难得地说了几句软和话。

欧杨倒是一笑，不卑不亢："我会秉公处理。"他又看了看沈千秋，"沈警官放宽心，先把眼睛养好。"

送走欧杨，房间里又是一阵让人尴尬的沉默。

白肆走到床边，望着沈千秋的侧脸，咬了咬牙，最后还是硬着头皮把一直藏在心里的话说了出来："千秋，等你眼睛好了，我们一起回平城吧。"

沈千秋心里有这个打算，却没想到白肆也说出一样的话，沉默片刻说："你想回平城过暑假？"

白肆见她蹙着眉，一脸迟疑，便索性在床边坐下来，凑近沈千秋的脸庞，端详着她的神色说："暑假时间长，是个很好的机会。等你眼睛好了，我们一起回平城，查清楚当年的事，好不好？"

沈千秋浑身一震，当年两人父亲的死一直是她的心结，但她万万没想到白肆竟然也在关注这件事！

白肆攥住她的手，轻轻将它们拉到自己心口的位置："千秋，我知道你一直不愿意相信别人。但我不是别人，我对你的想法，你现在也知道了。等查清楚咱们两家当初的事，你就做我女朋友，好不好？"

沈千秋被他一席话说得大脑空白，过了好一阵才找回自己的声音："这是两码事……"

"我知道你嫌我比你小，可经过这些日子，我做的哪里不如跟你同龄的男人吗？多给我点时间，多一些事情的考验，我不相信你会一直不喜欢我。"

这番话说得既温柔又笃定，饶是沈千秋这样向来冷静大方的姑娘，听了也忍不住脸颊发烫。

对于沈千秋来说，白肆不是不好，而是横亘在两个人之间的复杂因素太多，让她压根不会往那个方向去想。年龄差距，家庭差距，还有多年前的那些旧事，每一桩每一件都足以让两个热恋的人分崩离析。她不过是一个普普通通的女孩子，又有多少胆量去接纳这样一段从一开始就不被看好的恋情呢？

更何况，多少年来，藏在她心间的是另一件更重要的事。恋爱、家庭和婚姻，是她从来想都没去想过的俗世牵绊。她不是不想要一个家，只是自认还不具备那个资格罢了。

这么想着，沈千秋也开了口："我确实一直在查爸爸当年的死，甚至为了这个去考警校、当刑警。但这些都是沈家的事，我是沈家的女儿，有责任把当年的事查清楚。但白肆，你跟我不一样。你好好做你的白家少爷，过你的大学生活，不要再掺和进这些破事，我想这是你妈妈和爷爷都希望看到的。"

"这不仅是沈家的事。千秋，你既然一直在查，肯定知道，我爸当年的死不是意外，你想把所有事都扛上身，为什么不问问我？你为了你的父亲寝食不安，我难道就能像傻子一样每天享乐吗？千秋，你这样未免太双重标准了。"

沈千秋没想到白肆已经查得这么深，不禁皱了皱眉："你雇人去查白叔叔的事了？"

"是。还有你父亲的事，一起查的。"

沈千秋不禁绷直了脊背："你都查到了什么？"

这一次，白肆却没那么痛快地回答她，而是用指背蹭了蹭她的脸颊："我查到了一些东西。但这次，千秋，和梁燕的事情一样，让我参与，我才会把我知道的都告诉你。"

沈千秋最恨他这个样子，才想撂两句狠话消消他的威风，却又想到刚刚两人争执间的对话。是啊，她为了查明自己父亲的死执着追寻，作为白叔叔的儿子，白肆自然也有与自己相当的知情权。她又有什么立场去阻止他呢？

想明白这一点，她不觉噤了声。过了许久，她才轻声说了句："白肆，我怕最后查出来的结果，我们两个都接受不了。"

想起在李三川那收集来的资料，白肆停在她脸畔的手指微微一颤，语气却笃定依旧："没事，至少多个人跟你一块担着。"

4.

第二天，周时来了，还带来了有关案情的最新进展。

骆杉拿走毒品、串联毒贩、枪杀李队的罪行已经坐实。昨晚他本人坠楼身亡，而张山子一行人全部落网，也算是给梁燕案和3·11毒品案做了个了结。而那批毒品却始终去向不明，据周时的说法，眼下欧杨把目光放在了"流金岁月"的老板——张山子从前的好友贺子高身上。

骆小竹昨晚被注射了镇静剂之后，安睡至今。骆家在外省还有个远房表姑，听说了这个消息已经急急赶来。听说眼下商量的结果，她决定把骆小竹送到位于临安郊区的一家疗养院，由那里的专业人员负责日常起居。

听到消息的时候，白肆正在给沈千秋办理出院手续。周时心里似乎憋着一口气，说话的语速很快，末了不等沈千秋开口，他便先说道："千秋，大黄和达哥调去了别的组，咱们队里往后除了你我，差不多都是欧杨的人。"

沈千秋不禁奇怪："不是还有逸飞和嫣儿？"

周时嘴唇抖了抖，几经犹豫，还是把说到嘴边的话咽了下去，支吾着"嗯"了一声。

办理完出院手续，白肆决定最后去看看隔壁房的骆小竹。他没有进去，只是透过房门上的玻璃往里面望了眼。却不想这一眼，刚好和侧躺着的骆小竹目光对了个正着。他看到骆小竹的面颊上缓缓淌下两行泪，眼睛里那些曾经的骄傲、狡黠、柔软、羞涩悉数褪去，最后定格在眼底的，只余两片深不见底的漠然。

两个人彼此对望，最后几乎同时别开眼去——于骆小竹是闭眼不见，于白肆是转身离去。

这一别，两个人都知道，大概也算是永诀的一种。

白肆并不是个糊涂人，他从小就敏感得厉害，所以才会在那样偌大的家族里用沉默把自己和其他人隔开，才会小小年纪就分得出谁是真心对自己好。

刚认识骆小竹那会儿，是刚上大学军训的时候。那时几乎整间宿舍的人都在讨论全年级最漂亮最有气质的女孩是哪几个，其中频频被人提及的，就有"骆小竹"这个名字。

后来军训接近尾声，没几天大家纷纷返校。这期间骆杉结识了武明岩，又通过武明岩认识了骆小竹。

很多时候，白肆都注意到骆小竹看着自己的眼神透着一股子炽热。

但从头到尾，他都装不知道。

骆小竹是很漂亮，脸庞娇艳，身段窈窕，家世又出众。这样的女孩儿，到了哪儿都是白天鹅一样惹人注目的美丽存在。

她虽然性格高傲，但心地并不坏。偶尔武明岩或者其他朋友有事求她帮忙，只要说几句好听的话，放下身段央一央她，她几乎没有不答应的。

但在白肆眼里，她只是个相处起来还不错的朋友。

有些人不是不够好，而是对不上自己心里欠缺的那一牙缺口。如果选择骆小竹这样的女孩儿做女朋友，是会很有面子，说不定也会很开心，但那开心和幸福都是肤浅的，浸不透心里面。因为他心里面最深刻的那个角落，一直缺失着一块，等那个特定的人来填补。

白肆心里一早就明白这些，但看到今时今日的骆小竹，心里难免有些伤感。就像他和沈千秋说的，她年纪太轻，心气太高，却一瞬间从云端跌落凡尘，还是摔在一块挣脱不开的沼泽地里，难免要栽个大跟头。人不怕栽跟头，怕就怕摔了之后，一辈子都爬不起来。

怀着有些欷歔的心思，白肆回到病房，接上沈千秋。他把周时送到刑警大队门口，又在超市大肆采购一番，这才满载而归。

回到家，自然免不了又是一阵大清洗。

沈千秋坐在沙发上，听着不远处传来拧拖把的声响，不禁笑着说："我还以为你会直接请个小时工，把这些事都料理了。"

白肆一边拖地一边说："自己的家，当然是自己动手收拾才放心。"

时近傍晚，窗户半敞，初夏的晚风轻柔，吹拂在脸畔手边，令人倍感惬意。

沈千秋手边放着一杯茶，就这么靠在沙发上，突然觉得自己仿佛许久都没这么悠闲了。

白肆已经是拖第三遍地了，偌大的屋子，所有房间的地板都锃亮如新，光可鉴人，倒比两人离家那日还要干净。空气里隐隐还能闻到一股淡淡的芬芳，是摆在茶几上专门用来熏香的柠檬和橙子，酸酸甜甜的，闻在鼻端让人觉得心情也跟着好起来。

拧拖把的间隙，瞥见沈千秋含笑的神情，白肆不禁也笑了笑："早知道不当警察你这么高兴，我早就让你把工作辞了。"

"那个时候辞了肯定不乐意，这不是现在也没办法。"沈千秋顺手指了指自己的眼睛。

白肆一想起这个就有些搓火，把拖把在水桶里转了又转，拧了又拧，弄得水桶周围一圈全是水："从前知道他们兄妹感情好，但没想到好到这个份儿上。好坏都不分了！"

沈千秋知道他说的是骆小竹，面上神色变了几变，最后还是决定对白肆据实相告："你也知道，骆杉和梁燕曾经是男女朋友……其实那天在仓库，张山子说出了骆杉的一个秘密，我和李队都听到了，骆小竹也听到了。我想最后骆杉非要杀我不可，跟张山子说的这件事多少也有关系……"

这些她当时并没有考虑到，而是事情过去许久，大脑却总是不受控制地回想当天发生的种种。一遍又一遍，想的次数多了，许多自己曾经忽略的细节，渐渐浮出水面。

那天在仓库，骆杉毫不犹豫地想要杀掉李队和自己。一方面确实如他自己所说，是为了找两个替罪羊为自己脱罪；另一方面又何尝不是心事被人说破的恼羞成怒？

"什么秘密？"

沈千秋觉得有些难以启齿："骆杉之所以会和梁燕好，是因为梁燕在某些地方……和骆小竹长得很像……"

白肆是不认识梁燕的，因此对于这一点可以说是毫不知情。乍一听到这个说法，白肆也愣了好一阵："你是说骆杉对小竹有……"这个说法，连白肆听了都有点消化不良。"你是说骆杉喜欢小竹？男女之间的那种喜欢？"

沈千秋点了点头："小竹自己也是听到的。所以我想，后来小竹的反应有所失常，跟这些都有关系。毕竟那是她亲哥哥……"

如果骆杉不是因为痴恋自己的亲妹妹，恐怕也不会轻易上钩，和梁燕保持秘密恋人的关系。如果不是张山子窥见了他的这个秘密，故意以梁燕做局，又引骆杉以为自己误杀梁燕，他就不会为了掩盖案情真相做出后面那一系列事，也就不会发生那天在仓库的悲剧了。

骆小竹虽然性格高傲，也是个心思玲珑的女孩，想必也是因为想通了这其中的关窍，心里对骆杉的感情愈发复杂起来，才会心智失常，做出许多傻事来。

白肆也很想明白这其中的关键，不禁用手里的拖把狠狠一戳地面："他真是个疯子！这么稀里糊涂地就入了人家的局，还害了小竹一辈子！"

提起骆小竹，沈千秋也难免欷歔："你有没有去看过她，她现在怎么样了？"

"她有个表姑过来照顾，接下来大概会送她去疗养院休养。"回想起临走前和骆小竹的最后一面，白肆的神情也有些苦涩："我和小竹，大概以后都不会再见面了。"

从前的好友变成以死相搏的仇敌，就像沈千秋和骆杉一样，再怎么样也回不到从前了。

这几天每每想起从前，沈千秋都觉得心有戚戚。从前的时光太好，现在回想起来，仿佛是一场没来得及认真投入的梦。当时只道是寻常啊，等好日子过完了，才替从前的那个自己惋惜，为什么没在能够纵情享受的时光里好好珍惜。

她和赵逸飞、嫣儿还有周时，几个人之间的情谊再也回不到从前了。哪怕是骆杉，曾经也对她真心实意好过的，最后却弄得个兵戎相见的结果，也是由她亲手把他送上了死路。她借口自己眼睛的事想要离开警队，何尝不是因为对赵逸飞和嫣儿的内疚，对李队的难以忘记，和对骆杉的无法释怀。

吃过晚饭，白肆又将阳台好好收拾了一番，领着沈千秋在桌边坐下，任由窗子大敞，又沏了一壶花果茶切了一盘新鲜瓜果，和她一起坐了下来。

阳台只亮了一盏小灯，灯下点了一些专驱蚊虫的熏香，闻起来依稀有些薰衣草的药香，很是心旷神怡。从这个角度眺望，可以清晰地看到远方的天空。深蓝色的夜空如同一块舒展敦厚的幕布，愈发映得那些星星光芒熠熠，如同情人的眼睛，清澈又温柔，只一眼就能清楚地映到人心里去。

沈千秋的眼睛上还缠着纱布，自然是看不到这些美景的。但这两天下来，她的听觉和嗅觉却比从前敏锐了许多，能够闻到让人安心的熏香，听到远方的蝉鸣，感觉到吹拂过耳的晚风，从下午起就有些沉甸甸的心事也跟着消解许多。她微微偏过头，问白肆："你在做什么？"

"看星星。"

"城市的夜晚，还能看到星星吗？"对于他们这代人来说，仰望天空的星星大约只停留在童年的记忆中。长大后，城市的白天夜晚愈发区分不明，白天阴霾蔽天，夜晚灯火通明，方便是方便，但怎么也找不回童年时的美好记忆了。

沈千秋听到白肆轻笑了声："看得到的。这几天下了两场雨，空气很干净。夜晚也能看到许多星星。"

沈千秋点点头，脸上露出些许羡慕："我都不记得上次看星星是什么时候的事了。"

白肆闻言转过脸，看着她微微仰起的脸庞，忍不住问："你最近一次回平城，是什么时候的事？"

"每年秋天，我都会回去一趟。去看看我爸还有我爷爷的墓。"

这么说来，他指责她离开平城后一次都没回去过，也是错怪她了。他忍不住说："每年沈叔叔祭日，我都会去扫墓，倒是从没遇到过你。"

说完，他自己也反应过来。沈父死的时候是夏天，沈千秋说自己每年都是秋天回平城，自然是因为不想遇到熟人，故意错开的。

沈千秋觉察到他的话音戛然而止，知道他在想什么，便说："平城秋天的景色最好，天很高很蓝。小时候，我爸每年秋天都会带着我和爷爷一起去郊区逛逛。"

"郊区？秋天有什么可逛的？"

"我爷爷身体还好的时候，每年秋天都会去爬古长城啊。秋天的古长城，站在山巅，能看到红色黄色的枫叶，蔓延不绝的山风，景色很好。"每次说起小时候的事，沈千秋都好像有说不完的话题，"那个季节泡温泉也好，天不是很冷，也不是很热，泡在温泉水里，玩一整天都觉得玩不够。还可以吃虹鳟鱼，我爷爷那时候总喜欢自己去钓鱼……"

白肆听她滔滔不绝地说起小时候的事，眼睛一眨不眨地侧眸望着她。沈千秋从来都不知道，她每每讲起自己家里的事情时，白肆望向她的眼神，总是又高兴又羡慕。他喜欢沈千秋，不仅仅喜欢她这个人，更向往她曾经拥有的那个家。总是摇着蒲扇笑眯眯的爷爷，还有即便常常晚归但很好说话的沈父，那个种满瓜果还栽了一棵梨树的小院，以及那几间冬暖夏凉的大瓦房。

沈千秋的回忆，也是白肆的回忆，他跟她共享那个让人无尽回望的童年，那是两个人一同紧紧怀揣在心间的珍宝。

这个夜晚过得很慢，很宁静，却也很温暖。

Chapter 13

神│秘│男│子

1.

在医院的时候，有医护人员帮忙照顾，还不觉得有什么不便之处。回到家第二天，沈千秋就发现真正鸡飞狗跳的生活开始了。

早上起来洗脸。家里盥洗池的高度、旁边毛巾架的高度和医院都不一样，她的手伸出去一阵乱摸，不是磕到手指就是撞到手肘。最后没办法，沈千秋倍觉丢脸地扶住额头，喊白肆过来帮忙："白肆。"

白肆正在厨房忙活早餐，抽油烟机的声音很好地盖过了沈千秋的声音。

沈千秋无奈只能提高声音："白肆！"

在厨房忙得团团转的某位同学依旧没听到，一心只为早餐忙。

沈千秋只能往外走，没想到刚迈出两步，额头就撞在了门框上，顿时火了："白肆！白肆！你过来一下！"

沈千秋平时很少这么高音量说话，乍一扯开嗓子喊人，不仅沈千秋自己，连白肆都吓到了。他撂下菜刀关上火，三步并作两步冲了过来："怎么了？是不是哪里不舒服？"

沈千秋捂着额头，本来满心火气，听到白肆问得温柔，气势瞬间就颓了："没……"

"你额头怎么了？"白肆扯着她的手放下来，看到她额头红了一块，再往别的地方打量，左边手肘也磕破了一块皮……他四下里一看，毛巾落在地上，刷牙的杯子卧倒在台子上，牙膏、牙刷都掉了出来，白肆瞬间明白过来。

第十三章　神秘男子　│　191

"我忘记你刚回到家，还不习惯家里东西的摆放位置……"白肆先把人扶出来，让沈千秋坐在沙发上，"你胳膊磕破了，我先给你上点药。"

沈千秋坐在沙发上，眼前依旧灰蒙蒙一片，只能感觉到托着自己小臂的温热手掌，紧跟着手肘处就传来一阵凉冰冰的刺痛感。

她禁不住瑟缩了一下，整个人也下意识地往后躲。

"别怕。你这儿磕破了，我用酒精给你消消毒。"两个人同住一个屋檐下也有一段时间了，家务基本都是白肆在做。沈千秋的精力主要放在工作上，回到家更是自由散漫惯了，一副小霸王模样，何曾有过这样羸弱无助的时刻。

沈千秋自己觉得别扭极了，抿着唇不吭声，脸颊却是热辣辣的。白肆却看得有趣，手里的动作小心翼翼的，眼睛却时不时地抬一下，瞄一眼沈千秋，他就觉得多赚了一分。

感觉似乎过了好久，久到沈千秋都有点坐不住了，忍不住硬着嗓音问："还没好？"

白肆极少看到沈千秋像这样坐卧不安的模样，倘若她眼睛是好的，白肆觉得，除了此时的脸颊红彤彤，眉心紧蹙，她的眼睛大概也是不敢看自己的。可转念一想，倘若她眼睛是好的，恐怕让她老人家不自在的下一秒，倒霉的就是自己了。这么想着，白肆忍不住就笑出了声。

沈千秋正备感煎熬，听到白肆低笑出声，更是整个人都警惕起来："你笑什么？"

她刚刚急着洗漱，好像撞翻了不少东西，衣服上也不知道有没有蹭到什么东西……这么想着，沈千秋愈发觉得别扭，"那个，我脸上是不是有什么东西？"

过了好几秒，她听到白肆慢吞吞地"嗯"了一声。

"我眼睛看不到，赶紧帮我擦一下。"沈千秋心里没好气，暗道可真是虎落平阳被犬欺，眼睛不好使，倒要被这小子笑话了。

沈千秋感觉到脸颊触碰到一个温热的东西，是白肆的手指……她松了一口气，这下应该干净了吧。

哪知道下一秒，手指移开，取而代之凑上来的，却是某人温热的唇。

这已经不是这小子第一次偷袭自己，沈千秋的鉴别能力比从前又上

慢慢向后仰倒。

白肆见状，下意识地伸出手扶住她的肩膀，却不妨摸了满手的滑腻……他心里头一个打突，耳根子就热了起来，眼睛无意识地一瞟，却看到沈千秋为了保持平衡，弓起来的膝盖和大腿——沈千秋身上的皮肤并不是非常白皙的那种，相反，常年锻炼加外出的她，身体的线条苗条矫健，皮肤也是浅浅的蜜糖色。白肆只看了那么一眼就瞥开视线，可那一眼望见的东西还是深深印刻在了脑海里：修长结实的大腿，形状圆润的膝盖……

其实也没正经看到什么东西，但少年人都有个毛病，爱脑补……这一脑补，白肆就觉得鼻腔一热……

沈千秋就听到身后"扑通"一声，紧接着就感觉到不少水花纷纷溅在自己头发还有脸上。

盛着水的水盆摔在地板上，水花四溅之后跳了两跳，又滚了几圈，最后倒扣在浴室的一角。白肆虽然闪得够快，身上还是溅了不少水，T恤和牛仔裤湿了大半。

沈千秋被这动静还有溅在脸上的水惊了一跳，一下子从浴缸坐了起来："怎么了？"

白肆顾不得一身湿淋淋的，一抹脸一抬头，刚好看见沈千秋半个裸背出现在视线里——

这回是真的流鼻血了。

半小时后，沈千秋总算洗完了头发，白肆的鼻子里却还塞着一块棉球。

2.

鸡飞狗跳的日子也是日子啊，而且过得特别快。

沈千秋的眼睛虽然仍旧裹着纱布，但距离最后一次去医院复查的日子渐渐近了。这些天，白肆变着花样给她做明目的东西吃，什么胡萝卜、猪肝、菠菜还有鱼，几乎餐餐都有。饶是沈千秋这种从不挑食的，吃久了也觉得难以下咽。

这天傍晚，两个人一起在家吃过晚饭，照往常的习惯，在小区里散步消食。想到这几天白肆都是早上出门，傍晚才回，沈千秋不免多问了几句。

"学校里事情很多？不是说几门课都考完了吗？"

"嗯，有一门课是写论文的，而且是分小组研究的课题，比较麻烦。"

"没有别的事？"沈千秋有点狐疑。毕竟以这小子平时的表现，考试基本裸考，科科提前交卷，还信心满满地保证门门是A。学校里的事，很少有能难住他的。

白肆此时分外庆幸沈千秋看不见自己的神色，故意用轻松的口吻说："能有什么事？再过两天就交论文，接下来就彻底放假了。"看到路边有妈妈牵着小朋友，一起吃冰激凌，白肆心思一动，颇有些讨好地问："千秋，要不要吃冰激凌？"

晚饭刚好又吃了胡萝卜、菠菜那几样，沈千秋正觉得嘴巴里没有味道，一听这提议也来了精神："好啊。吃甜筒吧，我听电视上广告，最近好像新出了焦糖口味。"

甜筒……小区里是没得卖，最近的也要去小区外的超市了。白肆想了想说："我去开车，顺便在超市里采购点东西。"

"不用了，走着过去也挺好的啊，今天天气蛮凉快的。"

白肆见她唇角含笑，明显是心情不错，哪里舍得拒绝。

"好。那就顺便散散步。"

由于沈千秋的眼睛上仍然蒙着纱布，两个人一同出行时，白肆都是牢牢牵着她手的，遇到人多车多的路段，更会用另一手圈住她的腰身。沈千秋自觉眼睛不便，被他这样牵着护着，只觉得十分可靠安全，也不觉得有什么不对。可落在旁人的眼里，就完全是另一回事了。

两人牵着手走在超市里。白肆一手推着车，一手牵着她，一边选购两边货架上的东西，一边还会询问她的意见，语气温柔，姿态体贴。有路过的小女生或者少妇看了，无不向两人投去艳羡之中带着可惜的目光。其中有个女孩子说话声音大些，说出的话让沈千秋听了个一清二楚："是个瞎子，真可惜了那么帅的男朋友。"

白肆也听到了。奈何这姑娘话说得太顺溜，语气太过真诚自然，前半句听得白肆想抽她，后半句听得白肆忍不住嘴角上扬，一时之间倒忘了反驳。

沈千秋则恰恰相反。听了前半句，觉得有趣想笑，后半句则整个人噎在那儿，脸都憋得有些红。

最后还是白肆看不过了，把她的腰往自己怀里一带，柔声安慰道："下礼拜就能拆纱布了，咱不跟脑残一般见识。"

这话的音量不大不小，刚好附近的人都能听见。那女孩子听了也是面上一红，又有点不甘心，忍不住昂起头就想分辩。白肆恰好在这时候看过去，唇边还带着笑，目光却是极锋利的。

那女孩子毕竟年轻还小，一见白肆这样的神情，顿时就蔫了。旁边同行的女孩儿连忙拉着她拐到另一栏货架边，一边还小声嘀咕："你别惹事了，那男的帅是帅，一看就是个不好惹的！"

被拉走的女孩子又是气又是委屈，忍不住小声抱怨："现在的男生是怎么了？帅的脾气不好，脾气好的长得都不能看。"

"你没看人家只是对你凶，对人家女朋友可是温柔得都要化了……"

女孩子瘪了瘪嘴，耷拉着脑袋："我什么时候也能有个这么帅的男朋友啊？"

两个女孩子说话的声音不高，可偏巧和白肆、沈千秋只隔着一栏货架，两个人想不听清楚都不行。沈千秋气得不行，又不好在大庭广众之下跟白肆闹起来，干脆捏起两指，狠狠一捏白肆的腰侧——

白肆闷哼了一声，身子岿然不动。

沈千秋却觉得手指间的肌肉硬邦邦的，平白弄疼了自己的手指。又觉得自己这样的行为实在幼稚，不禁讪讪地松开手指，一扭身就从白肆怀里溜了出来。

"你看着点！"白肆见她为了躲开自己，肩膀朝着货架撞过去，连忙把手臂从后面圈过去，为她垫住肩膀，"这里地方小，别磕着碰着。"

若不是眼睛不好，沈千秋此时大概又要翻个白眼："姐现在就是看不到，不然哪还用得着你？"

白肆又气又笑："行，行！算我说错话了！姐，咱这边走！"

说着，他又像平时那样，牵起她的手往另一排货架走去。

3.

　　两个人选购完一干生活用品，便去收银处结账。晚上，小区附近的超市难免人多，收银处也排了好长的队。白肆盯着购物车里的东西挨个看了一遍，突然一拍脑门："忘了给你买酸奶了！"

　　沈千秋爱喝酸奶，尤其是临安本市产的一种牌子，草莓和芒果味的尤其新鲜好喝，奶味浓郁，果粒超大。她基本每天吃完晚饭都会来上一杯。白肆自打知道她有这个新爱好，几乎每隔几天都要到这家超市采购一些新鲜的带回家。这天因为买的杂七杂八的东西颇多，倒把这个茬给忘了。

　　他有点不放心地看了眼沈千秋，又看了眼不远处的冰柜，嘱咐道："千秋，你在这站着别动，我去给你拿几瓶酸奶，很快的。"

　　"去吧。"沈千秋摆了摆手，"我一个人可以的。"

　　她眼睛是看不见，耳朵却很灵，听到前面人脚步挪动，自然知道往前跟进。

　　白肆有些不放心地瞥了她一眼，咬咬牙，拔腿就往冰柜方向跑。

　　哪知道他前脚刚离开，沈千秋身后一个年轻男人就往前挪了两步，径直插在了沈千秋前头的空当。

　　沈千秋隐隐感觉到有人插队，不禁皱了皱眉，放在平时她肯定不会这么忍气吞声。但她此时眼睛看不到，白肆又才刚离开，这个时候闹起来，自己肯定讨不到好果子吃，干脆就装不知道，什么都没说。

　　哪知道那男人绕到前面，见沈千秋什么反应都没有，便朝后头的女人招了招手："快过来！"

　　那女人是个孕妇，挺着大肚子，手里拿着一袋刚称好的蔬菜，有些扭捏地站在原地："老公，这样不太好吧？"

　　"有什么不好的，你是孕妇！"他干脆伸过胳膊，绕过沈千秋去拽自己的妻子，"赶紧过来，她一个瞎子能看到什么？"

　　插队就算了，插队还人身攻击，沈千秋可就有点忍不了了。

　　她刚要说话，就感觉自己的手腕被人握住，紧跟着一道有些模糊的男性嗓音在耳边响起："孕妇就不用排队了？这么金贵干脆回家供起来算了！"

沈千秋感觉到攥着自己手腕的人手掌温热，指间仿佛还有些老茧，粗粗的，有些磨得慌。这种感觉……再加上男人说话时那种刻意含混的口音，沈千秋心里一惊，脸上忍不住露出喜色："是你！"

那人却没想到沈千秋这么快认出她，动作一僵。瞥见不远处急急奔来的年轻男孩，他沉下目光，将事先准备好的纸团一把塞进沈千秋手心里，接着压低帽檐，转身就消失在拥挤的人群中。

那插队的男人先见有人打抱不平，有些心虚，却没想到自己还没来得及还嘴，那人就没了影，撇了撇嘴道了句："多管闲事！"

沈千秋却没想到自己一句话，就把对方吓跑了，不禁连连跺脚。听到男子这句话，更是气不打一处来，扬起下巴就说："你插队还有理了？我眼睛看不见你就可以插队了？坐公交还得给老弱病残孕让座呢，不知道'残'排在'孕'前头吗？人家说句公道话那叫路见不平，你这样的叫没公德心！"

沈千秋脾气本来就冲，损人不带脏字，张嘴就是一串话，把那男人噎得一句反驳的话都说不上来。

后面早就看到他插队的人也忍不住开口："两口子欺负一个看不见的小姑娘，也不觉得丢人！"

"后面这么多人都排着，怎么就你插队？"

"没素质！"

那孕妇本来就不愿意插队，听到这话更是面颊通红。男人却紧紧拽着孕妇的手，不让她走："看你年纪轻轻的，说话这么刻薄，你要是气到我老婆动胎气，你赔得起吗？"

他这句话一出，后面跟着起哄的倒消停了一大半。白肆刚冲过来，听到的就是他最后这句话。两下一看，就发现这对年轻夫妻原本是站在沈千秋后头的，这时却换到了她前面，哪里还有什么不明白的，上前一步就把沈千秋挡在身后："看你一个大男人，插队不说还欺负年轻女孩子，我媳妇儿眼睛受伤了，要是磕着碰着了，你赔得起吗？"

那男人也没想到白肆回来的这么快，不禁大感头疼，又见周围不少人看着这边，大概是觉得丢人，干脆把手里购物车一撑，拽着妻子扭头就往出口走去。

身后不少人见这对插队的夫妻灰溜溜地离开，有人拍手有人笑话出声，还有人好心提醒白肆："你老婆眼睛看不见，就别把她一个人丢在人多的地方。这年头什么人都有，多不安全！"

白肆一听这句"老婆"，心里顿时比蜜还甜，连忙笑吟吟地跟人道谢。转回头，却见沈千秋皱着眉，脸色不虞，似是有什么极重的心事。

好在经过这么一场闹剧，队伍很快就排到收银台。结完账拿上东西，白肆拉着沈千秋走出超市，一边柔声问："怎么了，还在为刚才的事闹心？"

沈千秋摇摇头，不出声。手心里那个纸团被汗水浸湿了，被她紧紧攥着，几乎扭成了一个纸疙瘩。走出好一段路，她突然低声问了句："白肆，你帮我往四处看看，有没有人盯着咱们？"

白肆一听这话，心也陡然一沉。他故作不经意地停下来，为沈千秋整了整领口，又为她捋了捋发丝，借这个机会，把几乎前后左右都看了个遍，却没发现什么异样。

"我没看出有什么不对。千秋，到底怎么了？"

沈千秋微微摇头："等回到家再说吧。"

4.

他们原本是为吃甜筒才到超市采购，却没想到在超市闹了这么一出。两个人直到回了家，都没想起吃冰激凌这件事。

白肆一边将采购的东西各自归位，一边悄悄观察坐在沙发上垂头不语的沈千秋。收拾好东西，又给她切了一盘水果："千秋，发生什么事了？你觉得有人跟踪你？"

沈千秋把手里那个纸团递了过去："你帮我看看，这是什么东西？"

白肆接过来一看，是个几乎拧成团的报纸："这看起来，像是废报纸……"他一边说，一边小心翼翼地把纸张展开。

确实是一张废报纸，皱巴巴的，上面用黑色水笔写了几个字："离开这里，回平城！"

白肆眉头拧得紧紧的："这是谁写的？"他见沈千秋微垂着头，脸色复杂，心里有了个模糊的猜测："是……上次拿走那箱东西，给你留字的那个人？"

沈千秋正苦恼自己看不到东西，无从分辨纸上的字体，一听这个顿时精神一振。对啊！除了自己，白肆也是看过床底那行字的！

"你帮我看看，报纸上的这行字，和当初床底下那行字，像不像同一个人的笔迹？"

白肆拿着报纸仔细看了看："说老实话，这两次的字体都像是有人故意用左手写的，歪歪扭扭，不成个样儿。要说是一个人，也像是同一个人。可要说是两个不同的人，都用这种方法写出歪七扭八的字，也有可能。"

沈千秋听得认真，却不由得更为沮丧。光从字体是无从分辨这前后两次是不是同一个人了。

白肆追问："千秋，你还没告诉我，这纸团是从哪里来的。"

有关两人父亲的事，上一次在医院，两个人也算摊开来说过了。从某种程度上讲，沈千秋也算是认同了白肆与自己一同探寻真相的权利，因此并没打算在这件事上对他有所隐瞒，便把当时在超市的情形和白肆仔细讲了一遍。

"你是说，这个人给你的感觉，很像当天在仓库救你出来的那个人？"

沈千秋沉吟："我觉得，不光是像，应该就是同一个人。"他说话时刻意压低的声音，那种含混咬字的方式，还有攥着她手腕时的感觉……和记忆里那个救她出仓库的人几乎一模一样。

说到当天的情形，沈千秋突然问："你那天是怎么找到我的？"

虽说他是和周时他们一起行动的，但她当时待的那个地方好像特别偏僻，还是个三面靠墙的角落，其他人都往地下的仓库跑，怎么就他知道往那找她呢？

白肆的脸色也凝重起来。前段时间两个人的注意力都放在案子的结果和沈千秋的眼睛上，再加上难得的一段悠闲时光，两个人一直没就这个话题深聊过。可如今，他们不想去理麻烦，麻烦倒自己送上门了。

白肆沉默片刻，回答说："其实那天我知道你出了事，一部分原因是我回家看到你留的话……另一部分原因是，"他抬起眼，看着沈千秋，"我接到了一个神秘人的电话。"

"神秘人？"

"是一个男人，说话含含混混的，如果不是我当时在家，周围特别安静，很可能都听不清他在说些什么。"

"他都说了什么？"

"他说你有危险，告诉我了地址，还让我小心骆杉。"回想起那天的情景，白肆垂下眼，眼睫微颤，"我和周时还有其他人一起赶到那儿，又接到了那个人的电话。我按照他说的地方找过去，就看到你一个人站在那个角落。"

沈千秋追问："你找到我的时候，没看到周围有人吗？"

"那里是一个特别隐蔽的角落，我一路走过去，一个人都没看见。"白肆顿了顿，抬起了眼，"不过当时是晚上，即便周围有人，躲在附近的哪个角落里，我也不一定看得到。"

如果不是他手机的照明灯，他甚至可能不会在第一时间发现沈千秋的眼睛不对劲。当时他找到沈千秋的时候，看到她衣服上成摊的血迹，额头干涸的血痂，尤其是那双红肿得吓人的眼睛，他真恨不得狠狠抽自己两个耳光。如果不是因为他的自私，他的自以为是，或许千秋也不会遭遇那些危机了。

可以说，如果没有这个神秘男子的出现，他就不会那么及时找到沈千秋了。

大约是感觉到了白肆的沉默，沈千秋说："你应该也猜到了，其实那天在仓库，是有人救了我，把我带到了那个角落。我的眼睛也是他帮我紧急处理的。"

白肆陡然明白过来沈千秋的意思："就是给我打电话的这个人？"

"应该是同一个人。"

早在把沈千秋送到医院的当天，医生说她眼睛处理得很妥当时，白肆心里就有一些自己的揣测。但毕竟只是根据一些细微线索推理出来的东西，如今两个人把各自知道的都说出来，拼凑在一起，摆在两人面前的这副拼图也就更完整了。

白肆说："也就是说，这个人先是用电话和短信联系我，把我引到仓库外面；又在同时把你救了出来，让我在那个角落找到你；今天他又出现在超市，趁我不在，把这个纸团塞到你手里。"说到这儿，白肆也突然警惕起来，"这个人好厉害！咱们最近几乎每天这个时段都会在附近散步，他能在超市等到我和你分开的时候把纸团塞给你，说明跟了我们有一阵子，今天才凑巧在超市找到了这个机会！"

两个人分开，周围环境又混乱，还有人挑衅，几乎所有对他有利的客观因素都占全了！趁这个时机把东西塞给沈千秋，既不会在第一时间引起她的不安和警惕，又能在目的达成后迅速脱身。而且沈千秋看不见东西，恰巧白肆这个时候又不在，从头至尾，没有人看得到他的样子！

"如果这个人，就是当初拿走你箱子的人，倒也顺理成章了。"白肆沉吟，"擅长跟踪，溜门撬锁也是行家，故意把字写得歪歪扭扭，知道怎么把自己掩藏得不露一点痕迹……"

"可是如果这个人真有那么好心，为什么要拿走我的箱子……"沈千秋眉心紧蹙，"那里面的东西对普通人来说不值钱，除非……"

两个人几乎异口同声地说出口："他也知道当年的事！"

Chapter 14

缘｜来｜湘｜聚

1.

有了这个新发现，白肆在家的时候，几乎每天都要提起几回。又在纸上写了各种可能，跟沈千秋念叨个不休。

沈千秋倒也不会不耐烦，毕竟是跟两人息息相关的事。他们眼下不怕线索杂乱，只怕线索不够多。

可这件事，他们越琢磨越觉得心里不安。有时候坐在家里，沈千秋甚至会没来由地害怕。毕竟这个人现在是敌是友尚不分明，而有这么个人时刻盯牢自己，可能无时无刻不在跟踪自己，怎么想都是一件让人心生恐惧的事。

有了能够专注的事情，更不觉时间流逝，转眼就到了沈千秋去医院拆纱布的日子。

这一天，沈千秋和白肆起了个大早，在楼下的早餐铺吃了地道的小笼包，一人喝了一碗香浓的绿豆沙。还没出早餐铺的门，沈千秋就接到了周时的电话。

"千秋，上面的结果出来了……"

"嗯，我知道。"

前后经过半个多月的多方查证，案件总算有了最终的结果。有了录音笔、珍珠耳环、照片等一系列证物，以及沈千秋和白肆等人的口供，最终证实梁燕案和骆小竹失踪案的真凶正是3·11毒品案的罪魁祸首张山子。张山子早已被正式逮捕，不日将由检察机关正式提起诉讼。李宗系因公牺牲，但因为毒品失踪等一系列原因，并没有评定功劳。按照相关规定，李宗的家属会获得一笔抚恤金。

至于沈千秋，她已经提交了离职报告，即将成为芸芸大众中又一个无业游民。

离职的事，队里的人陆陆续续都知道了。周时絮絮叨叨说了许多，基本都是在转达会上宣布的一些事项，尤其说到跟李队和沈千秋有关的事时，他每一句都反复组织措辞，声音闷闷的，仿佛在拼命压抑着什么。

然而关键的事情，沈千秋事先已经知道得八九不离十。如今听周时重述，就好像是帮自己再回忆一遍这些天来发生的种种。站在医院门口，头顶是明媚的夏日骄阳，听着电话里周时熟悉的声音，沈千秋陡然生出一种恍如隔世的感觉。

"什么时候回来一趟吧，一起吃个饭，我们给你送个行。"周时说这句话时，语气显得轻快了不少，"逸飞和嫣儿都在我身边呢。我让他们跟你说句话啊！"

"不用了。"沈千秋飞快地截断这个话头，"这周五晚上吧。等你们忙完了，咱们一块去门口那家'缘来湘聚'。我请客，大家都别跟我抢。"

"行吧。"周时答应了一声，又问，"你是今天去医院做检查吧？别紧张。"

"嗯，待会儿就去。"

"到时候结果出来了，让白肆用你手机给大家发个短信。"

"好。"

"那……周五见。"

"周五见。"

两个人起得实在太早，他们在医院外面晃悠了好久，好不容易才等到医院开门。

摘掉最后一块纱布，沈千秋试了好几次才睁开眼。不出意外，眼前一片亮堂堂，她的视力果真恢复了，就是……有点不大清楚。

白肆看她的眼睛眨了又眨，不禁有点发怵，抬起手在她眼前来回晃了几次："千秋，你……"

沈千秋笑着一把抓住他的手，转回头看向医生："能看见，就是看得不太清楚。"

医生是个四十来岁的大叔，一听这话也笑了："毕竟进了石灰粉，要不是送来医院前有人给你进行了简单急救，情况很可能要糟得多。"医生一边说，一边收拾手边的东西，"视力有所下滑也是正常的。这段时间少看电脑手机什么的，注意保护眼睛，多吃点鱼肝油。半年后视力差不多稳定了，那时候是什么样就是什么样。"

这意思也就是说，这半年还有提升的可能？白肆在心里暗暗下定决心，以后一日三餐，鱼肉、胡萝卜、猪肝都不能少，还要再加上一天两顿的鱼肝油，一定把沈千秋的视力提升到最佳状况。

沈千秋自然不知道面色平常的白肆，心里打的却是这么可怕的主意。她此时心情很不错，虽说看东西有点模糊，但至少能看到天是蓝的，树是绿的，一米之内的人脸也还是看得清的。

"怎么了？"白肆见她的脸色有点怪异，以为她是因为视力下降心里难受，就安慰她说，"别多想，有的人近视七百度还能恢复正常呢，你这才不用上药，过段时间肯定会有好转的。"

白肆见她盯着自己的头发看个不停，有些不自在地摸了把头顶："昨天新剪的，是不是看着有点傻？"

白肆以前的发型是那种额前发丝略微挡住眉毛的，他模样长得俊俏，那样的发型不仅不会显得娘气，反而会衬托得眉眼特别耐看。而如今……他把头发剪得很短，只有前面略长一些，应该是那种……毛寸？整张脸的线条因此显得硬朗了许多，眉眼清晰，鼻梁高挺，看着似乎比从前大了两岁的样子……也难怪沈千秋盯着看了好一阵都觉得不适应。

白肆有点沮丧地扭过脸："我头发长得快，过段时间就长回去了。"

话是这么说，他心里却在琢磨，都说吃鱼肝油补眼，那吃什么能让头发长得快？

沈千秋连忙说："这样挺好的，显得比较成熟。"

成熟？这应该算是个好的说法啊！白肆又把脸扭了回来，脸上带了几分不自然的镇定："真的？"

"嗯，真的。"沈千秋点了点头，又忍不住看着他的头发和眸瞳端详："你头发和眼珠都很黑，现在很少有人这样。"

白肆有点得意地扬了扬嘴角："那是因为小爷我肾好！"

沈千秋抽了抽嘴角："幼稚。"

白肆"呵"了一声："我这是实话实说！"

沈千秋瞥了他一眼："多大点事，也值得你这么激动！"

白肆见她一脸不屑的样儿，忍不住也黑了半边脸："这怎么就叫幼稚了？这叫虚心听取群众意见！"

沈千秋抬起手告饶："行，行！我现在还真是普通群众，你是当代大学生，祖国人民未来的希望！"

沈千秋要贫起来，一张嘴也是不饶人，连白肆都被她挤兑得乐了。想起沈千秋刚刚电话里答应的事，忍不住说："你刚刚跟周时他们约的是这周五？不就是后天？"

沈千秋点点头："平时他们工作忙，周末也都有自己的安排，周五时间最合适。"

"你的眼睛能行吗？"

沈千秋笑呵呵地指了指自己的眼睛："我现在顶多是个高度近视，也就抢菜的时候吃点亏。"

白肆知道，她虽然选择离开警队，但对那个地方那些同事朋友，大概还有许多不舍。最后这顿散伙饭，是属于她和昔日并肩战斗的兄弟的。他虽然关心她，却不适合陪着一起出现。

这么想着，白肆便说："那周五晚上我负责接送。"

"好呀。"沈千秋笑眯眯的。说着话，又抬起头望了望头顶的蓝天。都说失而复得，才懂得珍惜。看不见的这段时间真把她憋坏了，如今重见天日，真是看哪里都是好的。

白肆在旁边添了一句："去菜市场吧，家里菠菜和猪肝都没有了，鱼也要买新鲜的。"

提起这几样，沈千秋就没脾气："大厨，咱能换一样吗？天天吃菠菜、猪肝还有鱼，我都要吃吐了。"

白肆一脸大义凛然："为了你眼睛好，我也陪着一起吃了半个多月了，我觉得还挺好吃的。"仿佛怕沈千秋继续作，白肆斜着眼睛又加了一句，"都多大人了，还挑食，太幼稚了。"

原话奉回啊！

沈千秋咬着牙不吭声，把眼泪往肚里咽。没办法，这事她确实不占理。

2.

对于上班族来说，每个周五晚上都是狂欢的节日。想一想，之前五天的煎熬都过去了，接下来还有两天懒觉可睡，不好好玩闹一番，实在辜负良宵。

这个周五晚上，也是沈千秋和从前警队的兄弟们聚餐的日子。出门前，她特意打扮了一番，新剪的头发梳成高高的马尾，一身白色连身裤装剪裁合体，搭配一双冰蓝色铆钉平底包跟凉鞋，显得既清爽又干练。她原本是从不佩戴任何首饰的，奈何出门前白肆也参与了她的穿衣打扮。见她换了这身和自己一起买的新装，脖子手腕却空落落的，顿时不满意起来，又开车拖着她到最近的一家珠宝店，买了一条铂金珍珠项链，戴在她脖颈上。

细细的铂金链，搭配一颗简约的珍珠项坠，是这两年夏天非常流行的款式。结账的时候沈千秋紧盯着收银台瞧，却碍于视力不佳，怎么都看不清上面的数字，隐约看到个打头的是个六，便小声问白肆："是六千多？"

白肆笑眯眯的，也压低声音回答她："原价两千，现价六百多。"

沈千秋狐疑："怎么可能这么便宜。"

白肆小声说："铂金是外面镀了一层，珍珠是人工养殖的珍珠，能贵到哪里去？"

谎话说习惯了，连白肆自己都觉得真的不得了。

沈千秋将信将疑，戴着珍珠项链去赴约。不管怎么说，听到六百多这个价位，倒也不觉得那么烧得慌了。

把人送到饭店楼下，看着沈千秋上了楼，白肆这才调转车头，去办自己的事。

另一边，因为买项链耽误了些时间，沈千秋虽然是准点到达，比起另外几个人，到底是晚了一些。

推开门进包间，见几个人一看到自己，都齐刷刷站起来，沈千秋笑嘻嘻地做了个手势："都这么客气干吗？我又不是你们领导。"

嫣儿最先坐下来，脸上的笑容显得有些僵硬："我就说你肯定会来的，他们两个还不放心，非说要出去看看。"

沈千秋拉了张椅子坐下来，一边道歉："不好意思啊，我来得有点晚了，你们是不是等了挺久的。"

"不久。"赵逸飞说，"我们下了班过来的，就比你早了一点点。"

周时一推鼻梁上的眼镜，露出笑容："今天中午我可只吃了平时一半的饭，就等着这顿晚饭呢。"

沈千秋正在看手里的餐单，一听这话也笑了："行啊，那要不咱们就来一道烤乳猪，先给哥儿几个解解馋？"

上一次吃烤乳猪，还是骆杉和李队带着两个部门聚餐那天的事，现在提起来，颇有点物是人非的味道。骆杉坠楼身亡，李队因公牺牲，大黄和达哥调到其他部门，就连沈千秋自己，也已经离开警队，成为一个社会闲散人员。

沈千秋话音刚落，自己也觉察到不妥，但又不知道该怎么把话接下去，一时间场面就有点僵住了。

黄嫣儿笑了笑说："大夏天的，哪吃得动那个？我想吃他家的酸辣蕨根粉，来一份那个吧。"

"好。"沈千秋又翻了翻，说，"要不再来一份糖醋排骨吧，他家这个做得好吃。嫣儿你不是喜欢吃酸甜口的吗？"

黄嫣儿微微一笑："还行吧，我最近蛮喜欢吃辣的。"

"啊……"那个，沈千秋连忙研究餐单，又问，"那要不来一份蒜蓉香辣虾？"

"行啊。"

两个女孩子说着话，就把菜点了个七七八八。赵逸飞一直没怎么说话，最后还是周时插了句："也不用点太多，咱们就四个人，点的够吃了就行。那个，喝啤酒？"

黄嫣儿有点羞涩地微微垂下眼："你们喝吧。我现在不能喝酒，给我来一份果汁。"

说起来，上一次见嫣儿，还是在医院里，那时的嫣儿，满身满脸都是伤，虚弱无力地躺在床上。这么久了，沈千秋还是第一次看到康复后出院的黄嫣儿。跟从前比，她似乎瘦了一些，下巴颏尖尖，嘴唇颜色也浅浅的，多了两分从前没有的柔弱美。

沈千秋端详着黄嫣儿的气色，说："你最近的气色看起来挺好的，就是瘦了点。"

黄嫣儿也在打量她，一面伸出手，在她眼前晃了晃："我听逸飞说，你眼睛前几天才去复检过，现在怎么样？"

赵逸飞从旁边一把抓住她来回摇晃的手，收回桌子底下："你乱晃悠什么，千秋又没瞎。"

"我又没说她瞎了。不是你们说的，千秋现在视力不大好吗？"

沈千秋不自在地笑了笑："我挺好的，跟从前没两样。"

周时一直盯着自己面前的餐单："那我就点啤酒了。你们两个女生，需不需要再点个甜品什么的？"

黄嫣儿有点火了："我不是说了吗？我不能喝啤酒，给我来一杯橙汁。"

周时的语气也不大好："大夏天的，哪来的新鲜橙子？"他把手上的菜单来回翻了翻，又添了句，"有西瓜汁。"

"我现在不能喝西瓜汁，太寒了，对宝宝不好。"

宝宝？沈千秋惊讶地抬起头，就见桌边的三个人神色各异，周时一直闷着头，赵逸飞则在自己抬起头的一瞬间就撇开视线，唯独黄嫣儿，说完这话就一直盯着她。见她看向自己，她慢悠悠地绽出一抹甜甜的笑："噢，我们忘记告诉你了。我怀孕了，下周我和逸飞就去民政局把证领了。"

这个消息彻底把沈千秋砸晕了，她第一反应就是看向赵逸飞。

赵逸飞抬起目光，瞥了沈千秋一眼，就又移开视线："我们……嫣儿怀孕了，暂时不适合办婚礼，就决定先把证领了。"

"噢……恭喜。"

沈千秋说出这话，就见嫣儿的脸上陡然绽开笑颜，那笑容又娇又甜，洋溢着幸福的光芒，仿佛早就在等她这句话了："等过阵子办婚礼摆酒，千秋你一定要来。"

身旁，赵逸飞的反应却和黄嫣儿截然相反。一听到沈千秋说出那两个字，他的脸色一下子苍白下去，整个人的精气神，仿佛在这一瞬间都被抽空了。

周时一直保持着垂头的姿势，听到这突然站起来："我去喊服务员点菜。"

3.

菜陆续上齐，每个人手边都摆了一瓶啤酒，黄嫣儿手边则摆了一盒橙汁。

周时率先举起酒瓶："来，为了今晚这次重聚，咱们干一杯！"

沈千秋和赵逸飞先后举起酒瓶，三只瓶子的瓶口在空中轻轻一磕，发出清脆的声响，又各自分开。如同池塘里漂浮游弋的浮萍，短短相聚，随即就是漫长的分别。

沈千秋喝了两口酒，还没来得及吃上一口菜，旁边周时又开始敬酒："千秋，这一杯我敬你。"

他紧紧盯着沈千秋的眼，手指微微颤抖："李队的事，我知道你费了不少心。千秋，我都知道！我……我替李队和嫂子一家人感谢你！我……谢谢你！"

两个人目光相对，沈千秋突然记起，当时破坏那批防弹衣，虽然是李队的计划，但应该都是周时操作的。她把这件事扛下来，别人不知道，周时心里肯定什么都明白。她替李队担下这事的同时，也间接地帮了周时一个大忙。

大概见她久久不语，周时又用口型对她无声地说了句："珍珠耳环，是我拿的。"

沈千秋不禁流露出些许讶异，随即又释然，怪不得周时看着自己的目光除了感激，还有愧疚。身为刑警，无论什么原因，偷藏证物都要接受调查甚至革职。可她从前一直以为珍珠耳环是李队偷藏的，万万没想到这里面竟然也有周时的暗中帮忙。

可无论是李队授意，还是周时主动，两个人当时的动机无非是为了保护证物，从而让案件有真相大白的一天。她当初既然已经打算要把整件事承担下来，那么无论是为了谁，从本质上都没有任何差别。

无论原因如何正义，行为上出了偏差，就必须有人站出来接受惩罚。

李队已经牺牲了，她也因为眼睛的缘故没办法继续做刑警这一行，那么让周时继续好好地生活下去，充满热情地继续他们三个人的刑警梦，是她此时唯一能为大家做的。

想到这儿，再看着周时隔着镜片隐隐含泪的双眼，沈千秋忍不住朝他微微点头："都是我分内的事。"

两个人各自闷头喝了一口酒，默契地把这件事揭过去，没有再提。

嫣儿在这时把果汁倒进杯子里，也举起了杯子："这段时间，我和逸飞都不在队里。千秋、周时，你们辛苦了。"她又朝周时笑了笑，"以后咱们仨还在一个部门，周时，多多关照啊！"

周时递过酒瓶，轻巧地碰了下杯壁，又喝了几口酒。从头至尾，目光都没往黄嫣儿那边递过。

沈千秋也站起身，和嫣儿碰了碰杯。

喝完嫣儿敬的酒，她扫了赵逸飞一眼，开口道："嫣儿、逸飞，我……对不住你们两个的地方很多。谢谢你们两个今天能不计前嫌，来为我送行。"

"千秋，你不要这么说。"赵逸飞也站了起来。他的脸色难看得厉害，低垂着眼睛。但从沈千秋的角度可以清晰地看到，他的眼圈是红的。

黄嫣儿的脸色也变了又变，她看向沈千秋，目光是带着询问的："千秋，你接下来打算怎么办？"

沈千秋浅笑着说："我要回平城办点事。事情办好，可能会留在那儿，也可能会回来，或者去其他地方。暂时还没想好。"

黄嫣儿目光流转，嘴角抿出一朵笑："你聪明能干，无论以后做什么，肯定都能过得很好。"

"那就借你吉言了。"沈千秋说，"这杯酒，敬你和逸飞。希望以后无论怎么样，你们两个都能幸福、开心。"

说完这句话，她把剩下的半瓶酒一饮而尽。

黄嫣儿的目光亮晶晶的，说了句"谢谢"，小口小口地抿着杯子里的果汁。赵逸飞没有说话，垂着眼，也把手里的那瓶酒喝光了，这才坐下来。

"别光顾着喝酒，咱们吃菜。"周时原本并不是队里最爱说话的，现在却像从前的赵逸飞一样，学会了打圆场。这段时间，每个人都有了不小的变化，他也不例外。

"今天的鲈鱼做得不错，千秋，你尝尝。"周时指了指桌子中央的那道清蒸鲈鱼。

沈千秋便依言夹了一筷子鱼肉。她见另半边桌子的黄嫣儿和赵逸飞都迟迟不动筷，好像在僵持着什么，便说："嫣儿，你也吃点鱼吧。鲈鱼有营养，对宝宝也好。"

黄嫣儿深深瞥了赵逸飞一眼，转过了脸："好呀。"

大概是怀着孩子，几个人之中，黄嫣儿的胃口倒是最好的。一条清蒸鲈鱼她吃了大半，糖醋排骨和她自己点的那道蕨根粉也吃了不少。

见她吃得欢，赵逸飞又为她倒了点橙汁，语气有些迟疑："你要不还是少吃点吧，免得回到家又难受。"

黄嫣儿嘟起了嘴："今天好不容易有胃口，你又嫌我吃得多。"她有点委屈地抚了抚自己小腹，"这又不是我自己要吃，是孩子想吃。"

这番话说得又娇气又委屈，赵逸飞听了也忍不住面色柔软，难得多说了句："我也是怕你吃多了身体不舒服。"

黄嫣儿觉察到他语气的变化，咬着筷子尖，扭过脸看他，眼睛里含着浅浅的笑："逸飞，我突然想吃豌豆黄。"

赵逸飞有点懵："啊？噢……"他四下看了看，"我看看菜单，不知道它这里有没有。"

沈千秋身后不远处就是放菜单的桌子，她起身递了一份菜单过去，又说："我记得咱们警队偏门那边有一家甜品店卖豌豆黄。要不，我去买一份吧？"

黄嫣儿面色迟疑，赵逸飞却已经站起身："不用不用。你吃吧，我去。"

黄嫣儿扯了扯赵逸飞的衣角，指指桌子上已经空了的盘子："逸飞，我还想吃蕨根粉。"

赵逸飞下意识地说："噢，那要不……再点一盘？"

沈千秋干脆地说："你们先吃，我去买豌豆黄，很快就回来。"说完，她拿起随身的钱包，转身开门走了出去。

赵逸飞也不干了，绕过椅子就追了出去："千秋，你回来，我去就行！"

黄嫣儿想拽他，动作却没他快。眼见着两个人一前一后跑没了影，她的脸色瞬间沉了下去，"啪"的一声把筷子摔在桌上。

雅间里空荡荡的，只剩下两个人。周时原本垂着目光，看见沈千秋干净得几乎什么都没沾的碗盘，又看到黄嫣儿那边堆成小堆的排骨和鱼骨头，忍不住也把筷子一摔，"腾"地一下站了起来："你折腾够了没有？"

周时从前在队里是最不爱张扬的性格。他长得斯文，说话也文气，没有赵逸飞那么痞，也不像达哥爱八卦。他和所有人的关系都很不错，但跟黄嫣儿又是所有人里最好的。当初嫣儿出事，第一个抢起拳头揍赵逸飞的人就是他。可这天晚上，饭桌上几次气氛压抑，第一个出声吼黄嫣儿这个孕妇的人，也是他。

如果这时沈千秋和赵逸飞还在场，恐怕要惊讶得话都说不出来。

而唯一在场的黄嫣儿，此时也确实惊得半天没说出一句话。过了好一会儿，她才出声，嗓音却是颤巍巍的，带了哭音："你干吗吼我？"

周时抬起头，他几乎一整晚都闷着，只有在气氛实在僵得不像话的时候才开口调和一下。这时他抬起眼睛看向黄嫣儿，目光却是又沉又利："当初的事要怪就怪我和赵逸飞，是我们两个没能保护好你！你自己也要担一点责任，身上没有功夫，偏要逞强。你如果时刻跟紧了赵逸飞，或许也能避免事情发生。但这些跟千秋有什么关系？那天晚上她根本就没跟着出任务！你不怪赵逸飞，要跟他结婚生孩子，他也答应了。事情都如了你的愿，现在倒把火都撒到千秋身上？她都要走了！你就不能让大家安安生生吃完这顿饭吗？"

黄嫣儿目光直直地望着他，隐约含着水光："如了我的愿……周时，你又不是我，你知道我的愿望是什么？"

周时在气头上，语速飞快地说道："你还想要什么？"

"我想要把自己清清白白地交给自己喜欢的人！我喜欢赵逸飞，想跟他结婚生宝宝，但不是在这些事发生之后！你懂吗？"黄嫣儿几句话说得又快又狠，语气铿锵，就连周时都被她说得愣住。

过了好一会儿，周时才颓然坐了下来，说了句："可是事情已经发生了。"

"对！"黄嫣儿的嗓音又脆又坚决，眼睛里含着的泪滑下脸颊，嘴唇微微颤抖着，"已经发生的事，就不可挽回。我虽然要和逸飞结婚了，但这一切跟我当初想的半点都不一样。"

周时哑声问："那你到底想怎么样？"

黄嫣儿瞥了他一眼，唇边漾起一朵笑，泪水如同成串的珠子滑落在裙子上："周时，我知道你喜欢我。我一直不回应你，是我不对。"

周时闭上眼，脸色紧绷，藏在桌下的拳头骨节几乎捏得发青。过了好一会儿，他才说："嫣儿，我只是想对千秋公平一点，你懂吗？她为我们背了太多东西，她……她都要走了，很可能以后都不回来了。最后这顿饭，我们几个人好好把它吃完，行吗？"

许久，周时甚至都以为黄嫣儿不会答应了，才听到她轻轻答应了声："行啊，周时。"

周时睁开眼，又拿起一瓶啤酒，磕开瓶盖，朝黄嫣儿的方向做了个敬酒的姿势："我敬你。祝你和赵逸飞婚姻幸福，白头到老。"

"谢谢。"黄嫣儿端起橙汁，又抹了抹脸颊的泪，破涕为笑。

周时突然意识到，一整晚，黄嫣儿虽然不停地笑，但只有沈千秋和他祝福他们两个婚姻幸福这两次，嫣儿的笑最真实最甜美。

4.

沈千秋一路坐电梯到了楼下，身后，赵逸飞跑楼梯也追了上来。

沈千秋转头劝他回去："嫣儿身体不好，你好好照顾她。就买个豌豆黄，我去就行。"

赵逸飞看着她："一起去吧，我过去没留意过这些。以后嫣儿如果想吃了，我也就认识路了。"

沈千秋见他眼睛里隐隐含着泪光，便没再说什么。

两个人肩并肩，走在警局外的这条林荫路上。路旁高大的梧桐枝繁叶茂，就着路灯的光，往两人脚下投下无数婆娑暗影。身旁不时有车辆经过，不远处的大排档人声鼎沸，依稀能闻到烧烤的气味。

赵逸飞说："我记得你最喜欢吃这家的鸭脖，又辣又香。上次和白肆咱们三个一起吃夜宵，我还买了半斤。连白肆那小子都吃了好几个。"

沈千秋"嗯"了一声，赵逸飞又说："还记得咱俩有天晚上沿着这条路一直吃吗？说是要找到最好吃的辣鸭脖和烧烤。那晚你吃了三碗凉面，一边跟我说肚子疼，一边说怎么也得把最后一家鉴别完再回家。"

"我记得。结果就属最后那家的烧烤最好吃，把我悔死了。"

"拐角那家的葱花饼还有盐水毛豆味道最正。麻辣烫还是偏门的那家好吃，他家隔壁就是面包房，你最喜欢吃他们家的咖啡味蛋挞……"说起周围这些小吃，赵逸飞如数家珍，喋喋不休说个不停。

沈千秋微笑得听着，不时插两句。等走到赵逸飞说的那家面包房，沈千秋转过身，指了指街对面："我说的那家甜品店，就在那儿。他家的豌豆黄和桃花酥都很好吃，我帮嫣儿带过两次。"

赵逸飞没说话，只是目光又垂了下去。他望着自己脚尖前头的那片空地，过了许久，才说："千秋，我知道自己现在没资格说这句话，但过了今天，我怕我再也没机会说了。"

"千秋，我喜欢你。"

沈千秋轻轻地答："我知道。"

她从前是真的不知道。可经过嫣儿的事，听了她说了那番话，再看那件事后赵逸飞对自己忽冷忽热的样子，如何还不知道赵逸飞从前喜欢过自己？

赵逸飞依旧低垂着眼，两手垂放在身体两侧。他明明挺高的个子，却仿佛被什么东西压垮了似的，额头眼角似乎隐约可见浅浅的细纹。才不过几十天光景，他却好像已经老了十岁。

沈千秋说："逸飞，你真想好了，要跟嫣儿结婚？"她是知道自己这位师兄的脾气的，看着落拓不羁，骨子里却最保守负责。一旦决定了的事情，九头牛都拉不回来。

赵逸飞"嗯"了一声，说："我心里有数，你不用担心。"

沈千秋见他一直不肯抬头，就说："我去买豌豆黄，你在这儿等我。"

径直穿过马路，看着不远处甜品店的粉色招牌，沈千秋突然觉得眼睛有点模糊。

身后，赵逸飞脚尖前的那片地上，突然晕开两朵细小的水圈。水圈圆圆小小，悄无声息，似乎连泪滴的主人都没有听到。

赵逸飞抹了把眼睛，抬起头望着头顶的天空，已经做了决定的事，注定不能回头。

这大概是他最后一次和沈千秋单独相处，也是他最后一次为自己妻子以外的女人掉眼泪了。

回到"缘来湘聚"的包间，桌上的冷菜冷汤都撤了下去，换了一壶热茶还有几盘甜点。嫣儿笑着从沈千秋手里接过点心："麻烦你了，千秋。快坐下喝杯茶吧。"

沈千秋进雅间前就结过账了，闻言笑了笑，说："我还有点事，就不多待了。"她指了指黄嫣儿手里的袋子："多买了几样，够你们三个吃的。都赶紧尝尝吧。"

周时立刻站了起来："千秋，没什么要紧事的话，就再多待会儿吧。"

"是啊。"赵逸飞也跟着挽留。

黄嫣儿浅笑吟吟，只看着沈千秋不说话。

"不了。确实有比较重要的事。"沈千秋朝三人摆了摆手，"先走一步。你们保重。"

推开门走出雅间的那一瞬间，沈千秋突然觉得有些难过。并不厚实的一扇门，就这么隔开了过去和现在。那些被她就此丢在脑后的，有让她沉重得几乎背不动的过去，也有甜美得让她舍不得丢的回忆。

倘若还能继续，哪怕那些东西再沉重，再让人难受，她也甘愿继续背下去。然而时过境迁，依旧是从前的那几个人，但每个人都变了，勉强继续，只会让大家心里都不舒服。

她先走一步，固然心里不舍，但留下来的几个人，大概也都能坦然过日子了。

Chapter 15

白 | 家 | 老 | 宅

1.

几天后的一个清晨，沈千秋和白肆一同踏上了前往平城的高铁。这些日子太多事情接踵而至，直到最近几天，沈千秋才抽出时间和精力，把从前赵逸飞帮她租赁的那间小公寓又转租了出去。房子一倒手，再加上处理掉那些七零八碎的家具、旧物，手里倒多出一些闲钱；算上从前的积蓄，哪怕眼下工作没着落，倒也能撑一段日子。

从车站出来，已经是下午两点多钟了。六月的平城艳阳高照，空气干燥，两个人在临安住了好几年，乍一回来都大呼不适应。

白肆把行李放在一处阴凉地方，颠颠跑到最近的一家甜品站买了两支甜筒回来，递了一支给沈千秋。

沈千秋鼻梁上架着一副墨镜，头上还戴着一顶遮阳帽。她手里拖着拉杆箱，背上还背着一个双肩背。不用别人说，她自己都觉得自己像是外地来旅游的。咬了一口甜筒，沈千秋有点小声地说了句："白肆，你是不是得先回趟家里？"

白肆想都没想地说："不回。咱们去我三哥那儿！"

"你还有三哥？"沈千秋纳闷，她不记得白肆上头还有第三个堂哥啊。

白肆笑着拨通手机，一边解释："不是我家里的，不过我们的交情可比我跟我那俩堂哥还要铁。"

俩人在阴凉处站了差不多半小时，白肆的手机又响了起来。他把手机摁了免提，就听话筒里传来一个有些低沉的男声："四儿，过来也不提前打声招呼。这么随叫随到的，也就是三哥我能了。"

白肆笑嘻嘻地回道："那是！我就知道三哥最靠谱！"

"你抬头！"电话里的男声指挥他："往你左手边看，再往左！"

白肆和沈千秋一同顺着他指挥的方向看过去，就见马路旁边停着一辆咖啡色沃尔沃，驾驶座的窗子那儿探出一颗脑袋，正朝着他们招手："看到我了吗？"

"看到了！"

"赶紧过来，这块儿不让停车。我怕停得太远你们不好找，就停这儿了。"

"好嘞！马上！"

对沈千秋和白肆来说，跑两步是小意思，不多时两个人就冲到车子跟前。他们把行李箱塞进后备厢，一前一后坐了进去。

车子里的男人吹了个口哨，从后视镜看了眼坐在后头的沈千秋："动作很快啊！"说着话，他把车子向后倒了一小段距离，掉了个头，踩动油门上了主路。

白肆给两人介绍："千秋，这是黎邵晨。三哥，这是千秋。"

沈千秋又多添了句："你好，我是沈千秋。"

黎邵晨从后视镜里瞥了她一眼，说："你不用自我介绍，这些年听白肆磨叨你，磨叨得我耳朵都要出茧子了！"

沈千秋闻言，面色微赧，目光一横，朝着白肆瞪了一眼。

白肆浑然不觉，笑嘻嘻地说："三哥，我们这刚下车，还没吃饭呢。"

黎邵晨说："哎，哎，打住！我这待会儿是真有事，不能陪你们了！我先把你们送回家，那附近小吃店饭店什么的都有，你们自己去找。"

"行。"看样子两个人确实关系很铁，彼此说话也不多客气。"那你把钥匙给我们留下一把。"

黎邵晨说："两套钥匙都给你们。自己拿，对，就是系红绳的那个。"黎邵晨指挥白肆从杂物箱里摸出那两套钥匙，"你们这不是要在平城待一段时间嘛，就先住那儿。别跟三哥客气。"

白肆把钥匙揣在兜里，说："我肯定不会跟三哥多客气。等三哥什么时候有空去临安，我和千秋也一样好好招待！"

黎邵晨瞥了他一眼："哟！一个临安你还待不够了？"

白肆挠挠头："我这不还有一年才毕业呢。再说了，以后的事儿，我也说不准。"

黎邵晨点点头："也是。"见沈千秋一直不说话，黎邵晨从后视镜瞥了她一眼，说："那个……沈小姐，房间我之前让小时工打扫过，冰箱里各类食材都有。我最近工作比较忙，有什么地方招待不周，见谅啊！"

沈千秋连忙说："不会，不会。你太客气了。"想了想又添了一句，"这次来平城，麻烦你了。"

"哪儿的话。"黎邵晨笑着说，"等过几天忙完了，我请你们好好撮一顿。"

黎邵晨确实很忙，他把两个人送到楼下，讲明了门牌号，就匆匆离开了。两个人拖着行李上楼，大概安置一番。白肆打开冰箱，一边说："我三哥估计是不知道冰箱里都有什么材料，嘱咐你还不如嘱咐我。"

沈千秋白他一眼："真让你说的好像我不会做菜似的。"她扫了眼冰箱上层的那些蔬果，拿过两个西红柿在手里掂了掂，说："今天就让你尝尝姐的手艺！"

白肆连忙把西红柿从她手里抢回来："我的大小姐，咱还是等你眼睛完全康复了再秀手艺吧！今天还是让小的来！"

沈千秋见他那副忙不迭的样子，扑哧一声笑了出来："白肆，我过去怎么没发现你这么狗腿？"

白肆把西红柿放在桌上，又从冰箱里挑了两样蔬菜："没办法，我在家里就属于食物链的末端，不好好表现，随时都可能被踢出家门啊。"

"得了吧！"沈千秋懒得跟他耍贫嘴："哎，说正经的，你真不用回家看看？"

白肆把鱼肉和蔬菜都拿到厨房，一边料理一边说："真不用。"

沈千秋迟疑道："那唐阿姨不会……"

白肆嗤笑一声："她管不着我。"一抬眼，瞥见沈千秋脸上忧虑的神色，解释道："看把你愁的，这有什么。我从上大学就没怎么回过家，除了过年那两天，基本都没怎么见过她的面。"

白肆从前没说过这个。沈千秋闻言也吃了一惊："你，你不是每年假期都回来吗？"

"回来是回来，不代表一定要回那个家。"白肆着重强调"那个"，语气显得很厌恶，"我每年回来都会去看爷爷。"

沈千秋沉默片刻，说："白肆，你为什么会跟唐阿姨闹得这么僵？"

重逢以来，每每提及唐虹，白肆都是一副冷漠甚至厌恶的口吻。两人刚重逢那阵，关系尚且有些僵，沈千秋自然不可能问这么深。可如今两人一起回到平城，着手调查当年的事，两人的关系和情谊自不可同日而语。

白肆这次却没有像往常那样，那么快地回答沈千秋的问题。他拧开水龙头，说："待会儿吃完饭再说这些。"

沈千秋敏感地察觉到一丝异样，但人往往是这样，事到临头，越是对事情的某个方向有着清晰的预感，越是不愿意往那个方向深入了想。

不等沈千秋多说什么，白肆抬手关上厨房的门："你去歇着吧，中午吃简单西餐，很快就好。"

隔着一道门，沈千秋有些愣怔。

在临安的时候，她日日都盼着能早点回到平城。一方面是许久没有回来过，另一方面也是更重要的，她和白肆此次回来的意义重大。

离解开困扰自己多年的谜题的结果越来越近，可不知怎的，这个时刻的沈千秋破天荒地有了一点逃避的念头。

诚如黎邵晨所言，冰箱里的食材和厨房的各样器具都准备得非常齐全，而白肆长久以来都习惯了准备两人份的餐饭。饭菜端上来，他本人也露出了满意的微笑："千秋，快尝尝。"

香煎三文鱼、番茄肉酱面、奶油烤土豆以及一大份蔬菜沙拉，沈千秋为两人各倒了一大杯气泡矿泉水，围桌坐下，美美地吃了一顿。

饭毕，沈千秋忍不住感慨："突然想起小时候吃的炸酱面，要是再有点黄瓜丝儿就好了！"

白肆忍不住笑："今天已经吃过面条了，明天吧！你要是想吃那口，明晚给你做地道的炸酱面。"

沈千秋笑眯眯地说道："我还想吃烤鸭。"

白肆扶住额头："这个在家里真没法做……咱们得去外面吃。"

看了眼两人面前空空如也的碗盘，沈千秋站起身："饭都是你做的，刷碗就由我来吧！"

放在往常，白肆肯定会跟她抢。尤其她眼睛刚好没多久，视力不佳，白肆更不会让她动手做这些家务。但这次沈千秋开了口，白肆却没多阻拦，点了点头说："去吧。"

沈千秋见他虽然脸上还带着笑，眉宇间却透出一股深思熟虑的决然，突然想起刚到家时，两人谈及的事。她也没多说什么，端着碗盘去了厨房。

2.

黎邵晨的这间公寓面积不大，胜在格局合理，因此并不觉得逼仄。从厨房出来，一眼可以望见客厅和相连的阳台。阳台上摆着一盆高大的绿色植物，远处的天色不知何时阴了过来，厚重的云朵漂浮在天空，仿佛正在酝酿一场巨大的风暴。

白肆站起身，关上原本半敞通风的窗子。他身后的茶几上，雪白的纸张随风飘起……

沈千秋走上前，拾起掉在地上的纸，瞥见纸上第一行写着的字：沈若海，男，一九六二年生人，十八岁入伍；二十三岁退役，后加入国家特殊安全部门；二十九岁受命成为白齐的私人保镖。

沈千秋的手指忍不住微微颤抖起来，她抬起眼，见白肆手里拿着另外几张纸。两个人的目光触碰在一起，白肆眼瞳如墨，看人的时候仿佛一潭深不见底的水。

"这资料你是从哪里弄来的？"

白肆静默片刻，最终还是把手里连同茶几上的资料一起递了过去。

沈千秋忍了又忍，眼眸里仍然忍不住浮起一层水雾，她执拗地看着白肆："白肆，这资料你从哪里弄来的？"

白肆看着她："我告诉过你，我也一直在找人帮忙调查当年的事。"

"你确定这是真的？"沈千秋的嗓音有些颤抖。捧着那一叠纸张的双手如有千斤重，连肩膀都跟着微微颤着。

白肆在沙发上坐了下来："千秋，我说过，答应你的事，我一定会努力做到。我曾经答应过你，有关沈叔叔和我爸的事，我知道多少，一定对你和盘托出。你手里这些，就是我目前查到的所有。"他看着沈千秋垂下眼睫，她的眼睫毛纤长微垂，如同受到雨水扑打的花蕊，微微颤着，看得人心生怜爱，"千秋，你先别急，把这些资料都看过一遍，再问我你想问的事也不迟。"

沈千秋也在沙发边坐了下来。如同木偶一般，动作迟滞，几乎目不转睛地翻看着手上的一张张资料。

第一张，写的是有关她父亲沈若海和她母亲邱棠的种种信息。除了父亲从部队退役后进入国家有关部门工作这一条，其余所有内容都跟沈千秋已知的完全吻合。再翻到第二张，记录的则是白家的概况，这张纸的内容甚至比第一张沈家的还要更详细些，从白肆的爷爷讲起，囊括了包括白肆的父亲白齐在内的白家第二代三个兄弟，再讲到白齐的择业以及和唐虹的婚姻，最后讲到了白齐与邱棠的同窗之谊，以及后期和沈若海的坚固友情。

这些内容，有些是沈千秋通过父亲当年的日记得知的，有些则是她作为一个彻头彻尾的外人压根不可能也不应该知道的白家秘辛。沈千秋越看呼吸越急促，看完第二张，她忍不住转过脸："白叔叔不是在大学实验室搞科研的吗？为什么会成了国家公务人员……"

白肆垂着眼眸，看着那叠资料说："有些科研项目涉及国家机密，一般在项目完成的三十年后才有可能解密，甚至有的会一直作为绝密档案处理。我爸爸对外一直都是以大学教授和科研人员的身份出现，但具体的科研项目并不是对外公布的那些。"

沈千秋又垂下头，把剩下的资料一字一句地看完。

过了许久，她才开口："所以，白叔叔一直都知道我爸爸的真实身份。他们都是为国家工作……都是，好人对吗？"

她说这话的时候，声音颤抖滞涩得厉害，眼睛里含着浅浅水光。白肆一直知道，沈千秋并不是个爱掉眼泪的姑娘，可这段时间以来，为了各种各样的人和事，沈千秋已经在他面前掉了太多眼泪。而真正要探寻和两个人切身相关的事，沈千秋表面还在强撑，心里大概早已掀起了惊涛骇浪。

白肆露出一抹苦涩的笑："目前看来，至少他们从事的职业都是正当职业，都是为国家办事，算是……职位比较特殊的公务人员吧。"

他后半句话没说完，但沈千秋很明白。做的是正当职业，不代表就是好人。虽然作为他们的孩子，两个人比任何人都更希望自己的父亲是个好人。

沈千秋垂下眼，说："其实有关我爸的职业，我一直都有点怀疑……小时候我爸和爷爷常常在晚上说话，有时他们以为我睡着了，但其实我在装睡。平时我爸总是出差，我很想他，总想多跟他待一会儿……"她的声音轻轻的，带着一丝并不明显的心虚，"后来，我一直在看他当年记的那本日记，日记里并没有透露太多内容……"她苦笑了下，"可是我后来自己也当了警察，发现他日记里会出现一些类似密码的东西，再加上其他的一些线索，我开始怀疑他当年除了给白叔叔当保镖，是不是同时还有其他的工作。"

白肆问："你一直不肯跟我说当年的事，是不是也是因为这件事？"

沈千秋凝重地点了点头："我怕……我爸当初留在白叔叔身边，就是为了调查他……"说到这儿，她抬起头看了白肆一眼。

白肆却被她那个小眼神看笑了："你是担心我爸不是好人，所以当初沈叔叔出于职责所在，跟我爸的死有关？"

过了半晌，沈千秋才点了点头。

白肆却笑了："既然你都担心我爸不是好人了，怎么还愿意搭理我？"

沈千秋白了他一眼："你以为我是三岁小孩啊，你爸是你爸，你是你，上一辈的事不能跟咱们的事混为一谈。"

一句"咱们的事"，让白肆打从心底里觉得熨帖起来。他笑得眉眼都舒展开来，说："记住你说的这句话啊，沈千秋！"

沈千秋心思一动，又丢个白眼给他："幼稚。"

白肆似笑非笑地盯住她："我说认真的。"他站起身："东西都看差不多了，咱们也该动身了。"

沈千秋被他拉起来的时候还一头雾水："去哪儿？"

"白家老宅，我爷爷那儿。"

3.

前往老宅的路上，白肆说："我爷爷也有十多年没见你了。待会儿见了你，他肯定很高兴。"

沈千秋抿着嘴唇，有些迟疑地开口："爷爷现在……是独居吗？"

白肆点点头："大伯二伯都有自己的住处，老宅现在没什么人，除了爷爷还有两个老用人，都是跟了爷爷半辈子的。"说到这儿，他侧过脸朝沈千秋眨了眨眼，"管家爷爷也在哟！"

沈千秋有些惊喜："管家爷爷也搬回老宅了？我还以为……"

"以为什么？"白肆瞥了她一眼，语气转淡，"我都不在平城了，他怎么可能还留在那个家里？"

"那个家"，指的是白肆从小住到大的家，也是从前白齐、唐虹、白肆一家三口住了十多年的家。

白家老宅在近郊一处靠近乡下的地方，车子开了将近两个小时才到。一下车，白肆喊了一声，就听到两声狗吠。

紧跟着，院门打开，一条德国黑背从里头狂奔而出，直冲着白肆扑了过来。

白肆似乎早有准备，身子后仰倒退两步，把黑背稳稳接在怀里，扶着他两只前爪让它落回地上，一边笑着说："不行小黑，你现在太重，我可抱不动你。"

小黑似乎很兴奋，对着白肆又"汪汪"叫了两声，把目光投向站在一旁的沈千秋，围着她绕了两个圈，又凑近她的小腿嗅了嗅。

沈千秋穿的七分裤，被它嗅得有点痒，忍不住想躲，白肆却攥住她的手腕，不让她走："小黑在熟悉你的味道。"

沈千秋低头看着小黑微微抖动的耳朵，按捺不住好奇心，俯下身摸了摸它。虽然它长得很魁梧，但性子还不错，被她摸了耳朵揉着后脖颈也不生气，反而还抬起头蹭了蹭她的手臂。

沈千秋惊喜地抬起头，开口道："它很喜欢我！"

白肆笑着没说话。小黑今年三岁，他从它差不多三个月起就开始丢沈千秋从前用的东西给它闻，虽说用旧的衣物味道很淡，但也足够让小黑习惯主人的味道。如今见到"正主"，小黑怎么可能不温顺？没看它那尾巴正在后头一摇一摆的嘛！

"小少爷。"有点老迈的声音在近前响起，沈千秋和白肆一同抬头，就见一个有些佝偻的身影出现在两人面前，他穿着白色的确良半袖和布料裤子，一手拄着拐杖，布满愁容的脸上显出一丝难以置信的欣喜，"小少爷，真是你回来了！"

他也看到了蹲在地上和小黑玩耍的沈千秋，眼睛里露出几分迟疑："这位……"

沈千秋站起身，走上前朝老头儿笑着伸出手："管家爷爷，我是千秋，您不认得我啦？"

沈千秋当年走的时候只有十四岁，如今过去十一年多，如果仔细分辨，不难看出她的脸庞还有当年少女时代的影子。只是五官长开了，眉眼间的线条更英气了些，不像小时候那么文秀。但一挑眉一微笑的样子，只要是熟悉的人看了，就会觉得如在同一个模子里刻出来一般。

管家爷爷盯着她的脸看了好一会儿，突然也笑起来，拉着沈千秋的手说："真是千秋！还真是千秋啊！"他又看向白肆，"小少爷你还真把沈小姐找回来了！"

白肆也笑了："是啊。我把千秋找回来了。"

两个人平时在一起，沈千秋也没少见白肆笑过。但似乎哪一次的笑容都不像眼前这样，唇边的笑一直映进眸子里，可眼眸里却仿佛含着水光。

大概是感觉到沈千秋在看他，白肆不动声色地微微撇开脸，问管家爷爷："我爷爷呢，他在家吧？"

沈千秋知道他又不好意思了，心里忍不住想笑，眼眶却湿热热的。

管家爷爷这次却没那么快回答。

沈千秋见他面露迟疑，握着拐杖的手也在微微颤抖，不由得心里升起一种不祥的预感。

白肆似乎也觉察出她的不安，扫了她一眼问："怎么了，是不是爷爷最近身体不太好……"

管家爷爷沉吟片刻，说："老爷最近身体一直不大好……昨晚，又受了点惊吓，现在正在房间里休息。"

白肆脸色一沉："什么叫受了点惊吓，昨晚出什么事了？"

管家爷爷抓着白肆的手紧紧攥了攥："也没出什么大事。咱们进去说，进去说。"

白肆不由自主地看向沈千秋，千秋朝他微微颔首，扶着管家爷爷牵着黑背一起进了院子。

4.

白家老宅并不像许多人想象中的富丽堂皇。

院子里遍植草木，靠近门边的位置栽了两棵枣树和一棵枸杞。石子铺就的小径弯弯曲曲，道路两旁的几垄地种了些药材，有些地方还搭着木架子。几个放在角落的水缸里栽着白莲，看着并不起眼，却飘逸着淡淡莲香。

房子是几十年前建的，放在那个年代大概称得上雍容华美，放在现在就有些不够瞧了。有些老旧的二层小楼外爬满了绿油油的爬山虎，楼下种了两丛洁白芬芳的草本茉莉。

无论是房子还是院里的摆设，都仿佛停留在了曾经的那个年代。或许在外人眼中，这样的小院破房简陋得不堪一提，但在白肆和沈千秋看来，和幼时几乎一模一样的装潢摆设，光是看着就让人生出一份亲切和熟悉的感情来。

沈千秋边走边四下扫视着，语气里透出一种羡慕："这里还跟小时候一样，一点儿都没变。"

白肆看了她一眼，说："爷爷喜欢这儿，城里虽然也有房子，但他觉得不如在这边住着自在。一年里大多数时间都在这边。"

管家爷爷也点了点头："老爷说这边好，有树有花，老朋友也多，比城里住着舒坦。"

三个人一同进了大厅。因为老房子的缘故，即便是白天，厅堂里也有些暗，所以一直点着灯。大厅里铺着老式的枣红色织花地毯，仿明代黄花梨圈椅，中间的地上摆着一缸鱼。

房间里很安静，只有一个三十多岁的妇人在擦拭桌椅。见到几个人一起进来，她先是惊讶，随即便放下东西走上前问好："小少爷您回来了。"

管家爷爷在一旁吩咐："你去让老李盛两碗绿豆冰沙来，再准备些好菜，就说小少爷回来了。"说完，他仿佛才想到什么，看向白肆和沈千秋，"小少爷，沈小姐，你们今晚……"

白肆点点头："今晚不走了。"他又看向二楼，"我想先去看爷爷。"

管家爷爷用拿拐杖的手指了指楼梯："你们先上去。我让阿芬帮你们把房间收拾出来，随后就上去。"

白肆似乎还想再问什么，却见管家爷爷朝他微微摇了摇头，说："老爷这会儿大概已经午睡好了，小少爷可以直接推门。老爷也有半年多没见你了，肯定高兴坏了。"

这意思是不让他提爷爷受惊生病的事。

白肆心下了然，和沈千秋一前一后上了二楼。

推开房门，果然正如管家爷爷所说，白爷爷坐在圈椅上，手边放着一盏茶，戴着一副眼镜正在看书。

白肆三步并作两步走上前："爷爷，您怎么了？"

沈千秋跟在后头，仔细把房门带上，又听了一会儿走廊里的动静，并没有急着上前。

白爷爷见到白肆，也不怎么惊讶，摘下眼镜，用有些锐利的目光扫了他一眼，说："还以为你昨天就会到的。"

白肆确实在回来前的几天就给爷爷打过电话，告诉他可能最近几天会回平城。电话里，两个人并没谈及回平城是做什么事，可白爷爷对自己这个小孙子太了解了。这几年，除了每年春节其他时间几乎都见不到这小子的面，大夏天的突然提出要回来，肯定是有非常要紧的事。

白肆被爷爷这么一说，也有点尴尬，挠了挠后脑勺说："在临安有些杂事处理，回来得晚了点。"他看到爷爷的目光投向自己身后，立刻一个激灵，转过身拉着沈千秋走上前，说，"爷爷，您看是谁回来了？"

白爷爷今年也有七十岁了，但起来并不像七十多岁的老人。他的眉毛头发还是黑色居多，双眼下有着两个大大的眼袋，目光深沉明亮，鼻梁两侧的法令纹很深，看起来更像是个五十出头颇为严厉的中年人。

他只扫了沈千秋一眼，就收回视线："不是沈家丫头嘛，瞧你这咋咋呼呼的样子。"

沈千秋从小就对白肆的这个爷爷有些畏惧，虽说已经十几年没见，但想到自己走前的那些事情，仍旧忍不住有些心虚地垂下眼，轻声说："白爷爷好。"

白爷爷闻声又忍不住多看了她两眼："我记得你当年走时挺潇洒的，怎么大了大了，胆子比从前还小了？"

沈千秋抬起眼，就见白爷爷颇有深意地盯着她的眼，说了句："也难为你了。这么多年没有父母在身边，倒是没长歪。"

沈千秋被说得险些愣住了，倒是一边的白肆站不住了："爷爷，千秋才刚回来，您别这么严厉……"

白爷爷瞥了他一眼："人是你费了老大的劲找回来的，爷爷心里有数。"他看着白肆那个急得恨不得挠墙的样子，就有些郁卒，"你也是，二十好几的人了，能不能长点本事？每天跟在人家屁股后头跑，跟屁虫似的，你能长点出息吗？"

炮火又转移到了白肆身上，但好在不是对着沈千秋狂轰滥炸了，白肆笑嘻嘻地，也不生气："爷爷，我挺有出息的，不信您问千秋！"

沈千秋下意识地就跟着点头说："白肆挺好的，懂事了，也长大了。"

白爷爷看了她一眼，又瞅了瞅白肆，说："去书房吧。这里地方小，你们也没椅子可坐。"

说着他就站起身来。

这一站起来，白肆就发现了问题："爷爷，您的脚怎么了？"

管家爷爷比白爷爷年纪要小一些，大概六十出头，可以说跟在白爷爷身边伺候了半辈子。管家爷爷拄拐杖主要是因为好些年前腰就出了点问题，并不是身体虚弱或者腿脚不好。可白爷爷一直都身体强健，年逾七十，腿脚却很灵便，从来都不用拄拐的。

刚要站起来，他就从椅子旁边捞了根拐杖拄。别说白肆，就连沈千秋一看也吓了一跳。

白爷爷瞪了他一眼："扭到而已，大惊小怪什么？"

沈千秋连忙在另一边扶着，轻声说："爷爷慢点。那今晚让厨房的师傅炖点骨头汤给您补补，这样也好得快些。"

白爷爷点了点头:"千秋丫头还是跟从前一个样,脑子活得很。"

两个人搀扶着白爷爷到了书房。不多时,门被人敲响,管家爷爷站在门口,后头跟着阿芬:"老爷,小少爷,沈小姐。老爷的茶凉了,我让阿芬换了一盏。这是给小少爷和沈小姐准备的绿豆沙,里面放了莲子和荆花蜜,清凉解暑的。"

白爷爷说:"这些事让他们年轻的去做就行,用不着你什么事都盯着。"

管家爷爷笑了笑,没有说话。

白爷爷又说:"今天晚饭多添两双筷子。沈丫头说喝点骨头汤好,你让老李看着做吧。"

管家爷爷闻言,笑着看了沈千秋一眼,说:"我这就让老李去买点新鲜棒骨。"

房间重归安静,白肆有点按捺不住:"爷爷,昨晚到底出了什么事,为什么你的脚会扭到?我听管家爷爷说您还受到了惊吓,到底怎么了?"

白爷爷扫了他一眼,又瞅了瞅沈千秋,说:"沈家丫头,你去给我拿样东西。"

沈千秋依言起身。

"东边书架最上面那栏,你把书都搬开。"

白爷爷的这间书房很大,几乎可以当个小型图书馆了。最东边的书架最上面那栏很高,旁边刚好放着小梯子。大概是平时白爷爷想看书了,就会让佣人蹬着梯子取书。

沈千秋动作很利索,站在梯子上头,把最上面那一栏的书都挪到书架顶上。再一低头,就看到原本应该是书架壁的地方空了一块,延伸进后头的墙壁里。她愣了一下,就又听白爷爷开了口:"那里面的东西,你拿出来。"

沈千秋依言把东西拿出来,又把书依样摆回原位,这才捧着东西下了梯子。

白肆早就坐不住了,只不过爷爷那目光跟刀子似的,明令禁止他上前帮忙。眼看沈千秋稳稳当当下了梯子,这才放下心,略松了口气。

当然,这样的举动又收获了白爷爷的一枚白眼。

沈千秋走回两人身边,坐下来。她看了看手里的东西,是个很旧的档案袋,暗黄色的牛皮纸,大概年头久了,轻轻一碰都有些酥脆。

她抬起头看向白爷爷，爷爷也正盯着她："这些，就是你一直想找到的东西。"

沈千秋这回是真呆住了。她想找……的东西，白爷爷怎么会知道呢？

白爷爷牵了牵嘴角，显然，沈千秋这副呆若木鸡的样子还是让他心情很愉悦的："你当初走得那么急，卖房子被人坑了也一声不吭地走掉。大学考取了公安大学，每年回平城来都要去一趟你父亲的陵园。你想找什么，我这个老头子还是挺明白的。"

沈千秋哑然，她以为白肆是目前最知情的人，却没想到真正知道最多的那位，其实是白肆的爷爷。

她不敢去看白肆的眼睛，垂着头说："我只是……想知道当年的真相。"

白爷爷笑了笑，拄着拐叹了口气："想知道真相，不是什么错儿。可老话说得好，'拔出萝卜带出泥'，有时，为了拔出那棵想要的萝卜，带出来的还不是一般的淤泥啊。"说到这儿，他指了指自己的右脚，说，"也是年纪大了，昨晚被那小毛贼吓了一跳，就崴到了脚。我让老关对外说是夜里下雨，受了点惊吓。"

老关指的就是管家爷爷。

白爷爷说得轻松，白肆却是心中悚然："爷爷，您是说昨晚有人进了你的房间，想偷东西？"大概一时间联想到许多问题，他向来俊美的脸上也染了一层阴霾，"是什么人？他怎么闯进来的，小黑都没半点动静？爷爷，他……"

白爷爷摆了摆手，又朝沈千秋手里的档案袋努了努嘴："就是为了这个。"

白肆的脸色一瞬间沉了下去："是因为我爸的事？"

白爷爷沉默片刻，才说："这个档案袋，是当初沈家丫头走以后，我让人从他家院子的那棵梨树底下挖出来的。"他抬起眼，看着沈千秋，目光中隐隐透出一丝歉意，"沈丫头，你当初走的时候，一定以为白肆妈妈还有我这个老头子，都很不待见你吧？"

沈千秋微微一怔，抿着唇点了点头。她那天为父亲送葬归来，就见那个自称姓唐名虹的红裙女人带着一群地痞占了自家院子。可院子明明是她属意卖给白肆的母亲唐虹的，签了合同盖了章，却没想到人家搬出来个同名同姓的陌生人，二话不说占了房子就赶她走。

她本没想那么仓促离开，毕竟父亲才过世不到两天，家里许多东西也来不及收拾。可她那时才只是个十四岁的孩子，又没有其他长辈帮忙操持，她能怎么办？那时她年纪再小，再涉世未深，也知道自己这是入了人家的套，想反悔也不能了。她自己做的决定签的字，也只能打落牙齿和血吞，所有后果都自己一个人扛下来。

那天，她如同丧家之犬一般匆匆离开，那种绝望如同一个不灭的烙印，死死钉在她的心里。沈千秋就是想忘也忘不掉。

为什么她见到白肆的第一反应就是跑，为什么她始终对白肆表现出的一而再再而三的靠近抗拒，为什么……明明自己也心动了，却还是不敢接纳眼前这个人。不单因为年龄，也不单因为两个人父亲当年不明不白的死，更是因为当年自己的狼狈离开，是白家长辈一手操纵的。

年龄差距可以靠时间来补，当年的谜团可以靠两个人一起努力去解，可白肆母亲以及白爷爷当年对她前后截然不同的态度，才真正让沈千秋冷了血寒了心。

她和白肆之间横亘的东西太多了，新愁旧怨，牵扯不清。

白爷爷看她垂眸不语，眼睫却濡湿了，紧咬着牙也不想掉下泪来的样子，叹了口气说："白肆妈妈不喜欢你，也不愿意你和白肆有来往，这些我是知道的。"

"爷爷，您——"这件事白肆早从李三川调查的资料里知晓，可他一直没想点透。他不想戳破这层窗户纸，就是为了能通过自己的努力让沈千秋明白，他是他，他的母亲是他的母亲。唐虹当年对她的不好，他会在未来的无数岁月弥补回来。可没想到才回到老宅，就被白爷爷把这件事捅了出来。

从刚刚起沈千秋就不敢看他的眼睛，白肆心焦气躁，忍不住想出声阻止白爷爷，却被爷爷一个眼神阻止住。

白肆攥着拳头想起身，哪知白爷爷用拐杖狠狠一捶地砖，瞪了他一眼："坐下！我话还没说完！"

白肆梗着脖子坐下："爷爷，我知道您想说什么。沈千秋，我也把话说清楚，我妈是我妈，我是我。她不喜欢你是她的事，但打算跟你过一辈子的是我！"他见沈千秋头都不抬，语气也有些慌了，"你能不能看着我，好好听我说话？"

白爷爷气得直接拿拐杖敲他的腿："你个臭小子，抢我的话！跟你老子一个德行！"

"爷爷！"白肆急了，"我好不容易才把她找回来，我怕我不把话说清楚，她又跑了！"

白爷爷瞪了他一眼，转过脸看沈千秋："沈丫头，你抬起头，看着爷爷。"

白肆和白爷爷的争吵沈千秋都听在耳中，当年的事她本以为这辈子都不会再有人提起，没想到就这么轻轻松松在白家祖孙两代人面前揭开。那感觉如同对着人展示一个刚刚痊愈的疮疤，疼是不怎么疼了，只是依旧难堪得厉害。

她抬起眼看着白爷爷，就见对方看着她的目光也是五味陈杂，神色难辨："当年白肆妈妈设个套把你赶走，这件事做得很不对，也不光彩。可我没拦着她，我也做错了。"他叹了口气，"我是没想到你一个丫头家会这么固执，甚至为了你爸爸当年的事，跑去那么远的地方干起了刑警。"

说着，他扫了白肆一眼："站起来。"

白肆一个激灵，看明白爷爷眼睛里的神色后，"腾"地一下站起来，还往沈千秋那边挪了两步："爷爷。"

白爷爷说："沈丫头，我当初放任白肆妈妈那么做，是不想你小小年纪被牵扯进这么复杂的事情里。"他垂下眼，望着档案袋，嘴边浮起一个有些嘲弄的笑，"但现在你长大了，也有能力去调查这件事情了，我现在就把这件东西还给你。"

沈千秋身子一震，看向白爷爷，就见他又用拐杖敲了一下白肆的小腿，笑着说："还有我家这不成器的臭小子，也一并给你。你看你是想拿他当出气筒，还是其他什么的，都随你。"

"爷爷……"沈千秋嗫嚅着，"我……"

白爷爷眯上眼睛，笑了笑："年纪大了，说会儿话就觉得累。你们去院子里逛逛，待会儿骨头汤做好了，记得喊我。"

Chapter 16

心｜甘｜情｜愿

1.

当晚，沈千秋和白肆陪着白爷爷一起吃了晚饭，并没留宿，便匆匆赶回城里。路上，沈千秋捧着那个有些陈旧的档案袋，只觉得手上的东西有千斤重。

白肆趁着等红灯的空当侧过脸瞅了瞅她，仍有点不踏实，便喊她："千秋。"

沈千秋抬起头，还没反应过来，就觉得眼前一黑。白肆的整片胸膛压过来，他一只手臂把她牢牢圈住："千秋，你还生我的气吗？你别生我的气行吗？我知道我妈刻薄，我爷爷老谋深算，我爸的事和你爸的事掺和在一起，让你这么多年都过不好。可我们家至少还有我是真心对你好的，我真的想一直跟你在一起，你别生我的气，行吗？"

沈千秋被他抱得紧紧的，整张脸压在他的胸口，连呼吸都有些不顺畅，却有些忍不住地想笑。想笑，又想哭。

她从未有过这样的情绪，一时间也不知道该怎么表达，却把压在她身上等她回答的白肆吓坏了。

"千秋……"白肆又轻声喊了一遍她的名字，语调里隐约带了一丝哭音，"爷爷说你家的老宅一直还在，你走的第二年他就从我妈手里要回来了，每个月都派人去打理。你家院子里的梨树都长得很高了，每年都结许多梨子，总有小孩跑去爬墙摘。还有那几架葡萄，也都还在。你最喜欢的茉莉每年都开，白色的，比我爷爷家楼前那两丛长得还好。你的家还在呢，其他的你想要什么，我都补给你，你别再不要我了，行吗？"

这么多年，白肆和母亲的关系越闹越僵，除了幼时感觉到父母感情裂痕而衍生的孤僻自闭，还有少年时发现母亲冷漠对待父亲亡故一事的愤怒不解。在这份本如履薄冰的母子关系上重重砸下一个窟窿，是他后来对于沈千秋仓促离开平城的隐约猜测。

直到猜测证实，不消沈千秋多说一句，他就已经无法谅解唐虹的所作所为。他忍不住设想，倘若父亲没有过早离世，倘若让父亲亲眼看到他们白家这样对待自己挚友和兄弟的女儿，他的父亲能够原谅唐虹在对待沈千秋一事上的武断专横和牵连无辜吗？

沈千秋无法原谅，沈父沈母无法原谅，就连他的亲生父亲，恐怕都要羞愧得没脸再见老友，可唐虹明知道如此，还是这样做了。

就好像她明知道白父不喜她每日经商跑去和一群男人打交道、谈买卖，也照样在白父死后把生意做得风生水起；就好像她明明已经和白父的关系日薄西山，依旧没有在父亲离世前的那段时间给过他一丝温柔；就好像她明知道自己对她关系冷淡的原因，也依旧不愿为此做出任何让步和改变。

与他一样的顽固不化、自私冷漠，可她是他的亲生母亲。

他能够硬起心肠不原谅，却不敢去想沈千秋会为此对他生出一丝嫌隙。这样的心理真是又矛盾又可笑。就好像一个委屈的丈夫，一面说是自己母亲做得不对做得不好，一面又期望着妻子能够先一步说出原谅的话。

后头接连传来汽车的鸣笛声，沈千秋捶了捶他的手臂，嗓音微哑："我又没说要赶你走，赶紧开车。"

她说话向来别扭，不像别的女孩子，会在高兴的时候说那种软软的很动听的话。可白肆却听得欢喜，松开怀抱启动车子。他右手还牢牢攥着她的手臂，开车的时候，总忍不住扭过头看一看她，好像一个孩子。

车后传来一阵呜呜声，沈千秋扭头，就见小黑坐在车子后座，正扭着头看她。一双乌溜溜的眼睛目不转睛，那样子和某人认真看人时的表情如出一辙。

沈千秋忍不住"扑哧"一声笑了。笑了笑，她又止不住发愁："咱们现在是借住在你那位三哥家里，没狗窝没口粮，怎么养它啊？"

白肆见她肯笑，喜不自禁，哪里顾得问她为什么而笑，还以为她是觉得小黑可爱，便开心地回答道："这些东西都好说，待会儿回去的路上就买了。千秋，你喜欢它吗？它当时被送来家里时一身黑，我就随口给它取了个名。你要不要给它取个新名字？"

沈千秋摇了摇头："就叫小黑吧。再取个新名字，它可能要再适应好一阵呢。而且……"她转过脸，看着某人的侧脸笑得狡黠，"也挺配的。"

白肆反应极快，瞥见她唇边露出的笑意，忍不住脸皮绷紧。过了一会儿又松了口："别在外人面前这么说。"

叫狗小黑，叫他小白，一点家庭地位都没有。这要是让外人听了去，还不得笑掉大牙。

小黑的话题为两人带来几许欢乐。回到家为小黑安置好窝和吃食，两个人回到客厅，一起研究起沈千秋手上的档案袋。

沈千秋一边解开封口处缠绕的绳子，一边轻声说："我觉得，当初在临安盯着咱们的人，似乎一路跟着咱们到了平城。"

白肆却持不同的意见摇摇头："当初在超市给你递纸团的那个人，迄今为止一共出现了三次，一次是出现在仓库，把你救了出去，还给我打电话通风报信；再一次就是在超市，趁乱给你递了纸团，让你离开临安回平城。这个信息和当初在你床底下留的信息是一致的，所以，那次应该是他现身的第一次。我觉得这个人对我们……并没有恶意。"

沈千秋蹙起眉心："可他拿走了爸爸留给我的那箱东西。还有昨晚，他闯进白爷爷的房间，还知道下药把小黑放倒，打破窗户。如果不是爷爷家里有保镖，恐怕人身安全都是问题。"

白肆问："千秋，你有没有想过，拿走你箱子的和留下字迹的，有可能并不是同一拨人。"

沈千秋迟疑："你的意思是说，从头至尾，跟踪我们的都是两拨人？"坏的那个拿走箱子，好的那个留字提醒；好的那个提醒他们离开临安回平城，坏的那个却恰恰走在他们前头一步，想从白爷爷手上拿走档案袋里的东西？

"我觉得这样的解释最合理。"白肆说，"还有，你别忘了，贺子高是怎么知道你的喜好的，还有他提到的那个朋友，还有沈叔叔的死……"

沈千秋干脆把档案袋里的东西都抽了出来："还是先看看这里面的东西。"

事情太混乱，她和白肆分析许久也没捋出个头绪，还不如先看看档案袋里的东西，说不定会有什么新线索。

东西掏出来，没想到又是一个日记本。上面的字迹与连同箱子一起丢失的那本如出一辙，几乎刚打开第一页，沈千秋就惊喜地叫了出来："是爸爸写的！"

白肆对这倒不吃惊，东西是爷爷让人从沈家院子里挖出来的，会是沈若海的东西也不出奇。

但翻看内容，却让两人大为失望。与沈千秋记忆中那个记载着密码的日记本不同，这本日记更像一个个人的回忆录，里面记录了许多和邱棠的回忆，以及沈千秋儿时发生的趣事，这些在沈千秋眼里自然珍贵非常……可是，却帮不上两人什么忙。

直到翻到最后一页……本子是皮质的，摸起来似乎有个小小的凸起。白肆摩挲片刻，从桌上拿了把水果刀，将皮子剖开——

是一把钥匙。

沈千秋把钥匙翻过来调过去地研究了好一会儿，有些失望："这钥匙太小了，根本打不开正常的门。"她能想到的老宅家里所有带锁的东西，尺寸都跟这把钥匙配不上。

白肆却似乎不这么想。

他把钥匙捏在指尖，转了个圈，突然笑了："千秋，我大概知道这是开什么的钥匙了。"

"什么？"

白肆有点得意地笑了："银行保险箱的钥匙。"

2.

得知钥匙可能来自某家银行的保险箱，第二天早起的两个人也就有了行动目标。车子里，白肆对着屏幕上的电子地图分析道："十一二年前就已经开在平城并且对外开放保险箱业务的银行，一共就这三家。

其中画红圈的这家是一家私人银行……"白肆转过脸，朝沈千秋眨了眨眼，"根据我对沈叔叔的了解，我觉得这家可能性最大。"

沈千秋手里还拿着那个笔记本，犯愁道："可是我们去了怎么说啊，直接报我爸的名字吗？我觉得以他当时的情况，用真名的可能性很低……"

白肆也皱了皱眉："千秋，我记得你从前说过，丢的那本沈叔叔的日记里，记录了一些密码……"

沈千秋依旧愁容不展："我也想到了这点，可那本日记本被别人拿走了。"

"你不记得那些密码破译出来的意思？"

沈千秋蹙眉不语，过了一会儿才说："那个本子我看过不知道多少次，怎么会不记得，只是那个地方……"她扫了一眼白肆挂在胸口的那把钥匙，"跟这把钥匙半点关系都没有。"

头天晚上两个人商议完，白肆就找了个绳子把钥匙串起来挂在脖子上，美其名曰"保护证物"。

沈千秋一看就想笑，抬起头，从后视镜里看到对着两人吐着舌头的小黑，不禁说："白肆，咱们带着它……还能进银行吗？"

"能不能也只能先带着它了。"白肆见沈千秋有点不情愿的模样，问，"怎么，这么快就嫌弃它了啊？"说着，他悠悠地叹了口气："早知道就不养它这么多年了，还以为你会喜欢这个礼物。"

沈千秋咋舌："你昨天不是说它今年都三岁了吗？"三年前他大概连她在哪儿都不知道，怎么就给她买条狗备上了？

白肆弯起唇角，侧睇看了她一眼，又看向前方的路："想知道啊？"

"废话。"白肆在开车，沈千秋也不敢多闹他，就往他的手臂上捶了一记："快说！"

白肆却伸出手指点了点自己的脸颊："想知道就亲我一下。"

昨晚听了白爷爷的一番话，从老宅出来后，沈千秋也算是解开多年的心结，可听到白肆这么说，还是忍不住脸颊发烫。她忍不住伸出手指掐了下他的手臂："你说不说？"

白肆配合地"嘶"了一声，从后视镜里看到歪着头打量两人的小黑，又忍不住笑了："就亲下脸颊而已，你也这么凶。"

沈千秋眉毛一竖："什么叫而已啊？"

白肆侧过脸委屈地看了她一眼，又扭过头，摇头叹气："别人家的女朋友都直接献吻，我家女朋友连亲个脸颊都要掐人。人与人之间的差别怎么就这么大呢？"

"谁、谁说答应做你女朋友了！"沈千秋一紧张，连有点口吃的老毛病都出来了。

"我，我说的啊。"白肆刚学了一句，就又被沈千秋掐了一下。这回他干脆伸出手拽住沈千秋作乱的小手，"别闹，我这开车呢。乖乖的啊。"

这副熟练得不行的调戏口吻究竟是怎么锤炼出来的？沈千秋又羞又愤，又不敢真的在车里大动作跟他示威，只能任他拉着手，冷起嗓音准备教育他。

哪知白肆突然一打方向盘，车子猛地向右一转，沈千秋身子倾倒，额头直接撞在了车窗的玻璃上。还来不及开口问清情况，就听"砰"的一声，这回沈千秋不用问也知道是怎么回事儿了。

果然，她伏低身子扭头向后看去，后车窗的玻璃被枪打碎了一个洞，黑背反应也快，早在车子剧烈晃动的时候就蹿到两个人中间，两只耳朵高高竖起，一声不吭地趴在沈千秋腿边，一副严阵以待的模样。

沈千秋忍不住想抬起头看看状况，就觉后脑被一只手轻轻压住，上方传来白肆有些紧绷的声音："别乱动。"

"是什么人？"沈千秋什么都看不到，只能感觉到白肆的车子左右扭晃得厉害，她依稀能听到流弹打到周围车子或者其他物体上的声音。

"看不到。"白肆的声音又冷又快，隐隐含着怒气，"左右都有高楼，对方安排了狙击手，而且不止一个。拐过前面这个弯就是德信银行，看样子是有人打定主意不让我们进银行了。"

沈千秋心里又惊又怒："他们怎么会知道我们要来银行？"从临安到平城，这拨跟踪他们的人如影随形，几乎每一步都算计在他们前头，如今更是干脆在这伏击他们，这是想把他们两个直接干掉吗？

可为什么呢？之前虽说也是步步紧逼，可至少没有做出什么直接伤人的行为，而且就连白肆也判断不准这些人到底是善是恶，直到昨天……

沈千秋心里一凉："白肆，他们是为了钥匙！"

"我知道！"白肆一手开着车，另一手把脖子上挂的绳子狠狠一扯，随后把那把钥匙塞进沈千秋的手里，"千秋，你现在能自己解开安全带吗？"

"我……"沈千秋知道现在的情况，自己不能抬起上半身，她把钥匙塞进贴身的牛仔裤兜里，一手拍了拍小黑的脑袋示意它不要乱动，随即伸手去解安全带的扣子。

黎邵晨的这辆车两人昨天是第一次开，安全带的扣子似乎有些旧了，沈千秋猫着腰接连试了两次都没解开，后背已经满是汗湿。

"快点！千秋！"白肆几乎已经是低吼了。

沈千秋狠狠咬着牙，手指在扣子附近一阵乱摁，就听"嗒"的一声，安全带解开了！

就在这时，白肆侧身而过，一把推开车门，不等沈千秋反应过来，伸手就把她推了出去！沈千秋只觉眼前一阵眼花缭乱，身体在落地之前本能地蜷缩起来，两手抱头，就地一滚。

后背似乎撞在了什么东西上，但好歹停了下来，沈千秋觉得喉头一甜，也顾不得更多。她睁开眼睛的第一秒就看到白肆的车子七拐八扭地躲避那些子弹的射击，然后提速将车子开远了。她看向四周，这是一个非常小的胡同口，刚好白肆把她推下车的地方有一把撑开的伞，还有一个冰柜并一只小板凳，应该是个卖冷饮的小摊。摊主大概刚听到动静就已经吓跑了，远近十米之内的地方几乎没有行人。她的后背撞在了砖墙上，手肘和脸上都有擦破的伤，可此时她根本顾不上身体的疼痛，因为心里冷得出奇。

刚刚白肆一直摁着她的头不让她抬头，所以她对周围环境的观察比不上白肆细致。他会在这样的紧要关头不管不顾地把她推下车，又自己一个人把车子开远，肯定是因为周遭情况已经糟到不能更糟的程度，所以才选择把钥匙交给她，自己一个人充当诱饵把那些人引走。

沈千秋不敢站起来，她眯着眼观察了下街道对面的楼层，并没有看到任何反光的东西。可无论如何，她也不可能在这儿多做停留。她咬着牙站起身，把小板凳往旁边一踢，一手撑着伞，一手推上那只冰柜，垂头猫腰快速往巷子深处跑去。

沈千秋觉得自己的每一步仿佛都踏在尖刀之上，疼不疼都是次要的，更可怕的是她不敢停下。因为哪怕半步的迟疑都有可能意味着死。

巷子并不长，她很快拐过弯，依旧没有听到身后传来任何异响。她把冰柜和太阳伞一扔，攥紧手机沿着小巷向更远的地方跑去。

3.

一边跑，沈千秋一边想，自己这些年混得还真够差劲的。平城本是她的故乡，可自打父亲去世后她就主动切断了和平城的一切联系，大学同学毕业之后四散各地，留在北京的那几个也没什么太深的交情……似乎唯一能让她在这种时刻想到并且放心依靠的，只有白肆。

想到白肆，沈千秋觉得自己的心抽痛了一下，却又很快振作起来，警告自己不要多想。白肆用自己的性命做筹码为她换来逃命的间隙，不是让她在这个时候沮丧或是痛哭的。

由白肆她想到了另外两个人，白爷爷和黎邵晨，可很快又打消了这个念头。白爷爷年纪大了，黎邵晨又是个生意人，其他的事或者可以向他们咨询意见寻求帮助，可这种以命相搏的事儿，恐怕就是白肆在身边，也不会选择把身边亲近的人牵扯进来。

沈千秋突然发现，自己手里攥着手机，却没有一个电话能拨出去。

可难道就真的无路可走了吗？这一带地方老房子居多，道路弯弯曲曲。沈千秋一路狂奔，体力渐渐透支，隐约可以看到不远处的主干道。这附近她一点都不认识，更不敢在这个时候再回黎邵晨的家，可她也不知道自己能去哪儿。更重要的是，她不可能在这个时候真的自己跑个一干二净，抛下白肆不管。

这么想着，沈千秋咬咬牙，决定先找个地方报警。可是为了避免麻烦，不能用自己的手机，否则光被带回去问话就够耽误时间的了。对了，电视机！这件事闹得这么大，说不定早就上新闻了！

不管那伙人是什么来路什么目的，可毕竟是在闹市开枪，只要有人报警，当地警察会以最快的速度带着武装力量赶去救援，那样白肆就有机会脱险。

脑子里乱糟糟地转过无数个念头，沈千秋疾步奔跑拐过一个弯，差点跟迎面而来的电动自行车撞个正着。沈千秋反应很快，两手一挡，身体飞快向侧面一闪，就躲过了对方的车头。她顾不上去看对方的脸色，飞快道了声"抱歉"，就打算接着往前跑。

"哎！哎！姐姐！"黑色电动自行车跟着她调转了个方向，"姐姐，你不认识我啦！你这是要去哪儿啊？"

沈千秋急忙忙转过脸，正对上一张黑黝黝的国字脸。他鼻梁上架了副深绿色的墨镜，见她盯着自己看，连忙伸手把墨镜扯了下来，指着自己的鼻尖说："是我啊！张学中！姐姐你真不认识我啦！"

他把沈千秋上上下下打量了一番，皱起眉头："警察姐姐，你这是……被人追杀？"

记忆中的影像和面前这个龇着一口大白牙朝自己笑的年轻男人重合在一起，沈千秋猛然想起来："你是……那天我在小安胡同抓的那个小偷！"

"咳咳！"张学中猛地咳嗽两声。看看四周，见方圆十米内都没个人影，这才放心下来，"姐姐，打人不打脸，揭人不揭短！咱能不一见面就提那些不堪回首的往事不？"

沈千秋记起这个人的身份，也顾不得跟他插科打诨。她也不客气，走回两步一屁股坐在他的电动车后座："你对这片儿熟吧？附近哪有能打公用电话的地方，最好是有电视的那种小超市！"

张学中反应也快，立刻答道："熟！那是相当熟！我知道前面拐过弯不远就有一家小超市，有电视，还有电话！"

沈千秋和张学中一前一后跑进去的时候，那家超市里的电视机乌拉乌拉响个不停。

电视上正在直播公路上的一起连环撞车爆炸案。从爆炸案发生的时间和具体方位来看，都和白肆所在的位置非常接近。

旁边，店主边嗑瓜子边摇头："现在的年轻人，都喜欢开快车，开快车能落着什么好？"

沈千秋几步冲到柜台前，把那嗑瓜子的大叔吓了一跳。她不知道自己此时的样子有些吓人，她的脸颊和手臂都是擦伤，风尘仆仆，头发散乱，眼睛通红，不知道的还以为是直接从车祸现场下来的。那大叔看了看她，又转过头看了眼电视，低声嘀咕了句："没这么巧吧？"

沈千秋急得几乎说不出完整的话来："电视，电视里那个……说，车主怎么，怎么样了吗？"

她不敢说那个字，因为哪怕光是想想，要把白肆和那个字联系在一起，她都觉得承受不了。

那店主听得挺明白，摇了摇头："据说炸伤了好些人。没说车主怎么样，估计也跟其他人一起送医院了吧！"

就是说，可能还有救！

沈千秋几乎拔地而起，转身就往外冲。张学中追在后头，连声地喊："哎！姐姐，我有车啊！你要去哪儿我捎你一程！"

看到沈千秋急得眼圈都红了，张学中拽着她的胳膊，直指自己停在门口外的车子："我这是电动的，怎么也比你两条腿跑快多了吧？"

坐上车子，沈千秋沉闷半晌，才出声问了句："你就不问我是什么事？不怕给自己惹麻烦？"

张学中"嘿嘿"笑了两声："我不笨，电视上播那新闻我也看了，那个车祸现场肯定有你朋友吧。"

沈千秋没说话。

张学中咂了咂嘴，说："警察姐姐，其实那次你把我送进派出所之后没多久，我就改行了。干那个虽然来钱快，但善后也麻烦不是。再说了，能靠真本事堂堂正正吃饭，谁愿意憋屈着活？不过人嘛，谁都有喝凉水塞牙缝走路掉沟里倒大霉的时候，遇上认识的，能帮一把就帮一把，你说是吧？"

一直到了医院门口，从车后座跳下来，沈千秋才说："张学中，谢谢你。我确实遇上了很麻烦的事，不跟你说，也是对你好。"

大热的天，又一路开快车，张学中也是满头的汗。听到这话龇牙一笑，露出一口大白牙，显得脸更黑了。他摆了摆手，透过墨镜朝沈千秋抛了个眼色："我也是道上混过的，都知道，都知道。"

沈千秋报了自己的手机号给他，又说："今天多亏了你。往后你遇到什么难处，无论什么时候，都可以打这个号码。"说完，她跑出去两步，又回过头，朝他挥了挥手。

大太阳底下，张学中擦了把额头的汗，低声嘟囔了句："哥现在最大的难处，就是缺个像你这样的妞儿啊！"

4.

赶到医院的时候，大厅里到处都是人，还有许多等候采访的记者。沈千秋干脆戴上那顶灰色的小帽子，低垂着头擦着边绕了进去。

这是距离事发现场最近的一所医院，地方不大，一共三层。爆炸案波及范围很广，据说有不少市民受伤，再加上闻讯赶来的家人朋友，一层到三层几乎都被挤得水泄不通。

沈千秋一间一间地找，找完最后一间的四个病床，走出房间的时候，腿都是软的。迎面撞上的一个护士有些奇怪地看着她，沈千秋抓住她的手腕，吸着气问道："请问，爆炸案现场受伤的所有病人，都在这三层，你们……没有其他地方……"

那护士仔细打量她脸上的擦伤，反握住她的手："小姐，你也受伤了，你脸上的伤口有点深，需要及时清理……"

沈千秋打断她的话问："你们这太平间在哪儿？"

那护士愣了一下，随即反应过来："今天送来的最多就是腿骨折，爆炸现场没有死人啊！"

沈千秋几乎不敢相信自己的耳朵："你说真的？"

那护士看着她睁圆了眼的样子，有点想笑。可看她眼睛红红的，鼻尖泛红，明显是狠狠哭过一场的，又觉得她可怜，不禁柔声解释道："真没有。爆炸是因为一辆车子撞上了一些半废弃的油桶，车速太快好像还爆了胎。那些油桶并不是满油，这才引起小范围爆炸。那个路段是在一个三岔口，往来的行人还挺多的，这才导致受伤的人多了一些。最严重的就是一个老太太，受了惊吓又想保护自己的小孙子，这才骨折的。没有人员死亡。"

沈千秋不知道自己是该高兴还是该哭，在原地转了两圈才想明白，又抓住护士的手问："可是……我有个朋友，他当时就在爆炸现场，医院里没有他，我想找他……"

小护士这回是真忍不住笑了："我们医院地方小，好多轻伤的我们给包扎好就直接出院了。"她又指了指旁边的几个病房，"现在因为爆炸案住院的，就这三个房间。"她见沈千秋样子呆呆的，忍不住提醒："你联系不上你的朋友吗？可以给他打电话啊！"

一句惊醒梦中人！

沈千秋手忙脚乱地摸出手机，拨通那个号码。

手机那端传来的嘟声，从没有像这次这样漫长，每一声，都仿佛伴随着她的一次吐息。终于，电话接通了，传来一道严肃到有些冷冽的女声："沈千秋？你也肯回平城了，白肆为什么会弄成这样，你现在马上过来，我要你当面给我个解释！"

一路上沈千秋设想了无数场景，甚至想到了白肆很可能伤得很重，昏迷不醒，否则他绝不会把自己的手机交给家人保管……这样一想，她愈发觉得心焦，路上忍不住催促了司机许多次。

那司机见她浑身狼狈，脸上身上还挂了彩，忍不住好心提醒了一句："姑娘，你这是不是应该先去医院包扎一下？"

"我没事！"沈千秋急得什么都听不进去，"您就尽量开快点就行！我朋友现在状况比我严重多了！"

"是男朋友吧？"那司机师傅打趣地说了句，"知道你恨不得直接飞过去，可我这是出租车，不是直升机，有可能的话我也愿意给你开个任意门让你直接传送过去啊！"

等到出租车在别墅外停下来的时候，沈千秋一摸口袋，才发现自己身上根本没带钱包。这些天和白肆在一起过两个人的生活已经成习惯了，买什么都是白肆跟在后面付账，她口袋里也就有个块八毛的零钱。

那司机师傅从后视镜瞟了她一眼，说："你别急，没带钱就进去拿。我在这等儿你。"

沈千秋眼泪都快出来了，下了车就给那司机鞠了个躬，然后快步往别墅里跑去。不多时就有人跟在她后面走出来，给司机结了账。

数年不见，唐虹女士一如当年。盘起的发型一丝不苟，一身高级定制裙装，双手交叠坐在沙发上，投向沈千秋身上的目光冷而沉，隐隐带着一丝厌恶和不喜。

再度折回白家别墅，看到唐虹那样目露嫌弃地上下打量她，沈千秋突然觉得自己似乎心如磐石，什么感觉也没有。别人怎么看她真的不重要，哪怕这个"别人"是白肆的至亲。眼下最重要的，是先确认白肆平安无事。到了这个时候她才知道，事关人命之外的事，都是小事，不足挂齿。

唐虹打量够了她，抿了抿嘴角，食指一伸，指了指旁边的单人沙发："坐。"

沈千秋没有要坐的意思，她抬起头看向唐虹："我来这就是想知道白肆的状况。让我见他一面，确定他没事，我保证立刻就走。"

唐虹的目光原本是静而沉的，即便有什么情绪，也是隐藏在千丈湖水之下的暗涌。她已经过了情绪外露的年纪，又在商场沉浮多年，上位者的姿态让她不愿轻易表露自己的所思所想。可沈千秋此言一出，她还是忍不住拧起眉毛，手掌一拍沙发扶手："沈千秋，你给我放尊重点！你以为白家是你想进就进，想出就出的地方！白肆这么多年——"

"白肆这么多年一直在找我，所以我在他心里的分量，您应该很清楚，不然您也不会找我过来。"沈千秋目露讥诮，说话也是前所未有的刻薄，甚至连敬语都省略了，"如果可以，我一点都不想再踏进进白家一步。不为别的，就因为你当年骗我，你说会替我父母好好照看老宅，让我走得放心。可我刚为我爸爸送完葬你就找了一拨地痞流氓占了我家院子，就为在我临走前还恶心我一把。你不待见我，我从那天就了解得很清楚了。所以你不用多说。"

"你……"唐虹气得发抖，"腾"地站了起来。

沈千秋的目光却始终直直地看着前方："我知道我自己是什么人，不用你点评。我今天过得很不好，这段时间我都过得特别不好，所以我没心情也没时间跟你扯皮。"她抬起目光，视线聚焦在唐虹的脸上，她现在确实顾不得这些，所以甚至不想多费一丝力气去分辨唐虹脸上是什么表情，"你让我看一眼白肆，他没事，我就走。我对你家没有多余想法，看完他我还有更重要的事情去做。"

"千秋……"

这道声音一出，客厅里的两个人脸色骤变。唐虹飞快转过身，对着左右两人开腔就骂："你们两个是死人吗？少爷都成什么样了，也不拦着，还敢让他起床？"

沈千秋也看着出现在楼梯上的那个人。他只穿了一条黑色长裤，上身没穿衣服，能看到他自肩膀的地方层层缠着绷带，脸色苍白，看着她的眼睛却笑意盈盈："千秋，你来了啊？"

沈千秋强忍住到眼眶的泪，走上前几步，却并没有走到他跟前，只是站在楼梯口的位置，仰起脸看着他。

他抬起眼眸瞥了站在她身后的唐虹一眼，后者和他视线相交，嘴唇微微颤抖，脸色却软了下来。他又看向沈千秋，柔声说："我身体没什么事，就是点儿皮外伤。你刚说的话我都听见了，怎么了，你是又遇见了什么人？"

爆炸发生之后，他虽然后背受了伤，但并不影响行动，很快就顺利逃离现场。他原本打算再返回银行附近的路段去找沈千秋，却没想到被唐虹的保镖先一步带回家里疗伤。

他看着沈千秋脸上的擦伤，忍不住泛起一阵心疼："当时情况紧急，我直接把你推下去……你摔得重不重？"

沈千秋摇了摇头："我没事。"她觉察到脸上有些地方有轻微的疼痛，也留意到许多人看到她后都盯着她的脸看，便笑着说："就是脸上擦破了点儿皮，其他地方都没事。"

白肆见她就站在楼梯口的位置，一步都不肯挪，眼色微微黯然。他后背确实伤得有些重，爆炸引起的那些碎片一大半都嵌进他后背的皮肤里，虽然后来及时拔除，但因为伤口略深，还是引起了发烧和炎症，甚至因为伤口的原因衣服都暂时没法直接穿上，否则就是有再多保镖看着，他也早想办法溜出去了。

沈千秋看他的表情就知道他在想什么，便干脆走上楼梯，轻轻拉了一把他的手："你好好养伤，不用多想。等你伤好些了，我还来看你。"

白肆哪里见过她这样主动温柔地跟自己讲话，几乎有些呆愣。感觉到她手松开，才反应过来，一把拉住她的手腕，却不小心又扯到伤口。

沈千秋见他脸色煞白，连忙握住他的手掌："你别乱动。"身后传来唐虹不悦的哼声，沈千秋突然有些想笑，干脆踮起脚凑近他的耳朵，轻声说："你妈不喜欢我，我也不喜欢你家。等你伤好了就给黎邵晨打电话，我会跟他保持联系的。"说完这句话，她突然看到白肆通红的耳郭，不禁玩笑心起，轻轻亲了下他的脸颊。

然而沈千秋还没转身，就听身后响起了一阵电话铃声。唐虹沉默了片刻，只说了句"给个地址，我这就过去"便挂断电话，而后她突然开口喊了沈千秋的名字。

沈千秋转身下楼，看都没看她一眼。哪知唐虹突然上前两步，挡住她的去路："你今天不用走了，留在这儿，好好照顾白肆。"

沈千秋皱了皱眉，白肆却反应奇快，从后面拉住沈千秋的手："千秋……"

唐虹蹙眉瞥了他一眼，脸色复杂："没我的允许，这几天你们两个半步也不能踏出这间屋子。"她的目光在沈千秋脸上稍作停留，随即又闪开，"你也受了伤，和白肆一起好好养着吧。"

沈千秋哪可能愿意在这个节骨眼上被唐虹限制自由，拔步就要走，却被白肆身旁那两个黑衣壮男一左一右架住。

沈千秋抬手就挡，语气转冷："你这是什么意思？"

白肆也不干了，他干脆走上前，把沈千秋挡在身后，看着唐虹："这事您就别跟着掺和了。您不是有不少生意上的事还没处理吗？赶紧回公司吧。"

唐虹气得脸上肌肉直颤，眉毛倒竖，她的手指在半空虚点了白肆几下，咬着牙数落他："你，你就跟你爸爸一样！不成器！"

白肆最不喜欢听她说自己父亲的不是，当即挺直了胸膛："您别这么说，我觉得我做的不如我爸的地方挺多的。"

唐虹恨恨地一甩手，闭上眼深吸了口气，说："你们今天遇到什么事，我已经知道了。东西你们两个收好，其余的事不用你们管。懂吗？"

白肆上前一步，拉住她的袖子不让走："您先别走。您把事情说清楚，您都知道些什么？那伙人是谁，为什么非要抢走沈叔叔的东西。还有当初您让人占了千秋家里的院子，是不是就为了那本笔记？"

唐虹只是沉默地挥了挥手，示意两个保镖："保护好少爷的安全。

还有沈……沈小姐，她的安全，从今天起，也由你们负责，直到我回来为止。"

5.

让沈千秋和白肆哭笑不得的是，唐虹走了没多久，白家老爷子也派人来了一趟。除了送来一些给白肆补身体的药和食材，还有一句口信：当年的事就让当年的人折腾去，你们两个小孩好好养伤，好好过日子。

就差没直接说好好培养感情了。

唐虹和老爷子派来传信的人一走，别墅就仿佛成了一间空宅。厨师窝在自己的小厨房里不见人；保镖只负责守在门口窗外，断掉他们一切逃出生天的可能；而负责端茶倒水的几个仆人也神出鬼没，白肆不摇铃的时候从不出现在两个人面前。

沈千秋别扭得不行，又坐不住，直接在房间里转起了圈圈："你说你妈妈是不是知道些什么？她不是经商的吗？咱们今天这事……"她虽然不喜欢唐虹的为人，可也不至于恨她，更不希望她因为这件事出什么状况。毕竟唐虹除了不喜欢她，也没做什么太过分的事，更何况她还是白肆的母亲。

白肆披着件白衬衫，慢吞吞地在床沿坐下来："这事跟我爸有关，看来是有人给她通风报信了。她不可能坐视不管。"

这倒也是。不管怎么说，白齐当年的死，肯定也给唐虹带去了非常深重的伤痛。唐虹外表看起来就是个十项全能女强人，可自打白齐死后，这么多年也没听说她有再婚的打算，甚至连个绯闻男友都没有，足可见白齐在唐虹心中的分量之重。

白肆见沈千秋终于不转圈了，翘着嘴角说了句："现在暂时不用咱们操心了，你也先歇歇。这一身的土……先去洗个澡吧。"

经白肆这么一提醒，沈千秋也反应过来。她向来是个行动派，二话不说跟女仆要了几件换洗衣物，冲进浴室去洗澡了。

白肆在床边坐着等，过了大约半小时，才见沈千秋穿着有点显旧的白裙子，肩上搭着毛巾走出来。裙子是唐虹早年的衣服，由于工作的原因，她常常要外出和客户接洽，她本身又是个从不在生活上亏待自己的人，家里为了放置她的这些衣物单独开辟了一个房间给她做衣帽间。沈千秋身上的这件就是从她那些从未拆封的衣服里扒拉出来的。唐虹的身材要比沈千秋娇小一些，再加上衣服年头久了，料子也有点显旧，穿在沈千秋身上显得有点紧巴巴的。

然而白肆很快就发现了不对劲的地方，他眼睛一眯，径直站起身走了过去："你后背怎么了？"

沈千秋从浴室出来，上半身基本就是僵直的，连坐下的姿势都显得有点怪异的扭曲——白肆走上前，伸手掀开她搭在肩膀上垫头发的那块毛巾，一眼就看到她从脖子往下蔓延至衣服里的大片瘀青，还有红肿的擦伤。

白肆的动作已经极尽轻柔，然而毛巾有点粗糙的质地在肌肤上轻轻拉扯，还是让沈千秋脸色微白。

白肆二话不说就扯她的手臂："站起来。"

沈千秋脸上红也不是白也不是，但眼看着白肆为了拉扯她连后背的伤口都不顾了，只能顺着他的动作跟着站了起来。

白肆脸色显得有点阴沉，语气也是前所未有的冷："转过身去。"

沈千秋抿了抿唇，没动。

谁知道白肆伸手从她身体两侧向后一圈，"刺啦"一声，拉链就被扯开了。白肆占着身高优势垂眸一看，眼睛立刻有点红了，手指轻轻颤着，怎么都不敢去碰她后背上的那片伤。

瘀青的范围很大，白肆整个手掌贴上去也盖不过来。更可怕的是因为当时沈千秋是被一股外力掀起来甩出车子进而撞上墙壁的，除了猛力撞击导致的瘀青，还有皮肤和墙壁表面快速摩擦导致的擦伤。一眼看去，瘀青上覆着红肿，还沁着一条一条的血丝，光看着都觉得吓人。

沈千秋从小到大哪被人这样对待过。过了最初的震惊，紧跟着她就一把推开白肆，反手伸到背后想要去拉拉锁，下一秒，就"嘶"了一声，眉眼都皱成一团。

白肆哪里见得她这样，一把拽住她的手臂，把她拉回怀里："你瞎咋呼什么？都这样了你还敢洗澡？知不知道一旦伤口感染就麻烦了！"

沈千秋鼻子撞在他下巴上，一低头，整片赤裸的胸膛刚好映入眼帘。她第一反应就是闭上眼，却还不忘了还嘴："我在镜子里看过的，哪有你说的那么严重？就是点儿擦伤。"

白肆怕她又跑，手掌紧紧扣住他的肩膀，眼帘低垂，一看到那片伤就觉得眼圈发酸："是我弄的吗？"

是他亲手把她推下车的，事后他也想过，那个地方有墙壁有遮挡物，旁边就是条巷子，算是他当时能找到的最好的脱身之处了。可即便是万分危急，事后看到她身上、脸上的伤，他还是自责自己为什么不能做得更好一点，平白让她一个女孩家受这么多的苦。

沈千秋听到他声音有点变了，人也柔软下来，放松身体轻轻依偎在他怀里："逃命嘛，受点伤难免的。"她顿了顿，又轻声说，"倒是你，不要命了吗？把我推下车让我溜掉，你怎么办？"

白肆弯着嘴角笑："只要知道你还活着，我就是爬也会爬回家……"

一说"爬"字，沈千秋突然想起什么，抬起头问："小黑呢？我都把它忘了……"

白肆神色微暗："我妈让人把它送到宠物医院了。它身上中了一枪，你来之前，医生打过来电话说，没救过来。"

沈千秋本来不想哭的，可忍了一上午的眼泪，就这么猝不及防地落了下来。她忍不住喃喃出声："都怪我……"

白肆手指轻抚着她的眼角："怎么能怪你？要怪也是我，把它留在家里就好了，是我非要带着它一块出来。"

沈千秋摇头："我觉得你爷爷说得对。我们非要查出当年的真相，却没想过需要付出的代价……"

白肆的动作微微一顿，轻声问："千秋，你后悔了吗？"

沈千秋一直摇头。过了好一会儿，她才说出声："我不后悔。"她抬起头，眼眶里含着泪，脸上的神色却是前所未有的坚决，唇角还噙着浅浅的笑。她看着白肆说："我只是觉得后怕，我不想因为这件事，让你或者你的家人受到伤害。"

白肆扯了扯嘴角，拇指停留在她的脸畔，目光既深且柔："千秋，从一开始我就跟你说过，这不仅是你的家事，也事关我的父亲。所以无论是我、我妈、还是我爷爷，都不会坐视不管。"说到这儿，他笑了笑，"更何况，就算真跟我没什么关系，我也不可能放任你一个人去蹚浑水。"

沈千秋看着他的眼神，听着他口里说出的话，明明后背疼得厉害，心里却一点点地浸出蜜来，甜丝丝的，让人连心口都跟着暖起来。白肆笑得特别好看地冲她说："凡是跟你有关的事，在我眼里，就是我的责任。"

这一次，他没有等沈千秋主动，倾吐出最后一个字，便以吻封缄。

这应该是长久以来，两个人真正意义上的第一个吻。

好多女孩子都纠结过，到底怎样才算是真正的初吻。有的人觉得蜻蜓点水也算吻，有人懊恼自己初吻是被压根不喜欢的人强夺，也有人觉得只有和心爱之人的亲吻才算是真正意义上的"First Kiss"。对于沈千秋和白肆来说，在"流金岁月"的那个吻，是遮掩、是做戏，当机立断的实际意义更大于本身的甜蜜。尽管当时在某人心里，那个吻已经甜到不行。后来在医院、在家里，甚至刚刚在楼梯间，许多次是白肆主动，沈千秋也渐渐觉出被他亲吻的甜蜜。

可无论是之前的哪一次，都比不上此时此刻这样牵动人心。

毕竟这一次，两个人都可以说是心甘情愿了！

Chapter 17

有｜你｜即｜家

1.

大概是为了便于看管，或者纯粹出于两人安全考虑，又或者是受到某人眼神暗示的授权，别墅内部的保镖无一例外选择将沈千秋和白肆放在同一个房间，再守住门窗。

白天是在客厅、餐厅、书房，到了晚上，则是卧室。

被逼关在家里等消息的日子可以用"煎熬"两字来形容。不过对于有的人，硬是能从这样"煎熬"的时刻里钻研出几分甜蜜，也是不一般的心智和品格。

而我们的沈小姐，第一天晚上就受不了了。

她后背喷了一些化瘀止痛的喷剂，再加上这么多年摸爬滚打习惯了，沈千秋也不是娇小姐的性子，所以到了晚上整个人就活蹦乱跳的。如果忽略掉她脸颊和手臂的擦伤，几乎没人能看出她身上还带着颇重的外伤。

当然这点外伤跟白少爷身上的相比，就是小巫见大巫了。

毕竟是撞了车，又发生了爆炸，白肆后背有许多伤口是经不起动作牵扯的，稍有疏忽就会重新破裂开来。再加上天气炎热，家庭医生也不敢过多包扎，所以许多时候他都干脆赤裸着上身，后背横竖贴着许多块纱布，乍一看还以为是衣服上打的补丁。

这天晚上吃过晚饭，沈千秋就在几个保镖的目光注视下和白肆一起进了书房，又在几个人的眼神胁迫下和白肆一起进了卧室。几乎在关上门的一瞬间，沈千秋就炸了。

沈千秋瞪着白肆的目光几乎可以用恶狠狠来形容："白肆！你故意的吧？"

白肆就算心里一百个承认，也不可能在这个节骨眼上自己拆自己的台啊！所以即便心里已经憋笑憋到内伤，脸上还是端出一副特别郑重特别认真的模样，柔声劝道："千秋，真不是。我几年也不回一次这个家，对他们几个我都不熟，而且他们也只听我妈的话……"

见沈千秋转身就去拉门把手，白肆连忙从后头攥住她的手："千秋，你听我说完！虽说是情势所迫，但我心里也愿意跟你锁在一个房间里！"

沈千秋转过脸瞪他，一副"我就知道你不安好心"的表情。

白肆郑重其事地说道："如果咱们两个各睡一个房间，我确实不放心你的安全。你想想那些人，都是亡命之徒。"说到这儿，他低下头，将唇凑近沈千秋的耳朵，嗓音更低了些，原本清朗的少年音，怎么听怎么多了一分低哑缠绵的味道："只有把你留在身边，我才能放心睡着。"

沈千秋本来是个性格爽朗的姑娘，但面对白肆这样委委屈屈之中又含着温柔缠绵的样子，也禁不住软了心肠。但她怎么也说不出那些肉麻的话，只是把白肆往旁边一推："不早了，我去冲个澡就睡吧。"

这就是默许了。

白肆心里乐开了花，面上却还勉强维持着平日的淡定从容："嗯。我去倒两杯水。"

关了灯，两个人各躺在大床的一边。白肆一开始还绷得住，后来见沈千秋那边一点动静都没有，就开始一寸一寸地往过蹭。

一直蹭到两个人身体都快贴上了。黑暗之中，他听到沈千秋微不可闻的呼吸声，心里更是乐开了花。呼吸声小就证明她在掩饰，掩饰就证明她其实也很紧张。这么想着，白肆干脆张开手臂，把沈千秋轻轻搂进怀里。

沈千秋刚一抬胳膊，白肆就来了句："千秋别动，我只能这么搂着你，再动后背的伤口就开了。"

沈千秋脸颊滚烫，口气却不怎么好："那你还手欠？"

白肆把脸埋在她的颈窝，深深吸了口气，又蹭了蹭，如同一只大狗。沈千秋被他蹭得痒痒的，忍不住笑出了声："你别闹了，很痒。"

白肆突然发现，沈千秋平时看着身手不凡，但这么抱在怀里，身子却很柔软。他心间一动，整个身体都热了起来。

沈千秋也觉察到了他体温的变化，功夫好的人对于周遭环境变化都很敏感。白肆虽然一直都是单纯抱着她，但明显整副身躯都僵硬许多，贴着她背心的胸膛也烫得厉害。

沈千秋有点别扭地往床边挪了挪。

白肆手臂一收，干脆把她整个人搂过来，就势一躺，沈千秋几乎半个身子都依偎在他身上。

"千秋……"白肆有点委屈地喊了声她的名字。

沈千秋没想到他受了伤还敢做这么大的动作，吓了一跳之后赶紧推了推他肩膀："你不要命了？"

白肆突然低下头，黑暗之中，他几乎是凭借本能寻到了她的唇，又凶又狠地吻了过去。又软，又凉，还有点淡淡的茶香，是绿茶味牙膏残留在口腔里的味道。明明自己也用的同一支牙膏，但在自己心爱的人唇间尝到，不知怎么的就让人愈发情动。

沈千秋一开始想要推开他，可手指触到白肆的肩，刚好触碰到他后背上许多纱布中的一块，有点粗糙的触感，却让她整个人渐渐松弛柔软下来。她心里是喜欢白肆的，这一点她在许久之前就清楚地知道了。可两个人一直没有说破，但即便有那么多乱七八糟的事情出现在他们的生活里，她还是越来越喜欢眼前这个人了。

有白肆这样一心一意爱着自己的人，执着地为自己舍弃一切一路追寻着她的人，甘愿为了保护自己能在关键时刻豁出性命的人，换作任何人也不会不生出爱来吧。

想明白这些，沈千秋愈发放松下来，原本打算把人推开的手改为轻轻圈着他，偶尔还会轻轻抚一抚他的肩头。

感受到沈千秋的默许和接纳，白肆先是动作一顿，紧接着就愈发激动起来。先是唇瓣，后是脖颈，再一路流连向下……直到最后终于连自己都有些忍不住了，他才一把松开沈千秋，翻身下床："我去冲个澡。"

沈千秋全身绵软无力，听到这句话，过了好一会儿才回过神，也跟着猛坐起来，下床奔到浴室门口："白肆……"

浴室里传来哗哗的水声。过了好一会儿，才传来白肆紧绷低哑的声音："你去睡。"

沈千秋咬着手指，有点期期艾艾的："你后背还有伤……"这么随便冲冷水，第二天要是感染就麻烦了。

"没事，没碰到水。"白肆说话难得地特别精简，"去睡吧。不用管我。一会儿就好。"

沈千秋听出他在极力压抑着什么，而且那句……没碰到水，岂不是说，他没有冲上半身……捧了捧有点发烫的脸，沈千秋有点灰溜溜地爬回床上，趴在自己那半边，闭眼假寐。

本来是打定主意要等到白肆出来跟他说两句话再睡的，可大概是白天消耗了太多体力，晚上又被白肆折腾了好一会儿，心绪平复下来之后，沈千秋很快就睡着了。

白肆从浴室走出来，看到的就是沈千秋穿着一条无袖睡裙沉沉睡去的模样。房间里开着空调，她大概是累极了，连一旁的薄被都没顾得上盖，睡裙的裙边卷到大腿根。她双腿交叠，侧着身子，一手扒着床沿，另一手搁在枕边，睡得很熟。

白肆突然记起，似乎小的时候有那么两次看到沈千秋午睡，她也是这样的睡姿。他唇角绽出一抹笑，心里那点仅存的绮思就这样压了下去。

回到床上，他轻手轻脚地凑过去，从后面把人搂在怀里，拉过被子为两人盖上，又亲了亲她的脸颊。

大概是感觉到身体后面那个凉冰冰的物体，沈千秋展了展眉，咕哝了一句，翻过身朝白肆的胸膛蹭过去。

这样的体验对白肆来说有些新奇。他自认比其他男人见过更多沈千秋的不同面貌，却也是第一次见到她睡着时这样不设防甚至有点娇憨的模样。心里柔软得一塌糊涂，白肆轻轻闭上眼，把怀抱收得更紧了些。

2.

唐虹走的第三天，白肆突然接到一个电话。他没多说什么就匆匆离开了。临走前他特意叮嘱沈千秋不要离开别墅，并把所有保镖都留给了她。

沈千秋追问，他也只是摇头，说必须要去唐虹的公司一趟。

听到事关唐虹，再加上那天唐虹走时的口吻，她明显是代替两人去追查那伙暴徒的消息了。沈千秋虽不免担忧，却也并没有过多阻止。

然而白肆走后没多久，沈千秋就听到别墅外传来几声非常清晰的刹车声。

沈千秋撩开窗帘一角向外看去，就见楼下停着两辆黑色的雪佛兰越野。沈千秋了解白家每一个人的习惯爱好，且不说白肆在平城并没有属于自己的车，唐虹本人更偏爱娇小轻便的车型，而白老爷子年纪大了，根本坐不惯这样的越野车。沈千秋眸子收缩，快步走到门边听了听外面的动静。

打开门，房门外的两个保镖似乎也都听到楼下的动静。见到沈千秋打开门，一齐喊了声"沈小姐"。

沈千秋指了指楼下："让几个兄弟撤下来，分开几路，从后门跑。"

那两个人面露犹豫之色："可是，夫人吩咐……"

沈千秋顾不上更多解释，只说："这伙人跟之前打伤你们少爷的应该是同一拨，他们手里有机枪的，你们扛不过。听我的，为了大家安全，都赶紧撤！"

说完，她自己率先下了楼，快步往后门的方向跑去。

身后传来纷乱的脚步声，沈千秋紧皱着眉，心里暗道只能是各自保重了。

白家别墅后院有条小路直通一条大道，沈千秋一路狂奔，突然看到不远的街道边，一辆黑色轿车缓缓停了下来。她已经冲到了小区门口，所幸左右两边都有茂盛的植物遮挡，车里的人应该一时半会儿看不到这边。紧接着她就看到车里的人将车门打开，驾驶座上的那个人探出半个身子，朝她喊道："快过来！他们马上就要追上来了！"

沈千秋紧紧盯着那个人，就见那人穿着一身暗色的衣服，帽檐压得很低。从这个距离完全看不清他的长相，可这个声音——沈千秋心里猛地一跳，这个声音她这辈子也不会忘记，在那间仓库，还有后来在超市，都是这个声音指引着她要做的事。

那个人似乎很急，他的嗓音沙哑粗糙，如同沙子磨砺在玻璃表面发出的那种声音，显得有些刺耳："你要不要命了？快过来！"

几乎只是瞬间的迟疑，沈千秋就朝车子奔了过去。她不是没有怀疑过这个人的身份和目的，可此时她也没有更好的选择。更重要的是，这一次，她不想再做那个一直被人追逐的猎物，她想要找出真相。哪怕眼前这个人比那些埋伏在暗地里的狙击手危险一百倍，她也只能迎难而上，跟这人面对面、眼对眼地对阵一番。

车门拉上，那人喘着粗气，一手握着方向盘，脚踩离合，飞快驱动车子。车没开出去多远，沈千秋就从后视镜里看到了追赶他们的人——左右各有两辆摩托车。

沈千秋看向驾驶座上这个人的侧脸，很奇怪，这么热的天气，他却穿着长袖长裤，头上戴一顶黑色帽子，脸上还蒙了口罩，把自己遮挡得严严实实。可当这个人转过脸看她的时候，沈千秋突然觉得自己的心跳漏了一拍，她下意识地伸出手，轻轻扶上男人的手臂——

对方似乎哆嗦了一下，紧跟着手臂一动，轻巧躲开了她的触碰："你自己坐好。安全带就不用系了。"

沈千秋忘不了这个人的眼睛，印象里，这双眼睛似乎非常熟悉，可她怎么都想不起来在哪见过这个人。要知道，之前接触这个人的那两次，她的眼睛可是什么都看不见的。

可她到底在哪见过这个人？

车子开上一条高架桥，周围同行的车辆愈见稀少，跟在后面的四辆摩托车也愈发大胆，提速追得更紧，紧紧围在车子后头和四周，形成围合之势。

每个摩托车上都有两个男子，戴着头盔，一身劲装。沈千秋眼尖地发现，其中坐在摩托车后座的一个男子略微抬起手臂——大概知道这条路上人少，他甚至已经决定不再隐藏自己怀里的枪。

沈千秋不是傻傻的邻家女孩，各样枪支武器的具体性能是大学必修课。她几乎只瞄了一眼就觉得喉咙发紧，那是一把缩短改良过的卡宾枪。她这次是真的忍不住抓了把开车人的手臂，开口说话的嗓音都是冷的："你车上有枪吗？"

那人被她拽住的时候原本又是一阵紧张，听到她问这样的话，眼底倒流露出淡淡笑意。他撩起上衣，直接把自己腰间那把手枪递了过去。

沈千秋只是问，却没想到他真有，并且还肯在这个节骨眼上给自己。可枪拿在手里，又忍不住有些失望。54式手枪，放在平时是够用了，可跟眼前这几个亡命之徒拼，一把只有九发子弹的54手枪根本是螳臂当车。

那人侧眸飞快瞄了她一眼，说：“一共还有五发子弹，你留着防身用。”

沈千秋明知道对方很可能不会正面回答，还是问了句：“你到底是谁？”她盯着男人露在口罩外面的眼睛和鼻梁看个不停，“我觉得你很熟悉……”

男人侧过脸看了眼车窗外面，说：“你只需要记住，我是不会害你的，就够了。”说到这儿，他压低声音说了句，“把枪拿好！”随即一个急转弯外加一个刹车，车子便停在了靠近加油站的一处空地上。

紧跟着，他一脚踹开车门，双手举高缓缓挪了出去，一边嗓音粗哑道：“别开枪！我愿意跟你们走！”

沈千秋见此情景，整个人僵坐在座位上不敢动弹。这人到底是什么路数？

3.

被人用枪指着双手走下车时，沈千秋还有点恍惚。可看见那几个男人干脆抱着机枪围在四周的样子，她又觉得这个陌生男人的选择在情理之中。

这么漫无目的地开车跑下去，要么是他们先跑到油箱漏油，要么是对方忍不住在人少的路段直接动手，毕竟他们的人之前已经在大庭广众开枪动手过了。

对方为首的是个三十多岁的黝黑汉子，身材魁梧，脸上戴着墨镜也掩不住那道几乎横穿整张脸的刀疤。他上下打量了沈千秋一番，又看向一言不发抱头站在另一边戴口罩的男子，“把他帽子口罩摘了，追了他妈的大半个月，我倒要看看你是哪路神仙！”

沈千秋听到这话也是一震，她虽然不想这个一直帮她的人一起涉险，但心里那股难以克制的好奇让她情不自禁地转过脸——她实在太想知道这个人的样貌了。

男人就在这个时候开口了："你们是收钱办事的，把我好好地送到雇主面前，就算完成任务，临了搞这些事有什么意义？"

刀疤男咧开嘴巴笑开来："你又不是黄花大姑娘，当着哥儿几个的面露露脸能有什么损失？"说着，他朝已经架住他的同伴使了个眼色。

先是他的帽子，接着是口罩，都被人一把撸到了地上。沈千秋身边也站着个男人，为了防止她乱动站在那控制她。她双手抱头，扭着脖子歪过脸，先是看到那个人有些泛白的头发，接着就看到了一张有些潮红颜显老态的脸。

他看起来有五十多岁，两鬓和眉毛却都有些泛白，一双眼睛泛着红血丝，红脸膛，下巴坚毅。他看起来并不好看，也不怎么精神，先前兴趣高涨的几个人见到他的长相，都有些失望地撇开视线。就连刀疤男都笑了笑，又支使先前那个同伴："行了，是咱们多心，还以为是道上的哪路神仙。李子，给他把帽子和口罩戴上吧。"

"不用了。"男人语气平淡，"都看到长相了，也不用戴了，天气怪热的。"

刀疤男理解地笑道："行。那就不戴。"接着又吩咐其他几个人，"你开车，李子，你和他一起坐后座。"

说完，又把目光投向呆立在一旁的沈千秋。

可沈千秋什么都听不见，也什么都看不见，眼前这个男人有着一张再普通不过的脸，可那张脸再普通、再苍老，她也不会不认得——她还是小婴儿的时候，他就抱过她；她渐渐长大，他出差回来会给她捎特产、买吃的；他冬天陪她吃火锅，夏天带她淌溪水钓鱼虾；他曾经说过，她和妈妈是他这辈子最爱的两个女人。也曾经说，要亲眼看着她谈恋爱出嫁；爷爷过世那天，她在门外哭了一天，他从外地匆匆赶来，抱住号啕大哭的她，安慰她说，爷爷只是去了个更好的地方享福，在那里他不会孤单，因为那个更好的地方，还有她的妈妈——沈千秋想哭又想笑，却不知道自己的脸皮是僵硬的，只是一双眼睛红得厉害。这个既苍老又疲惫因为戴了一路口罩而憋得满脸涨红的老男人，不是别人，正是她的爸爸。

十一年前她曾经亲自为他送葬，十一年后她却亲眼看到他活着出现在她面前。

可他一眼都没看她，目光迟钝，缓缓放在为首的那个刀疤男身上："把她放了吧。你们老板要的人是我。东西我之前悄悄放在那男孩身上了，我把我身上的东西给你们老板，他肯定会满意的。"

刀疤男犹豫了下，朝左右一努嘴："搜身。"

沈千秋被摁在车上，身上的手机、枪支，甚至家门钥匙，都被搜刮个遍。那搜身的男人不老实，临了还在她屁股上狠狠掐了一把。沈千秋脸色苍白，目光却直视着不远处的地面。她不敢抬头，她知道自己太嫩，当着眼前这伙人演不好，唯一能做的就是看都不看，装傻。

沈若海在旁边语气寡淡："我早都搜过了，她身上确实什么都没有。不然我也不会这么轻易放了她。"

刀疤男咂了咂嘴："行，看你也是个爽快人。上车，哥儿几个这就带你去交了差！"

沈若海被押进车里，四辆摩托车踩动油门，跟在车子后头绝尘而去。沈千秋紧咬着牙，听着车子走远才缓缓抬起头。她紧咬着牙，告诉自己不能哭，却在看到扔在地上的帽子和口罩时，忍不住掉了眼泪。她缓缓走上前，从地上捡起那个帽子，轻轻捏了捏，果然在帽子夹层，找到了那把小小的钥匙。

他下车之前，她曾经感觉到他突然后靠凑近的身体，那个时候沈千秋以为他是为了踹车门保持平衡才会有的动作，心里没有过多的提防。可后来眼看着对方搜身一无所获，又联想到他下车后抱头的动作，还有故意说不用戴帽子的话……这其实是她很小的时候，沈若海就跟她玩过的一个游戏：轻轻碰一下她的口袋，接着把手放过头顶，伸出两只手，什么都没有，再摸一下帽子，沈千秋口袋里的东西，就出现在他的右手手掌里。

沈千秋把钥匙攥进手心。帽子夹层里除了这把钥匙，还有一张纸条，能看出来写得很匆忙，但并不是上次在临安超市时塞给她的纸团里那样歪歪扭扭的字体——沈家人各个都写得一手好柳体，一看到熟悉的笔体，沈千秋忍不住鼻子一酸，忍了许久的泪就这么落了下来——字条上只写了三个字：李三川。下面是一行数字，看得出应该是李三川本人的手机号码。

沈千秋双手紧紧捏住那个帽子，蹲在地上哭出了声。就为了这把钥匙，先是白肆，后是沈若海。她为什么非要找出真相？如果得到真相的代价就是让她失去白肆和爸爸，那她宁愿自己还跟从前一样，什么都不知道。

4.

沈千秋没有过多耽搁，从白家离开便又拨通了那个号码。这一次电话很快被人接起，口音是沈千秋有些陌生的标准普通话，却是属于李三川本人的声音："侄女儿，我这边都准备好了，你直接过来吧。"说完，他报了个地址。

沈千秋按照手机上搜索到的地图一路找过去，发现是一片平房。走近了才发现，门口挂的牌子和临安的那家几乎一模一样，黑底红边，上书"老川火锅店"五个大字，洋洋洒洒，透着一股子慵懒劲儿。即便此时心绪沉重得让沈千秋几乎直不起腰，她脑子里还是忍不住冒出一个念头：合着这火锅店还是连锁的？

赶到老川火锅店时，已经是下午三点多钟。店里人声鼎沸，热闹非凡，沈千秋却陡然生出一份恍如隔世的感觉来。看着里头暖融融热烘烘的气氛，沈千秋停下脚步，突然犹豫起来。父亲的字条上只是提到了李三川和他的电话号码，毋庸置疑，这个李三川就是当年和她一起为父亲送葬的章叔叔。可万一李三川不可靠怎么办？

然而沈千秋刚在门口站定，就见一个穿着服务生衣服的中年男人匆匆走出来，上下看了她几眼，低声说："沈小姐是吗？我们老板请你到后院。"

沈千秋倏忽回神，心里仅存的那点犹豫瞬间被某种一往无前的孤勇取代。她点点头，默不作声地跟在那人后头进了院子。

这一次她才进后院，就见到李三川搓着双手快步迎上来，开口就招呼她："千秋，跟我来！"

沈千秋脚步一顿，目光停留在他的脸上。李三川，或者该说是章叔叔，尴尬地笑了笑，摸了摸自己的脸，低声说："雕虫小技，为了大局，侄女儿别生我的气啦！"

沈千秋几乎要叹气了，跟在他后头一起快步进了书房："你脸上的……是化妆？"

章叔叔脸色晦暗，鬓角染霜，却再不是从前那副蜡黄脸色，眼睛也不是一大一小。若仔细看，会发现他虽然五官普通，却也是蛮斯文的长相，从前那副样子，大概是常年为了方便行事，化妆扮出来的。

进了屋子，章叔叔递了条热毛巾过去，有些不好意思地搓了搓手："职业要求，我也是没办法。侄女儿别生气啊。"

沈千秋心里沉甸甸的，在短短一天内两次眼见着至亲的人为自己涉险生死不明。放在平时恐怕要大发脾气的事，此时此刻却连半点动气的心思都没有，又见他卸掉从前的伪装，习惯的小动作却和之前相差不大。他也是五十多岁的人了，却有点不敢和自己对视，千秋不禁感到有些心酸。她接过毛巾就着盆子里的热水洗了把脸，扯了扯嘴角说："您是我爸的同事，算起来也是我的长辈，你们工作性质和其他人不一样，我能理解。"

章叔叔大概没料到她会这么好说话，不禁愣了愣，过了片刻又有点讪讪道："我记得许多年前见你，你还是个小不点儿。上次见那白家的小子把你领来，我真是吓了一跳。"

沈千秋沉默片刻，才说："我找了您许多年。"

章叔叔苦笑，嗓音嘶哑："我知道。"他看向沈千秋，第一次目光不是躲躲闪闪，而是一种让人心平气和的坦然，"这些年我和你爸爸在暗处观察，知道你一个女孩子家过得很不容易。我知道你在找我，也知道白家那小子一直在找你。但为了当年的事儿，我不能让你找到我，也给那姓白的小子设了不少障碍。"说到这儿，他端起茶碗喝了一大口水，有些自嘲地笑了，"只能说谋事在人，成事在天吧。算计了半辈子，也斗不过老天。"

沈千秋想到白肆在临安念了三年大学，又早有老川火锅店这条人脉，却在今年三月才和自己重逢，不禁恍然。可笑的是白肆找上的这位，偏巧是处心积虑想把他排除在自己生活外的章叔叔！

章叔叔见她神思恍惚，便拍了拍她的手臂："千秋？"

沈千秋回过神："章叔叔，我爸今天上午被那伙人带走了，他让我来找您……"一想到沈父的情形，沈千秋愈发焦急，眼圈通红，"你刚刚让我别着急，说要多准备准备，可这都过去三四个小时了，我……"

章叔叔连连拍抚着她的后背："你别急，你爸被带走这件事，在我俩意料之中。他手头上有个赝品，能糊弄那姓贺的一阵子，短时间内你爸爸那边不会有事。"

沈千秋急得泪花直转，又不想在这个节骨眼上哭出来，便抹了把眼睛追问："章叔叔，您能说详细点吗？到底是怎么回事？"

章叔叔沉吟片刻，说："千秋，你应该知道贺子高这个人吧？"

沈千秋点了点头。

章叔叔说："拿走你那个箱子的，还有这次绑走你爸爸的，就是贺子高的人。"

沈千秋想起近来发生的种种，有些懵懂："那……当时在我床底下写字的人……"

"我和你爸爸赶到的时候已经晚了一步。"章叔叔有些懊恼，"箱子被他们拿走了，所以你爸才写了那行字想要提醒你。"他看了沈千秋一眼，"你们查那个女孩的案子查到了贺子高的头上去，他本来正愁找不到我和你爸爸的突破口，结果你和白家那小子就那么送上门去……"

"可是那行字说让我小心身边人……"

"我一直和贺子高表面交好。"章叔叔意味深长地看着她，"你们那位骆队长的事，我隐约听他和身边的人提起过，你爸爸一直担心你会喜欢他……"

沈千秋脸色有些赧然："我爸想哪儿去了？"

章叔叔笑得有点狡黠："你爸日防夜防，也没防住白肆那小子。"

"人手齐了，咱们这就出发，还是等一等？"水晶珠串的门帘子掀开又簌簌落下，阿南穿着一身灰色劲装，头发编成一条乌黑油亮的大辫子，手里抱着个盒子走进来。见他们两人还坐着，她不禁皱了皱眉："我说你是不是当老板当久了，正事儿都不会干了，都什么时候了你还在这跟丫头拉家常？"

章叔叔摸了摸鼻子，有点尴尬地站了起来："侄女才刚到，怎么也让人喘口气歇歇……"

"让她多喘一口气，他老子——"阿南话说了一半，也觉出不妥，索性把盒子往桌上一撂，辫子一甩，转身出门，"你让她挑一把顺手的，其他给我拿出来。"

"阿南是个爆竹脾气，说话不中听，你别往心里去。"

沈千秋摇了摇头，她的注意力全被盒子里的东西吸引了。两把枪，一把是她从前当刑警时用过的65式，另一把是机枪，还有几把短刀匕首。沈千秋从匕首里挑了一把手感合适的塞在腰后，有些新奇："你们从哪弄来这些东西的？"

章叔叔笑了："上面给的。"他眨了眨眼，"放心吧，合法。你用完了记得还回来就行。"说着，他将那把65式手枪递了过去："你用惯这个了吧。"

沈千秋接过来，重新装好弹夹，抬起头："章叔叔，谢谢你。"

两个人一起出屋的时候，章叔叔突然说："别谢我，其实我和你爸爸一样，等这一天等了好多年。"

5.

车上，通过章叔叔的口述和阿南时不时地插话，沈千秋终于将当年的事拼凑出一个差不多完整的故事。

白肆的父亲白齐和贺子高同是进行秘密科研的同事，他本名原不叫贺子高，贺子高是他后来重新出现在公众视野后的化名。为指代方便，章叔叔和沈父便一直以他的这个新名字称呼他。十几年前，在某个科研项目取得阶段性成果后，贺子高盗取全部资料后消失无踪，并设置陷阱将罪责全部推到白齐身上。作为白齐的保镖兼好友，沈若海想方设法找到证据证明白齐的清白，不料贺子高一不做二不休，直接和黑道上的人合作，借着白齐外出的机会将他杀害，并开始了对沈若海的追杀和陷害。

沈若海为了保护家人安全，又找不到直接证据，无奈之下只能假死。而这假死当年甚至连章叔叔和那位看守墓园的大城叔叔都没看破。直到几年后，共同追逐贺子高影踪的两方人马有了接触，章叔叔才和沈父正式会和。

贺子高当年盗取的资料很多，但最重要也最令人担忧的一项，便是针对当时世面已有的毒品进行改良和提纯，从而研制出的一种新型毒品。这个项目不仅是最高机密，其目的也是为了改良当时医院供给的麻醉剂从而造福社会。可贺子高却把它用作制毒，并在几年后将这种新型毒品投入黑市。而盗走资料的这个黑锅，却由已经过世几年的白齐，也就是白肆的父亲来背负。

十多年来，沈若海和章叔叔对贺子高围追堵截。可一来找不到能够指证贺子高当年罪行的直接证据；二来此人并不直接沾手毒品交易，很多时候他们配合当地警方截获一批毒品，也只能将那些小喽啰绳之以法，并不能以此揪出贺子高这个真正的幕后黑手。

几经辗转调查，章叔叔得知了一个消息。当年沈千秋仓促离开平城后，白家人曾派人在沈家院子大兴土木，至于挖出来的是什么东西，一直无人得知。

听到这儿，沈千秋忍不住问："白爷爷说这些东西当初是埋在我家院子里的，是沈家的东西，所以才还给我……"

章叔叔扯了扯嘴角："千秋，你有没有想过，为什么你和白肆每走一步，都有人走到你们前头？甚至你们去银行取东西，都有人在半路围追堵截？"他看着沈千秋，眨了眨眼，"还有你老子，为什么每次都能在你遇到危险的时候赶去救你？"

这些问题沈千秋不是没想过，但确实是想破了脑袋也找不到答案。

章叔叔说："因为你和白肆那小子随身带的行李箱里，被贺子高的人安了窃听器。"说到这，章叔叔笑了笑，"我怎么说也算贺子高的合作伙伴。如果说你们的动向，他是第一个知道的，那我就是第二个，你父亲，勉强能排到第三个。"

如果不是坐在车子里，左右前后都是荷枪实弹的年轻小伙子，沈千秋简直忍不住要跳起来。可就是这样，她还是因为动作太大磕到了头，章叔叔一见笑得更欢："这么多年我和贺子高都保持着所谓的合作关系，他把我当半个朋友，哎，这该怎么说……我也算是无间道了一把吧！"

沈千秋将信将疑地捂着脑袋坐回原位："章叔叔，您能把话一次性说完吗？"

章叔叔扒开帘子扫了眼窗外，表情也严肃起来："时间不多。行，我把你该知道的都跟你交代清楚，也省得你待会儿搞不清状况说错话露了馅。"

沈千秋点点头："您说。"

"有关你们从白家拿到的那本日记，你肯定都看过了。那确实是你爸爸写的，所以白家老头儿才以为那是属于沈家的东西。他老人家心思缜密，人品也难得的正直，所以即便看出日记本里藏着把钥匙，这么些年也一直没动过。那本日记本是你爸爸的，可里面那把钥匙却是白齐当年藏下的。保险箱里的东西我和你老子都没看过，但里面的东西，光看贺子高这次的态度，我也能差不多猜出来是什么——"他竖起两根手指头，缓缓说，"第一，那东西能证明他贺子高就是当年偷走那些绝密资料的人；第二，里面很可能还有一些他当年没能直接接触到的资料，跟他这些年捣鼓的毒品提纯有关。当年白齐和他是这个项目的搭档，具体如何操作只有他们两个最清楚。他制造的那种新型毒品这么些年我们也缴获不少，有专门人员研究过，说有个致命的弱点，就是快感持续的时间非常短。我想他这次这么急着想拿到钥匙，甚至直接在光天化日下开火，就是因为他怀疑白齐那儿还有一部分东西是他一直没能研究出来的。"

沈千秋听得几乎傻住，过了好一会儿才喃喃道："白叔叔真是个了不起的人。"

章叔叔笑了笑："是啊，可惜了。"他似乎突然想到了什么，目光朝沈千秋扫了一眼，说，"这些年白齐的事，几乎成了你爸的一个心结。组织里虽然不少人都相信白齐的清白，但上面的大领导……"他做了个向上的手势，"总是要见到切实的证据才会心安。"

沈千秋点点头，这种想法她能理解。毕竟当时这个项目的直接经手人只有他和贺子高两个。找不到切实的证据，白齐就一直不能完全洗脱嫌疑。

只是……如果这件事让白肆知道，恐怕他又会很激动吧？沈千秋摇了摇头，好在白肆现在受伤行动不便，又有唐虹在一旁看着，等事情真相大白，白肆即便知道全部真相，心里应该也会好受点儿。

不多时，车速渐渐慢了下来。沈千秋掀开帘子，就见不远处的一间货仓外，站着两排举着机枪的黑衣人。

车门打开前，章叔叔说："侄女儿，待会无论发生什么，记得一件事，保护好你自己，我和你老子才能放心。"

沈千秋点点头。

然而下一秒，她前脚迈下车，后脚就被章叔叔拎住了衣领子："喊你们贺先生出来！看看，我给他带了份神秘大礼！"

6.

同是仓库，地方可比数日前和骆杉、李队一同进去的那间大多了。走进去之后，有那么一瞬间，沈千秋甚至有点没法适应里面的灯光。仓库里太亮了，亮如白昼，高瓦数的白炽灯照在人脸上，看谁都仿佛戴上了一层面具，白惨惨的。

沈千秋在这样的光线里一眼就看到了自己的父亲。他依旧穿着那身灰扑扑的衣服，脸色有些苍白，双手被反捆在身后，和贺子高分坐在一张长桌两端。桌上摆着不少美食，三文鱼刺身，北极虾，以及香味飘溢的嫩烤牛舌。贺子高面前的盘子里还有一块新鲜的嫩烤羊排和一杯葡萄酒。

他穿着一身浅灰色休闲装，领口处叠了一张餐巾，沉淀的宝石蓝色，和桌布是同样的颜色质地。

他似乎胃口很好，鼻梁上架着一副眼镜，看向沈千秋的时候，微微低着头，从镜片上方看了她一眼，眯了眯眼："怎么把这丫头带来了？"

章叔叔笑呵呵地回道："今天上午贺老板不还下了死令，说务必要把这丫头和姓白的小子带回来嘛！我这也是顺手的事儿。"

贺子高轻啜了口葡萄酒，咂了咂嘴，别具深意地看向长桌对面的沈若海："沈先生，你从前的老搭档把你宝贝女儿绑来见我，你似乎不是很吃惊啊！"

沈若海自始至终微微垂着头，过了片刻才说："我知道他是你的人。"

贺子高悠然一笑，又看向章叔叔："老章！你演技不到家，没蒙过人家的眼啊！"

　　章叔叔哈了哈腰，垂下头，显得有点自责："贺先生，我已经尽力弥补了。这不，我把这丫头给您带来了。"

　　正说着，从外面走进来一个穿白大褂的年轻男子。他快步走到贺子高面前，微微摇了摇头，低声说："东西不对。"

　　贺子高脸色一变，随后就笑出了声："我是真没想到，沈先生胆子这么大。人都在我这儿了，还敢交出个赝品糊弄我。"说着，他轻轻瞥了一眼站在沈若海身旁的人，"看来不见点真东西，沈先生是不会认真听我说话的。"

　　沈千秋的目光紧盯着那个人的动作，就见那个人突然收了手里的枪，转而蹲下身，打开箱子，紧跟着拿了一套器具出来。

　　沈千秋一看就叫了出来："你们要干什么？那里面是什么？"

　　她看到男子手里拿的针筒，隐约猜到对方想做什么。刚要上前，就被两个黑衣壮男死死拦住，就连章叔叔也在旁边扯住她的一只胳膊。

　　沈千秋目眦尽裂，眼看着那个人把针管里的液体一点点推进沈若海的手臂。

　　贺子高慢吞吞地吃了两口东西，扯下餐巾拭了拭嘴角，面上笑眯眯的："沈小姐，你父亲是个硬骨头。放心，这么点剂量，他不会怎么样。"

　　沈千秋的心脏仿佛要从喉咙里跳出来，她太阳穴鼓胀，脑袋快要炸了！如果说刚走进来时，她的想法还只是配合章叔叔演戏，那么此时此刻来时路上章叔叔说的所有都被她抛到脑后了。她不认别的，只相信自己的眼睛。她眼睁睁看着父亲被这伙人绑到了这儿，又亲眼看着贺子高让人把毒品一类的东西刺进父亲体内。如果看了这些她还能保持冷静，那她就不算是个人了！

　　然而在场的所有人，除了她，甚至连沈若海本人都冷静得要命。

　　沈千秋忍不住转过脸，看向自始至终紧紧攥着自己一条手臂的人："章叔叔！您怎么能？"

　　章叔叔撇开视线，看向饶富兴致盯着他们俩看的贺子高："贺先生，您现在觉得，我带来的这位，是不是一份大礼呢？"

贺子高呵呵笑出了声，他伸出指头点了点章叔叔，随后站起了身。他踱步到沈千秋跟前，微微低下脖颈，凑近，一双眼紧紧盯着沈千秋的眼："丫头，你知道那把钥匙在哪儿，对吧？"

沈千秋和他前后打过三次照面。唯独这一次，她突然发现，这个人的眼睛好像毒蛇，盯着人的时候目光又死又冷。她强忍住身体的战栗，看着对方的眼睛，轻轻摇了摇头。

贺子高突然笑了，他只是轻轻动了动手指。站在沈若海身旁的男人，又从箱子里拿出一支装满了透明液体的试管。

沈千秋嘴唇抖了抖，一旁的章叔叔突然开口说了句："贺先生，说起来，这丫头也有十来年没见过他老子了。说不定……"

贺子高目光瞟向他，章叔叔咽了口唾沫，赔着笑说："我也只是个提议。"

贺子高垂下眼眸，片刻之后又抬起眼："你是说她那个小男友？"他突然笑了笑，"这不是难事儿，人嘛，我早就让人弄过来了。"说着，他半转过身子，看着沈若海叹了口气，"我只是替沈先生惋惜，十一年的时间全用来跟我周旋，到头来闹得个妻离子散，唯一的宝贝女儿也跟你生分了。你觉得值吗，沈若海？"

沈若海半天没有说话，这个时候抬起头，只见他脸泛起潮红，额头都是细密的汗珠。贺子高说那支毒品只是小剂量，可从沈若海的身体反应来看，那支毒品的副作用恐怕不小。

可让沈千秋更觉惊惧的事还在后头。

贺子高拍了拍手掌，从后头的通道一前一后架过来两个人。一个穿着整齐的白色套裙，头发略散乱，裙子上也沾了少许脏污，一双眼正满是愤恨地死死盯着贺子高。她正是白肆的母亲唐虹。而走在她后面的白肆……沈千秋心里一揪，他上身只披了件白衬衫，扣子都没怎么系好，肩膀隐约可以看到渗出的血渍——

他被两个男人架着走到近前，抬眼就看到了沈千秋。他眼睛里亮晶晶的，流露出既欣喜又难过的神情。沈千秋不知道该怎么跟他解释眼前的状况，只能朝他轻轻摇了摇头，示意他不要轻举妄动。

收回视线，就见贺子高正盯着她瞧，嘴角撇出一缕浅浅的笑："沈小姐，其实我也不希望今天这个事闹得大家都不愉快。可我确实不知道，他们哪一个，才是你的底线，所以我只能一个一个地试了。”

沈千秋见他又要抬手，突然出声："贺先生，我想先弄清楚一件事。"

"你说。"

"你说的那个钥匙，到底是什么东西？"

贺子高抿着嘴角笑了笑："我想这件事，为着沈小姐的安全着想，你实在没必要知道。"说着，他扫了沈若海一眼，又看向唐虹，"毕竟知道这件事的人，不是已经死了，就是离死不远了。"

唐虹这个时候被人拿掉了堵住嘴的布条，张口就骂："贺文昌，你这个卑鄙小人！当年你拿走全部资料却让白齐替你背黑锅。你真以为你把我绑来，白家就会善罢甘休？姓贺的，你也太小瞧人了！"她目光一一扫过在场的所有人，从贺子高到沈若海，再到章叔叔，最后看向沈千秋，"今天在场的每个人，我都不会轻易放过！我要你们每个人，都为当年的事付出代价！"

贺子高拍了拍手掌："很有志气、很感人的宣言。"他朝旁边的人努了努嘴，很快，唐女士的嘴巴便又被堵上了。

沈千秋这才明白为什么同样是受制于人，唐虹嘴巴里塞着东西，而白肆却只是双手被绑。想必自打被带过来，唐虹的嘴巴就没消停过。

沈千秋想到来时路上章叔叔的交代，勉强定了定神，又说："那如果我能告诉你钥匙在哪儿，我有什么好处？"

贺子高眼睛一亮："你想要什么？"

沈千秋目光一扫全场："我要把他们带走。"话说出口，沈千秋突然意识到自己一直觉得别扭的地方在哪里。路上章叔叔告诉她要激贺子高把之前拿走的那本带摩斯密码的日记本拿出来，甚至要适当表现出对沈父的漠不关心。可如果真是用钥匙来交换沈父，那章叔叔自己怎么办？

这个答案大概也在贺子高的意料之中。他笑了笑，点头答应下来："这个不难。"

沈千秋迟疑片刻，说："我还想要回我爸爸的那本日记……"

几乎在她说出这句约定好的台词的一瞬间，就听"噗噗"几声，头顶的灯突然全都暗了。紧跟着她就感觉到自己被人一把扯住手臂拽着跑了两步，跟着一搡，她就被推进了一个人的怀里。

这个怀抱太过熟悉，再加上隐约可以闻到的淡淡血腥味儿，几乎在一瞬间沈千秋就判断出了对方的身份："白——"

对方的手不知道什么时候也松开了桎梏，沈千秋感觉到他一把捂住了自己的嘴，抱紧了她一个翻身，就压在了她的上头。眼前黑漆漆一团，沈千秋自从上一次眼睛里进了石灰，视力一直不太好，尤其在黑暗中更如同盲了一般，什么都看不见。

白肆几乎把整个身体都压在她身上，慌乱之间，她的头似乎磕在什么东西的棱角上，一阵钝痛让她几乎当场晕过去。沈千秋牙齿打战，忍不住抬手去触，连自己都不知道是为了确定什么。没想到白肆在黑暗之中依旧看得一清二楚，他一把摁住她的手，下巴压在她的肩膀上，嘴唇紧紧贴着她的耳朵："别动，千秋，很快就好——"

四周净是机枪的扫射声，以及人在紧要关头几乎扯破嗓子的呼喊声、咒骂声，有人扯着嗓子痛骂"狗娘养的，老子跟你们同归于尽"，也有人用高音喇叭呼喝"你们已经被包围了，放下武器，立刻投降"。这句话一出，现场只安静了极短暂的一瞬，下一秒便是更高亢的咒骂声以及震耳欲聋的机枪扫射声，依稀还能听见拳脚打斗声，货箱倒塌声，惨烈的哭喊声以及绝望的嚎叫声。

黑暗之中，眼睛看不见，听觉和触觉却仿佛更加敏锐了。过了最初那十几秒的晕眩和不适，沈千秋渐渐能够分辨出许多种声音。哭号声打斗声枪支弹药的爆炸声混作一团，却又各自分明，声声入耳，如同锥子一般挤压着争先恐后地涌入她的耳朵。头顶的钝痛似乎更清晰了，一浪强似一浪地朝她奔涌而来。

远处，不知是谁打开了通往什么方向的门或是窗户，一瞬间，有风声略过耳畔。

她似乎听到白肆闷哼了一声，可紧跟着，她就听到了一句女声的嘶喊："老六！"

这声音是阿南的！

沈千秋这次是真忍不住了，她试着抬了抬小腿，踢了下白肆的腿："白肆……你先放开我……"

她想说她手里有枪，可紧跟着，头顶传来的动静让她瞬间停下了所有动作，一把刀压在了她的脖子上。

不知是哪里传来的光线，让她看清用刀压着她脖子的那个人，是贺子高。他似乎受了枪伤，胸口一片血污，呼吸也乱了节奏，身上优雅的浅灰色西装皱巴巴的，哪里还有半分此前的淡定从容？他朝她阴森森地一笑，手上的刀横在她的脖子上，另一手死死拖着她，原来是想把她从白肆身体下头扯出去。

这个时候，沈千秋突然反应过来白肆为什么半天都没有动静，以及……为什么他压在自己身上的体重会越来越沉。

贺子高拽着她向外拖行的时候，似乎也发现了这个问题。他本意是想以沈千秋的性命来要挟白肆，让他不要轻举妄动。可随后才发现，白肆早就失去了意识，只是双手还紧紧扣住沈千秋的两臂，让她动弹不得。

贺子高身上虽然受了些伤，现在看来伤口显然并不算致命，也或许是人在关键时刻涌出了无限的体能和力气来。他一手握着刀，另一手扯着沈千秋的衣领，将她一路拖拽。沈千秋的脖颈被他拽得火辣辣的一片疼，可过了半天只向上稍稍挪动了不到半尺。

身上的白肆真的压得很重，可沈千秋眼眶湿热，手指忍不住纠缠住白肆披在身上的衣衫。她此时全身都痛，后背旧伤未愈，头顶又新添撞伤，还有脖颈被贺子高拼命拉扯的伤，大概刀口多少也划破了她的肌肤，只觉得那一片地方热热的，还有点辣。可再痛也抵不过心里的那团暖。

她仰起头看着身上少年的脸。他已经昏了过去，眉心依旧紧紧皱着，似乎是不放心怀里人的安全。紧锁着她身体的双臂如同铁铸，力气甚至比贺子高的还大。

一滴泪顺着眼眶无声滑落，轻轻沾覆在他的颈侧，又深深烙进她的心里。

而身体斜上方的贺子高两眼几乎要冒出火来，好不容易劫到个关键性人质，可人质身上还死死趴着一个意识昏沉的家伙，这何止是添乱，简直是他的催命符！

大概是他们这边的动静实在有点大，再加上沈千秋所处的位置正对着不远处的后出口，许多人渐渐都朝他们这边涌了过来。

模糊的视线里，沈千秋看到好几个之前在李三川车上见到的年轻小伙子，甚至还看到了父亲的身影。父亲不知道怎么瘸了一条腿，可还朝着她所在的方向扑了过来——

　　"不要！"沈千秋只记得自己喊了这么一句。

　　可什么都晚了。

　　贺子高手上的刀在沈若海扑过来的第一时间便调转了方向，他的本意大概也不是想杀死沈若海，那只是一般人看到有人扑过来时本能的反应动作。可那把刀径直捅进了沈若海的心脏……

　　事后，动完取子弹的手术，躺在床上的李三川对沈千秋坦白道："你父亲一直担心贺子高最后量刑不够，没办法以制造贩卖毒品罪判处死刑，所以早就有了这种想法。他早就说过，哪怕搭上他这条命，只要能换贺子高一个死刑，也值了。"

　　更重要的是，那个时候的贺子高，手里攥着的，是沈若海这辈子最宝贝的女儿的命。

　　贺子高曾经亲口问过沈若海，十一年的时间，追逐寻觅，反复思量，只为亲手把他送进监狱，却疏忽了对唯一女儿的关爱和照顾，值得吗？

　　沈若海用生命回答了这个问题。

The end

尾｜声

那一天的枪战，以十五死三十三伤，缴获大量毒品并顺利将贺子高送上法庭而告终。宣判的那天，沈千秋和白肆亲自去旁听。沈若海和章叔叔曾经的担心不无道理，从银行保险箱取出的东西只有贺子高心心念念的那部分关键资料，并没有什么直接证据能够证明贺子高就是当年盗走资料并自主研发制毒的关键人物。

但因为一系列贩毒、枪战、袭警和故意杀人，贺子高最终被判处枪决。执行死刑的日期就在一个月后，这是板上钉钉的事实，不会更改。

一同出现在法庭的，还有唐虹。大概面对沈千秋很难摆出好脸色，她没有和白肆一起去，直到宣判结束，众人离开，她也没看过沈千秋一眼。走之前，她只和白肆说了句"多回家看看"，便起身离开了。

事后沈千秋从白肆口中得知，对于白齐的死，唐虹不仅怨恨贺子高，也怨恨沈若海和章叔叔。在她看来，白齐若不是为了保护资料和维护所谓的国家利益，就不会被贺子高陷害至死。而沈若海和章叔叔没能好好守护白齐的生命安全，一样可恨。这次她虽然默许和章叔叔合作，假作被俘让贺子高放松警惕，并最终亲眼看到贺子高得到应有的审判，可她心里对于沈若海和章叔叔的敌视并没有因此消解多少。

用白爷爷的话说，有些人的心结，是一辈子长在心口上的脓包，不死不破。

搞清楚唐虹反感自己的真正原因，沈千秋对她的态度反倒释然了。只是沈若海的死，让所有人心里都沉甸甸的喘不上气。而所有人中最难过的，无疑就是沈千秋了。

她没想到死了十一年的父亲，有朝一日会活生生出现在自己面前。而在她还没准备好接纳父亲重回自己生活的时候，在她还来不及感受这份欣喜和幸福的时候，沈若海却又一次死在了她眼前。

　　是谁说过，人世间最痛的，除了生离死别，还有得而复失。

　　而将这两种滋味同时经历的人，没有过于强大的神经，可能会当场崩溃。

　　或许是这半年来经历了太多，见证了太多，沈千秋反而以所有人不敢想象的速度挺了过来。虽然她还是会默默神伤，但到底没有因为父亲的死而垮下去。

　　白肆那天被枪战中的流弹击中背心，再加上之前的伤口，失血过多导致昏迷。他在医院取出子弹后又输了两天液，才在沈千秋的陪同下回了家。

　　在家里养了两天，他和沈千秋一同去医院探望了章叔叔。

　　章叔叔伤得很重，他被子弹打中了肺叶，若不是救治及时，后果不堪设想。阿南似乎也很生他的气，可因为章叔叔醒了之后每天都红着眼圈，阿南也不好说什么。

　　章叔叔和阿南走得很匆忙。临走前，他将两间火锅店的房契和品牌转让合同都签了字，直接转赠到沈千秋名下。从沈千秋在合同上签字的这一天起，平城和临安两家老川火锅店包括房子，都归沈千秋一人所有。

　　他们夫妻俩走得匆忙，甚至没有告知一句要去的地方。沈千秋知道，没有什么特殊的事，大概以后再也见不到这两个人了。

　　为了贺子高，沈若海蛰伏了十一年，章叔叔卧底了十一年。如今应该受到惩罚的人终于被绳之以法，沈若海和章叔叔用法律和大众能够认可的方式，给当年这段公案画上一个圆满的句点。他们都累了。沈若海用自己的生命诠释了自己对于职业和正义的理解，而章叔叔用悄无声息地离开抹平了他们这伙人曾经存在于这个世界上的最后一点痕迹。

　　签完合同那天，沈千秋坐在平城老川火锅店的大堂里，突然觉得这几个月的日子，快得如同一场梦。

　　白肆的伤口要养好并不是一朝一夕的事，但眼看开学在即，两个人又都对平城这座城市无所依恋，便先关了平城的门店，折返临安再做打算。

临行前，两个人一同回了趟位于老城区的沈宅。

附近许多住户陆续都拆迁了，留下的那几家，后来赶上政策变迁，都保存下来，反而成了老城区的一景。许多来平城旅游想看看平城老房的年轻人，都喜欢到这边溜达一圈，顺便在院墙外拍张照片留念。

沈千秋和白肆拿钥匙开门的时候，不少年轻人都围了过来，叽叽喳喳问个不停。

两个人都没什么心情答复，便将院门一关，彻底隔绝了外界的吵闹喧嚣。

这时已经是八月中旬，正赶上平城的桑拿天。天色灰蒙蒙的，出门随便走两步，身上就黏糊糊地沾满汗水。两个人一路出了地铁步行走来，满身狼狈，走进这间院子的时候，周边的一切却又仿佛都静止了。

院子里的梨树高大茂密，叶子绿油油的，生长得很旺盛。大概是经常有人打扫的缘故，院子里的地上没什么尘土，门前的两丛白茉莉开得正盛，小朵小朵的洁白花朵，点缀在绿叶间，看起来特别干净。

石桌上摆着一只喷水壶，不远处的水池子跟十几年前一模一样，走过去拧一拧，便流出清澈的水来。

白肆站在门口笑着看她："不进去看看吗？"

沈千秋拎着水壶接了些水，把院子里的花丛挨个浇了一遍，低着头回道："不了。"

白肆听出她声音不对劲，也不戳穿，只是含笑着劝："里面一直都是从前的样子，一点没变，真不进去？"

"不了。"沈千秋背对着他，手指有一下没一下地抠着水壶把手上的塑料皮，"这样就挺好。"

大概是怕白肆想歪了，她轻轻吸了口气，说："我心里知道保持原样就行，不用进去看。这里哪里什么样，摆了什么东西，一直都在我心里记着。"

真走进去看了，她怕她就不想走了。

可人总是要往前走的，不能总停在回忆里不肯拔脚。

白肆走上前，从后头轻轻拥住她，像最近做过的许多次那样，把下巴放在她的肩膀上，清亮的嗓音浸着温柔："没事的，千秋，这里是我们两个的家。什么时候想回来看看，我们就一起回来，好不好？"

过了很久，他才听到沈千秋嗓音哽咽，轻轻道了句："好。"

这一个字他等了整整十一年，而他心里清楚地知道，只要是她，他心甘情愿等得再久些。

〔全文完〕

漫|长|的|一|天

　　如果说每个人的人生都可以写成一部书，那么顶着瓢泼大雨为父亲送葬那日，就是沈千秋人生之书里最浓墨重彩的一笔。

　　暮春，她从火葬场抱着骨灰盒离开的时候，太阳还没升起来，天边透出些阴郁的灰蓝色，如同幼年时父亲第一次教她用钢笔那天，幽蓝色的墨水滴在沾湿的纸上又快速泛开的痕迹。沈千秋清楚地记得，那天临出发前，开车送她去墓园的叔叔抬头看了眼天边的色彩，叹息着咕哝了句："这破天气，临走前最后一程都不消停。好人都歹命啊！"

　　沈千秋那时正念初三，从小就没妈的孩子，向来早熟。听到这句话，她紧抿着嘴唇，没有讲话，只是抱着骨灰盒的两只小手紧紧攥着盒子边沿，直到骨节都泛了白。

　　那位叔叔说的没错，车开出去还没五百米，天上的云彩便乌沉沉压下来，不多时便下起了瓢泼大雨。这场雨来得急，同行的又只有沈千秋和那位章叔叔两个人。

　　等了约莫十来分钟，雨势仍不见小，那姓章的叔叔便拿眼睛瞄她。

　　沈千秋虽然垂着头，却将周遭动静尽收眼底。最终她看了一眼腕上的电子表，咬着后槽牙去推车门，一边说："再晚就误时辰了，章叔叔，麻烦你……"

　　姓章的一听这话，眼睛一瞪，烟也不抽了，立刻道："这是什么话？我是看这雨大，你一个小毛丫头，万一被雨浇，搞得病倒了可怎么好？"

　　说话间，两人一前一后下了车。车子停在山脚一棵大杨树下。大雨稀里哗啦地冲刷着青嫩的树叶，远远望去依稀飘起淡薄的白雾，转眼就将两人浇成落汤鸡。那章叔叔也是个痛快人，烟头一扔，把身上外套一扯，三两下把沈千秋的脑袋裹成个粽子。他拍拍她的后脑勺示意她跟在自己后面："今天这是风吹雨，雨水是斜着刮的，你走我后面，多少我帮你挡一挡。"

他说得不错，一路往山上走，那雨真是斜斜从山顶往下泼，后背几乎不沾水，身前却从头到脚湿个彻底。平常只要十几分钟的山路，这一天却仿佛走了几个小时。两人进了墓园，章叔叔三步并作两步走到值班室门口，一只拳头擂得那扇门咚咚作响。门打开来，里面的高个汉子嘴里的烟卷儿险些掉下来，一双牛眼瞪得溜圆。

章叔叔一声不吭，从身后把沈千秋拎过来，一把推进去，而后自己才走进来，恨恨抹了把脸："一整个冬天都没雨水！他妈的好容易送我老弟一程，这贼老天就哭爹喊娘号个不停！"

那大汉已经转身去拿挂在椅子背上的毛巾，一把扔在姓章的脸上："旁边还有女娃娃在，你说话也讲究点！"一边说着，又猫腰拎起暖壶倒了满满一大杯子热水，"我还想着今天这破天气，你们不会来了。嘿！看来平日里我还真小瞧你了！关键时刻还蛮讲义气的！"

章叔叔拿过毛巾先自己擦了两把，想想不太妥当，便又转身给沈千秋递了过去，嘴上也不闲着："呵！你可别小瞧了这丫头！今天这么大雨，要不是这丫头坚持上山，你以为我愿意挪窝？要我说，反正人都没了，哪天下葬有个啥讲究的？让活人少受点儿罪才是正经道理。"

那大汉瞪了他一眼，把那杯热腾腾的白水朝沈千秋递了过去。明明棱角分明的一张脸，却偏要做出温善和蔼的笑容来，多少显得有点扭曲："丫头，喝点热水，暖一暖身子。"

一进屋，沈千秋就把套着袋子的骨灰盒端端正正放在桌上。她这会儿正拿着毛巾擦脸擦胳膊，见此便道了声谢，用毛巾垫着，把热水杯接了过去，坐在一旁的椅子上小口小口地喝着。

大汉见此，不禁走到跟前，对着姓章的小声道："我看这丫头，将来肯定比她爸爸还有出息。"

姓章的一愣，顺着他的视线看去，就见沈千秋一张小脸煞白，身上衣服尽湿，却坐得端端正正。她手上垫着毛巾，一边暖手一边小口喝水，丝毫不见任何同龄女孩会有的胆怯不安。再回想两人这一路上山的情景，不禁也点了点头，刚想说什么，又立刻把脑袋摇得跟拨浪鼓似的，一边嗔怪道："你也不盼点好！老沈就留下这么个一根独苗苗！还是个丫头片子，你想让她去干啥？"

那大汉挠了挠头："我也就这么一说……"

"说啥！"姓章的眼一瞪，如果有两撇胡子，恐怕此时也被他吹得飞起来，"啥都不许说！知不知道？"他压低嗓子嘱咐了句，说着又在嘴巴上做了个拉拉锁的手势。

大汉看起来个子高气势足，但真跟姓章的对话起来，却显得有几分憨态。虽然他神情上有些不乐意，但还是点了点头。

三人歇了十几分钟，高个大汉给姓章的找来一件自己的外套穿上，又拿了两件雨衣出来，和姓章的两人各自穿好，便准备出门。

沈千秋见他们似乎完全没有要带上自己的意思，便有点急道："叔叔。"

那姓章的转身瞅了她一眼，大手摸了把她的头顶："园子里都是黄土泥路，不好走，你就在这儿等着吧。"

沈千秋见他伸手就来拿骨灰盒，连忙双手压住，仰起脸说："都已经走到这儿了，叔叔，你就让我跟着去吧。"

那大汉站在一边，见沈千秋一双眼睛清凌凌瞅着两个人，虽然没有哭，眼睛里却水光凛然，两片薄薄的嘴唇没有血色，却抿得如同一条线，看样子是决意要跟着去的。大汉挠了挠头，去墙旮旯取了把雨伞来："这么着，咱们两个动手，让这丫头跟在后头。"

姓章的扭过脸瞪他，那大汉也挺起了胸膛坦然道："你也说了，老沈就这一根独苗，不让她跟着，难道就咱老哥俩送他最后一程？"说着，他的语气又低了下去，"姓章的，不是我说你，平日里你浑不慬不讲究我也就不说你了。人这一辈子生生死死是大事，老沈这最后一程，没个有血缘的人跟着送行，真不是个正理！"

大汉和姓章的两个人说话都有些外地口音，两个人又似乎有意避着沈千秋，单独讲话的时候总是又快又囫囵，因此虽然离得并不远，沈千秋却听不太真切。但看高个大汉的神情是向着自己的，沈千秋便急道："章叔叔，我保证不给你们添麻烦。我还有东西要带给爸爸呢，你们就让我跟着去吧！"

这一大一小两个人左一句右一句地央求，姓章的坚持了没多久便败下阵来，甩开手道："行了行了！我本意也是为了这丫头好，今天天气不好，园子里阴气又重，我还不是怕丫头回去夜里魇着！"他披上雨衣几步走到门口，立在那儿回头拿眼睛乜斜着两人："快点吧！"

听姓章的这么一说，那大汉一时也愣住了，明显因为他的那两句话又有些拿不定主意。倒是沈千秋反应快，抓上包裹得严严实实的骨灰盒，几步走到门口，跟在姓章的身后出了门。

三个人一路走得并不快。进墓园又是上坡的路，而且不比上山的路都修了石头台阶，这一段是实实在在的黄土泥道。两个大男人走在前面开路，大概是平日里走习惯了没觉得怎样，沈千秋穿着一身校服运动鞋，没几步就觉得鞋底子被黄土泥黏得迈不开脚。但她着实是个倔脾气，饶是如此也一声不吭，咬牙跟在后面一步不落。

走到事先为沈父选好的墓前，那大汉弯下腰，朝着沈千秋招了招手："丫头，你过来这里。"

沈千秋走到近前，不用大汉多说，她便将伞朝着墓碑前的那块空地倾斜过去，全然不顾自己整个人淋在雨里。那大汉见此不禁微微一愣，与姓章的对视一眼，两个人微微摇头，一齐使力将两片石板拉开。

姓章的扭头瞅了眼墓碑上沈父的照片，咬着牙道："丫头，放吧。"

淋了一路的雨，沈千秋毕竟年纪小，又是个女孩子，此时已经冻得小脸发青，一双手也微微哆嗦着，有些不听使唤。饶是如此，听了身边长辈的吩咐，她仍旧加快了手上的动作。她打开怀里的布包袱，却没拿骨灰盒，而是从里面掏出一把钢镚儿，十分郑重地洒进了墓地里。

姓章的一怔，站在他对面的大汉却点点头："北方这边是有这个习俗的，我都忘记提前告诉你们了。难为她一个小姑娘还知道这些。"

姓章的闻言便问："沈丫头，谁告诉你这些的？"

沈千秋一直没说话，把包里装的所有硬币都放了进去，这才说道："我问了街上花圈店的老板，他告诉我的。"

"你这丫头，倒是蛮仔细，真个像你老子！"姓章的开口夸奖了句。说话间，也伸进自己裤子口袋摸了把，还真让他摸了几个钢镚儿出来，也一起放了进去。一边放一边还说："老沈，我今个儿没带几个镚子，不过你放心，我和城子不会忘了你的，以后逢年过节，纸钱酒水，都不会少了你的。"

沈千秋没有讲话，把父亲沈若海的骨灰盒稳稳放了进去，又从校服裤子的口袋里掏出一个小布袋，从里面拿了一张父母年轻时的合照，以及一对磨得有些褪色的对戒，一起放在了里面。

自始至终，她没有说一句话，只把想说的都在心里对父亲默默念了一遍。硬币来自她父亲给她买的小猪存钱罐，父母合照是父亲从前每天都要看上几遍的，那对婚戒也是父亲生前常常带在身边的。那天听花圈店老板说，死者生前最喜欢的东西，放进去一些就行了。她把父亲生前最珍爱的相片和戒指放进去，有母亲陪着，他应该不会感到太寂寞吧。

墓地的石板合上，三个人都站起身来，姓章的问："丫头，没什么想跟你爹说的？"

沈千秋摇摇头，该说的她都在心里说过了。倘若父亲真的能够感知，那他应该知道自己此刻的所思所想。

大汉叹了口气，拍了拍沈千秋的肩膀，对姓章的道："今天这天气太糟糕，她一个女娃娃淋了不少雨，你赶紧把她送回家吧。"

下山的时候，沈千秋最后望了一眼山上的方向，父亲的墓碑已经隐在松树林的后头，看不大真切。而这个时候，雨已经渐渐小了，天边泛出淡淡的彩虹光彩……

下山进城，雨水渐歇。章叔叔一路上都有些沉默，直到车子开得离沈家所在的那片平房不远了，他才开口问了句："丫头，长大了想做什么？"

他说话又快又模糊，也不知是为什么，沈千秋却把这句话听得极清晰，沉默了一会儿，她回答道："我想考警校，当刑警。"

姓章的才点着一根烟，听了这话手指蓦然一抖，积了将近一公分的烟灰险些落在大腿上。刚好迎面一个人骑着自行车拐出胡同口，唬得他手忙脚乱，也顾不得别的，双手一齐用力打转方向盘。那行人也吓得不轻，好在双方反应都快，最后自行车头险险擦着车前镜晃了过去。

车子就此停下来，沈千秋打开车门，一面道谢："章叔叔，今天多谢你。"

姓章的打开车门，一条腿晃荡在车外，眯眼看着沈千秋从车尾巴绕到近前，伸手在她头顶恶狠狠地摸了一把。

那力气着实有些大，沈千秋抬起眼睛，有些莫名地看着他。

那姓章的其实长得很不好看，蜡黄脸，耷拉眉，细看还有点大小眼。被沈千秋这么一看，他似乎也有点不好意思，便又伸手拍了拍她的肩膀，说道："要是将来遇到什么难处，你就打这个号码。"说话间，他从口袋里摸出支笔，又从车头放杂物的小格子里摸出一张半新不旧的卡片，写了些数字在上面。

沈千秋接过卡片，见那些数字写的歪七扭八，但好歹还能辨认清晰，便点点头，说了声谢谢。

姓章的挠挠头，又说了声："找不到我的话，就去墓园找今天那大个子，你叫他大城叔叔就行。"

"我知道的，谢谢章叔叔。"

说完这句话，她朝姓章的深深鞠了一躬，转过身朝着不远处的一个岔路口走去。

姓章的坐在驾驶座，目送着沈千秋远去的瘦小背影，拧着眉吐出个烟圈。不等他多想什么，裤子口袋里的传呼机响了起来。他摸出传呼机瞅了一眼，低声骂了一句，关上车门启动了车子。

沈千秋自小在这片平房区长大，可以说闭着眼都能找到回家的路。可这一天，她才拐进通往家门口的那条胡同，就听到一阵杂乱的脚步声，其中还夹杂着有些熟悉的说话声。

细细辨别，仿佛是什么人在推搡争吵。

她从天还黑着就守在火葬场等排队，到后来为父亲送葬时又淋着雨爬山，折腾到现在大半天过去。沈千秋毕竟只是个十五岁的女孩子，此时已经分外疲惫。可她还是本能地感受到了某种危险的意味。她循着声音走去，最后即将走过胡同拐弯的时候，她突然无比清晰地意识到，吵架的声音，是从自家院子里传来的。

一瞬间，沈千秋的心脏提到了嗓子眼。她几乎顾不得深想什么，三步并作两步跑向家的方向。不等跑进院子，她已经看清家门口的情形。一个穿红裙的女人站在那儿，旁边围了一圈人，细一看，都是左右邻居。而院子里面传来混杂的脚步声和说话声。

沈千秋几步跑到跟前，声音又沉静又清晰："你们在干什么？"

左邻右舍听到她的声音，都让出一条通道，年纪最大的李奶奶嗓门洪亮："沈家丫头，这姑娘说你家的院子以后就归她了，真是这么回事吗？"

沈千秋看向站在门口的红裙女人。五月的平城，其实天气并不太热，尤其这一天才下过大雨，空气里弥漫着有些冰冷的水汽。这女人却浑不畏冷，穿一条无袖的红色连衣裙，方形的领口开得有些大，愈发显得胸脯饱满、腰肢纤细。她乌黑的头发是烫过的，又编成一条粗粗的辫子，余下两绺头发弯弯曲曲贴在脸颊。这样的打扮在盛夏时节也是很时髦的，更何况是这样有些冷的下雨天，更加抓人眼球。

那女人抱着手臂站在门口，有些玩味地打量了沈千秋好一会儿，笑了笑道："你就是这房子的前房东吧？"

她特意突出那个"前"字，生怕大家听不清楚。

沈千秋目光定定地看着她："我把房子卖给了唐虹女士。"

那女人一听这句话就笑了："我就是唐虹啊！"她指了指自己的鼻子，笑得如同一朵花："小妹妹，合同上写的五月七日这院子得搬空，白纸黑字，你可不能不认账啊。"

一听这话，围观的人都炸了。李奶奶最先开口追问："沈家丫头，你真把这院子卖人了？这房子可是从你太爷爷时起就有了，你爸爸才刚走，你就给卖了？"

"千秋，咱们这片过几年就拆迁了。你卖了多少钱？可别被骗了。"

"是啊，千秋，大家伙都是老邻居了，又都是你的长辈，你怎么不跟大家说一声？大家也帮你参谋参谋。"

"千秋，你卖房子这事，家里大人知道吗？"

"她爸妈都没了，哪还有什么大人？"

众人七嘴八舌说得热闹，沈千秋木着一张脸，穿过人群走进院子，径直朝着最大那间主屋走了进去。

红裙女人见状也紧跟在后头进了院子。她一边走一边朝着院子里五六个年轻男人使了个眼色，那几个大小伙子人高马大，三下五除二就把挤在门口那些老邻居搡了出去，又把门从里头别上。沈千秋动作也快，进屋第一件事就是关门落锁。那红裙女人慢了一步，被锁在屋外，险些吃一鼻子灰。她也不生气，似笑非笑地在院子里找了把椅子坐下来。

跟着来的一个年轻男人见状凑上前，朝着主屋那边扬了扬下巴："虹姐，要不要……"

红裙女人摇摇头："拿人钱财，替人消灾。咱们只要看着这丫头老老实实离开，不出什么幺蛾子，就算成事儿了。何必为难一个十多岁的小姑娘呢？"

那男人点头称是，过了一会儿又忍不住说："这钱也真好赚，跑这么一趟就能得一万块钱，也不知道那女人是什么来头……"

红裙女人瞟了他一眼："别在这儿自作聪明套我的话。再多嘴，下次有活儿我换别的人来。"

她似乎极有威信。这句话说话的声音不高，但一出口，院子里一片寂静，几个大小伙子一声不吭，都垂下了头。

五分钟后，沈千秋从房间里拖着一个行李箱走了出来。那行李箱约莫半人高，好在沈千秋个头不算矮，拖着也并不吃力。她右手拿了一把伞，身后还背着一个双肩包，依旧是之前那身灰溜溜的校服，除此之外再无多余的东西。

红裙女人挑了挑眉："都收拾好了，小妹妹？"

沈千秋点点头，拖上行李箱就走。

红裙女人朝两个男人一扬头，示意他们去开门："把沈小姐送到巷子口，再为她找个车。"

沈千秋扭头看了她一眼，红裙女人朝她笑了笑，伸手捋了捋垂在肩上的辫子："是要去火车站吧？"

沈千秋没说话。红裙女人朝那两人一使眼色："找个有正规牌照的司机，把沈小姐送上车再回来。"

那两个男人便如同保镖一般，打开门，一路夹着沈千秋往胡同外面走去。

左邻右舍又恐惧又新奇，纷纷追过去瞧。其中一个男人突然转身，朝着众人恶狠狠瞪了一眼："看什么看？再看把你眼珠子挖出来！"

那男人年纪极轻，脸上一条刀疤从眼角斜到嘴角，后脖颈还有个蝎子刺青，一看就是个亡命之徒。简简单单一句恐吓，极有威慑力。围追的人顿时少了一多半，只剩零星几个人踟蹰着站在原地。

那李奶奶平时与沈家父母走得比较近，见状忍不住又叫了声："沈家丫头！"

沈千秋闻言转过身，一双黑白分明的眼睛直直看向她："李奶奶，他们说的是真的，以后这院子归唐家人，不属于我了。"

李奶奶见她眉目清楚，口齿利落，没有半点要掉泪的意思，心里不禁感叹她年纪小小心肠却比一般成年男子还要硬，不由得追问了句："那，那你这是要往哪儿去？"

说话间，那红裙女子也走到门边，一双美目含笑望向沈千秋。

沈千秋垂下眼睫，说："我回学校。李奶奶你多保重身体，不用惦记我了。"

说完这话，她转过身，不管身后再有什么动静，也没有回过一次头。

有了先前那年轻人的恫吓，当事人也就此离开，聚在原地的人便这么散了。唯独那红裙女子站在门边，望着沈千秋远去的背影，直到人拐过弯看不见了，才悠然转身。

天不知什么时候又下起了雨。淅淅沥沥的雨声里，奔跑在石板路上的脚步声显得格外清晰。不多时，一个小小的身影出现在巷子里，那是一个比沈千秋还要瘦小的男孩子。

这一天从早晨就开始下雨，虽然中途雨水停歇，但外出的行人无不携带着雨具，他却空着手奔跑了一路。他剪裁合体的藏蓝色牛仔裤溅上了无数泥点，制作精良的白衬衫被雨水全部打湿，漆黑的头发也湿漉漉地挡在眼前，让他看起来多了两分同龄人少有的阴郁。

一直跑到沈千秋家门前，他才停下脚步，双手撑腿，大口大口地喘着气，身后黑色的书包边角滴滴答答坠着水滴。

过了片刻，他在门口站定，举起手"咚咚咚"地敲起了门。

门打开，里面露出一张陌生而美丽的脸庞："小弟弟，有什么事儿吗？"

小男孩抬起头，露出粉雕玉琢的一张脸，白白的脸孔，精致的眉眼，如同日本漫画里走出的小小少年。那女人也看得一愣，语气不禁更柔和了两分："小弟弟，下雨了，你不回家，上这里来干吗？"

小男孩的目光越过她，透过门缝直直看向里面："我找人。"

那女人见状不禁一笑，索性把门打开，方便他看清楚："你要找的人叫什么名字？"

"沈、沈千秋。我找沈千秋。"透过打开的门，他清晰地看到整个院子里空荡荡的，早前开的那树梨花落了一地。主屋的大门直敞，全然一副人去楼空的景象。

小少年不禁有些慌了，看向陌生女人的眼神也透着一丝防备："这是沈家的院子，你是沈千秋什么人？"

那女人抚了抚自己肩上的辫子，笑着道："我是这个院子的新主人呀。小朋友，你要找那个姓沈的小姑娘？"

小少年摇了摇头："不可能。这里是沈千秋的家，她不可能把自己的家卖掉。"

女人无辜地眨了眨眼睛："这我就不知道了。这院子是我丈夫买下来的，不过你说的那个小姑娘，我倒是见过一次。"

"她在哪里？"

女人笑着用指尖点了点下巴，露出思索的神情："我记得她那时说……好像是要去学校。"

小少年听了这话，不禁向后退了一步："学校？"

"嗯。我是这么听她说的。"

他明明才从学校跑过来，学校的那位老师说，沈千秋三天就已经办理了退学手续。已经退学的人，怎么可能又跑回学校？

他年纪小小，却已经做到不露声色，最后又朝院子里望了一眼，他问："请问你怎么称呼？"

那女人笑着答道："你叫我虹姐就行了。"

虹姐……小少年蹙着眉头，把这名字深深记在脑海，转身离开了。

离去的步伐，与来时全然不同。他不过十来岁的年纪，却走得如同成年人一般沉重。

雨渐渐下得大了，走出巷口时，他抬起头望向头顶那片天空，雨水无声地敲打在他的脸庞，几乎令人睁不开眼，雨水混合着他眼角的液体，一齐无声滑落。

　　过了好一会儿，他突然把书包从肩膀拽下，拉开拉锁从里面拿出一盘崭新的光碟。光碟的外包装上印着年轻女子甜美的笑容。他拿着光碟看了又看，最后在越来越大的雨声里，用尽全身力气一把将光碟掼在地上。

　　雨声那么大，湮没了光碟外壳在地上碎裂开来的声音。仿佛那人的不告而别，也是这样湮没在这场大雨里，四分五裂，悄然无声。

Special 02

为 | 时 | 太 | 晚

从楼上坠落的那十几秒，大概是骆杉人生中最漫长的一刻。

那一刻里，他看到了得知父母死讯时，沉默站在大雨里的自己；看到因为怕黑把自己藏在被子里的小竹；看到因为一次又一次顺利破案被上级授予荣誉勋章的自己；看到在仓库里扶着倒地的李队朝自己怒目而视的千秋……是从什么时候开始，一切都变了味道，好像突然拐上了人生的另一条轨道，而这条轨道通向的尽头是——不归路。

是从那个叫梁燕的女孩开始吧。他依稀记得她似乎是小竹的同学，他没有去留意两个人初次见面是什么时候，只记得那个西餐厅共同用餐的夜晚。他一偏头，看到的是她柔美之中带着点孩子气的侧脸。

那么像，那么像……那么像他从小看到大的那张侧脸，那么像他始终深埋在心底的那团恋慕。

从和她在一起的那个晚上，一切就都错了吧。

入警队的第一天是李队接的他，李队那句话是怎么说的来着？警察也是人，是人就有私欲，要想当好警察，就要克制欲望。想赚钱，想出风头，想要这个想要那个，就干脆别干警察这一行。

可他确实是热爱刑警这个职业的。因为梁燕，他不小心着了张山子的道，却从来没有过一秒钟想过妥协的念头，如果不是非要跟张山子对着干，如果不是反过来给张山子设局抓了全部毒贩缴了那箱毒品，如果不是为了掩埋梁燕案的真相一步错步步错……可能后来这些都不会发生了吧？

他故意让那个叫黄嫣儿的女警代替千秋去会所，是因为真心把千秋当作自己人对待，可终究还是错了。沈千秋幸免于难，那个叫黄嫣儿的女孩大概一辈子都被毁了。所以报应才来得这么快，直接报应在了小竹身上。

都说人死之前能够看到人生的全部过往，桩桩件件，灵台清明，所以老人们才说"人之将死，其言也善"。

就在他偷偷潜进医院时，他依旧觉得自己没有错。他想当个好警察，从没想过贪污一分钱，从没有一天偷懒，没有在任何案件上得过且过。大家都说他是"神探"，但没有人知道他走到后来的位子上，背后付出了多少个不眠不休的夜晚和多少个奔波在外的白天。他身上有两处弹孔、一处骨折、十三处刀伤。有一次小竹看到了他后背的伤，吓得直接哭出来。他一方面心疼，一方面又隐隐的自豪和欣喜。没有人，除了小竹之外没有任何人，真正了解他为了刑警这个职业付出的一切。

可当他躺在地上，后脑勺湿乎乎的，全身不能自控地抽搐、颤抖，脑子反而愈发清楚了。他想起大概半年前李队单独找他谈话时说的那些话："你能连破两件大案，真的很了不起。但骆杉啊，有时候走太快冲太猛不全是好事。案子破了，给自己点时间好好歇一歇，想一想。"他记得当时李队用手指的地方是自己的心脏，"想想，你当警察是为了什么。"

他想起那天他去找李队商量用未销毁的真毒品解救小竹时，李队皱着眉把烟头碾在烟灰缸里，看着他的眼睛说："骆杉，我希望我看人的眼光没有错。这次顺利救出小竹，拿回毒品，咱们两个也都得向上级写检讨，把这件事的前前后后如实交代清楚。"他答应了，踌躇满志走出那间办公室时，似乎听到一声微不可闻的叹息声。

还有后来和李队、沈千秋一起坐在车里时，他说出那几句话郑重许诺的话，每一句每一个字都是发自真心。可走进那间仓库看到被捆绑着卧在桌子上的小竹，看清楚抽屉里藏的那把枪，他脑子里"轰"的一声，好像有什么东西突然点燃，又好像有什么东西在这一瞬间灰飞烟灭。

当时他不懂，也不想去懂，这个时候想明白了，可惜晚了。

他丢的东西叫作良知，他没有去控制和束缚的，是自己的私欲。

他一直以为自己是个好警察，他为了追踪一个罪犯能潜伏三天三夜，他为了查卷宗能一宿不合眼，他为了熟知整个城市几个大毒贩的最新消息，能自己掏钱给那些线人补贴生活，可他早不是一个好警察了。

好警察不会为了掩盖自己的错误去犯更多的错，哪怕他当时的理由那么正大光明——掩盖梁燕案，只是想要继续当警察继续查案。好警察也不会像他那样眼看着自己的同事羊入虎口，也不会用枪口对准自己曾经的恩师和最亲的小师妹。

他终于明白李队那句话的真正意思，可惜太晚了。

"想想，你当警察是为了什么。"

"为公平，为正义，也为守住自己的心。"

Special 03

一 | 生 | 太 | 短

1.

从小到大，我都是亲戚、邻居口中那个别人家的小孩。

上小学时，我是第一批戴上红领巾的人，是全年级第一名大队长；上初中时，无论大小考试，我都能稳拿前三名，课余时间还考下了钢琴十级证书；高考时我稳定发挥，再加上当班干部的二十分加分，顺利考入理想的第一专业——临安大学中文系。

新生报到那天，在校园里我遇到了那个改变我一生命运的人。当时我跟在几个中文系的学长后面，拉着行李箱，戴着太阳帽。我想我当时的样子一定傻乎乎的，可他不一样。那天他穿着一身深色的警服，警帽拿在手上，另一手拖着一只大大的粉色行李箱，肩上还背着一只珍珠白的小书包，手肘上挎着另一个女孩的两条细细的胳膊……

那女孩皮肤很白，一双眼睛又大又亮，五官柔美，梳着一个高高的马尾，穿一件白色T恤搭配牛仔热裤，走在他身边的样子别提多骄傲了。

也不知为什么那么巧，他们两个走近时，他突然朝我的方向看了一眼。

我的眼睛有点近视，刚好那个距离我清晰地看到了他的五官。他的眉毛又黑又长，眉峰很硬，一双眼睛扫过来的样子很冷，却意外的好看。有生以来我第一次发现，原来这世界上真有男人长得像言情小说男主角的模样，剑眉星目，气质冷然。

后来我才知道，和他走在一起的那个女孩也是我们这个专业的，就在隔壁班。她的名字很好听，叫骆小竹。她长得好看，气质也好，真像诗句里写的"雨洗娟娟净，风吹细细香"。我知道，年级里许多男孩子都喜欢她。

他是骆小竹的哥哥，名叫骆杉，听说是一名刑警。他们的父母真会取名字，不像我，梁燕，姓不好听，名字更俗。上大学之后，每次老师或者同学叫我的名字，更让我觉得不耐烦。

也有男孩子喜欢我，但我从不觉得他们有什么好。

我发现骆小竹每天下了课，骆杉都会在校门口等着接他。他本人不来的时候，骆小竹就会自己打车回家。

有两次，我背着书包，假装去校门外的超市买东西，经过他们的时候，骆小竹没有丝毫觉察。当然，我们不是一个班的，她又不在学校留宿，对我没有什么印象很正常。可一次两次，骆杉都会在我经过的时候，朝着我的方向看上一眼。

哪怕只是轻轻一瞥，也足以让我心跳得如同飞了起来。我只能按照事先想好的那样，装作没看到一样，加快脚步往超市的方向走去。

有一天下了大课，我看到骆小竹快步跑出了教室，就跟在她后头一起走了出去。我以为她又跟从前一样，会直接去大门口和骆杉一起回家，却没想到她出了教室，拼命朝着两个男生招手，紧跟着就冲过去，和他们有说有笑地走在了一起。

那天我稀里糊涂的，不知道怎么的，就又沿着从前的路线走到了学校门口。

没想到，骆杉已经等在了那儿。

见到我出来，他看了眼手上的腕表，就在我又要经过他的时候，他伸手拦下了我："请问，你认识骆小竹吧？"

我点点头，跟他说话的时候，我根本不敢看他的眼睛，只能低着头，盯着他的手指看："嗯，认识。"

"你们已经下课了吗？"

"嗯。"

"那你看到她了吗？"

"她好像有点事，跟两个男生在说话。"说到这句话的时候，我鼓足勇气抬起眼，看着他的眼睛说，"你是小竹的哥哥吧？你好，我叫梁燕。"

短短一句话，说完最后一个字的时候，我感觉自己仿佛要虚脱了。

我看到他的表情微微凝住，接着，又绽出一抹浅笑："我是她哥哥，你好。"

2.

再后来，有好长一段时间，我都没有再见过他。

大概是他工作太忙了吧。那段时间，我偷偷观察骆小竹，发现基本都是上次跟她聊天那两个男生，轮流送她回家。

有一天，我在学校外的超市买东西时，有个人找上了我。

那是一个长得非常漂亮的女人，她烫着一头栗色的大波浪，身穿一件玫红色羊绒大衣，脖子上系着一方小小的丝巾，脚踩一双黑色漆皮过膝靴。她走到我身边的时候，我感觉到远远近近好多人都朝着这边看过来。

本来，学校附近的超市，常来的人除了我们这些学生，就是小区的一些大爷大妈。像她这样打扮精致漂亮的年轻女人出现在这个超市，实在有些格格不入。

我偷偷打量她的时候，她也在看我。

当我转过脸继续挑选东西的时候，她突然凑近，低声说了一句话。

我到现在都记得，就是那么一句话，如同魔鬼的呢喃，引领我走上了一条想都没想过的路。

人生是不能有第二次选择机会的。

这是过了很久之后我才明白的道理。可如果再给我一次选择的机会，我想，那个时候的我，大概还会做出与当时一模一样的选择。

我跟着她走了，魔怔一般。

她带我去了一家特别的场所。据她说，那里是有钱人的乐园，同时，也是年轻漂亮女人的天堂。

她自称"滟姐"。跟着她，我学会鉴别各式各样的名牌，品尝不同牌子的红酒和各类美食，也知道怎么样能让自己成为一个一举一动都风情十足的女孩子。

我不知道她为什么要对我这么好。

最后一天，她请我在一家高档西餐厅吃饭时，我对她道出了心中的疑问。

她对我说："傻姑娘，这世界上哪有人会对你无缘无故的好？路是你自己选的，你用了人家的东西，该偿还的，一样都不能少。"

滟姐走了，换来培训我的是一个男人。我不知道他的全名，听滟姐和其他人都叫他"山子哥"，我也就跟着这么叫。

他听到我这么称呼他，显得非常高兴，对滟姐说："不错啊，才一个来月，就调教得这么乖巧。"

"我只是按照山子哥的吩咐来教。"滟姐在他面前没有半点平时的趾高气扬，相反，她显得非常谦卑，谦卑得让我有些怕这个看起来笑眯眯的男人。

我还在畏惧对我来说愈发模糊的未来，山子哥开口说话了："丫头，你喜欢骆杉？"

我没想到他会当着滟姐和其他人的面，直截了当地问这个问题，我的脸一下子红了。我想我当时的样子大概很傻，但也格外真实。

山子哥的反应是大笑出声，然后说："骆杉这小子好福气啊！我有多少年没见到听到个名字就会脸红的妞儿了！"

我更加局促不安，就听到山子哥说："丫头，我给你钱，给你想要的一切，只需要你做一件事。"

我抬起头，看到他笑得眯成一条缝的眼睛。他明明是笑的，可我却觉得他眼睛里流露出来的东西，让人不寒而栗："想办法留在他身边！让他喜欢上你最好，再不济，也得让他上你的床！懂吗？"

我点了点头。跟在滟姐身后走出那个房间的时候，我突然有点害怕。

我凭着一腔喜欢努力走到这一步，却有点担心，自己的这份喜欢，可能会伤害到我喜欢的那个人。

很久很久以后，我才知道，我伤害的并不只有骆杉，还有自己。

3.

山子哥手底下的人很多，几乎不费什么工夫，我就被他们制造的各种偶然推到了骆杉面前。

让我意外的是，这一次，他看我的眼神跟许久之前校门外我们两个说话的那次，显得截然不同。

坐在餐桌边的时候，他看着我的侧脸，手指轻轻抚着我的脸颊，说："你的名字很好。"

我有些气馁，如果知道说一次他就能记住我的名字，我会编个更好听的名字告诉他，最起码不要是这么俗这么土气的一个名字。

他用低沉到有些沙哑的声音说："愿吾如同梁上燕，日日常相见。你父母给你取这个名字，他们的感情一定很好。"

我愣了愣，其实根本不是他想的那样。我爸给我取这个名字，是因为在老家的乡下，燕子是最常见的一种鸟。我爸说，取个普通的名字，好养活，所以我就有了这个普通得不能再普通的名字。

可到了他嘴里，那么普通的名字，也仿佛了最动听的情话。

那天晚上，我陪他喝了许多酒。在那家酒店的一间高级客房里，我成了骆杉的女人。

那天之后，我又有很长一段时间没有见到他。

再之后，我们两个见面的频率渐渐有了规律。基本每个周六，他都会约我在那家酒店见面。

又过了半年，我们的感情似乎比从前更近了点儿。他在距离学校不太远的地方，为我租了一套小公寓。平常没课的时候，我总喜欢跑去那儿，打扫扫屋子，准备晚上他过来要吃的食物。哪怕他事先已经说明不过来，我也会假装他会过来一样，准备一桌丰盛的饭菜。

有一天晚上，桌上的饭菜摆得都凉了。我只喝了一碗汤，刚起身要把东西撤下去，就听到门口钥匙转动的声音。

有那么一会儿，我觉得自己的心跳都要停止了。

不知道为什么，我不想让骆杉看到眼前的这一切。不想让他知道，他不在的时候，我好像个疯婆子，自己一个人嘟嘟囔囔、自作天真地玩着过家家的把戏。

门打开，他看到我端着一只碗呆站在那儿，也看到了满桌的饭菜。

出乎我意料，他没有笑话我，也没有生我的气。

直到他端起满满一碗饭，大口大口吃起来的时候，我才回过神，一边尖叫着一边端起两个盘子，跑到厨房为他热菜。

那天是我第一次听到他笑，不是初次见面时那种生疏礼貌的浅笑，也不是平时面对我时仿佛戴着面具一样的微笑，而是真正发自内心的愉悦大笑。

背对着他在厨房热菜的时候，我突然觉得特别幸福。

那天晚上，是为数不多的、令我觉得特别幸福的夜晚。

4.

变化是从什么时候开始的呢？后来我想了很久，终于想起来，大概是那天傍晚下课，我看到他轻轻抚摸骆小竹侧脸的时候。

他一开始没发现我就站在不远处的一片树荫下。那天下着小雨，他忙着为骆小竹打伞，擦拭发丝和脸上的水滴，自然不会注意到我就在不远处的地方，像个幽灵一样默默地关注着他们两个。

其实我一开始并没有多想，我偷偷地观望不敢现身，是怕他同时看到骆小竹和我，会觉得尴尬。

毕竟我们两个的关系，一直没有见光。从一开始那半年，他每次都约我在酒店见面的时候，我就想明白了。他有着外人眼中光鲜的职业，优越的家庭背景，跟我这样条件的女孩玩玩还差不多，却大概永远都不会我纳入未来结婚对象的范畴。

跟着滟姐时间久了，好多从前想都没想过的事情，我也渐渐想通了。现在这个社会，多少人为了钱，为了鸡毛蒜皮的小事跟话都没说过两句的男人一夜情。像我这样的条件，能有机会跟自己真心喜欢的人在一起，哪怕最后没有什么结果，至少这个过程，我会比骆杉还要享受。

他顶多享受我的身体，而我享受的，是每一分每一秒和他在一起的时光。这么算起来，似乎还是我赚得比较多。

我一直都想得很清楚、很明白，直到那天我看到他为骆小竹撑起伞后的那个小动作，他轻轻扳着她的脸，手指磨蹭着她的脸颊，而后又在她头顶轻轻落下一个吻……

知道他们关系的，会认为他们是兄妹。不知道的，会以为他们是一对再相爱不过的情侣。

我在心里一直默念着"不可能"，可是后来的无数个夜晚，每次情动之前，他都会做那个一模一样的动作，我心里的质疑和恐惧也越来越深。

直到有一天，在外面的一家高级美发沙龙剪头发的时候，我突然朝自己的左边看了一眼。

那家美发沙龙三面都是镜子，我微微侧过脸的时候，刚好看到了一个我从前从未留意过的角度。

美发师的剪子落下来的时候，我整个人冷得仿佛从冰窟里捞出来一般。

我想起这一年间，他每每回到家，都喜欢帮我把头发梳起来，说这样做家务会比较方便。我的头发本来是有些偏棕的颜色，可有一天他突然建议我去染个自然黑试试看。我想起他为我买的那些衣服，从前偶尔想起，只觉得什么地方透着别扭。直到看到自己那个角度的侧脸的那个下午，我才陡然意识到，那些衣服的款式和颜色，竟然和骆小竹最喜欢穿的那么相似！

我慢慢转过脸，看着镜子里的自己，开口对理发师说："不要只打薄了，帮我全部剪短。"

理发师平均每个月都会帮我修剪一次头发，一直都知道我的习惯和偏好。我突然提出这样的要求，他整个人都愣住了，过了片刻还小心翼翼地劝我："梁小姐，你的五官很美，现在的这个发型，更符合你的气质。"

我想起很久之前，第一次见到骆小竹和骆杉的那个上午，走在林荫道上，看着他们两兄妹有说有笑地朝我走来。我对骆小竹的第一印象，是感觉她的眼睛又大又亮，五官柔美。如今听到相似的词汇落在我的身上，压抑许多天的情绪突然爆发，我几乎是尖叫着对那个理发师喊道："我说了给我剪短！你没听懂吗？全部剪短！我讨厌我现在这个发型，讨厌我现在的这副样子！讨厌死了！"

我讨厌当时自己的那副样子。

不管怎样，我也是父母捧在掌心养大的独生女，我也是学校里老师眼中的好学生、乖孩子，我一直都知道自己家境一般、样貌中上，配不上骆杉，不配当他未来的妻子，可我从来都没想过自己会是个替身！

我是骆杉自己选择代替骆小竹陪在他身边的替身！

5.

后来，我越发控制不住自己的言行。

第二天晚上骆杉回到家的时候，看到我故意剪短的头发，只发出一句冰冷的询问："头发是怎么回事？"

他虽然对我不够热情，但这样冰冷的语气却是我从没听过的。我当时吓了一跳，下意识地说了谎："昨天去理发店，发型师说我这一年多总是染发，头发都焦了……他说帮我把不好的头发剪掉，这样长得也快些。"

大概是听到我提染发的事，骆杉的表情微微有了缓和。他走到我身边，撩了撩我耳边的发丝，低声说了句："那以后不要染那么频繁……就半年染一次吧。"

我的心里控制不住地发抖，面上却做出一副柔顺的样子："好。"怕他觉得回答太过简单，我又加了一句，"其实我也看习惯自己黑头发的样子了。"

骆杉摸了摸我的头："你也喜欢就好。"

他走之后的第二天是周六。那天早上，我破天荒地给山子哥打了个电话，问他能不能查到骆小竹的行踪。

山子哥有一段时间没有主动联系我了，听到我这个要求的时候，他愣了一下，紧接着开口问："那个骆小竹，不是骆杉的亲妹妹吗？你打听她的行踪干什么？"

我不敢说出自己心底深藏的那个秘密，却也一时想不到好的理由搪塞，一时间就有些僵在了那儿。

山子哥很敏锐，开口就说："丫头，我一直当你是个聪明人，是不是这段时间，日子过得太逍遥了？用不用我找人给你紧紧弦？"

山子哥说的"紧弦"，我明白是什么意思。那时我还在滟姐手底下接受他们的"培训"，曾经见过一个被折腾得身上没一块好肉的女人，被两个年轻男人抬着头和脚，扔进停在会所外面的一辆大卡车里。

滟姐见我站在原地一动不动，就把我拉进一个房间，告诉我说，那个女孩子比我还年轻，但因为性子太傲，惹得山子哥生了气，山子哥就让手底下十几个男人好好教了教她"怎么做人"。没想到那十几个男人都是年轻小伙子，下手没个轻重，最后把人玩成了这样。

那是我第一次见识到他们的手段，吓坏了。

滟姐大概发觉自己说得太多了，就反过来安慰我说，只要我乖乖听话，就会过得很好。像她一样，吃好的穿好的，能过上一般年轻女孩想都不敢想的好日子。

我不敢过多回想当天那个女孩的惨状，结结巴巴地对山子哥说："山子哥，你误会了。不是我不想说，是我也没搞清楚怎么回事……"

"你就说你为什么要跟着骆小竹？"

我迟疑片刻，模棱两可地说："我觉得……骆杉对他妹妹，比对我还要好……"

"丫头这是醋了？"山子哥问了句，接着就哈哈大笑起来，"丫头，你既然自己发觉了，我也就不瞒你了。知道当初为什么让滟儿找上你吗？"

我脑子懵懵的，半晌才支吾出三个字："不知道。"

"你没发现你有些地方跟他那个妹妹长得很像？"山子哥说，"要不是赌定了他会收下你这份大礼，你以为我会白费那么些时间和力气，让我手底下人没日没夜地训练你？"

大概是发觉我情绪不对，山子哥换了种语气，语重心长地对我说："丫头，我今天把实话都跟你撂了，你也就得想明白。咱们之间呢，说白了就是一笔交易。你想做骆杉的女人，我成全你；但我把你放在骆杉旁边，可不是为了成全他的。懂了吗？"

"我懂。"山子哥他们对于骆杉一定是有所图的。跟在骆杉身边的日子越久，我越发想明白了这其中的道理。但我一直不肯去深想，因为连我自己都害怕那个隐藏在黑暗最深处的答案。

"我知道你心里都在想什么。"山子哥说，"成，这事儿交给我，你什么时候想知道骆小竹人在哪儿，都在做什么，就提前说一声，我让手底下人帮你盯着。"

有了山子哥的帮忙，我在骆小竹常去的那个商场跟她"偶遇"了两次，又坐在她旁边的位置和她一起看一场电影。

那电影原本是骆杉答应我要一起看的，可看电影的前一天，他突然放了鸽子，说第二天队里有事，不能陪我。

我并没有对骆小竹说谎。我的男朋友确实放我的鸽子，身边那个座位就是他的。只是她不知道，我的男朋友，是她最亲爱的哥哥。

她也不知道，当初我让给她的那条裙子，早在跟她"偶遇"之前，我就拿下了一条，让服务员帮我包好，就放在我随身背着的那个包包里。

我把那条一模一样的裙子让给了她，故意让她穿着裙子回家。骆杉答应过来看我的第二天，我也穿上了那条裙子，给他做饭，为他洗衣，做一个女人应该做的一切。

骆杉看到我穿那条裙子的时候愣住了，但紧随其后就是从未有过的疯狂。

完事之后，我从床上起来，看着地板上撕碎的那条裙子，捂着脸哭了出来。我不知道更变态的究竟是他，还是我自己。但我知道，再这么和他纠缠下去，我大概真的会疯。

6.

大概是老天听到了我心底的声音。和骆小竹偶遇后没过多久，我就发觉自己怀孕了。那段时间山子哥联系我的次数越来越多，我也把我知道的骆杉的日常作息，都告诉给他们。虽然在我看来，这些他上下班前后的生活细节，并没有什么大用处。怀孕的事，不等我汇报，山子哥那边已经知道了。

我知道自己身边一直有他们的人，也知道这段时间他们盯得特别紧，却没想到这个孩子的到来，会给我和骆杉带来天翻地覆的变化。

山子哥让我把怀孕的诊断报告拿给骆杉看，其余的事就不用我多管。可我没想到，骆杉对这个孩子的态度不仅仅是冷淡，而是厌恶。

他厌恶和我共有的这个孩子，刚听到这件事，他就毫不犹豫地跟我说："打掉。"

我本来以为我的心已经够冷了，却没想到，那是因为我还没遇到更加可怕的事。我也以为我对骆杉的感情不会更疯狂，可他对孩子的态度，彻底粉碎了我的最后一丝理智。

张山子也知道了骆杉的决定。他几乎没怎么犹豫，就直接下达命令："你现在立刻搬出那个家，回到我这里来。"

我当时还沉浸在对骆杉的愤怒和仇恨之中，没有任何犹豫地按照他说的话做了。没想到的是，张山子让我回去，只是让我做他手里的一块筹码。

两天后，我又见到了骆杉，却是在他们双方谈判的当场。

我被事先灌了些药，倒在他怀里的时候，我已经觉察出事情不对，但我已经说不出完整的话了。骆杉手里的刀刺中了我的小腹，那大概不是他的本意，因为我看到他眼睛里的震惊和无措。不过对于那个时候的我来说，一切都不重要了。

人活着的时候，大约总想争一口气。在学校的时候争成绩争老师的喜爱，在职场争业绩争老板的青睐，在喜欢的人面前，大概是想争一个比其他所有人和事都重要的地位。

在骆杉面前，我从来不争第一，也没想过去争那个唯一。我只想，在他没有结婚而我也还是单身的时候，能够做他这一段时间的女朋友或者情人。

可我没想到，连当情人，我都只是个替身。

我虽然不够好，可也没有那么糟。

被他当作骆小竹的替身去疼去宠爱，让我瞎了眼迷了心，就像当初在学校林荫道上瞥见他的那一眼，让我整个人都迷了心窍一样。

他抱着我跪在地上的时候，我记得自己的手指触碰到了他的脸。他的脸真温暖啊，我想对他说声"对不起"，虽然我只是想爱他，但终究还是做了山子哥他们的帮凶，成了关键时刻要挟他的一个筹码。我还想跟他说"没关系"，我虽然怨过他，也恨过他，但那些情绪跟对他的爱比起来，微乎其微，沧海一粟。他拿着刀，无论是有心还是无意，我都不怪他。

我会死在这么个地方，归根结底还是怨我自己。

是我自己，在一开始就给自己选了一条"死路"。

都说人死的时候，眼前会飞快略过从生到死的种种。可大概在那个时候，全世界只有他离我最近，我眼前飞略而过的，是从认识他以来，和他一起走过的两年半时间。我第一次为他下厨做的菜，他第一次喂我喝红酒的模样，他大笑的样子，生气的样子，还有最后……抱着我哭泣的样子。

我感觉自己隐约还有些力气，但摸着他脸颊的手，却不知道怎么就垂了下去。

我听到他呜咽的声音，不远处山子哥可惜的啧叹声，还有远方……妈妈喊我名字的声音。

这一生太短，来不及有更多遗憾。

别│无│所│求

1.

白肆大四那年的冬天，他和沈千秋在外人面前，依旧是那副不温不火、不咸不淡的模样，甚至在远道而来的黎邵晨和那位女下属面前都是这样。可一回到家，白肆就彻底炸了。

一进屋，白肆把弄脏的大衣往洗衣机上一甩，从后头抱住沈千秋的腰，又哀怨又委屈："千秋，什么时候才能跟大家说你是我媳妇儿你是我媳妇儿你是我媳妇儿啊？"

沈千秋伸手去扯他环住自己的手臂，语气淡然不容置疑："你大学毕业以后。"

"可我还有半年才大学毕业啊啊啊！"白肆耍赖，嚷嚷完了之后就开始在她耳边蹭，"我好可怜啊千秋，人家大学都允许到年龄领结婚证了，为什么我们就不能对外公开情侣关系啊？"

沈千秋忍不住翻个白眼："这有什么本质的区别吗？你那几个朋友哪个看不出来我跟你是情侣关系？"

真当他那几个哥哥都是傻的啊？人家跟她说话的态度根本就是对着弟媳妇才会有的样子，只有白肆还在纠结不能随便扯个人就宣布这是我媳妇儿这种幼稚到极点的事。

白肆的语气依旧幽怨："看得出来证明他们眼睛不瞎，可我不能照实说觉得自己好像个哑巴啊！"

沈千秋转过身，没想到正对上他有些泛红的眼圈，一时间也噎了一下，再开口，语气就软了几分："你别闹了行不行？毕竟咱们俩年龄摆在那儿，你还没大学毕业，这个时候公开对你不好。"

白肆梗着脖子："有什么不好的？我虽然没大学毕业，可钱也挣了，工作也有了，我哪点比那些上班族差啊？"

赚钱这事儿是不假，这小子从上大学开始就研究股票炒基金，白爷爷当初资助他的那份启动资金，他两年前就还回去了。可这工作是怎么凭空冒出来的？

沈千秋本着求真务实的精神，将心中的疑惑问出了口。

白肆答得别提多洪亮了："我是你火锅店经理啊！"

沈千秋噎了一下："那是我的火锅店。"

"你的不就是我的吗？"白肆眨了眨眼，"上个月我弄的那个微信扫一扫促销活动挺成功的啊！一个月营业额赶上过去两个月加起来的，服务员都多招了五个。我看再这么下去，用不了多久我们得开分店了。"

沈千秋皱眉："不用吧，开分店太麻烦了。把这一家店经营好就够了。"

大晚上的，白肆懒得跟她继续扯火锅店的未来发展之路，干脆低头堵上她的嘴，不紧不慢地亲了好一会儿，直到沈千秋直伸手掐他的腰才松开。

沈千秋面色微红，白肆也耳朵泛红，眼睛却亮晶晶的，他又轻轻亲了下沈千秋的嘴唇："千秋……"

沈千秋一看他这表情就知道他在想什么，心中警铃大作："不行！"

白肆动作比她的话还快，在沈千秋开口的同时他已经一弯腰把人抱了起来，直接冲进卧室。

自打两人从平城回来，没过多久，这间大卧室就派上了用场。

起先是白肆要养伤，沈千秋为了夜里照顾他方便，再加上两个人也有过那么一次肌肤之亲，也就没多矫情，和他一起睡在大床上。

哪知道这家伙伤还没好利索，晚上就开始不老实了。

起初是每天夜里沈千秋半睡半醒的时候，后来干脆一熄灯就扑过来，先是蹭蹭脸颊，接着慢慢亲，再往后……就是怎么不要脸怎么来。

而此时……白肆把人往床上一搁，鞋子一脱，人就扑了上去。

两个人都是刚从外面进来，沈千秋自觉脸颊上还带着寒意。临安冬天阴冷，她衣服也穿得多，白肆手一伸上来她就忍不住叫："白肆你别闹，这天实在太冷了……"

白肆堵着她的唇狠狠啄了一口："骗子！家里空调都定时开关，屋子暖了一晚上，床都是热的，怎么冷了？"

沈千秋实在不擅长这种场面，干脆闭上眼耍赖："反正我就是冷！"

说话间，白肆温热的身体已经贴了上来："我给你暖。"

沈千秋身上毛衣长裤还穿着，可双手已经感觉到他贴过来的胸膛是完全赤裸的。她吓了一跳，眼皮颤得更厉害了，睫毛扑闪扑闪眨个不停，撇开脸想去拽被子："你别闹，待会儿真感冒了。"

"感冒了最好。"白肆配合地把被子扯过来，把两个人团团裹住，这才开始解她的衣服，嘴上还委屈地嘟囔，"你对我最好的时候就是我受伤还有发烧那几天，我巴不得每天生病！"

越说越不像话了。

沈千秋忍不住睁开眼睛想要骂他。一张开眼，就见年轻男人赤裸的胸膛映入眼帘，她扭过脸，身体虽然还有点僵硬，却并不像最开始那么抗拒他了。褪掉衣物，她轻轻揽住他的脖颈，把自己的脸埋进去，低声说了句："傻子。"

白肆哪管她说自己傻还是笨，就眼前人这副难得乖顺的小模样就够他乐的，他在这件事上向来温柔，每次都是亲吻许久，直到沈千秋身体彻底放松了才会动真格的。这一次也不例外。

不多时，两个人已然情动，沈千秋也气喘吁吁，却不敢说话，也不敢抬起头看他，只是微微闭着眼，紧紧揽着白肆的脖子，身体却愈发松弛，迎合着他故意放慢节奏的动作。

白肆平时极少见她这样顺从乖巧的样子，每每看到都激动得不行，动作也渐渐激烈起来，却还不忘在她脸颊和锁骨留下一个又一个吻……

直到夜深，餍足的白某人才搂着佳人沉沉睡去。

2.

这一年临近过年的时候，沈千秋和白肆一起回了平城。

第一站自然是白老爷子的老宅。半年未见，白爷爷的精气神依旧很好，见到白肆拉着沈千秋的手走进来，另一手还拎着大包小包，他暗自点了点头。待两人各自坐下，他便拄着拐杖，凑近沈千秋轻声问了句："你这是……同意跟我们家阿肆在一块了？"

　　沈千秋向来是个性格爽朗的姑娘，半年前那次见到白爷爷，一来是因多年不见，二来还因当年的心结在，对着白爷爷多少还有些顾虑。如今半年多的时间过去，她又是跟白肆手牵手进白家大门的，自然早对此做好了应对的准备。因此她大大方方一笑，说："是啊白爷爷。不过未来怎么样也不好说，顺其自然吧。"

　　白爷爷听到这话，点了点头，别有深意地瞅了一眼坐在沈千秋身旁的白肆。白肆则回以一个"我很委屈"的眼神。

　　白爷爷恨铁不成钢地咳了一声，吩咐在一旁候着的阿芬："让老胡炒菜吧，就说人都齐了。"

　　阿芬答应了一声，往后厨去了。

　　沈千秋笑吟吟地问道："白爷爷，今天小年夜，咱们都吃什么啊？"

　　管家爷爷这个时候插了句，说："老爷……"

　　白爷爷摆了摆手，知道他要说什么，便说："我正要说了。"白爷爷沉吟片刻，先看了眼沈千秋，又看向白肆，说："阿肆，今天下午你妈妈往这边挂了个电话，我告诉她了，说你今年回来过年。所以今晚，你妈妈也会过来，跟我们一起吃饭。"

　　白肆皱着眉，第一反应是去看沈千秋的神情，又垂下眼，说："她要来就来吧。干吗说的跟什么大事一样？"

　　白爷爷说："阿肆，千秋不是外人，有些话我也就不分开两样说了。当年的事你们也都清楚了，阿肆的父亲出事之前，为了他的事业，和阿肆母亲常年吵架。她不能理解阿肆父亲为什么要为不相干的人付出辛劳，所以阿肆爸爸过世后，她对沈若海还有阿肆爸爸生前的许多同事、好友都恨之入骨。在很多观念上，她和白家人格格不入，但不可否认她是个很要强、很聪明的女人。为了你爸爸的事，这些年她也一直在折磨自己。"说着，他看向沈千秋，"千秋，我不要求你原谅她，许多事年头久了，你们各自都有心结，就连我心里，想起当年的一些事，也觉得不舒服。"

"爷爷!"

"白爷爷。"

白肆和沈千秋几乎同时喊出声。白肆是有点急眼,沈千秋则有些不知道该怎么回应。

白爷爷扯了扯嘴角,笑着说:"就像我当初不喜欢她,也同样让她进门一样。我对唐虹的要求是,无论多不喜欢你们两个结合,也不要去阻止。"说到这儿,他看着沈千秋和白肆,说,"我对你们两个的要求也是,即便心里不舒服,也别再躲着她、逃避她。"

白肆抿了抿嘴角说:"我知道了。"

沈千秋见白爷爷看向她,也点了点头:"我会做到。"

白爷爷点了点头,将目光投向门口的方向:"你都听见了?"

沈千秋和白肆一齐转头,这才看到唐虹站在那儿,不知道什么时候到的。她穿了一件大毛领子的白色大衣,双手插着口袋,头发高高盘起。这么多年来,每每出现在众人面前,她一直是这副高不可攀的样子。可沈千秋今天细细看去,却觉得她有什么地方似乎不同了。

白爷爷在家里是很有权威的,哪怕是在外呼风唤雨的唐虹,也不敢怠慢。她将双手抹出口袋,轻轻颔首:"我知道了。我会做到的,爸爸。"

白爷爷吐出一口气,沈千秋坐得离他最近,听到老人沉沉吐出一口气,知道直到这一刻,他才真正对白家的未来放下心来。

想想也是,白家另外两个儿子,一个在政界洁身自好,一个投身军界,这么多年都稳稳当当,孙子辈也都开枝散叶,总体来讲过得是越来越好了。唯独白齐这一支,中年丧命,儿媳又一直借用白家在平城的势力壮大自己在商界的势力,这本身是与白家祖训相违背的,也并不被其他两支兄弟所喜。可大概出于对白齐早早离世的怜悯和同情,所以白家又都对唐虹的所为睁一眼闭一眼,渐渐接纳了唐虹利用白家在商界挣出一片天来。毕竟是断了一层关系,而白肆这个最小也最该受宠的孙子常年流落在外,每逢过年才有可能见到一次。白肆的父亲与唐虹早早熬成一对怨偶,如今白肆和唐虹这对母子又两看相厌,这些事情说大不大,说小不小,但也成了白老爷子的一块心病。

就像他自己说的，没有人是圣人，大家都做不到彻底放下心里的那份计较。可为了日子能够好好过下去，为了所有人好，总要各自退那么一步，至少要维持表面的和平。

这顿晚饭吃得有点安静，但已经是多少年来白爷爷和白肆不敢奢求的宁静美好。白肆没有炸毛，白爷爷没有吹胡子瞪眼，唐虹也很老实地夹菜吃饭，并没有多说一句话。沈千秋见这祖孙三代人都在默默吃饭，也就奉行了"食不言，寝不语"的准则，乖乖吃饭安静喝汤当背景板。

气氛的转变是在饭后上甜品时。大概考虑到天气寒冷，以及白老爷子岁数大了，不好吃太甜，厨师便做了一大碗红豆圆子汤。唐虹最先撂下筷子盛汤。第一碗理所当然端给白爷爷，第二碗，出乎所有人意料的，既没有端给白肆，也没有留给自己，她的动作轻轻巧巧，却直接把碗放在了沈千秋的手边。

一时间饭桌边所有的人都有点愣住了。

沈千秋是最先反应过来的，她端起碗，轻轻道了声："谢谢唐阿姨。"

唐虹"嗯"了一声，没有再说更多的话。

如果不是沈若海的女儿，站在一个普通女人的角度，沈千秋觉得唐虹的许多做法挺可以理解的。

唐虹是个非常要强并且十分聪慧的女人。她机智有野心也有冲劲儿，据说当年白齐愿意跟她恋爱，就是喜欢上她性格中与普通女孩子不一样的这股心气。可婚后的两人越来越过不到一起。白齐奉行白家的祖训，将事业本身看得比金钱名利更重，他并不在乎自己出多大的名，赚多少钱，在他看来，能在自己喜欢的领域每天都取得一点成就，便是身为一个普通人最快乐的事。

可唐虹恰恰是另一个极端。她喜欢美食，热爱权力，乐于追求所有美好有价值的事物。日子久了，白齐觉得她太过功利，而唐虹觉得自己的丈夫过得太憋屈太没本事。

这样貌合神离的夫妻生活过久了，距离两人离婚也只差一纸协议。可恰恰在这个时候，白齐出事了，被人害死了。

这件事之后的唐虹，让白家所有人包括白肆在内陌生得都快不认识了。她更加追逐权势和金钱，拼了命一样要在平城商界扎根立足，发展壮大自己。除了白家老爷子，其他人都以为这个女人疯了，爱钱爱权爱疯了。可直到十一年后的今天，在姿态平等地配合李三川将贺子高绳之以法的时候，许多人才理解唐虹这些年的努力和疯狂攫取是为了什么。

她要金钱和权力，无非是想通过自己的能力还丈夫一个清白，让白齐有朝一日能够沉冤得雪，大仇得报。

在这一点上，她付出的辛苦和泪水，一点都不比沈若海和李三川少。甚至因为她的性别和身份，她要走更多冤枉路，承受更多人的不解和谩骂。

想通了这一点，从某种程度上来讲，沈千秋觉得自己能够理解唐虹。可因为她曾经对自己做过的事，尤其是她对自己父亲一直以来的敌视态度，沈千秋做不到毫无芥蒂地原谅她。

就连唐虹自己，大概也不会毫无芥蒂地接纳沈若海的女儿做自己的儿媳妇吧。

从这个角度来讲，她们双方的讲和是平等的。

沈千秋和唐虹化解干戈，让白老爷子松了口气，也让白肆偷偷湿了眼眶。他人生中最重要的两个女人，为了他甘愿放下从前的所有，尝试着去接纳彼此成为自己未来家庭的一部分。她们做了太多，而他大概是全天下最幸运的男人了。

3.

失业之后的沈千秋休息了大半年，平常没什么事的时候，都在老川火锅店的后院待着。她喜欢搬一张椅子，往后院的花树鱼缸中间一坐，晒着暖融融的太阳，闻着前院传来飘香的火锅味道，拿一本书或者对着一张空白的桌子，一坐就能坐好几个小时。

一开始她觉得这样的日子挺好的，这些年她为了一个目标，走出太远的路，也走得比同龄人都要更快些。她达成了多年的心愿，也解开了纠缠在白、沈两家之间的那个谜团，就此化解了许多人的心结；而她本人的经历和心境，也比许多比她还要年长的人要更丰富一些。

正因如此，刚闲下来的时候，她觉得这样的日子非常美好，非常悠闲，也非常惬意。看着自己的店，种种花，养养鱼，有心思的时候就配合白肆在店里搞一些促销活动，鼓励后厨多开发几样新菜式。偶尔客人少的时候她也会到前头的大厅坐上一会儿，点一锅滋补的白汤，就着几样小菜，慢慢吃着，偶尔听着白肆插科打诨，这小日子也称得上有滋有味。

算起来，她回到临安也有一年多了。但从前的朋友她并没有刻意联系。她换了新的手机号，旧的号还留着，和那支旧手机一起，放在一个并不常用的抽屉里。有时实在闲得无聊了，她就给手机充上电，登陆微信打开朋友圈，看一看从前那些人的生活。

不得不说朋友圈是个好东西。

不像微博或者QQ空间，你去浏览别人东西的时候还会留下浏览的痕迹。每一次她打开朋友圈想看看过去那些朋友的生活时，那种感觉都是既盼望又带着那么一点儿偷偷摸摸的窃喜。

她可以偷偷观望他们所有人的生活，就像从前当警察的时候在刑讯室外面，看着屋里的人言谈举止，默默观察。但里面的人并不知道自己的一举一动都落在外面人的眼中，哪怕知道，也没办法反向观察回来。

她知道去年她和白肆离开临安没多久，赵逸飞和嫣儿就结婚了，去年年底他们生了一个女儿，大名叫赵嫣然，小名叫球球。周时被调去了禁毒处，欧队带领着刑侦支队连破数起大案要案，风头甚至已经超过了曾经的骆杉。

骆杉，好像从死的那一刻开始，就消失在了所有人的记忆里，再没有人当着沈千秋的面提起过这个名字。

有天晚上白肆从学校赶来，看见沈千秋捏着个小酒盅坐在后院发呆。天气渐渐热了，六七月份的临安，白天细雨连绵，晚上雨水停歇，坐在院子里，守着个热锅子，就着两盘冰凉沁爽的小菜，喝一点酒，品一盏茶，一副岁月静好的模样。

可沈千秋坐着的背影显得有点寂寞，白肆慢慢朝她走过去。

他毕业有一周左右的时间了，但一直忙着和人接洽扩大火锅店的事，再加上前段时间白老爷子突发心脏病住院，着实把所有人都吓了一跳。后来白老爷子病情稳定下来，沈千秋留在临安看店，他则是两个城市来回跑。没几天下来，人瘦了一圈，但人看起来却比从前多了两分稳重。

人总是要经历一些东西才会长大，也要经历一些东西才能看清身边人的心。白肆以前觉得自己是了解沈千秋的，因为两个人自小一起长大，对彼此知根知底，他有这个底气，也有这份自信。可现在说起对沈千秋的了解，更多的是某种惺惺相惜的默契。知道她经历过什么，自己也正在经历着一些东西，才真切体会到这些年她是怎么一点点走过来的。

他走到沈千秋身后的时候，默默停住了脚步。过了几秒，才从后面轻轻把她抱住，摸了摸她的脸颊，问："怎么一个人在这吃东西，其他人呢？"

店里很有几个年轻得力的店员，李三川极会相人，白肆把生意接手后又着意调教了一番，平日他忙于学业或者不在临安的时候，也是对亏这几个人把整间火锅店撑了起来。

沈千秋早就认出了他的脚步声，在他怀里闭上眼，笑着说："这段时间他们也挺累的，今天提早打烊，放他们回去松快松快。"

桌上点着固态酒精的锅子，里面的酸菜粉丝汆白肉还热着，另外两道凉菜也是大厨的拿手菜。下雨天吃点热汤，就一点酸辣开胃的凉菜，光看着就觉得蛮享受。

白肆去后厨拿了双筷子，回到沈千秋身边坐下，喝了半碗热汤，接着就狼吞虎咽地吃了起来。

沈千秋见他这个样子难免有点想笑，就摸了摸他的头说："怎么，在那边，爷爷没让厨房给你准备好吃的啊？"

白肆腮帮子塞得鼓鼓的，嚼了几口咽下去，叹了口气说："可别提了，我妈之前一直挺安生的，这趟回去爷爷也休养得差不多了，她就提让我回去接手生意的事儿。我今天纯粹是从老宅后门逃出来的，行李都没顾上拿。"

沈千秋看到他风尘仆仆的样子，却没想到里面还有这样的曲折，不禁也笑了："她有这个想法倒不奇怪。"

白肆没好气地看了她一眼，撂下碗筷去拉她的手："千秋你怎么这么狠心？一点都不心疼我……"

沈千秋似笑非笑地看他："我这好吃好喝地供着，怎么就不心疼你了？"

白肆攥着她的手，一根手指一根手指地摩挲，指尖还在她掌心画着小小的圈："就是不心疼我。你明知道我妈那个意思，有你在这边，还有这间店，我是不可能回平城接手生意的。"

沈千秋叹了口气："但阿姨总有一天会老的，唐氏那么大的产业，她总不可能交给外人……"

白肆沉默了会儿，摇摇头说："我妈在意的不是这个。她今年还不到五十，以她的性格，也不甘心这么早回家当太太。"

沈千秋琢磨了会儿说："我知道了，你妈是觉得我们这个火锅店的生意太不上台面。"

白肆毕竟年纪轻轻，又是白家的幺儿，唐氏掌权者的独子。这样的身份跑来临安陪她一起开火锅店，就是个路人也会觉得白肆神经不太正常。

沈千秋将碗里的菜挑了挑，叹口气说："其实我也觉得现在的生活怪没意思的。"

白肆拿眼睛瞟她："千秋，你是有什么想法吗？"他把凳子往她那边挪了挪，两手握住她的手说，"千秋，你想做什么，想去什么地方，说给我听，我给你出出主意，没准咱俩还能一块干呢！"

沈千秋瞥了他一眼，有点无奈。这件事在她大脑里转悠了有一段时间了，但真让她当着白肆的面摊开来说，还真有点没面子。"我也没什么特别的想法。就是觉得……过去这么多年我都在当警察，突然闲下来那阵，我是觉得现在这样的日子挺好的，可时间长了，也怪没意思的。"

白肆点点头。他明白沈千秋的意思，许多人即便毕业后从事的不是和本专业相关的职业，也会是自己热爱或者擅长的。可沈千秋这么多年就只学会做一件事，当警察。让她开火锅店，她也能做，但真的是既不擅长也未必做得开心，成就感就更别提了，甚至从没见她因为营业额提升有过多少笑脸。

白肆琢磨了一会儿，说："要不……我去跟人打听打听，咱们开个公司？"

"什么公司？"沈千秋一听"公司"两个字就脑仁疼，她真不是那块做生意的料。

白肆笑了笑，说："保全公司。"

沈千秋一听倒也来了点兴趣："给人当保镖的？"

"对。"白肆拿出手机翻了翻通讯录，"详细的我得跟二哥打听一下，他这方面路子广，说不定还能给点好建议。"

有了这么个新主意，沈千秋这天的晚饭都比平时多吃了一半的量。晚上两个人躺在床上入睡前，沈千秋还扯着白肆，兴奋地问这问那。

然而第二天，不等白肆打听出什么，老川火锅店里就迎来了一桩新生意。

这天沈千秋破天荒地过了中午才来到店里，一进门，自家服务员就冲上前，低声解释了好一通："老板娘，大清早就来了两个客人。不点菜，不吃东西，就坐在那干耗，问干什么也不说，直说要见咱们家老板。"说着他望了望沈千秋身后，"老板没在啊……"

沈千秋一听这称呼就气不打一处来，伸手捶了下小伙计的脑袋："我就是老板，看什么看？"

这家店是李三川盘给她的，怎么算她也是正牌老板，怎么这些人一个两个地都管白肆叫老板，管她叫起了老板娘？

她走上前，靠角落的大圆桌边坐了两个人。两个男的，都是很普通的打扮，三十多岁的样子。见到沈千秋，其中一个人站了起来，问了句："你姓沈？"

"对，我姓沈。"沈千秋见这两个人神色平静，不禁也起了好奇心："我是这家店的老板，听说你们一大早就上来店里指名要见我，有什么事吗？"

站起来的那个人又追问了句："你是沈若海的女儿？"

沈千秋听到这个名字，神色变了变，语气也沉了下来："我是。两位是什么人？"

一直坐着的那个人这时说话了："沈小姐，听说你从前也是警察。不知道有没有兴趣，帮我们调查一件事？"

沈千秋皱了皱眉，这两个人似乎把她的身份履历查个底儿掉。她站在原地没动，目光在这两个人之间来回打量，半晌没说话。

那个坐着的人突然摘掉墨镜，朝她浅浅一笑："我们是这家火锅店前老板的同事，这次来是想问一问，沈小姐有没有兴趣当我们在临安新一任的接头人？"

调查、跟踪，还是查案？

沈千秋听到自己的心脏怦怦直跳，她知道接下来听到的事可能会很危险，可无论怎么样，那句拒绝的话都说不出口。

有些东西是融化在血液中刻在骨子里的，天生热爱，怎么样都拒绝不了。

正当她犹豫间，就听身后那道熟悉的声音响起："两位想让我们帮忙查什么？说清楚，如果各方面合适，我们愿意接这桩生意。"

沈千秋转过身，见白肆不知何时站在自己身后，此时正似笑非笑地看着那两个人："我们不绑定，一码事归一码事，价钱合理，就接单。"

沈千秋看着白肆，白肆也转过脸看向她。无声之中，两个人在对方眼睛里都看到了相同的神色。那是几乎一模一样的东西，对冒险的热爱，对疑团的好奇，以及不足为外人道的对正义的追求……心里堵塞着的那块东西在不知不觉间消弭无踪，她顺着白肆轻轻拉她的手势，在他身边坐下来，开始听那两个人详细说起。

窗外，阳光正好，屋内，眷侣成双。属于他们的另一个故事，已经悄然起笔。